Inselhochzeit

Inselhotel-Package

Band 1: Das kleine Inselhotel
Band 2: Inselhochzeit
Band 3: Inselträume

Sandra Lüpkes kennt sich an der Nordsee und auf den Inseln bestens aus: Sie ist auf Juist aufgewachsen und war viele Jahre selbst Gastgeberin für Nordseeurlauber. Mit ihren zwei Töchtern und dem Schriftsteller und Drehbuchautor Jürgen Kehrer wohnt sie seit einigen Jahren in Münster. Sandra Lüpkes hat bereits zahlreiche Romane, Sachbücher, Drehbücher und Erzählungen veröffentlicht.

Sandra Lüpkes

Inselhochzeit

Weltbild

Natürlich sind die Insulaner oft skurril und die Gäste manchmal nervig, trotzdem wurden alle Figuren in diesem Roman erfunden und die Dinge, die sie tun, auch. Leider.

Besuchen Sie uns im Internet:
www.weltbild.de

Genehmigte Lizenzausgabe für Weltbild GmbH & Co. KG,
Werner-von-Siemens-Straße 1, 86159 Augsburg

Umschlaggestaltung: www.buerosued.de
Umschlagmotiv: www.buerosued.de
Satz und Layout der Originalausgabe Das Herstellungsbüro, Hamburg
Satz: Datagroup int. SRL, Timisoara
Druck und Bindung: CPI Moravia Books s.r.o., Pohorelice
Printed in the EU
ISBN 978-3-95973-404-2

2020 2019 2018 2017
Die letzte Jahreszahl gibt die aktuelle Lizenzausgabe an.

Mein Herz,
ich möchte dich heiraten!
Den Rest des Lebens mit dir teilen!
An deiner Seite alt werden!
Sagst du ja?

Nein, das geht nicht. Viel zu abgedroschen. Schon tausendmal formuliert, in Filmen, in Romanen, in Songtexten, vielleicht sogar im wahren Leben. Zwar entspricht es genau dem, was ich mir wünsche, denn seit wir uns kennen, hat sich alles zurechtgerückt wie in einem dieser Tetris-Spiele aus den frühen Neunzigern: Wenn die Mauer schon fast bis zum oberen Rand gewachsen ist und man denkt, das war's, gleich ist die Sache gelaufen, Game over, fällt ein Baustein genau so, dass er das verkantete Teil neben ihm ergänzt, was eine Kettenreaktion auslöst, sodass endlich alles passt und der riesige Haufen in sich zusammenfällt. Aber so etwas kann man nicht schreiben: Hey, du hast den Highscore in meinem Leben erhöht. Mit dir starte ich ins nächste Level.

Oder doch?

Woher soll ich das wissen? Ich habe noch nie einen Heiratsantrag gemacht. Ich kann das nicht. Du wirst mich langweilig finden und nein sagen. Also streiche ich die Zeilen durch, mehrfach, zerknülle anschließend das Blatt und schleudere den Papierball in den Korb unterm Tisch. Treffer! Wenigstens da kann ich zielsicher landen. Für einen Moment bin ich frustriert. Schaue aus dem Fenster. Sieht nach schlechtem Wetter aus, die Möwen fliegen tief. Egal, tröste ich mich. Muss ja nicht heute sein. Morgen starte ich einen neuen Versuch. Und wenn das wieder nichts wird, den nächsten und übernächsten und jeden Tag einen, bis es endlich passt.

Bis ich sicher sein kann, ein Ja von dir zu hören.

Vierundzwanzig Gäste waren anwesend. Männer und Frauen in festlichen Kleidern saßen eng beieinander auf Holzstühlen, die rund um das große Leuchtfeuer aufgestellt worden waren. Draußen kreisten neugierige Möwen um die Spitze des Leuchtturms. Während Theelke mit ihrer wunderbar klaren Mädchenstimme ein altes plattdeutsches Liebeslied sang, wurden – wenn Jannike richtig zählte – achtzehn Taschentücher gezückt. Das ergab eine Heulquote von 75 Prozent und war somit neuer Rekord!

Na gut, heute waren die Bedingungen natürlich auch optimal: Bis elf hatte der Himmel über der Insel wie ein zerwühltes Federbett ausgesehen. Dicke, schwere Wolken, die wie ausgeleiert über der Nordsee durchhingen, hatten die Gesellschaft bangen lassen, ob der Tag vielleicht komplett ins Wasser fallen würde. Doch dann – pünktlich mit dem Einsetzen der Flut – schob die grauweiße Decke Richtung Osten ab, und die Sonne ging an wie ein Megascheinwerfer, der all das, was da unten auf dem Fleckchen Erde mitten im Wattenmeer gerade passierte, perfekt in Szene setzte.

So etwas macht rührselig, wusste Jannike. Wer befürchten muss, dass es regnet, empfindet die Sonne als Geschenk. Wäre das Wetter bereits heute Morgen makellos gewesen, man hätte es für selbstverständlich gehalten. Wie im echten Leben, dachte Jannike, denn immer wenn sie ganz oben auf ihrem Leuchtturm stand, fing sie das Philosophieren an: Wer schon erlebt hat, dass Pläne gründlich in die Hose gehen können, weiß das Glück des Augenblicks viel mehr zu schätzen. Und dann kullern auch schon mal ein paar Freudentränen.

Der Bürgermeister räusperte sich. »Und nun frage ich Sie, Franziska Neemann, wollen Sie den hier anwesenden Sönke Schonebeck ...«

Jannike kannte die Leute gar nicht, sie wusste nicht, ob Franziska und Sönke sich vielleicht schon seit dem Sandkasten liebten, sich auf der Arbeit kennengelernt oder eine Internet-Partnerbörse in Anspruch genommen hatten. Trotzdem ging ihr dieser Moment ans Herz. Hochzeiten waren eben etwas ganz Besonderes: gleichzeitig Happy End und der Start in eine ungewisse Zukunft als Ehepaar.

Die Schonebecks kamen aus dem Münsterland und hatten im Februar angefragt, ob sie im Wonnemonat Mai das gesamte Hotel für ein verlängertes Wochenende buchen könnten, um ihre Hochzeit zu feiern, mit allem Drum und Dran. Das bedeutete: vier Übernachtungen mit Frühstück für knapp zwanzig Personen, was schon mal nicht schlecht war, denn bislang hatte es für die Tage um Himmelfahrt nur ein paar vage Anfragen gegeben. Dann wünschten die Gäste noch Musik während der Trauung und einen Champagnerempfang danach, beides sollte oben im Leuchtturm stattfinden, Blumenschmuck inklusive, sowie eine Kutschfahrt zum Strand und anschließend eine Gartenparty auf der Hotelterrasse. Das Ganze im Friesenstil, also mit Shantychor und landestypischen Gerichten. Ob das möglich sei, ob man das in der kurzen Zeit organisiert bekomme?

Danni und Jannike hatten nicht lange gezögert. Gerade waren mit der Post die ersten Zahlen ihres Steuerberaters gekommen und machten deutlich: Sie mussten etwas tun. Der Hotelbetrieb allein würde nicht reichen, um über die Runden zu kommen. Also warum nicht zusätzlich ein bisschen was anbieten, das über Frühstück und täglichen Zimmerservice hinausging? Zweitausend Euro würde der Spaß kosten, zuzüglich Zimmermiete, Speisen, Getränke und sonstiger Extras, ließen sie die Schonebecks per Kostenvoranschlag wissen, und die willigten gleich ein. Na also. Danni war ohnehin sofort Feuer und Flamme gewesen, Partys auszustatten hatte ihm schon in ihrer gemeinsamen Zeit in Köln viel Spaß gemacht. Und heute war es also so weit, die Gäste waren angereist, das Paar war furchtbar aufgeregt, Jannike und Danni waren beinahe genauso nervös. Hoffentlich klappte alles.

»Ja«, hauchte eine zittrige Stimme. Die Braut trug ein Kleid, das fast zu ausladend für den schmalen, 172 Stufen langen Aufstieg zur Leuchtturmspitze gewesen war. Jannike hatte eine Picknickdecke aus dem Wäscheraum holen und über den Rock breiten müssen, sonst hätten Satin und Pailletten an den rauen Steinwänden gescheuert. Was man alles bedenken musste, wenn man den großen Tag im Leben anderer Menschen plante!

Siebelt Freese, der Inselbürgermeister, war da zum Glück

weniger problematisch. Er trug Fischerhemd und dunkelblaue Jeans. Darauf standen die meisten Brautleute, und wenn der Standesbeamte dann auch noch einen Vollbart hatte und mit sonorer Bassstimme sowie in friesischem Slang sprach – perfekt.

»Und wollen Sie, Sönke Schonebeck, die hier anwesende Franziska Neemann …«

Trauungen auf dem Leuchtturm wurden schon länger von der Tourismuszentrale angeboten. Seit Jannike im letzten Jahr die Verwaltung des fünfzig Meter hohen Seezeichens übernommen hatte, war dies die dritte Hochzeit. Die beiden Feiern davor waren jedoch vergleichsweise bescheiden ausgefallen. Nur Trauung, Sektempfang und einmal ein mit Luftballons geschmücktes Tandem, auf dem das Paar ins Dorf zurückradeln konnte. Kein Vergleich zum Schonebeckschen Rundum-sorglos- und Romantikgarantiepaket.

»Ja!«, antwortete der frischgebackene Ehemann.

»Dann erkläre ich Sie hiermit zu Mann und Frau.«

Die Hochzeitsgesellschaft klatschte, und zwar nicht nur die Gäste, die zum VIP-Kreis gehörten und ganz oben einen Stuhl ergattert hatten, nein, auch die Freunde und Verwandten, die auf der Wendeltreppe sowie am Fuße des Leuchtturms standen und das Eheversprechen via Lautsprecherboxen mitbekommen hatten. Die Schonebecks ließen es krachen. 80 Leute waren auf die Insel gereist, um Franziska und Sönke unter die Haube zu bringen. Wer nicht im kleinen *Hotel am Leuchtturm* hatte untergebracht werden können, wohnte nebenan bei Jannikes Freundin Mira Wittkamp in der *Pension am Dünenpfad* oder in einem der anderen Gästehäuser. Auch das hatten Jannike und Danni organisiert. Eigentlich hätte man für den Aufwand auch mehr als zweitausend Euro nehmen können.

Danni schmiss sein in die Ecke beim Stromkasten gequetschtes E-Piano an, stellte auf Orgelklang und spielte den Hochzeitsmarsch. Schon ein bisschen schmalzig, aber so war es ausdrücklich gewünscht. Da – das neunzehnte Taschentuch! Diesmal heulte der Brautvater, passgenau in dem Moment, als die Ringe auf die Finger geschoben wurden. Die neben ihm sitzende Frau tätschelte zärtlich seine fleischigen Hände. Irgendwie süß! Wie lange die beiden wohl schon ihre Trauringe trugen?

Siebelt Freese stand auf, sagte noch ein paar Worte zum Abschluss, riss wieder den bewährten Witz über den Ostfriesen, der seine Braut am Hochzeitstag über die Schwelle ins Schlafzimmer trägt, obwohl den inzwischen wirklich jeder kannte, dann sang Theelke die letzte Strophe des friesischen Liebesliedes, und die Zeremonie war vorbei.

Wie verabredet öffnete Jannike die Tür nach draußen. Das Rauschen der Wellen wehte herein, ebenso die heiseren Schreie der Möwen, die nun noch aufgeregter flatterten, weil da oben auf dem Plateau des Leuchtturms so viel los war. Der Inselfotograf schlüpfte als Erster auf den schmalen Balkon und brachte sich in Position, gefolgt von Jannike, die sich sofort zum Tisch mit den bereitgestellten Gläsern begab. Dann traten die Frischvermählten heraus, der Wind griff leicht unter den Schleier, hob ihn an und wehte dem Bräutigam den weißen Tüll ins Gesicht. Beide lachten, der Fotograf hielt drauf, das würde wunderschöne Bilder geben.

»Herzlichen Glückwunsch!«, sagte Jannike, ließ den Champagnerkorken knallen, schenkte ein und reichte Glas um Glas an die Gäste weiter. Die Möwen ringsherum machten Jannike ein wenig nervös, denn die großen weißen Vögel kreisten so nah um die Köpfe der Hochzeitsgesellschaft, dass man das Gefühl nicht loswurde, sie wollten mitfeiern. Die beiden Blumenkinder standen direkt am Geländer, lachten, streckten ihre Hände erst in eine Papiertüte, dann in die Luft. Sie verteilten aber keine Rosenblätter, nein, das war getrocknetes Brot. Was machten die denn da? Jannike hielt die Luft an und drängte sich in der Enge am Reifrock der Braut vorbei, um zu den kleinen Mädchen in ihren rosafarbenen Kleidchen zu gelangen.

»Bitte, ihr dürft auf keinen Fall die Möwen füttern!«, warnte sie mit einer Stimme, die sich zwischen Strenge und Flüstern nicht so recht entscheiden konnte. »Das ist gefährlich!«

»Aber die Möwen sind doch so schön«, erwiderte das eine Kind und warf gleich noch eine Handvoll Krümel in die Luft. Drei Möwen kamen herabgeflogen, schnappten sich die Brotsamen, kreischten, schwangen sich wieder in die Höhe. Die Leute auf dem schmalen Balkon zeigten sich begeistert. Auch der Fotoknipser war ganz aus dem Häuschen, die Kamera im Anschlag. »Bitte recht freundlich! Und dreht euch mal so, dass man diese wunderschönen Flügel vor dem blauen Himmel ... ach ja, herrlich!«

Jannike wollte nach der Brottüte greifen. »Das ist keine gute Idee, ihr beiden, die Tiere sind ...«

»Aber nun lassen Sie doch die Kinder«, mischte sich der Brautvater ein. »Woanders lassen sie nach einer Trauung weiße Tauben fliegen, hier auf der Insel sind es eben Möwen!«

Tauben war ein gutes Stichwort, dachte Jannike. Niemand, der in einer Großstadt lebte, mochte Tauben. Als sie selbst noch in Köln gewohnt hatte, also vor etwas mehr als einem Jahr, da hatte es beinahe täglich in der Zeitung gestanden: Schäden am Dom, Verschmutzung im Park – die Ratten der Lüfte wurde das Federvieh gemeinhin genannt. Und was die Tauben in Köln waren, waren die Möwen auf der Insel. Vielleicht sogar noch schlimmer, denn die Meeresvögel entpuppten sich als nicht gerade zimperlich, wenn es darum ging, etwas zum Fressen zu ergattern oder Konkurrenten zu verjagen.

»Glauben Sie mir, als Fotomotiv sind sie wunderschön, aber wenn man die Viecher füttert …«

Das kleinere Mädchen streckte, vor Vergnügen quietschend, seine Hand aus, was die größte der Möwen natürlich mitbekam. Wie gewaltig die Spannbreite der Flügel war, begriff man erst aus der Nähe, so wie jetzt, als der muskulöse, gefiederte Körper im Sturzflug auf den Leuchtturm zugeschossen kam und sich mit seinem weit aufgerissenen gelben Schnabel die Beute schnappte.

»Hilfe!«, schrie das Blumenkind, es hatte nur noch einen kläglichen Papierfetzen in der Hand, der Rest der Tüte flog gerade davon. Die herausfallenden Brotreste kamen gar nicht erst auf dem Boden auf, vorher hatte ein halbes Dutzend Möwen die Brocken schon gierig im Flug verschlungen. Dann schwangen sie sich wieder hinauf und verschwanden zufrieden Richtung Meer. Bis auf die eine, die Größte, die noch kurz zurückkam, um einen persönlichen Dank zu hinterlassen.

»Iiiihh!!!«, kreischte die Braut.

Jannike hatte es kommen sehen.

»Das schöne Kleid!«, rief die Brautmutter. »Ausgerechnet auf die kostbare Spitze!«

Der Fleck war grün-schwarz und ungefähr halb so groß wie das Saarland, zumindest musste es für Franziska, frischvermählte Schonebeck, so aussehen, wenn sie an sich herunterblickte.

»Scheißviecher!«, brüllte der Brautvater. Bestimmt hatte er das Kleid bezahlt. Wieso musste er auch Jannikes Warnungen in den Wind schlagen? Eigentlich wäre jetzt die Gelegenheit gewesen für ein kleines bisschen Schadenfreude, doch Jannike riss sich zusammen, als sie die tränenfeuchten Augen der Braut sah. Die ganze Schminke drohte davonzuschwimmen, und das durfte nicht passieren, höchstens bei Freudentränen. Aber ganz bestimmt nicht, weil eine fette Möwe auf das edle Hochzeitskleid gekackt hatte. Wenn diese erste große Inselhochzeit nicht zum Megaflop werden sollte, musste Jannike etwas unternehmen.

Danni, der drinnen gerade das E-Piano zusammenklappte, fing ihren verzweifelten Blick auf. Doch auch er zuckte nur hilflos mit den Schultern, ebenso der Bürgermeister, der sich ja sonst im Prinzip für alle größeren und kleineren Probleme auf der Insel zuständig fühlte.

»Hat denn hier keiner eine Ahnung, wie man Möwenschiete aus Satin entfernt?«, rief Jannike ohne große Hoffnung.

»Essig«, sagte Theelke so beiläufig, als hätte Jannike lediglich nach der Uhrzeit gefragt. Theelke war die Tochter von Mira Wittkamp, der benachbarten Pensionswirtin, mit der Jannike sich im letzten Jahr angefreundet hatte. Das Mädchen war keine zehn Jahre alt, aber in diesem Fall wohl weiser als alle anderen zusammen. »Macht meine Mutter immer, wenn auf der Leine im Garten die Gästebettwäsche bekleckert wurde. Essig und danach ganz viel Wasser!« Dann schnappte sie sich den Umschlag, in dem der kleine Obolus steckte, den sie für die Gesangseinlage vereinbart hatten.

»Wenn das funktioniert, bekommst du eine Gehaltserhöhung«, versprach Danni und strich ihr über den Scheitel.

Nach dem maritimen Malheur löste sich die Festgesellschaft weit schneller auf als geplant. Alle machten den Weg frei für die Braut, die mit hochrotem Kopf und wie vom Teufel gejagt die Wendeltreppe hinunterrannte. Eigentlich hatten die Schonebecks sich einen feierlichen Ausmarsch mit Rosenblattregen und Spalier stehenden Gästen geradewegs zur Kutsche vorgestellt, doch dafür blieb keine Zeit, jetzt ging es um Essig, alles andere war unwichtig.

Jannike flog hinterher. Zum Glück schwor Bogdana, ihre Hausdame, auf genau dieses Zeug, um Kalkflecken von Duschwänden und Armaturen zu entfernen, sie hatten mindestens drei Flaschen davon im Putzraum stehen.

Während kurz darauf die polnische Sauberkeitsexpertin nebst zwei Brautjungfern am Satin herumschrubbten, half Jannike der Braut, trotz kleinfummeliger Hochsteckfrisur halbwegs unbeschadet in die Ersatzkleidung zu steigen: einen mausgrauen Jogginganzug.

»Wennschon, dennschon«, hatte Franziska Schonebeck kurz entschlossen bestimmt. »Wenn Sönke und ich jetzt unsere Kutschfahrt machen und ich dabei mein Brautkleid nicht tragen kann, dann soll es auch kein Sommerkleid oder Hosenanzug sein.«

»Und warum nicht?«, fragte Jannike.

Zum Glück hatte die junge Frau ihr Lächeln inzwischen wiedergefunden. »Wenn mich irgendwann mal unsere Kinder oder Enkelkinder fragen, warum ich auf den Fotos so einen ollen Schlabberlook trage, dann kann ich ihnen wenigstens eine richtig gute Geschichte erzählen, oder?«

Das fand Jannike ziemlich sympathisch. Gemeinsam wischten sie noch das zerflossene Make-up aus dem Gesicht, denn ungeschminkt passte die Braut besser zu ihrem neuen Outfit – und der Inselfotograf, der nun Bilder machte von einem eleganten Bräutigam in schwarzem Zweireiher neben einer Frau in schlabberigem Sweater mit Kapuze, kriegte sich gar nicht mehr ein. »Das ist vollkommen krass!«, jauchzte er und lichtete auch gleich noch die schwarzen Friesenhengste mit den geflochtenen Mähnen ab, die Rosengirlande rund um die Kutschlehne und zum Schluss sogar die Dosen, die hinter dem Gespann klapperten, als es sich Richtung Strand in Bewegung setzte.

Zurück blieben Jannike und Danni, die auf der Sonnenterrasse standen und erst einmal durchatmen mussten. Hinter dem Hotel wehte das Brautkleid auf der Wäscheleine. Den Fleck konnte man von hier aus nicht mehr erkennen, und bei der Sonne und dem lauen Maiwind wäre der Stoff bei der Rückkehr des Brautpaares vielleicht schon wieder trocken.

Danni legte den Arm um Jannike und küsste sie auf die Wange. »Das haben wir doch großartig gedeichselt, oder?«

Jannike nickte.

»Könnten wir öfter machen!«

»Hab ich auch schon überlegt.«

»Wollen wir einen Partyservice gründen?«

»Danni …«

»Oder als Wedding-Planner einsteigen?«

»Du hast Ideen!«

»Ja, hab ich, mehr als genug.« Danni klatschte in die Hände. »Aber hopp jetzt, gleich nach dem Strandausflug kommen achtzig Gäste, wir sollten uns ranhalten! Lucyna deckt derweil die Tische ein, ich mache in der Zeit die Sanddornbowle klar.« Er fasste nach ihrer Hand. »Hey, Janni, du wolltest doch die Hochzeitssuppe …«

Typisch Danni, er war immer in Bewegung, immer voller Tatendrang. Jannike ließ sich nicht von ihm mitziehen, sondern blieb, wo sie war. Sie schaute in den Himmel, sah die blöden Möwen, die von hier unten doch wieder so malerisch schön waren, und seufzte.

Nicht wegen der Beinahekatastrophe mit dem Kleid, nicht wegen der Champagnerflaschen, die noch halb voll da oben in fünfzig Meter Höhe herumstanden, genau wie die Stühle, die sämtliche 172 Stufen wieder heruntergeschleppt werden mussten, weil sie später auf der Sonnenterrasse gebraucht wurden. Nein, sie seufzte nicht wegen der Arbeit, die jetzt anstand. Die machte sie gern. Die hatte sie sich ausgesucht, damals, vor einem Jahr, als sie einen mutigen Neustart auf der Insel hingelegt und ein kleines Hotel mit acht Doppelzimmern gekauft hatte.

Wenn sie ehrlich war, seufzte sie wegen dem, was die Braut vorhin gesagt hatte. Die Sache mit den Kindern und Enkelkindern. Sie seufzte wegen der Vorstellung, dass irgendwann jemand fragen würde: Hey, Jannike, wie war denn deine Hochzeit damals?, und sie hätte keine Geschichte zu erzählen, keine mit Glücksmomenten und kleinen Anekdoten am Rande. Ob es an ihrer Hochzeit geregnet haben würde, der Pastor betrunken oder der Wein nach einer Dreiviertelstunde von ihren Freunden leer gesoffen gewesen wäre – sie würde solche Geschichten niemals erzählen können. Denn sie war knapp über vierzig, ledig, und ein passender Mann nicht in Sicht, Kinder und Enkelkinder waren also erst recht keine Option. Blöd, dass sie ausgerechnet jetzt von solchen Gedanken heimgesucht wurde. Das durfte ihr aber nicht bei jeder Hochzeit passieren! Eigentlich war sie auch kein grüblerischer Typ, das passierte ihr – wie gesagt – höchstens mal auf der Spitze des Leuchtturms. Hier und jetzt stand sie aber mit beiden Beinen auf dem sandigen Grund ihrer neuen Heimat. Warum also diese Melancholie?

Nun, es war Mai, und Mattheusz hatte sich noch immer nicht gemeldet.

Ach, Unsinn, dachte Jannike, daran liegt es nicht. Sie machte auf dem Absatz kehrt und pflückte auf dem Weg in die Hotelküche noch ein bisschen Schnittlauch und Petersilie im kleinen Kräutergarten. Nein, sie hatte Mattheusz längst abgeschrieben. Der war in Polen und hatte sie vergessen.

**Das Betreten
der Randdünen
ist strengstens verboten,
denn sie schützen
unsere Insel!
Vielen Dank, Ihr
Inselbürgermeister**

Nachts und bei Flaute war die Insel noch stiller als still. Und noch dunkler als dunkel, denn der Inselrat hatte vor einigen Jahren aus Sparsamkeitsgründen beschlossen, um Mitternacht die Straßenbeleuchtung abzustellen.

Trotzdem fand Bischoff den Weg. Den hätte er auch mit verbundenen Augen gefunden, seit Jahren schon nahm er ihn jede Woche einmal, das Werkzeug im Rucksack verstaut, eine Tüte für den Abfall in der Jackentasche. Wenn er sein Hotel verließ, musste er nur kurz links den Deichweg entlang, dort gab es einen kleinen Trampelpfad zwischen den Häuschen hindurch, wo um diese Uhrzeit kein einziges Licht mehr brannte. Seeluft macht müde, die Gäste wurden abends nicht besonders alt. Und die Insulaner waren auch k. o. vom Saisonstress und mussten morgen wieder früh raus.

Also war keine Menschenseele unterwegs. Nur er. Gerd Bischoff. Einflussreichster Hotelier der Insel, stellvertretender Bürgermeister und waschechter Insulaner. Ein Mann von Format, bei dem niemand groß nachfragen würde, was er vorhatte, um zwei Uhr nachts in den Randdünen der Insel, deren Betreten strengstens untersagt war. Und sollte ihm doch jemand über den sandigen Weg laufen, dann würde er schnell den Spieß umdrehen und sich aufregen, einen auf laut machen, mit Anzeige drohen: »Die Dünen schützen unsere Insel vor Sturmfluten. Wer hier einfach in der Gegend herumtrampelt, macht die Wurzeln vom Strandhafer kaputt, die unser Eiland zusammenhalten! Ich hole gleich den Dünenwärter, der schreibt Ihren Namen auf, und dann wird es ziemlich unangenehm für Sie!« Ja, so eine Tirade würde er loslassen, sollte ihm jemand begegnen. Was in all den Jahren noch nicht einmal passiert war.

Direkt hinter der *Pension Seeliebe* wurde der Marsch anstrengender, die Sandberge ragten steil in den wolkenlosen Nachthimmel, und bei jedem Schritt, den er machte, rutschte er die halbe Strecke wieder hinunter, fast als liefe man auf einer abwärtsfahrenden Rolltreppe nach oben. Gut, er war nicht gerade ein Spargeltarzan, und sein Körpergewicht erschwerte den Aufstieg, aber es musste sein. Er hielt kurz inne und wischte sich mit einem Papiertaschentuch den Schweiß aus dem Gesicht. Der Sand rieselte ihm unter den Füßen weg, erst als er sich an einer knorrigen Silberpappel festhielt, kam Bischoff wieder ins Gleichgewicht. Früher, als er mit seinem Vater unterwegs gewesen war, ebenfalls nachts, mit demselben Gepäck ausgerüstet, da war ihm die Strecke richtig abenteuerlich erschienen. Er hatte sich gefühlt wie ein Dieb auf Beutezug. Und verboten war das Ganze ja auch wirklich. Aber heute war es kein Abenteuer mehr. Eher eine lästige Pflicht. Und zwar eine, die man leider nicht auf die polnischen Saisonkräfte abschieben konnte. Nein, das musste Bischoff schon selbst erledigen.

Das *Störtebeker* lag direkt an der Promenade neben dem

Abgang zum Hauptbadestrand und sah ein bisschen aus wie ein Dreimaster im Dünenmeer, denn die Terrasse war schiffsförmig, und die Sonnensegel waren an drei großen, beflaggten Masten befestigt. Tatsächlich hieß es dort immer, volle Fahrt voraus: von Mittag bis Mitternacht, zwölf Stunden Bier zapfen, Waffeln backen, Modegetränke wie diesen Prosecco mit irgend so einem orangefarbenen Zeug kredenzen, ein halbes Dutzend Austern gab es auch für zwölf Euro, in der Happy Hour für zehn. Mit dem Laden machte Bischoff unterm Strich mehr Gewinn als mit allen Restaurants und Bars im Hotel zusammen. Die Leute liebten diese Bude, Urlauber und Insulaner verabredeten sich hier, seit Generationen schon hieß es: »Heute Abend noch auf 'n Absacker ins *Störtebeker*?« Und es blieb nie bei einem. Dafür sorgten das gut aussehende Personal, die fetzige Schlagermusik und nicht zuletzt der einzigartige Ausblick auf den Strand. Bei gutem Wetter gab es sogar noch einen romantischen Sonnenuntergang inklusive. »Darauf musst du immer achten, mien Jung«, hatte sein Vater ihm damals bei den Nachtwanderungen eingebläut. »Die Gäste wollen das Meer sehen. Das ist wie Kino – und die Vorstellung läuft gratis rund um die Uhr. Du musst nur zusehen, dass das Publikum dabei auch keinen trockenen Hals kriegt.«

Bischoff war angekommen und schob sich an den gläsernen Wänden vorbei, die als Windfang für die Terrasse dienten. Er setzte den Rucksack ab, öffnete die Schnallen und holte das Werkzeug heraus. Die Klingen waren so scharf, dass ein herabfallendes Blatt in zwei Teile geschnitten würde. Einmal im Monat schliff Hausmeister Uwe das Metall. Er hatte nie nachgefragt, wofür, wollte schließlich seinen Job nicht verlieren. Zwei-, dreimal ließ Bischoff die Schere auf- und zuschnappen, eine Angewohnheit, denn natürlich bewegte sich das Ding einwandfrei, Uwe benutzte Caramba-Spray für die Mechanik, da rostete nichts mehr. Dann ging Bischoff in die Hocke und begann zu schneiden. Büschel für Büschel büßte der Strandhafer seine Spitzen ein. Es hatte geregnet gestern, das Zeug war gewachsen wie Unkraut. Mehrere Zentimeter mussten dran glauben. Die Abschnitte warf er direkt in die mitgebrachte Tüte. Bloß keine Beweise herumliegen lassen.

Einmal hatte es Ärger mit den Ökofuzzis gegeben. Die hatten es gewagt, auf der Inselratssitzung diesen ungeheuerlichen Verdacht zu äußern: dass es kein Zufall war, wenn ausgerechnet das *Störtebeker* Jahr für Jahr den besten Umsatz machte. Es gab noch drei andere Strandbars, die *Nixengrotte*, das *Windeck* und den *Strandlooper*, aber alle waren bei weitem nicht so gut besucht. Bischoff hatte erklärt, dass es an der Küche liege, an der langen Tradition, am netten Personal. Doch jeder wusste, das war Quatsch. Bei den Mitbewerbern wuchsen die Dünen bis dicht an den Windfang, nicht mal ein Zweimetermann auf Zehenspitzen könnte darüber hinwegschauen. Doch bei ihm war der Blick frei.

»Ihr könnt mir sagen, was ihr wollt, der Bischoff schneidet nachts seinen Strandhafer«, hatte es geheißen. »Wie sonst ist zu erklären, dass bei ihm kein Sand hängen bleibt? Der Punkt, wo das *Störtebeker* steht, ist die Sollbruchstelle im gesamten Dünenkamm. Bei Sturmflut könnten dort böse Abbrüche zu beklagen sein.«

Bischoff hatte damals direkt seinen Anwalt konsultiert,

der den Ökofuzzis per einstweiliger Verfügung das Reden verbot, und weil sie den Prozess scheuten, hielten sie dann auch brav die Klappe. Meine Güte, er machte das seit fünf Jahrzehnten, davor waren sein Vater und sein Großvater für den guten Zweck in die Dünen geschlichen. Wenn man es drauf ankommen ließ, könnte man die Aktion schon als Gewohnheitsrecht deklarieren, eine lange Familientradition, bei der die Bischoffs zum Wohl der Gäste ein bisschen Dünenfriseur spielten. Halb so wild. Ist ja noch nie was passiert, das *Störtebeker* thronte bombensicher über dem Hauptbadestrand.

Plötzlich schreckte er hoch. Bischoff war eigentlich so gut wie fertig gewesen, wollte nur noch die Gräser ganz am östlichen Rand ein wenig stutzen, damit der Unterschied nicht so auffiel, als er Stimmen hörte. Und zwar direkt neben sich, hinter einem Sanddornstrauch, Flüstern, Stöhnen ... Dann raschelte es. Er versuchte, sich hinter dem Busch zu ducken, und verwünschte seinen dicken Bauch, der ihn so unbeweglich machte.

»Wann wir sehen uns wieder?«, fragte eine Frauenstimme so leise, dass sie bei Windstärke zwei schon nicht mehr zu hören gewesen wäre.

Die Antwort verstand er nicht, doch dass es sich um einen Mann handelte, war unverkennbar. Eine muskulöse Gestalt erhob sich und zog ein T-Shirt über.

Aha, ein nächtliches Stelldichein in den Dünen, wie romantisch. Die Disco war nicht weit entfernt und machte um zwei dicht, da kam es öfter vor, dass das Jungvolk anschließend noch ein bisschen unterm Sternenzelt rumpoussierte. Es war bald Juni und selbst nachts nicht mehr so richtig kalt, zumindest nicht, wenn man sich mit Leidenschaft warm hielt.

Nun erhob sich auch der weibliche Part des Liebespaares. Eine kleine, sehr schmale Silhouette zeichnete sich vor dem Nachthimmel ab. Leider schon wieder bekleidet, dachte Bischoff, die Frau hätte nackt bestimmt ein ganz hübsches Bild abgegeben, trotz der Dunkelheit. Bischoff hatte ja durchaus Phantasie und könnte sich den Rest dazudenken.

Die beiden Schatten umarmten sich. Der Mann hielt das Kinn seiner Gespielin, sie blickten sich lange in die Augen. Sah nach einer ernsthaften Sache aus. Waren wohl auch Erwachsene, kein Jungvolk. Aber warum trafen sie sich dann in den Dünen statt im deutlich behaglicheren Doppelbett?

»Was ist los mit dich?«, fragte die Frau. Polnischer Akzent. Keine Seltenheit auf der Insel. Die meisten Saisonkräfte kamen aus Osteuropa. Dem Stress wollten sich deutsche Arbeitnehmer lieber nicht aussetzen: Sechstagewoche, in der Hauptsaison zwei halbe freie Tage, aber auch nur, wenn es in den Putzplan passte, Überstunden waren nichts, was verhandelbar war, die mussten akzeptiert werden und basta. Unterkunft im Dreibettzimmer mit Etagendusche. Essen im Personaltrakt. Und reich wurde man mit dem Job auch nicht. Warum auch? Es gab eben Unterschiede zwischen Hoteldirektor und Putzfräulein, so funktionierte die Welt, vor allem hier auf der Insel. Aber die Polinnen waren robust und wenig anspruchsvoll. Bis auf ein paar Ausnahmen, die sich was Besseres wünschten und Ärger machten. Hatte Bischoff auch schon erlebt. Letztes Jahr, bei Ferienbeginn, da hatte eine neue Mitbewerberin ihm gleich zwei seiner besten Arbeitskräfte abgeluchst, indem sie den Frauen wer weiß was geboten hatte. Eine Riesensauerei. Hatte sich aber nicht ausgezahlt für die Konkurrenz, soweit Bischoff informiert war, rechnete sich das *Hotel am Leuchtturm* vorne und hinten nicht, und diese Jannike Loog machte jetzt einen auf Partyservice, um sich vor der Pleite zu retten. Aus gut unterrichteten Kreisen wusste er zudem, dass ihr schon ganz bald der *Gastronomie- und Hotelverband* einen Besuch abstatten würde, um nach dem Rechten zu schauen. Zwar war Bischoff selbst noch nicht dort im Haus im äußersten Inselwesten gewesen, um sich alles mit eigenen Augen anzuschauen, und angeblich hatte Jannike Loog durchaus ein paar Modernisierungen vorgenommen, aber nichtsdestotrotz würde sie maximal auf drei mickrige Sterne kommen. Und ein Hotel ohne besonderen Luxus, noch dazu dermaßen weit ab vom Schuss, das hatte keine Chance auf dem hart umkämpften Gästebettenmarkt. Es war also bloß eine Frage der Zeit, bis die Großstadttante das Handtuch warf. Und dann würden Lucyna und Bogdana bei ihm zu Kreuze kriechen und fragen, ob er sie nicht bitte, bitte wieder bei sich im Hotel arbeiten ließ.

»Ich kann das nicht.« Der Mann hatte ihm jetzt den Kopf zugewandt, deswegen verstand Bischoff besser, was er sagte. »Es ist nicht so einfach.«

»Warum nicht?«

»Die Erwartungen. Die Pflicht. Das Geld.«

»Ist mir alles egal!«

»Das ist nicht egal, Lucyna!«

Lucyna? Bischoff horchte auf. Ja, tatsächlich, die Figur passte, die Stimme auch. Lucyna hatte letztes Jahr in seiner Hotelküche und an der Mangel gearbeitet, bis diese Pseudo-

Leuchtturmwärterin ihr eingeredet hatte, dass eine kleine Schnittwunde am Daumen ein Grund sei, sich krankschreiben zu lassen. Er konnte es kaum fassen, hatte er hier tatsächlich gerade seine untreue Aushilfskraft in flagranti erwischt? Na, der könnte er jetzt aber mal so richtig den Marsch ... Bischoff wollte sich gerade erheben, da löste der Dünen-Casanova die Umarmung und wandte sich ab. In dem Moment, als ein wenig fahles Mondlicht auf das Gesicht des Mannes fiel, kauerte sich Bischoff wieder zusammen. Das durfte doch nicht wahr sein! Hatte er richtig gesehen? War das etwa ...? Ja, eindeutig. Nie hätte er gedacht, dass dieser Kerl es heimlich mit einer polnischen Putzfrau trieb. Nie! Was für eine Sensation! Wenn das rauskam ...!

»Aber du sagst, du liebst mich!«, jammerte Lucyna.

»Das tu ich auch. Wirklich!« Der Mann seufzte und verschwand Richtung Promenade.

Tatsache, er ließ das junge, unglückliche Ding da einfach in den Dünen stehen. Hut ab!

Einmal drehte er sich noch um, schön theatralisch, das Ganze: »Aber Liebe ist eben nicht alles!«

»Ist es wohl!«, flüsterte Lucyna. Doch die Worte erreichten den Adressaten nicht mehr, er war schon viel zu weit weg.

Bischoff blieb einfach da hocken, bis auch Lucyna mit hängenden Schultern ihr Liebesnest im Strandhafer verlassen hatte. In aller Seelenruhe blickte er dem Mädchen hinterher, bis seine Silhouette mit dem Dunkel verschmolz. Dann räumte er Heckenschere und Grasabschnitt zusammen und schlich davon. Was für eine Nacht! Was für eine Begegnung! Er wusste, das würde ein Nachspiel haben. Und zwar eines, aus dem er als Gewinner hervorging.

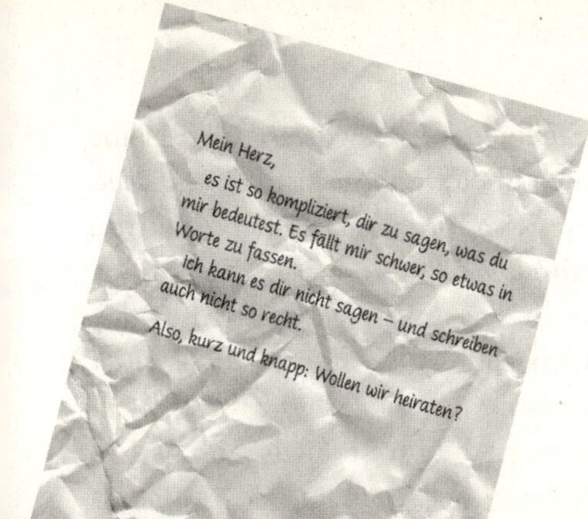

Mein Herz,

es ist so kompliziert, dir zu sagen, was du mir bedeutest. Es fällt mir schwer, so etwas in Worte zu fassen.

Ich kann es dir nicht sagen – und schreiben auch nicht so recht.

Also, kurz und knapp: Wollen wir heiraten?

Waahh! Das ist ja noch viel schlimmer als der erste Brief, der noch immer ganz unten im Papierkorb lag. *Ich kann es nicht* klingt wie *Ich will es nicht.*

Und dabei will ich ja.

Doch wie ginge es danach weiter? Wenn der Brief zugestellt und gelesen wurde, wenn du dich entschieden hast, mit ja oder nein oder einem Bedenkzeit-Vielleicht, was dann? Die Antwort per Postweg? Das kann dauern, denn wenn man auf der Insel einen Brief verschickt, so geht der erst mit der Fracht aufs Festland, mit dem Laster nach Oldenburg, wird dort sortiert, um denselben umständlichen Weg zurück zu nehmen. Bis ich hier Klarheit habe, warte ich mindestens drei Tage, und das auch nur, wenn du dich zu einer spontanen Entscheidung entschließen kannst und dich gleich meldest. Drei Tage? Die überlebe ich definitiv nicht.

Oder soll man sich verabreden? *Ich erwarte deine Antwort bis morgen um Mitternacht?* Treffpunkt *Störtebeker*? Oder *Hafen? Kurplatz? Leuchtturm?*

Geheime Verabredungen an entlegenen Orten, um endlich die Wahrheit herauszufinden. Das klingt doch nach Kinder-Detektivroman. Dabei ist das hier eine ziemlich erwachsene Angelegenheit. Hochzeit! Telegramm? Gibt es das noch? Nein, entschließe ich mich und streiche wieder durch, knülle wieder zusammen, treffe wieder den Papierkorb. Und bin da, wo ich gestern schon war.

Am Anfang.

Und mit den Nerven am Ende.

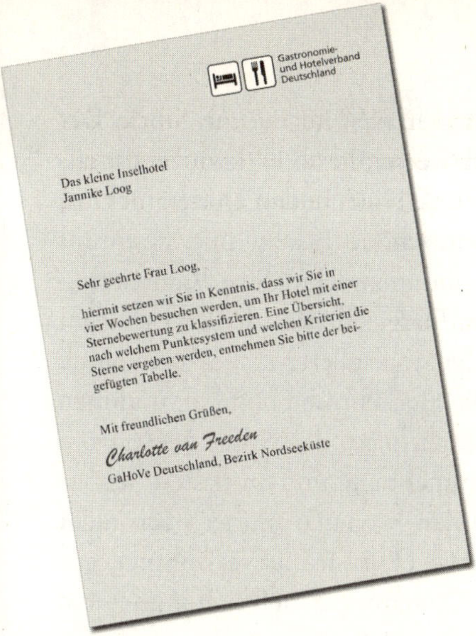

Gastronomie- und Hotelverband Deutschland

Das kleine Inselhotel
Jannike Loog

Sehr geehrte Frau Loog,

hiermit setzen wir Sie in Kenntnis, dass wir Sie in vier Wochen besuchen werden, um Ihr Hotel mit einer Sternebewertung zu klassifizieren. Eine Übersicht, nach welchem Punktesystem und welchen Kriterien die Sterne vergeben werden, entnehmen Sie bitte der beigefügten Tabelle.

Mit freundlichen Grüßen,

Charlotte van Freeden
GaHoVe Deutschland, Bezirk Nordseeküste

Jannike musste sich regelrecht querstellen, um Danni zu bremsen. Denn seit gestern das Schreiben vom *Gastronomie- und Hotelverband* angekommen war, hatte er eine Vision: vier Sterne fürs *Hotel am Leuchtturm*. Mindestens!

»Dann haben wir es geschafft, Jannike. Stell dir das vor, so ein kleines Hotel und dann vier Sterne – also ich würde da sofort Urlaub machen.«

»Du und Urlaub?« Sie lachte. »Erholung ist für dich doch der schlimmste Stress überhaupt.«

Eigentlich hatten sie gerade Kaffeepause – was bedeutete, dass sie sich irgendwann zwischen Sonnenauf- und -untergang mal eine halbe Stunde klauten, um zusammen auf der kleinen Terrasse neben dem Hintereingang einen Cappuccino zu trinken. Behaglich war es hier, denn die Sitzecke schmiegte sich an den dunkelroten Backstein, daneben rankte Efeu sich bis zu den pittoresk gebogenen Dachziegeln und den dunkelgrünen Fensterläden im zweiten Stock. Der Zauber dieses alten Mauerwerkes hatte es Jannike damals unmöglich gemacht, das kleine Hotel in den Dünen nicht zu kaufen. Es gab ein paar unschöne Ecken, und bestimmt hatte das Gebäude auch eine unzweckmäßige Raumaufteilung und schnitt in Sachen Energieeffizienz denkbar schlecht ab. Aber welcher geradlinige, topisolierte Zweckbau könnte je so einladend wirken? Die Heckenrosen blühten, und man schaute direkt auf den Leuchtturm, der einige Meter vom Hotel entfernt in den Himmel ragte und an dessen Schönheit Jannike sich nach all den Monaten immer noch nicht sattgesehen hatte. Sogar Katze Holly, früher verwöhnter Stubentiger, heute glückliche Dünenmieze, ließ sich immer mal wieder blicken, aber sonst bevorzugte sie schon seit einem Jahr das Sandloch neben der Kastanie als ersten Wohnsitz, den sie sich mit einem wilden Kaninchen teilte. Ja, die Insel brachte seltsame Paarungen zustande.

In dieser heiligen Kaffeepause waren alle Themen rund ums Hotel tabu. Keine Diskussionen darüber, ob man die hornhautfarbenen Badfliesen im Erdgeschoss einfach weiß überstreichen oder doch besser ganz abschlagen sollte. Auch keine Lästereien über die Marotten der Gäste, beispielsweise das Schnarchen von Herrn Feger aus Zimmer 6, das wahrscheinlich gegen die auf der Insel gültigen Lärmschutzverordnungen verstieß. Oder – im Zimmer 2 – die Mutter von Celine-Maralina, die ihrer Tochter auch bei 30 Grad im Schatten noch einen Rollkragenpullover anziehen würde, weil man sich an der See so schnell einen Schnupfen holte. Nein, darüber wurde schon beim Frühstück, Mittagessen und Abendbrot gequatscht, meistens in großer Runde, denn

Bogdana und Lucyna gehörten gewissermaßen mit zur Familie. Aber die heilige Kaffeepause war zum Schweigen da.

Bis auf heute. Da kriegte Danni sich einfach nicht mehr ein. Er hatte eine Tabelle hervorgezogen und rechnete irgendwelche Punkte zusammen.

»Warum haben wir eigentlich keine Rezeption?«, bemängelte er jetzt.

»Vielleicht, weil wir niemanden haben, der dahinter stehen würde?« Jannike seufzte.

»Ich könnte das machen. Wenn wir mein kleines Büro öffnen und mit einem Tresen davor versehen ...«

»Danni, wir haben nur acht Doppelzimmer. Wie albern würde allein unsere Schlüsselabgabe aussehen?« Jannike nippte am Milchschaum. »Überhaupt, warum willst du plötzlich eine Rezeption? Ging doch bislang auch super ohne. Die Gäste wissen schon, wo sie uns finden können.«

»Eine Rezeption ist Mindestvoraussetzung für vier Sterne und bringt drei Punkte, wenn sie länger als den halben Tag besetzt ist«, antwortete er und notierte sich etwas auf einem Zettel. »Und wenn wir dann noch Kaffee, Tee und Wasser rund um die Uhr bereitstellen, bekommen wir noch zehn Punkte obendrauf.«

Jannike lehnte sich auf ihrem Sonnenstuhl zurück. Danni war ein Schatz, ein Energiebündel und kreativ bis in die Fingerspitzen. Und zwar seit je, sie kannten sich immerhin mehr als zehn Jahre. Damals hatte Jannike – mit vielversprechendem Musikdiplom in der Tasche, aber ohne Job – nach einem neuen Bandprojekt gesucht und war auf Danni – Schaufensterdekorateur mit Schlagermusik-Ambitionen – gestoßen. Dass gleich ihr erster, in der Garage seines damaligen Freundes zusammengeschusterte, Song ein Riesenhit wurde, war einzig und allein auf Dannis Talent zurückzuführen. Was er anfasste, wurde zu etwas Großartigem. Ohne ihn wäre auch das Hotel nicht das, was es heute war. Doch manchmal konnte er eben auch eine furchtbare Nervensäge sein. So wie jetzt.

Danni blätterte weiter und schüttelte den Kopf. »Was für ein Unsinn, für Lautsprecher im Bad gibt es ganze fünf Punkte. Für einen Safe mit integrierter Steckdose – wofür auch immer man die brauchen soll – sogar acht. Aber wenn man den Gästen das Frühstück ans Bett serviert, zählt das nur läppische zwei.«

»Danni, bitte!«

»Ich hab's!«, rief er plötzlich aus, und Jannike hätte sich fast ihren Cappuccino über das T-Shirt gekippt. »Eine Sauna! Wir brauchen eine Gartensauna! Platz genug wäre ja, und von außen ist das Grundstück nicht einsehbar ...«

»Wie viele Punkte?«

»Fünf.«

»Lächerlich.« Jannike schnappte sich die Papiere und warf das erste Mal selbst einen Blick darauf. Sie hatte keine solchen Ambitionen. Okay, sie waren knapp bei Kasse, und ein paar Gäste mehr wären nicht schlecht. Doch im Grunde reichte es vielleicht auch, wenn die Zimmer im Sommer ausgebucht waren und sich darüber hinaus in der Nebensaison ein paar Menschen am Westende der Insel einquartierten. Das Kaffee- und Kuchengeschäft an den Tagen, an denen der Leuchtturm geöffnet war, lief ebenfalls ganz gut. Außerdem war Jannike entschlossen, alles dafür zu tun, dass sich ab und zu eine Hochzeitsgesellschaft hier blicken lassen würde. Warum sollte sie also einen weiteren Kredit aufnehmen, um eine Sauna zu bauen? Für fünf Punkte auf der nach oben offenen Sternevergabeskala? Die zudem äußerst merkwürdige Kriterien belohnte. »Schau mal, Danni«, sagte sie und beugte sich erneut über die Liste, »eine individuell regulierbare Klimaanlage bringt das Dreifache, egal, ob das Hotel am Äquator oder an der Nordsee steht. Diese Liste ist doch Humbug.«

Doch Danni ignorierte ihren Einwand, holte sein Smartphone heraus und suchte im Internet nach Angeboten für Wellnesseinrichtungen. Schnell war sein Plan perfekt: Die Blockhütte *Finnenglück* sah er neben dem Fahrradkeller, das Kaltwasserbecken *Helsinki* würde am Zaun seinen Platz finden, die Outdoordusche, die den wenig skandinavischen Namen *Tropical Rain* trug, konnten sie am Wasseranschluss daneben installieren. Und einen schicken Namen hatte er sich auch schon für das ganze Areal überlegt.

»Danni, du hast den Brief gelesen, die Delegation kommt schon in vier Wochen! Nicht viel Zeit für dein *Leuchtfeuer-SPA*.«

»Das schaffen wir!«

»Wir?«

»Siebelt und ich.«

Ach, daher wehte der Wind. Danni wollte die Gelegenheit für ein gemeinsames Projekt mit seinem Traummann nutzen. »Nie im Leben hat der Inselbürgermeister Zeit und Lust, in der Hauptsaison einen Saunagarten zu bauen.«

Danni zuckte mit den Schultern. »Ich weiß, dass er körperliche Anstrengung liebt. Als Ausgleich zu seinem Job im Rathaus.«

»Und dich liebt er so sehr, dass er diesen Ausgleich in unserem Garten vollziehen will?«

»Ich glaub schon.« Danni grinste. Wie immer, wenn man ihn auf den bärtigen Beamten ansprach. Die beiden waren seit neun Monaten zusammen und ziemlich glücklich. Wie überhaupt die meisten Menschen jemanden zu haben schienen, der ihnen das Herz wärmte. Außer Jannike natürlich. Und Lucyna war, soweit Jannike wusste, auch noch allein.

»Dann frag ihn meinetwegen«, versuchte Jannike das Thema abzuschließen. »Vier Sterne bringt uns das aber trotzdem nicht, denn dazu bräuchten wir ein Restaurant, in dem jeden Abend mindestens drei Gänge serviert werden. Und das, mein lieber Danni, ist einfach utopisch.«

Doch Danni grinste noch immer. So, als habe er auch dafür eine Idee in der Hinterhand. »Wir haben eine große Küche, einen sehr schönen Speisesaal, und die Gäste lieben unsere Terrasse. Zudem sind wir schon bei der Hochzeit gastronomisch an unsere Grenzen gestoßen. Mit einem Restaurant könnten wir bei solchen Familienfeiern üppiger auftischen, uns ein neues Segment eröffnen, Hochzeit von A bis Z quasi, und somit auch mehr verdienen.«

Sie richtete sich auf. »Was meinst du damit?«

»Wir sollten das professionell aufziehen.«

»Du denkst doch nicht etwa an eine ... Wie nennt man das überhaupt: Hochzeitsagentur? Oder Wedding-Planner? Wie in diesem albernen Film mit Jennifer Lopez?«

»Wäre doch ’ne tolle Sache. Wir könnten auch Verlobungspartys anbieten, die sind wieder groß in Mode!«

»Scheidungspartys auch«, gab sich Jannike ein bisschen

sarkastisch, in der Hoffnung, Danni damit auf den Boden der Tatsachen zurückzuholen.

»Es kann uns doch egal sein, was die Leute feiern wollen. Wir sorgen für den passenden Rahmen. Mit Kreativität, Professionalität und einem hervorragenden Restaurant.«

»Fehlt immer noch ein wesentlicher Punkt«, bremste Jannike ihn. Heute war es aber auch wirklich besonders schlimm mit ihrem Geschäftspartner. »Der Koch!« Auch Danni wusste nämlich ganz genau, wie schwer es war, vernünftiges Personal auf die Insel zu bekommen. Sie konnten froh sein, mit Bogdana und deren Tochter Lucyna zwei zuverlässige, gründliche und zudem noch liebenswerte Arbeitskräfte gefunden zu haben. Aber ein Koch? Mit Ausbildung und Enthusiasmus, bestenfalls sogar Talent – nein, das wäre zu schön, um wahr zu sein, zudem unbezahlbar.

»Ich hätte da jemanden an der Hand«, sagte Danni so beiläufig, dass Jannike mit einem Mal klar wurde: Diese ganze Zettelblätterei, dieses Punkte-Addieren und Saunaanlagen-Planen, das war gar kein spontaner Aktionismus, sondern von langer Hand vorbereitet. Danni hatte bereits einen Masterplan ausgesponnen, den er ihr so nebenbei präsentierte, als ginge es um eine kleine, unaufwändige Schönheitsreparatur, für die man ein Pfund Spachtelmasse beim Baumarkt benötigte, nicht um mindestens fünfzigtausend Euro Investition, nicht um ein völlig neues Hotelkonzept.

Bravo, Danni! Fast hättest du mich reingelegt! Jannike ließ sich nichts anmerken, stattdessen lehnte sie sich zurück, schloss die Augen und rekelte sich auf dem Liegestuhl, als wäre jetzt Zeit für ein kleines Nickerchen. Und tatsächlich … Es dauerte höchstens eine Minute, bis Danni sanft ihren

Oberarm streichelte. »Janni, meine Lieblingsfrau, hast du nicht gehört: Ich hätte da die richtige Person für unser Restaurant. Eine Köchin. Sehr erfahren.« Jannike hielt die Augen weiter geschlossen und passte höllisch auf, nicht in schallendes Gelächter auszubrechen, begann er jetzt doch tatsächlich, ihr den Kopf zu massieren. »Diese Köchin würde sehr gern hier arbeiten. Sie hat Familie auf der Insel.«

Nun, das klang nicht schlecht.

»Sie ist auch bezahlbar. Also, bis der Laden richtig brummt, wäre sie mit demselben Lohn einverstanden, den Lucyna und Bogdana bekommen. Und das müsste, soweit ich unsere Finanzen eingesehen habe, zu stemmen sein. Zumindest wenn man davon ausgeht, dass wir neben den Hotelgästen auch noch externe Besucher bewirten könnten.«

Was sollte das schon für eine Köchin sein, überlegte Jannike, wahrscheinlich wusste die gerade mal, wie man mit einem Dosenöffner umging und die Mikrowelle einschaltete. Danni war manchmal wirklich ein bisschen naiv. Natürlich wurden ihre beiden Hotelkräfte ordentlich bezahlt und auch deutlich besser als damals im *Hotel Bischoff*, aber das Gehalt war trotzdem nicht gerade fürstlich, sondern deutlich weniger, als Jannike ihnen eigentlich aufgrund ihres unermüdlichen Einsatzes zahlen müsste. Eine ausgebildete Köchin würde sich dafür jedenfalls nicht ins Zeug legen.

»Na ja, sie ist nicht mehr die Jüngste, das ist wohl der Haken«, ergänzte Danni, als hätte er Jannike beim Denken zugehört. »Schon fast siebzig. Aber dafür bringt sie gleich noch einen Hilfskoch mit.«

Nun musste Jannike sich doch wieder aufsetzen. »Das ist jetzt wohl ein Scherz!«

Danni schaffte es, sehr ernst und treuherzig zu gucken. »Ist es nicht. Die beiden sind übrigens schon hierher unterwegs.«

»Du hast sie eingeladen? Ohne mich zu fragen?«

Er nickte nur.

»Und wo sollen wir, bitte schön, noch zwei Personen unterbringen? Wir haben nur die beiden kleinen Personalzimmer unterm Dach, die Privatwohnung reicht gerade für uns beide, und der Rest der Quadratmeter ist für die Gäste da. Wir brauchen jeden Winkel zum Vermieten, Danni, sonst sind wir in einem Jahr pleite. Willst du das?« Er schüttelte bloß den Kopf. Konnte es sein, dass er gerade den Spieß umdrehte und sie mit seiner neuen Gelassenheit aus der Fassung bringen wollte? Was ihm auf jeden Fall gelang, Jannike kochte fast schon vor Wut über die Hirngespinste ihres unvernünftigen, übermütigen Kollegen und Freundes. »Mir würden drei Sterne vollkommen genügen, Danni. Mir reicht die Arbeit, die wir haben, und wenn wir bei Hochzeitsfeiern etwas mehr fordern und unser Hotel sich langsam, aber sicher einen Namen macht, verdienen wir vielleicht auch genug Geld. Warum musst du mich mit deinem übertriebenen Eifer nerven?«

Danni schaute ihr direkt in die Augen. Es tat immer wieder gut, wenn er das machte. Sie kannten sich so lange, sie hatten so vieles zusammen erlebt, Erfolge und Skandale, das volle Programm. Und wenn er sie dann so mit seinen hellblauen vertrauten Augen ansah, wusste sie, mit Danni an ihrer Seite würde sie immer eine ganze Menge mehr schaffen, als sie für möglich hielt. »Janni, sei ehrlich«, sagte er, »so richtig reicht dir das hier doch auch nicht, oder?«

»Was meinst du damit?«

Er legte Daumen und Zeigefinger seiner Hände zusammen und formte ein Herz. »Das meine ich!«

Wie gemein von ihm. Er war glücklich verliebt und sie seit einem Jahr – nach einer Katastrophenbeziehung mit ihrem damaligen Produzenten – solo. Es war fies, ihr jetzt auf diese Tour zu kommen. Beleidigt schürzte sie die Lippen und stemmte ihre Hände in die Hüften. »Dass eine fast siebzigjährige Köchin mein Liebesleben in Ordnung bringen soll, halte ich für eine gewagte These.«

»Die nicht. Aber vielleicht der Hilfskoch.«

»Wie kommst du denn darauf?«

In diesem Moment hörten sie Stimmen im Hausflur. Bogdana jubelte, was selten geschah, sie war lange nicht so extrovertiert wie ihre Tochter Lucyna, die jetzt vor Freude geradezu quiekte. Was war da los? Jannike sprang auf und stürzte ins Hotel, Danni hinterher. Ihre Augen mussten sich nach dem Sonnenbad erst einmal an das Zwielicht im Inneren gewöhnen. Da standen zwei Neuankömmlinge im Flur und wurden von Bogdana und Lucyna aufs herzlichste willkommen geheißen. Nanu, heute war doch gar keine Anreise. Herr Feger aus Zimmer 6 würde morgen abreisen, und alle anderen Zimmer waren bis zum Wochenende belegt. Trotzdem wurden die beiden von den Empfangsdamen begrüßt, als hätten sie die Präsidentensuite gebucht – die es in diesem Hotel selbstredend gar nicht gab. Warum das Theater?

»Da sind sie«, flüsterte Danni ihr ins Ohr. »Unser neues Küchenteam. Verstehst du jetzt, was ich meine?«

Ja, Jannike verstand. Und ihr war, als rutschte das Herz, um das Danni sich eben noch so liebevoll gesorgt hatte, in unmittelbare Nachbarschaft ihres großen Zehs. Der Mann, der neben einer sehr kleinen, eher dicken Frau stand, war ihr nur allzu gut bekannt. Er war ebenfalls kein Riese, trug Cargojeans und ein weißes T-Shirt, seine dunkelblonden Locken standen zu allen Seiten ab.

»Mattheusz!«

Fast sah es aus, als wäre er ebenso erschrocken, sie hier zu sehen. Dabei hatte er doch damit rechnen müssen, ihr zu begegnen, fast ein Jahr nach seinem letzten Lebenszeichen, das zugleich so etwas wie eine Liebeserklärung gewesen war. Den Brief bewahrte Jannike in ihrer Nachttischschublade auf. Anfangs hatte sie ihn täglich gelesen, um sich immer wieder zu versichern, dass er es ernst meinte, dass sie ihm wichtig war, dass eine Chance bestand und aus ihnen was werden könnte. Doch als dann ihr Antwortbrief – in dem sie gestand, ihn zu vermissen und sich auf seine Rückkehr zu freuen – unbeantwortet geblieben war, hatte sie die Zeilen mit anderen Augen gelesen. Und irgendwann gar nicht mehr, war sie doch mittlerweile unsicher, ob sein Versprechen, wiederzukommen, nicht auch ganz anders gedeutet werden konnte. Wer weiß, vielleicht hatte er damals schon darauf spekuliert, bei ihr in der Küche zu arbeiten. Ja, das machte Sinn. Und nun sah sie sich bestätigt. Sie hatte gehofft, er komme ihretwegen zurück, doch es war ihm um das Hotel gegangen. Um einen Job auf der Insel. Wahrscheinlich auch darum, mit seiner Schwester Lucyna und seiner Mutter Bogdana zusammenarbeiten zu dürfen. Und ob Jannike dabei seinen Lohn zahlte oder der ätzende Gerd Bischoff, das war ihm wahrscheinlich im Grunde egal. Wie peinlich, sie hatte Mattheusz von ihren Gefühlen geschrieben, obwohl er nur auf Arbeitssuche gewesen war. Sie schaffte es kaum, ihm die Hand zu geben.

»Hallo, Jannike«, sagte er.

»Hallo.« Und dann machte sie auf dem Absatz kehrt und lief zur Kaffeemaschine. Es war das Einzige, womit sie ihre Verlegenheit halbwegs überspielen konnte. Denn von damals wusste sie noch: Er liebte den Kaffee schwarz und ohne Zucker.

www.dein-grosser-tag.de

♥♥♥♥♥

Inselhochzeit – ein Traum ist in Erfüllung gegangen!

Ihr lieben Heiratswilligen, traut euch doch auch! Feiert euren großen Tag auf einer idyllischen Nordseeinsel. Wir haben im kleinen Hotel am Leuchtturm bei Jannike Loog und ihrem Team den schönsten Tag unseres Lebens gebucht und es nicht bereut. Obwohl ein kleines Malheur passiert ist (Tipp am Rande: Wenn die Hoteldirektorin sagt, dass ihr die Möwen nicht füttern dürft, dann solltet ihr auf sie hören ;-)), war es eine Bilderbuchhochzeit. Wirklich nur zu empfehlen, auch für andere Familienfeiern. Schaut euch gern unsere Fotogalerie im Internet an. Deko, Atmosphäre, Trauzeremonie, Preis/Leistung kriegen von uns die volle Anzahl Herzchen. Wenn wir nicht so unglaublich glücklich verheiratet wären, würden wir sagen: Bis zum nächsten Mal! Danke an Jannike, Danni und ihr ganzes Team!

Franziska und Sönke aus dem Münsterland

Gabriella und Dario hatten damals in Noli geheiratet, einem kleinen Hafenort an der italienischen Riviera. Ein malerisches Fleckchen Erde mit verwinkelten Gässchen, streunenden Katzen, einem sehr guten Restaurant im historischen Zentrum und genau dem richtigen Flair, damit es nicht zu hinterwäldlerisch wirkte, aber authentisch genug für die Boulevardpresse: *Pizzabäcker und Bestsellerautorin – romantische Hochzeit im Kreise seiner italienischen Familie.* Das Promi-Magazin *Close Up* hatte den Köder gleich geschluckt und wunderbare Bilder auf der Titelseite und einer Doppelseite im Innenteil gezeigt. Von Gabriella (im weißen Kleid) mit ihrer Schwiegermamma (in Kittelschürze) vor einem Balkon, an dem pinkfarbene Bougainvilleen rankten: *Sie fühlt sich in der Heimat ihres Liebsten sichtlich wohl und wird von der Dorfgemeinschaft herzlich aufgenommen. Wenn Gabriella daran denkt, dass ihr Dario hier in Noli seine ersten Kochversuche gewagt hat, wird ihr ganz warm ums Herz.* Dabei war Dario gar nicht in Noli geboren und aufgewachsen, sondern in einer weiter nördlich gelegenen, eher schmuddeligen Industriestadt in der Po-Ebene. Doch das hätte keine so attraktive Reportage gegeben. Deswegen hatte Gabriellas Agent damals darauf bestanden, nach etwas Hübschem zu suchen. Und war auf Noli gekommen.

Das war jetzt vier Jahre her. Kein einziges Mal waren Dario und sie seitdem dorthin zurückgekehrt. Wenn Gabriella daran dachte, wurde sie sauer. Furchtbar sauer.

Ihr Mann saß draußen im Garten und paffte seine Zigarre. Neben sich ein Glas Weißwein, irgendein Fußballmagazin auf dem Schoß. Der Rasen war noch immer nicht gemäht. Gut, das war nicht direkt Darios Aufgabe, aber er war sehr wohl dafür zuständig, dem Gärtner auf die Füße zu treten, wenn dieser seinen Verpflichtungen nicht nachkam. In der Hinsicht konnte man sich auf Dario Brunotte einfach nicht verlassen. Dem war es egal, ob das Unkraut wucherte. Zum Glück war ihre Haushaltshilfe zuverlässig und fleißig, sonst würde hier alles drunter und drüber gehen. Eigentlich wollte Gabriella in Ruhe schreiben. Ihr knisternder Frauenroman *One-Night-Stand* hatte sich so gut verkauft, dass sie nach Darios drittem Bandscheibenvorfall seinen Ausstieg aus dem Pizzageschäft finanziell auffangen konnte. Der Nachfolger *Two Strong Arms* war dank einer ausgeklügelten Pressekampagne noch besser in den Buchhandlungen präsent, denn darin plauderte Gabriella angeblich die intimen Details ihrer Ehe aus. Was natürlich Quatsch war und genauso wenig stimmte wie die Behauptung, Dario hätte in Noli das Pizzabacken gelernt oder sie wären nach vier Jahren Ehe noch immer scharf aufeinander wie zwei rote Peperoni. Doch ihre Romanheldin brauchte nur den Bizeps des Gatten zu sehen, schon gab es kein Halten mehr. Da musste man bei Dario leider lange suchen. Kein Sixpack – außer im Kühlschrank. Aber egal, ihr Agent hatte gesagt, es sei wichtig, dass sie den Lesern das Gefühl gebe, beim Schmökern durch das Schlüsselloch der Brunotteschen Villa schauen zu dürfen. Alles andere würden sich die Leute dazudenken: Wenn die Autorin solche Sachen schrieb – ob das wohl alles im Ehebett recherchiert wurde? Was die da wohl veranstalteten?

Fakt war: Sie veranstalteten nichts. Zumindest nichts, was Spaß machte. Und wenn sie es doch mal taten, dann nicht in einer Villa, sondern in ihrem Townhouse in Berlin-Friedrichshain, wo die Nachbarn so eng zusammen wohnten, dass man kein Schlüsselloch brauchte, um das Privatleben der anderen zu inspizieren. Das ihre war, nebenbei bemerkt, denkbar öde. Dario lungerte herum, sie schrieb am dritten Buch: *Three Times A Lady.* Zumindest hatte sie vor, es zu schreiben. Blöderweise blieb sie aber immer wieder im Internet hängen, las sich fest und vergaß darüber die Zeit. So wie jetzt gerade. Eigentlich hatte sie für eine Nebenfigur ihres Romans etwas über die verschiedenen Ehejubiläen recherchieren wollen, wann die silberne, die goldene, die diamantene Hochzeit gefeiert werden. In wenigen Wochen hatten Dario und sie übrigens die seidene Hochzeit. Aha ... Momentan würde Gabriella da aber eher auf die halbseidene Hochzeit tippen.

Neben dem Bericht blinkte auf der Website ausgerechnet das Werbebanner eines Scheidungsanwaltes. War das ein

Zeichen? Gabriella klickte auf die Anzeige. Ein schnieker Jurist lächelte ihr zuversichtlich zu. *Scheidung muss nicht das Ende sein.* Das klang vielversprechend. Das Telefon klingelte. Dummerweise stand der Apparat nicht in der Ladestation, sondern lag draußen auf dem Gartentisch.

»Dario, kannst du bitte drangehen? Ich bin gerade so schön im Schreibprozess.« Doch Dario bewegte sich nicht. Er hatte Kopfhörer auf. Wahrscheinlich lauschte er Eros Ramazzotti. Ja, darauf war sie damals bei ihrem Kennenlernen richtig abgefahren, wenn er diese Musik für sie auflegte, deren erster Akkord schon den Appetit auf Pizza verstärkte. Heute löste *Adesso Tu* bei ihr nur noch eine akute Magenverstimmung aus. Das Telefon klingelte weiter. Genervt stand Gabriella auf, schob den Schreibtischstuhl nach hinten und ging in den Garten. Kurz bevor der AB ansprang, nahm sie das Gespräch an.

Es war ihr Agent. »Wie läuft's?«

»Das Buch oder die Ehe?«

»Wart ihr immer noch nicht beim Therapeuten?«

Gabriella schnaubte. »Dario weigert sich vehement. Er sagt, das Problem sei nicht unsere Ehe, sondern mein Ehrgeiz. Für solche Sprüche könnte ich ihn echt an die Wand klatschen.«

»Ich bezweifle, dass auf diese Weise ein Prinz aus ihm wird.«

»Wie bitte?«

Sie hörte ihren Agenten seufzen auf seine typische Art, die deutlich machte, dass er Literatur studiert hatte, während sie als gelernte Schuhverkäuferin mit schlüpfrigen Frauenromanen berühmt geworden war. »Das Märchen vom Froschkönig: Die meisten Menschen glauben, die Prinzessin küsst den Frosch, um ihn zu verwandeln. In Wirklichkeit knallt sie ihn gegen die Wand, weil sie ihn partout nicht küssen will. Und Simsalabim ist aus ihm ein schneidiger Königssohn geworden.«

»Ach so!« Gabriella ging mit dem Hörer am Ohr zurück ins Arbeitszimmer, und obwohl sie sicher war, dass Dario von dem Gespräch nichts mitbekam, schloss sie vorsichtshalber die Tür hinter sich. »Ich fürchte, wir kommen nicht drum rum. Ich werde die Scheidung einreichen.«

»Gabriella, bitte, du musst ...«

»Ich weiß, was du jetzt sagen willst. Vier Jahre Ehe sind zu kurz, die Presse wird mir jegliche Ernsthaftigkeit absprechen. Für die Öffentlichkeit werde ich eine rücksichtslose Hexe sein, die ihren Mann abschiebt, weil der durchtrainierte Pizzabäcker nach ein paar Bandscheibenvorfällen zur Couch-Potato geworden ist. Vielleicht wird sogar wieder das alte Gerücht aus der Mottenkiste gezogen, dass unsere Hochzeit ohnehin nur ein PR-Gag war. Doch das ist mir egal. Ich halte es mit dem Kerl keinen Tag länger aus.«

»Aber ...«

»Und ich kann keine einzige Zeile schreiben, wenn er da so stinkefaul auf der Terrasse hockt. Von meinem Schreibtisch aus hab ich ihn direkt im Visier. Es macht mich wahnsinnig!«

Ihr Agent schwieg. Sie wusste, gleich würde er wieder mit der Diagnose »akute Schreibblockade« kommen. Das war nämlich seine größte Sorge. Wenn Gabriella unglücklich war, fiel ihr das Schreiben schwer, und wenn sie nicht schrieb, würde es kein Buch geben, an dem er verdiente.

Vom Groll ihres Verlegers, den er zuerst zu spüren bekam, mal ganz abgesehen. Bislang hatte er nachdrücklich von einer Trennung abgeraten, nicht, weil er als ihr Trauzeuge eine große Liebe retten wollte, sondern eher aus Gründen der Imagepflege. Meistens gingen seine Pläne auf, er war ein gewitzter Typ, kannte sich aus im Bestsellergeschäft. Der immense Erfolg ihrer Romanserie war nicht zuletzt seinem Verhandlungsgeschick zu verdanken. Doch wenn ihr der Ehefrust aufs Gemüt schlug, konnte sie keine sinnlichen Frauenbücher schreiben, in denen es größtenteils darum ging, dass Mann und Frau sich zu jeder Tageszeit und an allen möglichen Orten gegenseitig beglückten. Das war unmöglich.

Inzwischen hatte er das wohl begriffen. »Okay, Gabriella, dann ziehen wir die Sache aber auch richtig auf«, entschied er schließlich.

»Du meinst, à la Hollywood? *Wir haben alles versucht und lieben uns noch immer sehr, jedoch haben wir beide festgestellt, dass wir besser in Freundschaft leben können denn als Paar* ... So in der Art könnte ich es auf meiner Facebook-Seite posten.«

Sein Kopfschütteln konnte sie förmlich hören. »Das wird in Deutschland kaum funktionieren. Wenn, dann müssen wir es als Befreiungsschlag inszenieren. *Endlich wieder ich selbst!* oder so. Dazu schöne Bilder, ähnlich wie bei eurer Hochzeit ...« Sie hörte, dass er nebenbei auf seine Computertastatur eintippte. »Geh doch mal auf *www.dein-großer-tag.de.*«

Gabriella klemmte sich den Hörer zwischen Schulter und Kinn und gab die Adresse ein. Eine Website mit vielen Bildern von fröhlichen Menschen erschien auf dem Bildschirm. »Da sehe ich aber nur Brautpaare.«

»Es gibt auch Tipps für eine gelungene Scheidungsparty. Klick mal die Bewertungen an.«

Sie klickte. Die Lobeshymne eines glücklichen Liebespaares aus dem Münsterland öffnete sich. »Eine Insel?«

»Genau. Vielleicht erinnerst du dich noch an Jannike Loog? Die Sängerin vom Duo *Janni & Danni*. Ihr beide wart vor drei Jahren mal zusammen in einer Talkshow.«

Gabriella hatte tatsächlich ein Bild vor Augen, eine blonde Frau, sehr charmant, hübsch, talentiert. »Aber bei der gab es doch so einen Skandal, oder?«

»Stimmt, Sex mit dem Produzenten, Schleichwerbung, Steuerhinterziehung – da hat die gute Frau Loog sich einiges unterstellen lassen müssen. Janni ist vor einem Jahr regelrecht geflohen, hat ihre Karriere geschmissen und sich ein Hotel an der Nordsee gekauft. Angeblich alles schön malerisch. Das könnte ich mir sehr gut für dich und dein Trennungsfest vorstellen.«

Gabriella schluckte. Eben noch hatte sie sich nichts sehnlicher gewünscht, als dass ihr Agent Ja und Amen zu ihrem Beziehungs-Aus sagen würde. Doch jetzt, da er alles gleich so konkret plante, wurde ihr ganz anders. Eine öffentliche Scheidungsparty zu organisieren, während Dario nichts ahnend, Eros Ramazzotti hörend, in der Sonne saß, erschien ihr irgendwie gemein. Immerhin hatten sie auch gute Zeiten gehabt. Am Anfang, als sie auf allen Partys der Hauptstadt gern gesehene Gäste gewesen waren. Oder auf ihrer Hochzeitsreise auf der Route 66 durch die Staaten. Selbst in der Zeit, als Dario nach der Rücken-OP in der Reha-Klinik im

Emsland gewesen war, hatten sie sich prima verstanden, waren sich richtig nah gewesen. Doch dann ... war irgendetwas geschehen. Oder das Gegenteil: Es war nichts mehr passiert. Seit zweieinhalb Jahren nicht mehr. Nein, sie durfte nicht zweifeln. Eine Trennung war die einzige Chance, wieder glücklich zu werden. Kreativ und erfolgreich.

Gabriella hatte sich inzwischen das virtuelle Hochzeitsalbum des fremden Paares angeschaut: traumhafte Aufnahmen mit Möwen, Leuchtturm, Dünen, Strand und Pferden. Dass die Braut auf einigen Fotos einen schlabberigen Jogginganzug trug, war für ihren Geschmack etwas zu ausgefallen, aber der Rest entsprach absolut ihrem Stil. »Okay«, sagte sie schließlich. »Was soll ich tun?«

»Such dir zwei deiner besten Freundinnen und einen Termin, an dem ihr alle drei Zeit habt. Dann rufe ich bei Jannike Loog an und regle den Rest für dich. Ich bin mir sicher, die *Close Up* reist gern mit euch auf die Insel.«

»Aber ... muss ich nicht erst zum Anwalt?«

»Nach dem Trennungsjahr.« Ihr Agent kannte sich mit Scheidungen aus, er war nämlich bereits zum dritten Mal verheiratet. »Ich weiß, Gabriella, das ist lange, aber so will es nun mal das Gesetz.«

Gabriella lachte bitter. »Ich wünschte, man müsste vor der Hochzeit ein Beziehungsjahr vorweisen, dann wäre mir das mit Dario bestimmt nicht passiert.«

In diesem Moment setzte ihr Mann draußen auf der Terrasse seine Kopfhörer ab, drückte die Zigarre in den Aschenbecher und nahm den letzten Schluck Weißwein. Als er sich erhob und sich suchend nach ihr umschaute, schließlich ihren Blick durch die Fensterscheibe auffing, lächelte und mit zwei ausgestreckten Fingern signalisierte, dass er ihnen jetzt zwei Cappuccino zubereiten würde wie immer mittags um diese Uhrzeit ... Ja ... Gabriella musste es zugeben, da tat es ihr für einen kurzen Moment unendlich leid, dass sie beide vor dem Aus standen. Sie winkte zurück.

»Also, machen wir es so?«, fragte ihr Agent.

»Ja«, sagte sie und legte auf. »Machen wir es so.«

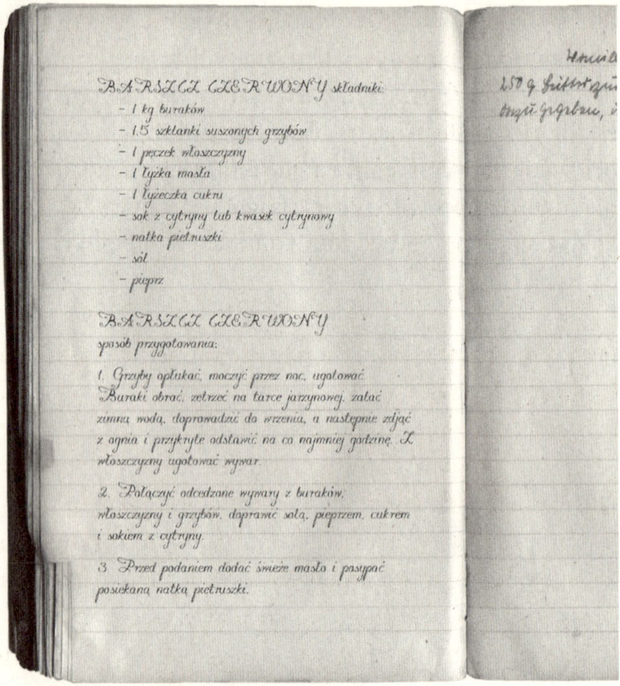
BARSZCZ CZERWONY składniki:
- 1 kg buraków
- 1,5 szklanki suszonych grzybów
- 1 pęczek włoszczyzny
- 1 łyżka masła
- 1 łyżeczka cukru
- sok z cytryny lub kwasek cytrynowy
- natka pietruszki
- sól
- pieprz

BARSZCZ CZERWONY
sposób przygotowania:

1. Grzyby opłukać, moczyć przez noc, ugotować. Buraki obrać, zetrzeć na tarce jarzynowej, zalać zimną wodą, doprowadzić do wrzenia, a następnie zdjąć z ognia i przykryte odstawić na co najmniej godzinę. Z włoszczyzny ugotować wywar.

2. Połączyć odcedzone wywary z buraków, włoszczyzny i grzybów, doprawić solą, pieprzem, cukrem i sokiem z cytryny.

3. Przed podaniem dodać świeże masło i posypać posiekaną natką pietruszki.

Das Kochbuch sah aus, als wäre es schon an den extremsten Orten der Welt gewesen, auf dem Gipfel des Mount Everest, am Grund des Marianengrabens, in der Hitze des Death Valley und im Frost der Antarktis. In Wahrheit hatte es jedoch das letzte Jahrhundert in der Obhut der Familie Pajak in der Nähe von Gdańsk verbracht. Aber es war eindeutig viel benutzt worden, war zerlesen und verschmiert, der Rücken und das Deckblatt waren ausgeblichen und fleckig. Oma Maria hielt es fest an die ausladende Brust gedrückt, als wäre der Familienschatz so wertvoll, dass Jannike eventuell auf den Gedanken kommen könnte, ihr das Buch zu entreißen und meistbietend zu versteigern.

»Ihr wollt ein polnisches Restaurant eröffnen?«, resümierte Jannike, und alle nickten. Alle, das waren Oma Maria, Mutter Bogdana, Tochter Lucyna und Sohn Mattheusz – und nicht zuletzt auch Danni, der sich zu Beginn des Gesprächs noch skeptisch gegeben hatte, nun aber völlig überzeugt von der Idee zu sein schien.

Nachdem Jannike den ersten Schreck überwunden hatte und Mattheusz und seine Großmutter zu Bogdana und Lucyna unters Dach gezogen waren, saßen sie nun am nächsten Abend zusammen, um den hanebüchenen Plan, der hinter Jannikes Rücken gereift und für ihren Geschmack etwas zu forsch in die Tat umgesetzt worden war, zu diskutieren. Immerhin, das Frühstück heute Morgen war ein voller Erfolg gewesen. Die Gäste zeigten sich schwer begeistert von Oma Marias Rührei, mutig gewürzt mit Paprikapulver und irgendeiner Geheimzutat. Dazu gab es frisches Roggenbrot. Jannike hatte keine Ahnung, wann es gebacken worden war, womöglich mitten in der Nacht, denn der köstliche Duft war schon durchs Haus gezogen, als sie sich heute bei Sonnenaufgang zum Joggen an den Strand aufgemacht hatte. Kein Zweifel: Die Familie Pajak legte sich ins Zeug, um ihren Traum vom Hotelrestaurant zu verwirklichen.

Es fiel Jannike entsprechend schwer, strikt bei ihrer Meinung zu bleiben. Doch was die anderen ihr in diesem Moment zu verkaufen versuchten, war einfach lachhaft.

»Ich hab im Internet recherchiert«, erklärte sie, »und das Einzige, was mir in der osteuropäischen Küche halbwegs bekannt vorkommt, ist diese Rote-Bete-Suppe mit saurer Sahne. Wenn man dann noch unter dem Stichwort *Borschtsch* googelt, steht da nur, dass es das Wort mit den meisten aneinanderhängenden Konsonanten im deutschen Sprachgebrauch ist. Ich weiß nicht, ob das reicht, um ein Restaurant voll zu kriegen.«

»Bei uns das heißt *Barszcz*«, warf Lucyna ein, als würde es etwas an der Sache ändern. »Und ist in Polen klare Suppe. Wir essen mit *Uszka* und *Kołaczyk*. Schmeckt viel besser als in Russland. Oder probier mal *Pierogi, Gołąbki, Bażant po staropolsku*! Wenn Oma Maria das kocht, es ist ein Gesang!«

»Du meinst: Ein Gedicht.« Jannike musste lächeln, es ging nicht anders. Sie hatte keine Ahnung, von welchen kulinarischen Genüssen Lucyna da gerade schwärmte, doch sie sah, dass allen Familienmitgliedern förmlich das Wasser im Munde zusammenlief. »Ich befürchte, unsere Tische werden leer bleiben, auch wenn die Suppe noch so lecker ist. Die Menschen, die an der Nordsee Urlaub machen, wollen Fisch essen. Krabben, Scholle, Hering und so ein Zeug!« Danni verzog das Gesicht. Ihn konnte man jagen mit maritimer Hausmannskost.

»*Hekele*!«, sagte Mattheusz. Er hatte noch nicht oft gesprochen seit seiner Ankunft, und Jannike war sicher, das lag an ihrem gefühlsduseligen Brief, den sie ihm nach Polen geschickt hatte und der auf dem Missverständnis beruhte, dass sie geglaubt hatte, ihm etwas zu bedeuten. Kein Wunder, dass er stumm war wie ein ... wie ein Fisch. Das war alles so peinlich.

»Hering geschnitten«, fuhr er fort. »Mit Eiern, Zwiebeln und Gewürzen. Schmeckt wie euer Heringssalat. Lecker, die

Gäste werden es lieben.« Na, bei diesem Thema wurde er ja geradezu redselig. Mit seiner Begeisterung würde er einen prima Hilfskoch abgeben.

Er schaute kurz zu ihr her, und Jannike hatte Lust, ihn anzulächeln. Dummerweise funktionierte das aber nicht. Der Flirt-Akku war irgendwie leer, sobald er sie ansah. Stattdessen brachten ihre Gesichtsmuskeln nur eine Mimik zustande, die Mattheusz veranlasste, den Blick zu senken.

Danni bekam natürlich alles mit, er hatte feine Sensoren für Zwischenmenschliches. Zum Glück schlug er trotzdem einen geschäftsmäßigen Ton an: »Also, ich finde, wir probieren es aus. Wir könnten ja behaupten, die polnische Küche sei der neueste Trend in der Haute Cuisine. In Köln gibt es ein russisches Restaurant, wenn du da essen willst, musst du drei Wochen vorher einen Tisch reservieren. Ich bin mir sicher, so wird das bei uns auch sein!«

Jannike wollte gerade etwas erwidern, als die Glocke am Eingang bimmelte.

»Moin«, schallte eine leicht jodelnde Frauenstimme durch den Flur. Unverkennbar Hanne Hahn, die Gleichstellungsbeauftragte der Inselgemeinde – und gleichzeitig die größte Klatschtante vor Ort. Vermutlich nicht bösartig, nein, aber ziemlich penetrant. »Jemand da?« Schon ging die Tür auf, und sie stand mitten in der Küche. Ihre vorstehenden Augen musterten neugierig und im Schnellverfahren alle Anwesenden, dann holte sie tief Luft. »Habt ihr am Wochenende vor den Sommerferien schon was vor?« Jetzt bemerkte sie den großen Kalender an der Wand, schritt darauf zu und pikte mit dem rechten Zeigefinger auf einen Tag Ende Juni, der unverkennbar frei war. »Nein, habt ihr nicht!«

»Worum geht es denn?«, fragte Jannike und schob der unangemeldeten Besucherin einen Stuhl zurecht. Die anderen nutzten die Gelegenheit und machten sich wieder an die Arbeit. Bogdana holte die Putzutensilien aus der Abstellkammer, Oma Maria stellte sich an den Küchentresen und schälte einen Berg Kartoffeln – für wen auch immer, Jannike hatte beschlossen, sie machen zu lassen und nicht nachzufragen –, und Mattheusz verließ mit einem Werkzeugkoffer den Raum. Er hatte sich vorhin bereit erklärt, die lockere Duschwand im Zimmer 1 zu reparieren. Lucyna hatte eigentlich das Mobiliar auf der Sonnenterrasse abwischen wollen, blieb aber aus irgendeinem Grund doch in der Küche und räumte lieber die Spülmaschine aus. Egal, es gab ohnehin genug zu tun.

Nun saßen sie zu dritt am großen Küchentisch. Danni und Janni blickten ihre Besucherin neugierig an.

»Mann, hier drin ist die Luft vielleicht trocken«, bemerkte Hanne Hahn und hustete demonstrativ ein bisschen.

»Prosecco?« Danni hatte verstanden. Sofort erhob er sich und verschwand im Vorratsraum, um eine Flasche zu holen, entkorkte sie und schenkte in die drei Gläser ein, die Jannike inzwischen bereitgestellt hatte. Sie stießen an. »Gibt es denn was zu feiern?«

»Und ob!« Hanne Hahn grinste. »Eine Hochzeit!«

Nun grinste Danni ebenfalls. Er liebte Hochzeiten. »In deiner Familie?«

»Mein Sohn heiratet!«

Es klirrte. Lucyna war eines der kleinen Marmeladenschälchen heruntergefallen, die Scherben verteilten sich auf dem Boden. »Entschuldigung«, sagte Lucyna und holte eilig Kehrblech und Handbesen.

»Ihr kennt doch Ingo? Er arbeitet bei der Reederei und ist für den Frachtverkehr zuständig.«

Natürlich, jeder kannte Frachtschiff-Ingo. Ein fröhlicher, flachsblonder Kerl, der gern Muskelshirts trug und mit dem Jannike damals bei ihrem Einzug mehrfach täglich hatte telefonieren müssen, weil die Container mit ihren Möbeln wegen Niedrigwassers nicht transportiert werden konnten. Jannike hatte nur bislang nicht gewusst, dass er der Sohn von Hanne Hahn war. Die Verwandtschaftsverhältnisse auf der Insel waren nämlich ein Geflecht, das es mit sämtlichen Makramee-Arbeiten der siebziger Jahre aufnehmen könnte. Jeder war irgendwie mit jedem verbandelt, war Exfreund oder zukünftiger Schwippschwager, Großcousin oder ehemaliger Lehrer – manchmal alles zugleich.

»Er ist ja schon seit dem Sandkasten mit seiner Elka zusammen. Elka Tiedjen.« Hanne registrierte die fragenden Gesichter ihrer Zuhörer. »Ihrer Familie gehört die Pension Seeliebe, das schöne Haus direkt neben den Dünen am Hauptbadestrand.« Und dann fügte sie noch hinzu: »Elka ist eine Traumschwiegertochter: fleißig, vernünftig und mit gebärfreudigem Becken gesegnet!« Unwillkürlich zog Jannike die Augenbrauen hoch, schon öfter hatte sie sich gefragt, warum ausgerechnet eine Frau wie Hanne Hahn sich hier auf der Insel für die Gleichberechtigung starkmachen musste. Hanne Hahn nahm einen kräftigen Schluck Prosecco. »Bislang hat mein Ingo sich ja gesträubt, feste Bindungen einzugehen. Wie die jungen Kerle so sind. ›Nee, meine Freiheit ist mir wichtig, und wer weiß, ob wir wirklich alt miteinander werden‹ und so weiter.«

Lucyna bückte sich und fegte unter dem Tisch, wo eine Scherbe direkt zwischen Hanne Hahns Füße gefallen war. »Entschuldigung, würden Sie bitte ein kleines Stückchen zur Seite gehen?«

Die Gleichstellungsbeauftragte erbarmte sich, rückte ein paar Zentimeter nach rechts und redete ungerührt weiter. »Aber jetzt hat mein Sohnemann keine Ausreden mehr: Elka ist schwanger! Im vierten Monat! Ich werde Oma!« Darauf musste Hanne Hahn sich erst einmal einen weiteren Schluck Prosecco genehmigen. Auch Jannike nippte aus Höflichkeit am Glas. Sie musste aufpassen, um diese Uhrzeit trank sie für gewöhnlich noch keinen Sekt, und schon jetzt spürte sie ein leicht schwummeriges Gefühl. Doch es gab Situationen, da musste man den Gepflogenheiten der Insel folgen, sonst machte man sich unbeliebt. Besonders wenn es um Geschäftliches ging, war ein Glas in Ehren enorm wichtig. Und das schien ja hier der Fall zu sein.

»Wenn ich dich richtig verstehe, wollt ihr die Hochzeit bei uns feiern? An ebendiesem Freitag im Juni?«

»Ja!«, antwortete Hanne Hahn aufgekratzt. »Ich hab von der Hochzeit letzte Woche gehört – dieses Münsterländer Paar –, soll ja ein Traum gewesen sein. Mein Mann Rüdiger ist doch mit dem Shantychor aufgetreten ...«

»Hab ich mitbekommen, Hanne, ich bin schließlich der Chorleiter«, konnte Danni sich nicht verkneifen.

»Auf jeden Fall waren die Jungs begeistert vom Fest. Und als Elka und Ingo gestern bei uns waren, um uns von dem Kind zu erzählen, da habe ich gleich gesagt: Das feiern wir bei Jannike draußen! Mit allem Drum und Dran.«

»Das ist aber ziemlich kurzfristig!«, warf Jannike ein. »Nur noch vier Wochen.«

»Da hast du recht. Aber in der Hauptsaison haben wir doch alle zu viel zu tun. Und im September ist die Elka vielleicht schon zu dick zum Heiraten.« Hanne Hahn leerte das Glas. »Oder Ingo überlegt es sich doch noch anders. Bei dem weiß man nie!«

In diesem Moment fiel mit großem Geklirre der Besteckkasten herunter. Was war denn nur mit Lucyna los? Hanne Hahn drehte sich missbilligend um. »Ja, was Personal angeht, kann man heutzutage nicht wählerisch sein.«

»Lucyna ist schon seit sechs auf den Beinen, da kann das mal passieren«, nahm Jannike ihre Mitarbeiterin in Schutz. Dann stand sie auf, half beim Einsammeln der Messer und Gabeln und betrachtete die junge Polin von der Seite. Sie war noch blasser als sonst. Ihre Hände zitterten. »Wenn du magst, kannst du dich ein bisschen aufs Ohr legen, Lucyna. Ruh dich aus, bis es dir besser geht, wir schaffen das hier schon!«

Die junge Frau nickte und wischte sich beim Hinausgehen mit dem Zipfel ihrer Schürze über die Augen. Hatte sie etwa geweint? Aber warum? Weil Jannike sich vorhin so wenig begeistert von der Restaurantidee gezeigt hatte? Okay, sie würde sich das gleich noch mal in Ruhe durch den Kopf gehen lassen. Vielleicht funktionierte es ja, vielleicht war sie zu engstirnig, vielleicht hatte die kleine Inselwelt nur auf ein polnisches Gastronomieangebot gewartet.

Hanne Hahn quatschte die ganze Zeit ununterbrochen weiter. Es ging darum, wer alles zum Fest kommen würde (mehr als hundertfünfzig Leute – also fast die halbe Insel!), wer auftreten dürfe (die Volkstanzgruppe, die Inselcombo Die *dollen Schollen* und natürlich der Shantychor), was es zu essen geben solle (egal, Hauptsache Heringssalat war dabei, denn den liebte ihr Mann Rüdiger so sehr) und wie man dekorieren müsse (Heckenrosen, Strandhafer und Sanddornzweige). Danni hatte das Planungsbuch geholt und machte sich eifrig Notizen: standesamtliche Trauung auf dem Leuchtturm, der Segen anschließend in der alten Inselkirche im Dorf, Transfer per Kutsche und Fahrrad ... Zwischendurch warfen Danni und Jannike sich Blicke zu. War das zu schaffen? In der Kürze der Zeit? Das waren rein rhetorische Fragen, denn wenn sie Hanne absagten, hätten sie womöglich die halbe Inselbevölkerung gegen sich. Nein, eine Insulanerhochzeit war wichtig, da konnten sie nicht kneifen. Spätestens als Hanne Hahn nebenbei erwähnte, dass ansonsten das *Hotel Bischoff* eine Alternative wäre, war die Sache klar: Bevor der scheußliche Gerd Bischoff das Fest ausrichtete, würden sie alle Hebel in Bewegung setzen und die Sache durchziehen.

Bis zum feierlichen Abschluss per Handschlag waren anderthalb Flaschen Prosecco geleert worden, und Jannike taumelte fast, als sie Hanne Hahn nach draußen zu deren Fahrrad begleitete. Sie winkte, bis die Besucherin hinter der ersten Düne verschwunden war, dann setzte sie sich erst mal kurz auf den kleinen Mauervorsprung neben der Eingangstür und schloss die Augen. Klar, Jannike freute sich über den Auftrag. Aber sie hatte gleichzeitig Muffensausen. Denn wenn alles glattlief, wenn Frachtschiff-Ingo und seine Sandkastenliebe ohne Komplikationen unter die Haube gebracht werden konnten, dann war das eine Riesenchance, sich bei den Einheimischen zu etablieren. Doch von der Schonebeckschen Hochzeit her wusste Jannike nur allzu gut, was alles schieflaufen konnte. Und jede Panne würde sich auf der Insel herumsprechen und bis ins kleinste Detail erörtert werden – woran Gerd Bischoff sicher seine helle Freude hätte. Der alteingesessene Hotelier betrachtete Jannike als Konkurrenz und nutzte jede Gelegenheit, die sich ihm als Vorsitzendem des Inselrates bot, der neuen Mitbewerberin Steine in den Weg zu legen. Erst im September hatte er ihr die Gewerbeaufsicht auf den Hals geschickt, weil im *Hotel am Leuchtturm* angeblich die Brandschutzvorgaben grob missachtet würden. Glücklicherweise hatte der Bürgermeister Wind davon bekommen und einen befreundeten Handwerker überredet, im Schnellverfahren die nötigsten Dinge zu richten: beleuchtete Fluchtwege und entsprechende Evakuierungspläne in den Zimmern, Feuermelder und -löscher in genügender Anzahl, irgendein besonderer Schutzanstrich über dem Gasherd in der Küche – das Ganze war nicht billig, aber anscheinend wirklich notwendig gewesen. Die Gutachter hatten lediglich eine Feuertreppe für die oberen Stockwerke gefordert, Jannike aber gnädigerweise ein Jahr Zeit für die Umsetzung gelassen. Bischoffs Plan, eine Schließung des Hotels zu bewirken, war zum Glück gescheitert. Doch er lauerte nur auf die nächste Chance. Und die wollte Jannike ihm auf keinen Fall bieten. An jenem Freitag im Juni musste alles reibungslos klappen, basta.

Schon ruhiger, erhob sie sich und schlenderte zurück zum Hotel. Wie sollte sie bloß mit diesem doch merklich benebelten Kopf jetzt noch drei Buchungsbestätigungen rausschicken, die Homepage aktualisieren und ein halbwegs passables Gespräch mit der Bank führen, um den Kredit für die Feuertreppe zu regeln? Das konnte ja heiter werden. Jannike beschloss, sich die Arbeit lieber mit nach oben in die Privatwohnung zu nehmen. Wenn sie sich wie üblich mit dem Laptop in die Küche setzte, würde sie keine Ruhe haben, das kannte sie schon. Entweder wollte ein Gast ein Schwätzchen über das Wetter halten, oder Danni hatte wieder eine zündende Deko-Idee, oder das Telefon klingelte, oder Oma Maria würde sie unter einem polnischen Redeschwall heranwinken und probieren lassen, was sie aus dem frisch geschälten Haufen Kartoffeln gezaubert hatte, oder ... oder ...

Bepackt mit ihren Arbeitsunterlagen und dem Notebook stieg sie die Treppe hinauf. Im ersten Obergeschoss waren die meisten Gästezimmer untergebracht, im zweiten befand sich die gemütliche Dachschrägenwohnung, in der Danni und sie lebten. Noch eine Etage drüber, im Spitzdach, gab es zwei Personalzimmer mit kleinem Bad. Sollten Mattheusz und seine Großmutter wirklich hierbleiben, mussten sie früher oder später umdisponieren. Bei Bogdana und Lucyna war es auf Dauer eindeutig zu eng.

Gerade als Jannike die Wohnung aufschließen wollte, hörte sie ein Geräusch von oben. Ein unterdrücktes Schluchzen, als würde jemand heimlich in sein Kopfkissen weinen. Lucyna? Die hatte eben schon so bedröppelt gewirkt, dann war sie nach oben gegangen ... Ob Jannike mal nachschauen sollte? Oder war das indiskret einer Mitarbeiterin gegenüber? Eigentlich ging das Jannike wirklich nichts an. Sie drehte den Schlüssel um, schob die Tür auf. Da, das Schluchzen wurde lauter, es war eindeutig Lucyna. Meine Güte, wie furchtbar traurig das klang. Es nutzte nichts, Jannike musste nachschauen, was los war. Sie würde sich ohnehin nicht auf die Arbeit konzentrieren können, wenn sich nur eine Dachbalkenlage höher jemand die Augen aus dem Kopf weinte.

Also ging Jannike die kleine Wendeltreppe hinauf, zögerte kurz und klopfte dann zaghaft an. »Lucyna?« Drinnen schnäuzte sich jemand die Nase. »Lucyna? Kann ich dir irgendwie helfen?«

Zweimal Räuspern. »Ist alles okay!«

Alles okay? Das Zittern der Stimme klang ganz anders, da war definitiv nichts okay. Jannike wurde mulmig. »Ist es wegen deiner Oma? Weil ich von eurer Idee nicht so begeistert bin?« Wieder ein Schluchzen, aber leider keine Antwort. »Hab ich dich gekränkt, als ich mich ein bisschen über die polnische Küche lustig gemacht habe?«

»Ach Quatsch!« Lucyna schaffte es, die zwei Wörter ohne Zittern in der Stimme zu sagen. Überzeugend klang es trotzdem nicht gerade.

Jannike hatte es schon immer schwer verkraften können, wenn jemand traurig war. Dann überkam sie immer ein unstillbares Verlangen, denjenigen wieder zum Lachen zu bringen. Ihrer Karriere als Moderatorin und Schlagersängerin hatte das genutzt. Jannikes permanent gute Laune und ihr ausgeprägtes Harmoniebedürfnis waren in jener Phase ihres Lebens oft von den Kollegen gelobt worden und hatten durchaus in die schillernd bunte Heile-Welt-Musikszene gepasst. Doch jetzt war der Wunsch zu trösten weitaus dringender, denn Lucyna war eine junge, fröhliche Frau, die normalerweise eine unglaubliche Energie ausstrahlte und sich durch den schlimmsten Stress nicht entmutigen ließ. Jannike würde alles tun, sie aufzumuntern.

»Also gut, Lucyna«, sagte sie nach höchstens zehn Sekunden Bedenkzeit. »Hörst du mich?«

»Ja.« Die gehauchte Antwort war kaum zu verstehen.

»Du hast es mitbekommen, wir haben in vier Wochen eine Großveranstaltung. Eine Insulanerhochzeit. Da müssen wir alles geben. Und ich denke, bis dahin brauchen wir Oma Maria und Mattheusz auf alle Fälle hier im Hotel. Probieren wir es aus, okay? Mindestens vier Wochen, ja? Vielleicht habt ihr alle recht, die Leute rennen uns die Bude ein, und die Sache trägt sich sogar. Wäre doch möglich ...« Jannike wusste, sie verhielt sich mal wieder unvernünftig bis zum Gehtnichtmehr. Aber in ihrem Leben hatten sich gerade die unvernünftigen Entscheidungen schon als goldrichtig erwiesen. Der Hotelkauf zum Beispiel. »Würde dich das wieder etwas glücklicher machen?«

»Hmm«, gab die junge Frau hinter der verschlossenen Tür von sich, und es klang eher nach Zustimmung als nach Ablehnung.

Na also. »Ach, Lucyna, ich kann dich ja verstehen. Ich weiß auch wirklich zu schätzen, was ihr in den letzten Monaten für das Hotel geleistet habt. Ohne euch wäre ich schon längst kläglich gescheitert. Wenn du willst, dann ...« Ja, was sollte sie jetzt sagen? Was konnte sie ihr bieten? Eine Gehaltserhöhung war nicht drin, beim besten Willen nicht. Aber vielleicht war es eine gute Idee, ihre Wertschätzung anders auszudrücken. Indem sie Lucyna mehr zutraute, sie forderte und förderte. Vielleicht war Lucyna auch deswegen so unglücklich, weil ihr Alltag vor allem aus Frühstückmachen, Spülen und Putzen bestand. Natürlich konnte sie mehr, viel mehr. Lucyna sollte wissen, dass Jannike sie keinesfalls unterschätzte. »Also, wenn du willst, dann … darfst du diese Hochzeit organisieren.«

Man hörte Lucyna nach Luft schnappen. »Nein, ich …«

»Doch, du kannst das bestimmt! Du darfst entscheiden, wie wir die Tische decken, was es zu essen gibt, wer wann was zu machen hat. Du bist die Chefin. Und damit du Zeit dafür hast, stelle ich dich ab sofort vom Spülen frei, das kann Mattheusz oder ich übernehmen.«

»Bitte, Jannike, ich …«

»Verstehst du, Lucyna? Ich lege die ganze Verantwortung für die Hochzeit von Frachtschiff-Ingo in deine Hände, weil ich weiß, dass du es sehr gut machen wirst!«

Jetzt sagte Lucyna nichts mehr. Auch das Schluchzen war vorbei.

Jannike atmete erleichtert aus. Das war ein richtig gutes Gefühl.

Mein Herz,

es ist steuerlich günstiger, und die Erbfolge wäre geklärt, also lass uns zum Standesamt gehen und die Sache offiziell machen. Wann passt es in deinen Terminkalender? Hier ist schon mal der Link zu den Öffnungszeiten im Rathaus.

Dieser dritte Versuch ist natürlich nicht ernst gemeint. Der ist aus lauter Verzweiflung entstanden. Aus dem, was man beispielsweise bei Wikipedia zum Thema *Ehe* findet.

Da sieht das alles so schön bequem und ordentlich aus. Ein Vertrag zwischen zwei Menschen. Eine Änderung im Personenstandsregister. Beim zuständigen Finanzamt.

Wenn ich es doch auch so sehen könnte, das würde alles einfacher machen.

Es wäre wie der Abschluss eines neuen Handy-Vertrags: Brauchen Sie eine Flatrate, oder reichen Freiminuten? Sollen wir die Laufzeit vorher festlegen, oder möchten Sie jederzeit kündigen können? Wir würden den Tarif an Ihr individuelles Kommunikationsverhalten anpassen: Sind Sie jemand, der viel sprechen muss? Sind Ihnen Bilder wichtig? Wie ausgeprägt ist Ihr Spieltrieb im Netz? Sie sind ja auch nicht mehr so jung wie die Teenager, die alle Nase lang posten müssen, wie es um ihre Seelenlage bestellt ist. Mit Blick auf Ihre gespeicherten Daten kann ich Ihnen praktischerweise genau sagen, was Sie wollen: Zuverlässigkeit, ständige Erreichbarkeit, Gespräche ohne Zeitdruck. Und ab und zu ein bisschen mehr Volumen, wenn besondere Anlässe es fordern, also Flexibilität. Ach, wie ich Sie einschätze, kommen wir mit dem *Community To Go* bestens aus.

Das wäre praktisch. Würd ich sofort ein Häkchen hinter machen. Es wäre auch viel einfacher, zu fragen, ob du mitkommst. Vielleicht gibt es einen Partnertarif ...

Eine Unterschrift von dir – und ich wäre der glücklichste Mensch der Welt.

Ist das romantisch?

Nicht die Bohne.

Ich streiche durch, ich knülle zusammen, ich werfe, treffe und verschiebe den nächsten Versuch auf später.

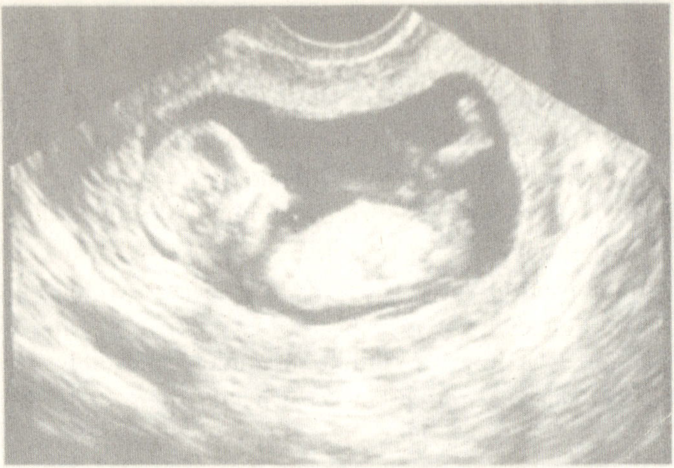

Ingo hatte es sich in seinem kleinen Büro in der zweiten Etage des Hafenbetriebsgebäudes bequem gemacht und blickte auf die Fahrrinne, die man bei Niedrigwasser von hier oben aus gut erkennen konnte. Links und rechts markierten Pricken den Weg zur Anlegestelle. Kleine dünne Birkenstämme, die jedes Frühjahr von den erfahrenen Kapitänen der Reederei *Fresena* neu in den Schlick gespült wurden, weil sich im Wattenmeer die Strömungen immer wieder veränderten, Untiefen einige Meter nach links oder rechts wanderten, empfindliche Muschelbänke geschont werden mussten. Die Kapitäne waren gestandene Seeleute, die alle Weltmeere bereist hatten, bevor sie auf den weißen Passagierfähren das Kommando übernahmen. Und alle waren sich einig: Das Kap Hoorn war wild, die Karibik tückisch, das Nordmeer ein Abenteuer – doch die friesische Nordseeküste war mindestens genauso schwer zu befahren. Oft rutschte man nur mit einer Handbreit Wasser unterm Kiel über den Meeresboden. Das war Zentimeterarbeit, nichts für Anfänger.

Ingos Blick folgte dem Wasserweg Richtung Osten. Da draußen war das Meer schon deutlich tiefer, dort kam man weit schneller voran. Gerade bog der Frachter um die Schlaufe am *Oosteroog*, einer tückischen Sandbank in Höhe des Flugplatzes. Ingo hatte ihn erwartet. Ein paar Minuten würde es noch dauern, bis die Matrosen die Taue um die Poller warfen. Danach noch mal zwei Stunden, wenn nicht länger, bis die Fracht vollständig gelöscht war. Das *Hotel Bischoff* erwartete zwei Anhänger mit Möbeln, der Getränkehändler hatte zudem ausgerechnet heute seinen Vorrat für die Hauptsaison angemeldet. Dazu noch der übliche Kleinkram. Gäbe es hier Lastwagen wie auf dem Festland, wäre alles schnell erledigt, doch die Insel war autofrei. Bis das alles vom Schiff gehievt und auf die bereitstehenden Kutschen geladen war ... Ingo würde also Überstunden machen müssen, nichts Ungewöhnliches. Er hatte sogar damit rechnen können, denn es war Nipptide – was bedeutete, dass Sonne und Mond konträr standen und die Gezeitenwelle deshalb vergleichsweise bescheiden heranrollte. Zudem bestand eine leichte Ostwindlage. Zwei Komponenten also, die zuverlässig für sehr wenig Wasser sorgten. Jemandem, der auf der Insel aufgewachsen und dessen Leben schon immer von Ebbe und Flut getaktet war, waren alle diese Zusammenhänge von Mondstand, Windrichtung und Gezeitenströmung so geläufig wie einem Großstadtmenschen das Liniennetz der öffentlichen Verkehrsmittel. Und Ingo war weiß Gott nicht traurig darüber, dass es heute lange dauern würde. Er hatte nämlich überhaupt keinen Bock, früh zu Hause zu sein. Die Stimmung dort ging ihm furchtbar auf den

Senkel. Seit diesem himmelblauen Streifen auf dem Schwangerschaftstest war Stress angesagt. Alles drehte sich nur noch um diesen Flecken, dessen Umrisse sie bei Elkas Gynäkologen letzte Woche auf dem Bildschirm hatten erahnen können. »Herzlichen Glückwunsch! Sie werden Eltern«, hatte der Arzt gesagt, und als sie anschließend wieder ins Wartezimmer gegangen waren, hatten da vier Insulaner gesessen und ihnen wissend zugezwinkert. Nein, der Frauenarzt war nicht indiskret, die Leute waren nur nicht doof. Denn an Tagen wie dem letzte Woche, wenn es mit dem Hochwasser passte und das Schiff ausnahmsweise am Vormittag und am Abend fuhr, ergab sich die seltene Gelegenheit, das Festland besuchen zu können, ohne eine Nacht im teuren Hotelzimmer zu bezahlen. Entsprechend saßen immer jede Menge Nachbarn, Freunde, Vereinskameraden und Kollegen in den Facharztpraxen. Reisetag nannte man das auf der Insel. Es gab zu der Gelegenheit sogar schulfrei, damit die Mütter ihren Nachwuchs dem Kinderarzt vorstellen und sich die Teenager ihre Zahnspangen beim Kieferorthopäden richten lassen konnten. Und wenn beim Experten für Frauenheilkunde der Mann mit ins Sprechzimmer ging, war das Gerücht schneller rum, als man abends wieder auf dem Eiland angekommen war: *Du, die Elka Tiedjen ist schwanger. Hundertpro! Na, dann muss der Ingo jetzt aber auch Nägel mit Köpfen machen, hat ja lang genug gedauert, bis der mal zum Traualtar latscht.*

Das alles war jedoch nicht so schlimm gewesen wie die Reaktion seiner Mutter. Die war fast ausgeflippt und hatte postwendend mit der Organisation der Hochzeit angefangen. Ausgerechnet im *Hotel am Leuchtturm* wollte sie die Party steigen lassen, da konnte er reden, wie er wollte. Zumal auch Elka begeistert war von der Idee. Und es stimmte ja auch, Jannike und Danni waren super in Ordnung und das Haus nicht so schrecklich schick wie das *Bischoff.* Trotzdem, ausgerechnet das kleine Inselhotel am westlichen Ende, da hätte Ingo hundertmal lieber in der Frachthalle zwischen Gabelstaplern, Containern und Europaletten gefeiert.

Es klopfte an der Tür. Ingo nahm die Füße vom Schreibtisch, setzte sich aufrecht hin und schob ein paar Blätter zurecht, damit es aussah, als hätte er gerade viel zu tun. »Herein!«

Es war Gerd Bischoff, der sich ins Büro schob. Seine massige Gestalt schien den halben Raum auszufüllen, und seine weißen Haare standen zu allen Seiten ab wie immer, wenn er mit dem Fahrrad durch den Wind gefahren war. »Moin, Ingo.«

»Du, Gerd, das mag wohl noch was dauern mit der Fracht. Kannst im Hotel warten, ich ruf dich an, wenn dein Zeug an Land verladen ist.«

Bischoff pflanzte sich in aller Seelenruhe auf den Stuhl gegenüber.

Hoffentlich hielt das alte Stück, dachte Ingo, da saß ja normalerweise nie jemand drauf. Wer besuchte ihn schon groß bei der Arbeit? So spannend war es hier ja nun auch nicht.

Ein Grinsen breitete sich auf dem geröteten Gesicht des Hoteliers aus. »Wirst Papa, hab ich läuten hören.«

Ingo seufzte. »Im November ist es so weit.«

»Hochzeit in drei Wochen, oder?«

Ach, daher wehte der Wind. Bischoff hatte bestimmt gehört, dass die große Feier nicht bei ihm stieg. Und dass Jannike und er die ärgsten Konkurrenten waren, galt auf der Insel mittlerweile als Allgemeinwissen. Ingo fühlte sich unwohl, er wollte in die Sache nicht mit reingezogen werden. Doch Bischoff sah kein bisschen sauer aus, eher so, als wollte er mit ihm ein lohnendes Geschäft abschließen. Zugegeben, manchmal ließ Ingo es sich bezahlen, dass die Ware des Hoteliers zuerst abgefertigt wurde. Ein harmloses Geheimnis zwischen ihnen, bloß ein kleiner Nebenverdienst, den Ingo gern in eine Runde Bier für seine Kumpels in der *Schaluppe* investierte. »Was kann ich für dich tun, Gerd?«

»Es geht um die Fracht, wie du dir denken kannst.« Bischoff machte eine kleine Kunstpause. »Aber ausnahmsweise nicht um meine.«

»Aha.«

»Und entgegen unseren Gepflogenheiten sollst du dieses Mal nicht dafür sorgen, dass die Container besonders zügig zur Insel kommen.«

»Sondern?«

»Passiert doch ab und an, dass manche Kartons und Kanister irgendwie sehr lang auf dem Festland hängen bleiben, oder? Für dich kann das doch wohl nicht so kompliziert sein.«

So langsam begriff Ingo, was der Kerl von ihm wollte. Bischoff war schließlich nicht gerade für seinen zimperlichen Umgang mit Konkurrenten bekannt. Aber dafür zu sorgen, dass jemand auf der Insel unnötig lange auf die bestellten Waren warten musste, überschritt eine Grenze.

»Ich fürchte, da kann ich dir nicht helfen, Gerd. Sobald die Ware an der Umschlagstation auf dem Festland ankommt, wird sie dort registriert. Und dann ist der nächste logische Schritt, dass der ganze Kladderadatsch aufs Schiff geladen und zu uns transportiert wird. Wenn was verschwindet, bin ich also sofort dran. Mein Chef versteht da keinen Spaß. So viel kannst du mir gar nicht bezahlen, dass ich mir solchen Ärger aufhalse.«

Bischoff lehnte sich zurück, der Stuhl ächzte bedenklich. »Ich hatte nicht vor, dich zu bezahlen.« Die rechte Seite seiner wulstigen Lippen hob sich nach oben, parallel dazu eine Augenbraue.

»Dann hat sich unser Gespräch ja erledigt.« Ingo wusste, das klang nur halb so souverän, wie er es gern gehabt hätte. Gerd Bischoff war kein Mensch, dem gegenüber man aufmüpfig war. Seiner Familie gehörte das größte Hotel der Insel, und zwar schon seit bestimmt hundert Jahren. Zudem war er stellvertretender Bürgermeister und Vorsitzender von allen möglichen Vereinen. Wer sich mit jemandem seines Kalibers anlegte, der hatte es schwer in einer so überschaubaren Gemeinde.

»Oder sagen wir es mal anders«, fuhr Bischoff unbeirrt fort und lehnte sich jetzt ein bisschen vor. »Ich bezahle dich dieses Mal nicht mit Bargeld, sondern in einer anderen Währung.«

»Und die wäre?«

Bischoff machte eine Bewegung, als verschließe er seinen Mund per Reißverschluss. Dann grinste auch die linke Seite.

»Was willst du damit andeuten?«

»Ich würde mich freuen, wenn in den nächsten Wochen

der Frachtverkehr zum *Hotel am Leuchtturm* schleppend vonstattenginge. Und ich halte dafür brav meine Klappe, bis du unter der Haube bist.«

Jetzt wurde Ingo auf einmal so heiß, als hätte er zehn Fässer Bier von der Hafenkante zum Kutschparkplatz gerollt. »Ich wüsste nicht …«

»Klar weißt du.« Bischoff erhob sich. »Ich sag nur: So 'n bisschen scheuert der Sand ja schon, wenn man sich nachts zum Kuscheln in den Dünen trifft, oder? Aber richtig ungemütlich wird es für dich erst, wenn ich verlauten lasse, dass Frachtschiff-Ingo neben seiner schwangeren Elka auch eine süße polnische Putze vernascht, sozusagen als kleinen Snack vor dem Schlafengehen.« Das Grinsen wurde noch breiter. »Morgen habe ich einen Friseurtermin, da könnte ich im Salon die eine oder andere Bemerkung fallen lassen.«

Ingos Herz setzte für einen kurzen Moment aus, um dann derart kräftig gegen seine Brust zu trommeln, als wäre es zu Unrecht dort eingesperrt und wollte mit Gewalt ausbrechen. »Untersteh dich!«

»Vor wem hast du eigentlich mehr Schiss? Vor deiner langweiligen Elka oder vor deiner Mutter?« Bischofflachte dreckig. »Oh Mann, ich kenne Hanne Hahn aus den Ratssitzungen, die kann richtig Zunder geben, wenn ihr was nicht passt.«

Es war still im Büro. Nebenan, bei der Passagierabfertigung, klingelte ein Telefon, und draußen hörte man bereits die Schiffsmotoren. Die Fracht war gleich da, Ingo musste dringend runter und seinen Job machen. Doch er war wie gelähmt. Dabei hatte er immer geahnt, dass es irgendwann mal herauskommen würde, das mit ihm und Lucyna. Seit fast zwei Jahren trafen sie sich heimlich, seit fast zwei Jahren wünschte er sich, in seinem Beziehungsleben aufzuräumen, mit Elka klar Schiff zu machen und sich ein für alle Mal dem zu widersetzen, wozu seine Mutter ihn immer wieder drängte. Und ganz ehrlich, vor zwei Wochen hatte er sich entschieden, zu seiner wahren Liebe zu stehen. Lucyna bedeutete ihm viel mehr als Elka, mit der er schon seit der Konfirmandenzeit zusammen war, von der er sich einfach aus Bequemlichkeit bisher nicht getrennt hatte. Zugegeben, sie war lieb und nett und würde praktischerweise auch eine gutgehende Pension in der Nähe des Hauptbadestrandes erben. Aber Lucyna war im Vergleich zu ihr so lebendig wie ein frischer Westwind nach langer Flaute. Jedes Mal, wenn sie sich trafen, war es, als lüfte sie mal ordentlich durch bei ihm, damit der ganze Muff des Insellebens verschwand, der sich wie Sicherheit anfühlte, aber eigentlich Stillstand bedeutete. Lucyna war bereit gewesen, mit ihm die Insel zu verlassen. Glücklich konnte man ihrer Überzeugung nach überall werden, und diese Chance hatte sich ganz wunderbar angefühlt. Endlich weg von dem langweiligen Job im Hafen, weg von der vorhersehbaren Zukunft einer Inselwelt, die er schon jetzt, mit Ende zwanzig, in- und auswendig kannte. Nicht zuletzt: weg von seiner Mutter. Das war vielleicht der wesentliche Punkt. Ingo war durch Lucyna ein ganz anderer Mensch geworden, wirklich, nur noch wenige Wochen, und er hätte dieses neue Leben in Angriff genommen. Aber dann erschien dieser hellblaue Streifen auf dem Teststab – und alles war aus.

»Also, was ist?«, hakte Bischoff nach.

Das Frachtschiff ließ das Signalhorn erschallen. Das war das Kommando, die Ladelisten parat zu halten, den Gabelstapler vorzufahren, den Schwenkkran zu aktivieren. So machte Ingo es schon seit Jahren, Tag für Tag, außer an Sonn- und Feiertagen oder wenn er Urlaub hatte. Und so würde er es noch viele, viele weitere Jahre machen. Das war klar. Er hasste sich selbst, als er Bischoff zunickte.

	Zimmer 1	Zimmer 2	Zimmer 3	Zimmer 4	Zimmer 5	Zimmer 6	Zimmer 7	Zimmer 8	Sonstiges
1 Mo									
2 Di									
3 Mi			Friedrich						
4 Do									
5 Fr									
6 Sa	Bluhm			Dornhöfer			Volpp		
7 So									
8 Mo									
9 Di									
10 Mi									
11 Do									
12 Fr									
13 Sa		Gärtner				Simader			
14 So									
15 Mo									
16 Di									
17 Mi									
18 Do									
19 Fr									
20 Sa					Rehlein			Kirsten	
21 So									
22 Mo									
23 Di									
24 Mi									
25 Do									
26 Fr									
27 Sa									
28 So									
29 Mo									
30 Di									Hochzeit Frachtschiff-Frage

Das Meer war abwechslungsreicher als ein Karnevalsumzug in Köln. Es konnte einem Angst einjagen, wenn es wütete und tobte, konnte in mysteriösen und unergründlichen blaugrünen Wellen auf den Sand gleiten. Manchmal war es auch verspielt und aufgedreht, voller schaumiger Wirbel und ohne regelmäßigen Rhythmus. Heute wiederum glänzte die Sonne auf dem spiegelglatten Graublau, als würden sich unzählige winzige silberne Schiffchen auf den Weg zum Horizont machen, begleitet von Seeschwalben, die zwischen den Elementen dahinglitten, als wollten sie einen Rekord im Tiefflug aufstellen.

Bei Ostwind war das Wetter an der Nordsee am schönsten, das hatte Jannike inzwischen herausgefunden und sich heute kurzerhand einen Strandtag genehmigt. Zwar war sie für den Telefondienst eingeteilt, doch sie hatte die Rufumleitung aktiviert. Und wenn sie nur drei Kilometer weiter Richtung Dorf radelte, gab es auch wieder Handyempfang, falls potenzielle Gäste, die Bank oder der Steuerberater anrufen sollten.

Rund um das Hotel funktionierte kein mobiles Netz. Notfalls konnte man zwar auf den Leuchtturm steigen oder sich in den Schatten der knorrigen Kastanie begeben, wo man mit etwas Glück einen Balken auf dem Display ergatterte und einen Einblick in die traute Zweisamkeit zwischen Katze und Kaninchen. Jannike hatte sich an das Funkloch längst gewöhnt. Und die meisten Gäste empfanden es nach spätestens zwei Tagen, die sie nervös und fast ungläubig auf das Display ihrer Smartphones starrten, sogar als Erleichterung.

Jannike breitete das bunte Laken etwas abseits vom bewachten Badestrand aus und ließ sich mit Genuss darauf nieder. Viel zu selten schaffte sie es an den Ort, wegen dem die meisten Menschen diese Insel besuchten. Dabei war es immer wieder wunderbar, sich auf den Rücken zu legen und das unaufdringliche Wolkenspiel zu verfolgen, während sich die feinen, sonnenwarmen Sandkörner der eigenen Körperform anpassten. Die kleinen, rieselnden Mulden waren bequemer als jedes Wasserbett. Warum war eigentlich noch keines dieser unzähligen Matratzenfachgeschäfte, die es an jeder Bundesstraße zu geben schien, auf die Idee gekommen, eine Liegeauflage aus Sand zu kreieren? Also, eine Kundin hätten die schon mal! Jannike seufzte. Die Strandtasche, in der sie neben dem Belegungskalender auch eine Thermoskanne Tee und ein belegtes Brötchen hatte, stellte sie möglichst nah neben sich, denn die Möwen begannen schon, in ihrer Nähe zu kreisen. Die Tiere kannten sich aus mit Strandtaschen und wussten, dass darin meistens etwas Leckeres zu finden war. Jannike hätte wetten können, dass dieser dicke, große Vogel, der sich gerade über den Sand heranpirschte, derselbe war, der vor zwei Wochen das Brautkleid von Franziska Schonebeck versaut hatte. Der gelbe Schnabel mit dem roten Punkt ließ ihn irgendwie eingeschnappt aussehen. Helle, kalte Möwenaugen starrten sie an. Jannike starrte zurück.

»Lass meine Tasche in Ruhe, du Biest!« Dann fauchte sie kurz und warf eine Handvoll Sand in Richtung der Möwe. Prompt erhob sich der mächtige, weiß gefiederte Körper in die Lüfte. »Na also!«

Früher, in Köln, hatte Jannike in einer freien Minute nicht schnell genug die Kopfhörer in die Ohrmuscheln stecken können, um irgendwelchen Sommersongs zu lauschen. Heute genoss sie es, voll und ganz anwesend zu sein, mit allen Sinnen auf Empfang. Der Sound eines Strandtages war einfach hitverdächtig: Möwen und Wellen waren der stete Backgroundchor zur eigentlichen Melodie. Heute konnte man das unregelmäßige Klackern der Fahnenmasten auf der Strandpromenade hören, außerdem ungefähr einen halben Kilometer entfernt Fragmente eines Wattwurmsongs, den die Animateure für einen Stopptanz der jüngsten Gäste nutzten, entsprechend begleitet vom Kreischen und Rufen und Lachen heller Kinderstimmen. Irgendwann brummte ein Sportflugzeug über allem hinweg. Jannike schloss die Augen. Bitte, jetzt keinen Anruf, flehte sie in Richtung Handy.

Sie hatte verdammt schlecht geschlafen letzte Nacht. Einerseits hatte ihr Herz immer wieder Randale gemacht, weil Mattheusz sie nicht einmal angeschaut hatte. Sie wusste gar nicht, was sie mehr ärgerte: dass er sie ignorierte oder dass ihr das dermaßen zusetzte.

Doch darüber hinaus hatten Danni und sie gestern Abend lange über den Unterlagen gebrütet, den Taschenrechner im Anschlag. Die Entscheidung, es mit Oma Maria und Mattheusz zu versuchen, war gefallen. Die Pläne für das Restaurant nahmen konkrete Gestalt an, sie waren sich nur noch nicht einig, ob sie es *Leuchtfeuer-Klause* oder *Westend* nennen sollten oder doch ganz anders. Die zündende Idee fehlte.

Es gab jedoch schrecklich viel, an das man bei der Eröffnung eines Gastronomiebetriebes denken musste, damit es sich dort gut speisen und sicher arbeiten ließ. So weit hatte sie bereits jetzt verstanden. Ein Anruf bei der Bank vor drei Tagen hatte deutlich gemacht, dass mit einem Provisorium niemandem geholfen war, denn dafür gab es keinen Kredit. Wenn schon, dann richtig, hatte ihr Finanzierungsberater gesagt. Kein Hotel, in dem man nur »ein bisschen was« essen konnte. Nein, wenn, dann sollten mindestens fünf Gerichte pro Gang und zwei Menüs auf der Karte stehen. Und im Zuge dessen solle man auch darüber nachdenken, das gesamte Haus noch ein wenig aufzumotzen. Denn sobald die Gäste bemerken, dass die Eigentümer investieren, sind sie Änderungen gegenüber deutlich positiver eingestellt, erfuhr Jannike. Wer nur die Tischdecken austauscht, neue Papierservietten kauft und Speisekarten aus dem Bürodrucker in Klarsichtfolien packt, wird zwar kurzfristig sparen, langfristig aber nicht überzeugen können.

Das alles löste bei Jannike eine leichte Panik aus. Zu wenig Zeit! Zu wenig Geld! Zu wenig Ahnung! Danni hingegen war angespornt und kalkulierte unbeirrt schon mal die Kosten für die Sauna mit ein. Auch sonst lieferte er noch viele Ideen für ein neues Konzept, viel zu viele. Klar, Lust hatte Jannike auch darauf, doch was, wenn die Sache nicht aufging? Darüber wollte Danni nämlich weder reden noch nachdenken. Diese Möglichkeit gab es für ihn schlichtweg nicht.

»Wir könnten doch die Sache mit dem Partyservice gezielt anbieten, im Internet oder in Frauenmagazinen«, schlug er vor. »Da lässt sich bestimmt was mit verdienen. Und die Brautpaare, die bei uns geheiratet haben, kommen jedes Jahr wieder, um ihren Hochzeitstag zu feiern. Später bringen sie dann ihre Kinder mit, ihre Enkel ...«

Dass Danni es immer so übertreiben musste! Irgendwann, weit nach Mitternacht, war er mit glänzenden Augen und geröteten Wangen ins Bett gewankt. Jannike hingegen hatte noch eine Weile im Wohnzimmer gesessen und durchs Fenster den Strahlen des Leuchtturms hinterhergeschaut. Und selbst als sie es schließlich in die Kissen schaffte, war sie nicht zur Ruhe gekommen. Sie hatte schlichtweg Angst vor der Zukunft. Ihr schien ein Scheitern wahrscheinlicher als ein Erfolg. Und doch wusste sie, es gab, auch wenn sie sich die Situation gerne mal schönredete, keine Alternative. So, wie sie es bislang handhabten, würde es auf keinen Fall reichen. Dann könnten sie im Herbst den Laden dichtmachen.

Es blieb nur die Flucht nach vorn.

Jannike legte sich auf den Bauch, das war viel bequemer. Irgendwann verschoben sich die Gedanken, flossen ineinander wie das heranströmende Meerwasser weit hinten bei der

Sandbank, vermengten sich zu einer unsinnigen Melange aus Sorgen, Hoffnungen, Kochrezepten, Einrichtungsvorschlägen und Mattheusz' zerstrubbeltem Lockenkopf, wurden so seicht, so wenig greifbar wie der Wind, der über den Inselstrand strich, leicht, wie ein Schleier, ein Nichts ...

Der Klingelton ihres Handys riss Jannike aus seligem Schlummer. Es dauerte ein paar Atemzüge, bis sie überhaupt verstand, wo sie war und was diesen Lärm verursachte.

»*Hotel am Leuchtturm*, Jannike Loog am Apparat«, schaffte sie es aber doch noch rechtzeitig.

»Hier ist die Literaturagentur *Bestseller* aus Berlin«, meldete sich eine geschäftsmäßige Männerstimme.

Was zum Henker war eine Literaturagentur? Und was wollte die von Jannike?

»Erinnern Sie sich noch an Gabriella Brunotte? Unsere Erfolgsautorin. Sie haben mal gemeinsam mit ihr in einer Talkshow gesessen ...«

Es fiel Jannike immer wieder schwer, sich mit dem zu beschäftigen, was sie ihr früheres Leben nannte: Talkshows, Musiksendungen, Hitparaden – das alles hatte mit ihr nicht mehr besonders viel zu tun. Also, ob sie sich an diese Schriftstellerin erinnerte? Tja.

Das Zögern schien den Anrufer zu animieren, weitere Informationen zu geben. »Sie hat einen erotischen Frauenroman geschrieben, in dem sich eine Unschuld vom Lande leidenschaftlich gern von einem stinkreichen Obermacho ans Bett fesseln lässt. Das haben Sie doch bestimmt gelesen. Alle haben es gelesen. Zumindest sind so viele Bücher verkauft worden, dass auf jedem Nachttisch ein Exemplar liegen müsste. Also, zumindest bei der Zielgruppe: weiblich, zwischen zwanzig und sechzig. Und da gehören Sie doch punktgenau dazu.«

Was wollte der Kerl? Ihr weismachen, dass sie auf diesen Soft-Sadomaso-Quatsch stand? Mussten die Buchverkäufer inzwischen schon auf Telefonwerbung umsteigen, weil Amazon dermaßen den Markt beherrschte?

»In der Talkshow ging es um Liebesglück.« Seine Stimme klang nun etwas sanfter. »Sie waren damals noch als Schlagersängerin unterwegs und haben Ihren Song *Meeresleuchten* gesungen. Frau Brunotte war mit ihrem frisch angetrauten Mann Dario da, ein Pizzabäcker, erinnern Sie sich jetzt?«

Da fiel der Groschen. Der Italiener war ein unglaublich charmanter, humorvoller Typ gewesen. So einer, mit dem man bestimmt gern verheiratet war. »Ja, ich weiß Bescheid. Wie geht es den beiden?«

»Sie haben sich vor kurzem getrennt.«

»Oh, wie schade«, sagte Jannike und meinte es ernst. Damals hatten die Brunottes so herzerwärmend über ihre Ehe gesprochen, dass man sie glatt für eines der wenigen, sich wirklich liebenden Paare im Showbusiness hatte halten können.

»Und deswegen rufe ich Sie auch an.«

»Mich? Wieso?«

»Ich habe durch Zufall im Internet gelesen, dass Sie in Ihrem wunderschönen Hotel auf der Insel auch Veranstaltungen organisieren.«

»So?« Komisch, Danni und sie hatten doch gestern erst darüber gesprochen, dass sie unbedingt eine einladende Internetpräsenz in Auftrag geben müssten, die konnte doch heute kaum schon online sein. So schnell war nicht einmal Danni.

»Ein Paar aus dem Münsterland schwärmte dort von ihrer Hochzeit ...«

Ach so.

»... etwas in der Art schwebt uns auch vor.«

So richtig verstand Jannike nicht, worauf der Typ hinauswollte. »Frau Brunotte möchte wieder vor den Traualtar treten?« Die hat es aber eilig, fügte sie in Gedanken hinzu. Aber gut, insbesondere in der Promiwelt gab es Frauen, die trennten sich so schnell nach der Hochzeit, dass der Ehering noch nicht einmal eine helle Stelle am Finger hatte hinterlassen können. Nur sie selbst, Jannike Loog, war anscheinend dermaßen schwer vermittelbar, dass sie es noch nicht einmal vor den Standesbeamten geschafft hatte.

»Nein, wir dachten an eine Trennungsparty.«

»Wie bitte? Wie kann man so etwas denn feiern wollen?« Zugegeben, der Satz war ihr etwas voreilig entwichen. Doch wenn Jannike an diesen netten Italiener dachte, der die ganze Sendung über seine schreibende Gattin liebevoll und stolz wie Oskar betrachtet hatte, war es schwer vorstellbar, dass ihr Beziehungsaus ein Grund sein könnte, die Korken knallen zu lassen.

Der Agent räusperte sich. »Die beiden trennen sich im Guten, und unsere Autorin will dem Neustart positiv begegnen.«

»Okay, wann und wie lange soll das sein?« Jannike kramte den Belegungskalender aus ihrer Strandtasche.

»Wir dachten an sechs bis sieben Tage ... in drei Wochen.«

»Puh, Ende Juni haben wir hier eine große Hochzeit. Könnten Sie es auch verschieben?«

»Auf keinen Fall. Der Kalender unserer Autorin ist sehr voll.«

»Dann wird es bei uns aber etwas eng.«

»Nur Frau Brunotte und ihre beiden besten Freundinnen sind dabei, sonst niemand. Wir benötigen lediglich drei Gästezimmer.«

Da die Hochzeit von Frachtschiff-Ingo nur an einem Abend den Speisesaal und die Terrasse in Beschlag nehmen würde, die Gäste aber größtenteils Einheimische oder in der Pension der Braut untergebracht waren, gab es an dem betreffenden Wochenende noch genügend freie Betten im Hotel. Trotzdem sagte Jannike nur zögerlich zu. Irgendetwas war doch faul an der Sache. »Und was ist mit Herrn Brunotte?«

Ein gequältes Lachen war zu hören. »Der ist selbstredend nicht mit von der Partie. Sie haben mich schon richtig verstanden: Es ist aus zwischen den beiden. Frau Brunotte wird sich scheiden lassen. Und zwar mit Stil, wie es sich für eine Frau ihres Kalibers gehört.«

»Und was genau erwarten Sie dabei von mir?«

Der Mann am anderen Ende der Leitung räusperte sich. »Ich habe mich ein wenig über Sie informiert, Frau Loog. Es ist kein Zufall, dass wir ausgerechnet Sie mit unserem Anliegen betrauen.« Wieder ein Räuspern, dieses Mal ziemlich ausgiebig, das war ja schon pathologisch, entweder hatte der Mann einen hartnäckigen Frosch im Hals, oder er hatte ebenfalls ein unangenehmes Gefühl bei dem Ganzen. »Jedenfalls findet man ja ziemlich viel im Internet über den Skandal damals. Sie standen in Verdacht, Gelder zu veruntreuen und Ihre Fans zu hintergehen. Das war sicher eine schwierige Zeit für Sie, zumal Sie, wie sich ja wenig später herausstellte, vollkommen unschuldig gewesen sind. Nun lassen Sie mich raten, was damals am härtesten war?«

»Okay, was meinen Sie denn?«

»Das Interesse der Öffentlichkeit an Ihrem doch eher persönlichen Dilemma.«

Da hatte er absolut recht. Die Krise vor einem Jahr hatte Jannike vor allem deswegen so zugesetzt, weil diverse Klatschmagazine – allen voran das Schmierblatt *Close Up* – ziemlich wüste Dinge über sie geschrieben hatten. Irgendwann war sie kaum noch auf die Straße gegangen vor Scham. Die Flucht auf die Insel, der Kauf des Hotels, das alles waren Folgen dieser Zeit, in der sie sich am liebsten für immer in Erdkernnähe verbuddelt hätte. Zum Glück war letztlich alles gutgegangen, doch an die Verzweiflung, die Mutlosigkeit von damals konnte sie sich dermaßen gut erinnern, dass sämtliche Emotionen jener Wochen noch immer, fast wie auf Knopfdruck, in ihr aufflammten, sobald sie nur daran dachte.

»Wie Sie sich vorstellen können, lauert die Presse darauf, jedes Detail aus dem Liebesleben von Frau Brunotte zu beleuchten. Eine Frau, die so offenherzig über die geheimen Wünsche ihrer Geschlechtsgenossinnen schreibt, steht immer im Rampenlicht. Es ist ihr daher sehr wichtig, dieser schmerzvollen, persönlichen Phase im angemessenen Rahmen zu begegnen. Das müssten Sie doch sehr gut nachvollziehen können.«

»Aber wenn das alles so persönlich ist, warum rufen dann Sie als ihr Agent an und nicht Frau Brunotte selbst?«

»Sie hat gerade – verursacht durch die Trennung – eine Schreibblockade, doch der nächste Roman muss bald fertig sein. Es ist meine Aufgabe, die Autorin vor jeglichem Stress zu bewahren, damit sie in Ruhe arbeiten kann.«

»Und in welchem Rahmen soll die Trennung dann ... gefeiert werden?« Wie merkwürdig sich das anhörte! Jannike konnte sich Dannis Gesicht vorstellen, wenn sie ihm gleich von diesem seltsamen Auftrag erzählen würde. Auch wenn er neulich noch behauptet hatte, es sei ihm egal, welche Feste die Gäste feierten: Er war der hoffnungslose Romantiker von ihnen beiden und eine Scheidungsparty für ihn sicher eine Zumutung.

»Wir wünschen uns irgendetwas mit ursprünglicher Natur, mit der Gewalt der Elemente. Davon haben Sie ja auf der Insel genug, oder? Jeden Tag ein anderes Highlight für Frau Brunotte, irgendetwas, das mit Ende und Neuanfang, mit Tod und Leben, mit Abschied und Hoffnung in Einklang gebracht werden kann.« Und dann wagte er noch einen eher mauen Scherz: »Wir Literaturmenschen sind so, wir müssen immer etwas zu interpretieren haben.«

»Aber das Ganze wird schon etwas kosten. Wir haben unsere Preise, verstehen Sie?«, versuchte sie ihn abzuwimmeln.

»Damit hatten wir gerechnet.«

Mist, der gab sich völlig entspannt, also musste Jannike ganz weit oben ansetzen, ihn so richtig schocken. »Dabei rede ich nicht von der Zimmermiete, den Speisen und Getränken, sondern von dem ganzen Organisatorischen drum herum. Unsere Spezialisierung liegt ja eigentlich bei Hochzeiten. In Ihrem Fall müssen wir ein völlig neues Konzept erarbeiten, das nimmt sehr viel Zeit in Anspruch. Und dann ist Ihre Anfrage auch noch so kurzfristig …«

»An wie viel genau haben Sie denn gedacht?«

Jannike holte tief Luft, überlegte kurz, doch dann zog sie es durch: »Zehntausend.« Wer zahlte schon so einen Haufen Geld für drei Weiber, die ein paar Tage lang in Ruhe über den Exmann der einen lästern wollten?

»Einverstanden«, sagte er zu ihrer Überraschung. »Aber dafür muss auch was wirklich Schönes geboten werden.«

»Kein Thema.« Jannike verabschiedete sich hastig und legte auf. Sonst überlegte der Kerl es sich vielleicht noch anders. Oder – noch schlimmer – er bekam mit, dass sie hysterisch zu kichern begann, weil das ja wirklich alles ziemlich bescheuert war. Zehntausend Euro für eine Drei-Mädels-Party! Damit könnte Danni seine Sauna kaufen, war das nicht vollkommen irre? So laut musste Jannike lachen, dass selbst die dicke Möwe, die schon wieder eine Weile in der Nähe ihrer Strandtasche herumgelungert hatte, erschrocken aufflog und Reißaus nahm.

Was für ein Geschäft! Sie goss sich den Thermosbecher voll und hielt ihn in die Luft. Darauf musste sie einen trinken, und wenn es nur Tee war. Auf ihr belegtes Brot hatte sie keinen Appetit mehr, so aufgeregt war Jannike. Was Danni wohl dazu sagen würde? Entweder war er entrüstet oder begeistert. Bestimmt würde er gleich wieder einen kreativen Schub bekommen und hätte tausend Ideen, was Gabriella Brunotte alles erleben könnte auf der Insel. Einen Bungee-Sprung vom Leuchtturm? Oder besser noch: einen Tauchkurs im Wattenmeer? Die Neugierde auf Dannis Reaktion machte Jannike ungeduldig. Hastig trank sie aus, verstaute allen Kram in der Tasche und stand auf. Alle Müdigkeit war verflogen, als sie Richtung Dünenkette lief. Hoffentlich war Danni zu Hause und nicht bei Siebelt. Es war Samstag, da hatte das Rathaus geschlossen, und der Bürgermeister verbrachte seine Freizeit entweder bei ihnen im Hotel, oder Danni besuchte ihn in seinem Appartement im Muschelweg.

Bevor Jannike den Holzsteg zurück durch die Dünen ging, schaute sie sich noch einmal um, verabschiedete sich vom Strand und von der Idee, dort mal einen ganzen Tag ungestört zu relaxen. Nächstes Mal! Ganz bestimmt! Oben auf der Promenade war Jannike sich auf einmal gar nicht mehr so sicher, ob sie sich in ihrer Aufgekratztheit eventuell verlaufen und den falschen Aufgang genommen hatte. Wo war bloß ihr Fahrrad? Den klapprigen Drahtesel, der noch aus dem alten Hotelfundus stammte und letztes Jahr von Mattheusz zusammengeschraubt worden war, hatte sie doch wie immer an die Straßenlaterne gelehnt. Doch da stand er nicht mehr.

Das durfte doch nicht wahr sein!

Wer war denn so dreist und klaute auf der Insel Fahrräder? Damit kam man doch auf so einem begrenzten Fleckchen Sand nicht weit! Und unentdeckt blieb so ein Diebstahl auch kaum. Bloß nutzte das Jannike im Moment nur wenig. Sie hatte eine schwere Tasche und musste drei Kilometer weit gehen, um zum Hotel zu kommen. Was sollte sie tun?

Sie zückte ihr Handy und überlegte: Für die 110 erschien ihr der Diebstahl etwas zu harmlos. Im Hotel konnte sie schlecht anrufen, da würde die Rufumleitung ihr eigenes Gespräch direkt an sie zurückschicken. Doch es gab noch eine Nebenleitung in die Zimmer unter dem Dach, damit Bogdana und Lucyna jederzeit telefonieren konnten. Jannike wählte die Durchwahl und ließ es klingeln, mindestens zehn Mal. Sie wollte schon auflegen, als das Gespräch angenommen wurde. »Pajak?«

Es war Mattheusz. Auch das noch. Jannike zögerte, dann holte sie tief Luft und hoffte, möglichst unaufgeregt zu klingen.

Lieber Mattheusz,

die letzten Wochen waren die schlimmsten und zugleich schönsten meines Lebens. Schlimm, weil ich alles, was mir bislang wichtig erschienen ist, aufgeben musste. Ich hatte eine tolle Wohnung in Köln, jede Menge Freunde, einen spannenden Beruf als Sängerin und Moderatorin und auch einen Mann an meiner Seite, von dem ich annahm, dass er mich ganz gern hatte.

Und dann brach alles zusammen, von heute auf morgen, aus und vorbei, ex und hopp. Ich stand fast alleine da, nur mein bester Freund Danni hat zu mir gehalten.

Was auch immer mich geritten hat, das Hotel am Leuchtturm zu kaufen, habe ich bis heute nicht richtig verstanden. Es war unvernünftig, unüberlegt und für mich auch absolut nicht typisch, aber trotzdem war es die richtige Entscheidung.

Und das hat sehr viel mit dir zu tun, Mattheusz, damit, dass wir uns morgens begegnet sind, wenn du die Post gebracht und eine Tasse Kaffee mit mir getrunken hast. Da fühlte ich mich richtig wohl, so, als wäre alles gutgegangen und ich am richtigen Ort zur richtigen Zeit. Aber du hast so viel mehr für mich getan, hast immer mit angepackt, wenn es etwas zu tun gab. Hast mich auf deinem Gepäckträger nach Hause gefahren, als ich sturzbetrunken und fahrunfähig in der Schaluppe versackt bin. Hast bei meinem Willkommensfest stundenlang Würstchen gegrillt. Meinetwegen hast du sogar deinen Job bei der Post verloren, weil der alte Bischoff, dem ich wohl ein Dorn im Auge bin, mit deinem alten Chef befreundet ist.

Und ich blinde Kuh habe es nicht gesehen, habe es nicht kapiert, war zu sehr mit meinen Problemen beschäftigt um zu begreifen, dass es da einen gibt, der sie aus der Welt zu schaffen versucht, einfach so, ohne viel Aufhebens zu machen.

Als ich dann endlich begriffen habe, wie wichtig du mir bist – und zwar nicht nur, weil du mich so tatkräftig unterstützt hast, sondern in erster Linie, weil du der liebenswerteste Mann bist, den man sich an seiner Seite wünschen kann – da war es zu spät. Da warst du auf dem Schiff und unterwegs zurück nach Polen.

Mattheusz, du schreibst in deinem lieben Brief, dass du irgendwann zurückkommen wirst.

Ich bitte dich, tu das! Tu es bald!

Du fehlst mir so!

Ich kann es kaum erwarten, dich wiederzusehen.

Aus dem kleinen Inselhotel grüßt dich

deine

Jannike

»Mattheusz?«

Es war Jannike. Ihre Stimme klang aufgeregt oder ängstlich, genau konnte Mattheusz das nicht unterscheiden. So gut kannte er diese Frau leider noch nicht. Vielleicht, eines Tages, hoffte er, würde er aus dem Klang jeder einzelnen Silbe herausdeuten können, was in ihr vorging. Denn das interessierte ihn. Sie interessierte ihn. Sie war spannend wie ein Krimi. Emotional wie eine Schnulze. Und klug wie irgendein Buch von Goethe oder Schiller oder so.

»Mein Fahrrad wurde geklaut.«

»Oh«, brachte er nur heraus. Er war ohnehin kein Mann der großen Worte, doch wenn er mit Jannike sprach, schrumpften seine Sätze zusammen, wurden platt wie gestrandete Quallen.

»Okay«, erzählte sie weiter. »Ich hab es nicht abgeschlossen, das war dämlich von mir, aber ich dachte, die alte Möhre klaut ohnehin kein Schwein.«

Alte Möhre? Mattheusz erinnerte sich noch gut daran, wie er damals das rostige Fahrrad mit Ersatzteilen, jeder Menge Schmierfett und noch mehr Zeit zu einem charmanten Gefährt umgebaut hatte. Und sie sagte *alte Möhre* dazu. Das war etwas, das er an Jannike nicht verstand. Manchmal sagte sie Sachen, dass man das Gefühl bekam, sie fände alles, was man tat, unwichtig und sinnlos. So wie die Idee mit dem Restaurant. Die hatte sie auch erst abgeschmettert, als wäre nichts Gutes daran. Als ob er sich in Polen nicht lange genug den Kopf zerbrochen hätte, wie man es hinbekommen könnte. Die Sache war nämlich so gewesen: Er wollte zurück zur Insel. Zum Hotel, zu seiner Schwester und seiner Mutter. Aber vor allem zu Jannike. Mensch, noch nie hatte ihm jemand einen so tollen Brief geschrieben. Er hatte ihn hundertmal, ach was, zweihundertmal gelesen, hatte jedes Wort, bei dem er sich über die Bedeutung nicht ganz sicher gewesen war, nachgeschlagen, bis er wirklich verstanden hatte, dass Jannike ihn ebenfalls wiedersehen wollte. Und ab dem Tag hatte er mit den Planungen begonnen, wie er das anstellen könnte.

Das Problem war nämlich seine Oma Maria. Sie war vor einem guten Jahr gestürzt und hatte seitdem Probleme mit dem Laufen und dem Kurzzeitgedächtnis. Sie brauchte ein wenig Hilfe im Alltag, und dafür war er zuständig. Seit er nämlich den Job bei der Post verloren hatte, reichte das Familieneinkommen für die Betreuung der Großmutter in Polen nicht mehr aus. Andererseits war Oma Maria für ihr Alter fabelhaft fit, wenn es um Dinge ging, die sie schon ihr ganzes Leben gern machte. Also Kochen. Das liebte sie. Das konnte sie. Nach Mattheusz' Überzeugung besser als jeder andere Mensch auf der Welt.

Als Lucyna bei ihrem Weihnachtsbesuch in Polen erzählt hatte, dass sich Jannikes Hotel trotz allem Einsatz nicht so richtig lohnte, weil erstens das Geld fehlte, um es weiter voranzubringen, zweitens auch noch das Personal knapp war, um alles in Schuss zu halten, da war ihm die Idee gekommen, bei seiner Rückkehr auf die Insel die Großmutter einfach mitzunehmen. Seine Mutter Bogdana war begeistert gewesen, Lucyna sowieso, und Oma Maria musste man ohnehin nicht groß überreden, wenn es ums Kochen ging. Ob in der kleinen Wohnküche in Polen oder für ein kleines Hotel in der Nordsee, das machte für sie im Grunde keinen Unterschied, und sie hatte gleich damit begonnen, Rezepte zu sammeln. Die beiden Zimmer unter dem Hoteldach würden für sie alle ausreichen, schließlich waren sie eine Familie, da gab es keine Bedenken. Oma Maria könnte kochen und wäre an einem sicheren Ort, auf dem man sie – sollte sie doch mal verschüttgehen – jederzeit wiederfinden würde.

Und er wäre bei Jannike!

Also hatte er im April all seinen Mut zusammengenommen und auf der Insel angerufen. Ähnlich nervös war er bloß damals bei seinem allerersten Kuss gewesen. Er hatte Angst gehabt, Jannike könnte sagen, er sei ja wohl ein Spinner, hier einfach mit der Großmutter auftauchen zu wollen. Oder, schlimmer noch, dass sie gar nicht wusste, wen sie überhaupt am Apparat hatte, weil sie ihn in der Zwischenzeit vergessen hatte.

Denn er hatte ja nicht zurückgeschrieben. Wie gesagt, er war kein Mann der großen Worte. Er hätte sich nur immer wiederholt, hätte berichtet, wie sehr er sie vermisste und so weiter, aber das wusste sie ja bereits. Und dann wäre sie vielleicht gelangweilt gewesen von seinen Briefen und hätte irgendwann nicht mehr geantwortet. Nein, er hatte sich erst wieder bei Jannike melden wollen, sobald er genau wusste, wann und wie er zu ihr zurückkommen würde. Dass das dann viel länger gedauert hatte als geplant und Jannike nun womöglich dachte, er sei so unhöflich, ihren lieben Brief nicht zu beantworten, war Dannis Schuld. Der war nämlich rangegangen, als Mattheusz anrief. Anfangs war er eifersüchtig auf diesen Kerl gewesen, weil er ihn für Jannikes Verlobten gehalten hatte. Seine Mutter Bogdana und seine Schwester Lucyna mochten Danni sehr, berichteten, dass er immer gut gelaunt und ein bisschen verrückt sei. Und schwul. Er war mit dem Inselbürgermeister zusammen.

Hm, damit hatte Mattheusz keine Erfahrung. So etwas gab es in ihrem Dorf in der Nähe von Gdańsk nicht. Das schien eher ein Trend in Deutschland zu sein, dass man lieben konnte, wen man wollte, und keiner guckte schief. Nein, Mattheusz hatte nichts dagegen, aber er fand es schon irgendwie gewöhnungsbedürftig. Entsprechend wusste er erst gar nicht, wie er am Telefon reagieren sollte. Es hatte ganz schön lange gedauert, bis er die Idee mit Oma Maria in der Hotelküche formuliert hatte. Überraschenderweise war Danni begeistert gewesen, hatte gleich Dutzende Einfälle gehabt und ihn gebeten, sich und die Oma bis Mai reisefertig zu machen.

Aber – und das war natürlich etwas seltsam – er hatte Mattheusz geraten, Jannike nichts davon zu erzählen.

»Ich kenne meine liebe Freundin und Geschäftspartnerin in- und auswendig, sie ist leider immer etwas übervorsichtig bei solchen Neuerungen«, hatte Danni gewarnt. »Wir müssen sie vor vollendete Tatsachen stellen und dann alle gemeinsam von der Richtigkeit unseres Plans überzeugen. Okay?«

Mattheusz hatte gezögert. Wohl war ihm dabei nicht, Jannike zu überrumpeln. Und noch bis Mai zu warten. Schließlich hatte er so lange in den Telefonhörer geschwiegen, bis Danni nachgebohrt hatte, was er noch auf dem Herzen habe.

»Ich ... Jannike ... was ...« Mehr hatte er nicht zustande gebracht. Trotzdem war Danni in der Lage, seine dringendste Frage zu beantworten, als habe er diese zwischen den Silben herausgehört.

»Ob sie noch an dich denkt?«

»Ja.«

»Immer, wenn sie sich unbeobachtet fühlt, kramt sie deinen Brief heraus.«

»Echt?«

»Und wenn deine Mutter und deine Schwester von dir erzählen, was du als kleiner Junge so angestellt hast oder wie es dir zurzeit in Polen geht, verpasst sie nicht ein Wort davon.«

»Oh.«

»Aber weißt du, sie ist in Gefühlsdingen genauso vorsichtig wie bei Geschäftlichem. Und vielleicht ist es ganz gut, wenn ihr euch ein bisschen Zeit lasst. Jannikes letzte Beziehung war ein Desaster!«

Mattheusz hatte das letzte Wort nicht verstanden, konnte sich aber denken, was Danni damit zum Ausdruck bringen wollte.

»Ihr Exfreund war ein echtes ... hm. Kennst du das schöne deutsche Wort Arschloch?«

»Klar kenne ich das. Ich habe fünf Jahre auf der Insel als Postbote gearbeitet, und Arschloch war eines der ersten deutschen Wörter, die ich regelmäßig benutzt habe.«

»Gut. Und Jannike war mit einem ganz besonders schlimmen Exemplar zusammen. Zum Glück ist das vorbei. Doch ich glaube, sie wird etwas Angst vor einer neuen Beziehung haben, auch wenn sie sich dessen nicht bewusst ist.«

»Oh«, sagte er wieder. Das hörte sich alles schrecklich kompliziert an.

»Zerbrich dir nicht den Kopf, Kumpel. Wenn du erst mal wieder auf der Insel bist, wird es zwischen euch beiden funken, das verspreche ich dir. Meine liebe Freundin braucht nämlich dringend jemanden, der sie mal so richtig lieb in den Arm nimmt.«

Da wurde Mattheusz ganz mulmig, denn wie Danni das sagte, klang es, als wären Liebesdinge so einfach zum Laufen zu bringen wie ... ja, wie ein schrottreifes Fahrrad. Das stimmte aber nicht.

»Und wenn ihr es allein nicht gebacken kriegt, helfe ich ein bisschen nach, versprochen«, beendete Danni das Thema, und Mattheusz bedankte sich, auch wenn er nicht wusste, warum Jannike und er etwas gemeinsam backen sollten, denn dafür war doch eigentlich Oma Maria zuständig.

Also hatten sie es durchgezogen, hatten hinter Jannikes Rücken geplant und arrangiert und waren schließlich vor einer Woche auf die Insel gekommen. Doch als Mattheusz auf Jannike traf, war er sich nicht sicher gewesen, ob das Ganze nicht vielleicht ein Fehler gewesen war. Sie hatte ihn kaum angesehen, war ihm ausgewichen, wo sie nur konnte. Genau genommen war dieses Telefonat wegen der *alten Möhre* das erste richtige Gespräch zwischen ihnen seit fast einem Jahr. Und ihm war klar, sie handelte nur aus der Not heraus. Es war kein anderer da. Also sprach sie ausnahmsweise mal mit ihm.

»Ich dachte wirklich, hier auf der Insel wird nicht geklaut. Wo will der Dieb denn hin mit seiner Beute? Wenn er damit herumfährt, wird er ziemlich schnell ertappt werden, schließlich ist das Rad ein echter Hingucker und quietscht so laut, dass sich jeder danach umdreht. Es aufs Festland zu bringen, halte ich auch für unwirtschaftlich. Das Ticket ist wahrscheinlich teurer als das Fahrrad an sich.«

»Die Leute klauen Fahrräder, weil sie keinen Bock haben

zu laufen«, unterbrach Mattheusz schließlich ihr aufgeregtes Geplapper. »Sie fahren irgendwohin und lassen es dann da einfach stehen. Am Kurplatz, im Hafen, neben der Dünendisco. Du wirst es wahrscheinlich heute Abend schon wieder haben.«

»Meinst du?«, fragte sie, auf einmal ganz ruhig.

»Hundertprozentig.«

»Und bis dahin? Ich meine, ich habe auch keinen Bock zu laufen, wenn ich ehrlich bin. Soll ich jetzt auch ein Fahrrad entwenden? Funktioniert das hier so?«

»Wo bist du denn?«

»An der Promenade am Westaufgang.«

Fast hätte Mattheusz laut gelacht. Das war mit Abstand die berüchtigtste Stelle, niemand war so blöd und ließ sein Rad ausgerechnet dort unabgeschlossen stehen. Es gab noch einiges, was Jannike über das Inselleben lernen musste. »Ich hole dich ab.«

»Echt?«

»Ja.« Dann legte er auf. Mann, das war eine gute Gelegenheit, endlich mal unter vier Augen zu sein, dachte er und verspürte zeitgleich Vorfreude und das Verlangen, jetzt in die Rolle eines anderen schlüpfen zu können. Eines anderen, der selbstbewusster war, erfahrener im Umgang mit Frauen wie Jannike, wortgewandter, charmanter, zehn Zentimeter größer und mit einer Ausstrahlung gesegnet, die klarstellte, worum es hier eigentlich ging. Er überlegte, ob er sich umziehen sollte – seine Latzhose war mit weißer Farbe beschmiert, weil er gerade dabei war, die hässlichen Badezimmerfliesen in Zimmer 1 zu überpinseln – doch er entschied sich dagegen. Das wäre albern, oder? Ein bisschen Deo unter dem

T-Shirt musste reichen, dann zupfte er seine nervigen Locken etwas zurecht, auch wenn die nach drei Minuten wieder chaotisch aussehen würden, schob sich ein Zitronenbonbon in den Mund und fuhr los.

Warum eigentlich das Zitronenbonbon?, überlegte er, als er die erste Dünenkurve genommen hatte. Als ob es gleich zu einem Kuss kommen würde ... Nein, das wäre zu optimistisch gedacht. Aber mit frischem Atem fühlte man sich deutlich besser, und vielleicht kamen sie sich ja auch so nah, dass sie es bemerken würde. Also, mehr aus Versehen natürlich, weil man vielleicht gleichzeitig etwas vom Boden aufhob oder so. Echt, er war so was von nervös. Tickten alle Männer so? Oder war er der Einzige, der sich den Kopf darüber zerbrach, was alles passieren konnte, wenn man eine Frau, die man wahnsinnig toll fand, vom Strandaufgang abholte, weil ihr Fahrrad geklaut worden war?

Er strampelte gegen den Wind an und wusste, dass sich die Wirkung des Deos demnächst relativieren würde. Egal, er war eben kein Superheld. Das würde Jannike auch schon früher festgestellt haben. Sie musste ihn nehmen, wie er nun mal war.

Die letzten Meter gingen stramm bergauf, die roten Steine, mit denen die Wege gepflastert waren, lagen locker zwischen den Dünen, und an einigen Stellen hatte sich der Sand verfangen, sodass der Vorderreifen wegrutschte. Jetzt bloß nicht hinfallen und dann womöglich mit blutender Schürfwunde ...

Da stand sie! Am Aufgang, die Strandtasche über der Schulter und die Hände über den Augen, obwohl sie eine Sonnenbrille trug. Ihre dunkelblonden Haare waren länger als im letzten Jahr, einige Strähnen reichten bis auf die Schultern, das stand ihr sehr gut. Als sie ihn entdeckte, lächelte sie – ihr Mund war etwas breiter als bei den meisten Frauen, wenn sie gute Laune hatte, war das nicht zu übersehen, überhaupt war ihr Lächeln ziemlich ansteckend – und winkte ihm zu. »Warte, du brauchst dich nicht so zu quälen, ich komme zu dir runter!«

Er stieg ab. Seine Beine waren ganz schwach. Das lag nicht nur am Radfahren.

Sie kam ihm entgegengerannt, ihre Strandlatschen machten dabei ein lustiges Geräusch, als würde ein Seehund applaudieren. Jetzt schob sie ihre Sonnenbrille nach oben. Ihre glänzenden nordseegrauen Augen waren ihm damals, bei ihrer ersten Begegnung, sofort aufgefallen. Einfach außergewöhnlich. Nein, er würde es nie im Leben schaffen, diese Frau für sich zu gewinnen. Sie war eine Nummer zu toll für ihn. Selten war ihm das so bewusst gewesen wie in diesem Moment, als sie ihm um den Hals fiel, ihn an sich drückte und ganz dicht an seinem Ohr etwas sagte, das er vor Aufregung erst gar nicht verstand. »... du so schnell gekommen bist ...«

Er erstarrte, wurde ganz steif, es musste sich für Jannike anfühlen, als umarmte sie ein Surfbrett. »Schon okay«, sagte er. Und wenn er nicht so verdammt unbeweglich gewesen wäre, hätte er sich jetzt gern selbst in den Hintern gebissen.

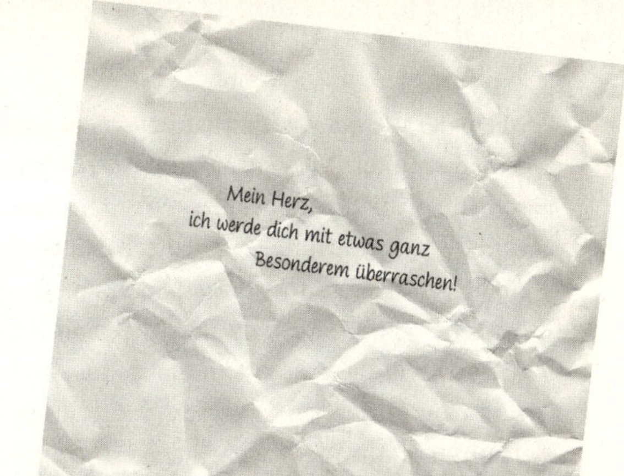

In meinem Zustand mache ich vor nichts mehr halt und habe letzte Woche doch tatsächlich eine Frauenzeitschrift gekauft, in der es um Heiratsanträge ging. Überschrift: *Verrückt, romantisch, kreativ: So hat mein Liebster um meine Hand angehalten – und ein Ja bekommen.*

Den Artikel habe ich vom ersten bis zum letzten Buchstaben durchgelesen, und zwar mehrfach. Darin kamen drei Frauen zu Wort, deren Männer sich selbst übertroffen haben bei der Inszenierung ihrer ultimativen Liebeserklärung.

Der erste – von der Redaktion lobend der »Verrückt-Spontane« genannt – hat seine Liebste mit einem Fallschirmsprung über Las Vegas überrascht. Marvin D. (29), Unternehmenscoach, fragte seine ebenso verrückt-spontane Sabrina L. (30), Erzieherin, bei einer Fallgeschwindigkeit von rund 180 km/h, ob sie sich vorstellen könne, mit ihm im gemeinsamen Leben zu landen. Anschließend sind die beiden – ausgeflippt, wie sie waren – noch in Fallschirmkluft in eine Wedding-Chapel gegangen und haben sich von einem Elvis-Presley-Double trauen lassen.

Das wäre schon mal nichts für uns. Erstens bin ich sehr skeptisch, ob man im freien Fall, mehr als tausend Meter über dem Boden, überhaupt einen zusammenhängenden Satz formuliert bekommt. Alle Aufnahmen, die ich von Fallschirmspringern kenne, zeigen Leute, bei denen die Lippen und Wangen im Gegenwind herumschlottern. Das sieht nicht schön aus und trägt zudem nicht zum akzentuierten Sprechen bei. Zweitens hast du Höhenangst. Drittens war dieser Elvis-Priester ein unglaublich speckiger Kerl im Glitzeranzug; eine von so einem unseriösen Typen vollzogene Trauung kann nicht wirklich Gültigkeit besitzen.

Anders hat es der »Romantisch-Traditionelle« aufgezogen: Thorben G. (35), Chirurg, hat seine Tina B. (24), Physiotherapeutin, auf einem weißen Schimmel sitzend, von der Arbeit abgeholt, ist mit ihr zu einem Wasserschloss geritten, dessen Innenhof mit Rosenblättern übersät war. Aus den zuvor installierten Boxen schallte das Lied, bei dem sich die beiden ein Jahr zuvor im Urlaub auf Mallorca kennengelernt hatten, sie haben getanzt, und anschließend ist er vor ihr auf die Knie gesunken. Davon war die Braut dermaßen gerührt, dass sie ihr Ja nur zitternd und unter Tränen hervorgebracht hat.

Doch auch diese Variante käme für dich und mich nicht in Frage. Denn erstens gibt es hier auf der Insel keine Schimmel, sondern nur graubraune Kaltblüter und die Friesenhengste, auf denen aber nur absolute Könner reiten dürfen. Zweitens hast du eine Pferdehaarallergie. Drittens haben wir beide nicht wirklich ein Kennenlernlied. Und man muss schon sagen, dass dieser romantisch-traditionelle Chirurg ziemliches Glück hatte, dass die beiden sich auf Mallorca zu irgendeinem kitschigen Helene-Fischer-Song zum ersten Mal tief in die Augen geblickt haben. Es hätte auf den Balearen ja auch gut und gerne Mickie Krause sein können, dann hätten sie im Schlosshof zu »Zehn nackte Frisösen« oder »Finger im Po, Mexiko« getanzt.

Der Dritte im Bunde der Heiratsantrags-Spezialisten heißt Benedikt V. (38), ist von Beruf irgendwas mit Medien und hat seine große Liebe Annchristin (35), auch irgendwas mit Medien, auf »kreativ-verspielte« Art gefragt und dabei die halbe Dorfgemeinschaft ihrer ländlichen Heimat irgendwo in Hessen involviert. Denn während die Ahnungslose glaubte, bei ihrem Besuch im Dorfkrug eine Mundart-Komödie des ortsansässigen Theatervereins präsentiert zu bekommen, hat das Herzblatt ein Musical über ihre Kennenlerngeschichte geschrieben und inszeniert. Regie, Bühnenbild, Kostüme, Maske, Musik, Choreographie ... fast ein Jahr hat er gemeinsam mit der Laienspielgruppe, den Cheerleadern des Kreisligaverbandes, dem Spielmannszug und dem Kirchenchor daran gearbeitet. Und natürlich noch selbst die Hauptrolle gesungen. Was für ein Spektakel!

Sicher hat die arme Annchristin in den vergangenen Monaten den unschönen Verdacht gehegt, dass ihr Benedikt sie betrügen könnte, denn bei dem Zeitaufwand war er womöglich kaum noch zu Hause und musste sich in Lügen verstricken, sobald sie nachgefragt hat, wo er denn dieses Mal schon wieder so lange versackt ist. Blöd auch, wenn der Bräutigam am Ende der Aktion mehr Applaus bekommt als seine Angebetete, so etwas finden Frauen weniger toll. Du würdest dich auch daran stören, möchte ich wetten. Und so wirklich spannend war die Liebesgeschichte der beiden dann auch nicht, ich hab mir das Video bei YouTube angesehen. Benedikt und Annchristin haben sich nämlich übers Internet kennengelernt, und es ist ziemlich schwer, stundenlanges Chatten im Musical lebendig rüberzubringen.

Also, ich werde definitiv weder Fallschirm springen noch Schimmel reiten, noch Musical schreiben. Du kennst mich. Das passt alles nicht. So doll besonders bin ich nun mal nicht.

Der Zettel, auf dem eh nur wenig steht, landet zerknautscht im Korb. Zum Glück gab es in der Zeitschrift noch ein kleines graues Kästchen, in dem Tipps für weniger aufwendige Anträge aufgelistet waren. Mir gefällt diese Sache mit dem Ring. Darüber denke ich mal nach. Ernsthaft.

Von: <restaurantpool24h.de>
An: Jannike Loog
Betreff: Lieferstatus

Vor 72 Stunden hat Ihre Lieferung unser Haus verlassen

Vor 69 Stunden hat Ihre Lieferung das Logistikzentrum erreicht

Vor 65 Stunden wurde Ihre Lieferung in den LKW verladen

Vor 58 Stunden wurde Ihre Lieferung im Umschlagplatz am Festlandhafen in Empfang genommen

»Ich bin's schon wieder, Jannike Loog vom *Hotel am Leuchtturm*, ich will auch nicht nerven, aber …«

»Tut mir leid«, unterbrach Frachtschiff-Ingo. »War wieder nichts dabei.«

»Das kann nicht sein. Wir haben die Sachen für das Restaurant schon vor anderthalb Wochen bestellt. Und zwar im Express-Service! Laut Versandhandel ist die Ware auch längst rausgegangen.« Jannike seufzte. Es war ihr peinlich, den jungen Mann mehrfach am Tag anzurufen, der hatte jetzt im Sommer genug zu tun, zumal in knapp zwei Wochen die große Inselhochzeit stattfinden sollte. »Guck doch bitte noch mal nach, das müsste ein größerer Karton mit Tischdecken sein, von derselben Firma noch ein zweiter, ziemlich schwerer, in dem die Speisekarten sind, und dann …«

»Glaub mir, ich hab überall nachgeschaut. Da ist nichts gekommen.«

»Und die Sauna?« Danni und der Bürgermeister hatten während der vergangenen überwiegend sonnigen Tage im

Garten geschuftet, Mattheusz hatte natürlich auch mit angepackt, und für drei Tage war noch ein befreundeter Bauunternehmer mit zwei Männern, einem Betonmischer, jeder Menge Kabel und dem Minibagger angerückt. Und nun war das Fundament für die Schwitzhütte gegossen, die Leitungen für den Saunaofen gelegt, die Kuhle für das Tauchbecken ausgehoben, sogar der Wasseranschluss für die Tropendusche war montiert. Das Hotelgrundstück sah aus, als hätte ein überehrgeiziger Riesenmaulwurf sein Unwesen getrieben. Schön war das nicht, ein Gast aus Zimmer 5 hatte beim Frühstück gemeckert, weil er schon seit Tagen von seinem Fenster im ersten Stock direkt auf das Chaos blickte. Dabei hätte alles längst fertig sein können. Wenn es nicht diese unerklärlichen Probleme mit der Lieferung gäbe.

»Hier ist ganz bestimmt keine Sauna«, versicherte Frachtschiff-Ingo.

»Ein Bausatz, längliche und breite Bretter aus skandinavischem …«

»Jannike, echt, auf meinem Schreibtisch stapeln sich die Lieferscheine, mein Handy klingelt, und der Postcontainer rollt gerade auf die Ladefläche. Ich hab keine Zeit! Wenn dein Scheiß hier ist, sag ich dir Bescheid, Ehrenwort!«

Und dann knallte er den Hörer auf. Jetzt war Jannike sauer. Am liebsten hätte sie sich auf ihr inzwischen wieder aufgetauchtes Fahrrad – das Ding hatte merkwürdigerweise am nächsten Morgen an ihrer Gartenpforte gelehnt – gesetzt und wäre zum Hafen gefahren, um sich ein eigenes Bild zu machen. Und um den Leuten dort mal in den Allerwertesten zu treten. So gern sie Ingo hatte, sie war mit ihrer Geduld am Ende. Für nächste Woche hatten sich die Hoteltester angemeldet, bis dahin musste das Restaurant eingerichtet sein und die Wellnessecke in Betrieb. Sonst waren der ganze Aufwand, der Kredit, der Vorschuss für die Trennungsparty, das Kopfzerbrechen für die Katz gewesen. Bloß weil ihr Zeug nicht zur Insel rüberkam. Andererseits erschien es ihr schlichtweg unmöglich, Frachtschiff-Ingo zur Schnecke zu machen, auch wenn die Verantwortung für die unglaubliche Schlamperei wahrscheinlich bei ihm lag. Jannike konnte es sich so knapp vor der großen Inselhochzeit schlecht mit dem Bräutigam verscherzen.

Danni, der ungeduldig neben ihr stand und dem Telefonat gelauscht hatte, tippte sich nervös mit den Fingerspitzen auf die Unterlippe. Stillstand war nichts für ihn, der erzwungene Baustopp bei seinem *Leuchtfeuer-SPA* machte ihm schwer zu schaffen. »Wir haben uns alle so rangehalten«, jammerte er. »Das Hotel sieht schick aus wie nie zuvor. Dein Mattheusz hat sogar überall die Badezimmerfliesen verschönert.«

»Er ist nicht *mein* Mattheusz!« Seit sie vor gut einer Woche auf dem Gepäckträger ihres Hilfskochs zum Hotel zurückgekehrt war, ließ Danni ständig solche Kommentare vom Stapel. Dabei hatte diese Begegnung alles nur noch schlimmer gemacht. Jannikes Temperament war mit ihr durchgegangen, und sie hatte sich Mattheusz erleichtert an den Hals geworfen wie ein verknallter Teenager. Seine Reaktion war mehr als nur reserviert ausgefallen: Nach einer Art Schockstarre hatte er sie wortlos bis zum Hotel gefahren. Seitdem sprachen sie nur das Nötigste miteinander. Danni hatte natürlich vermutet, dass etwas zwischen ihnen vorgefallen war. Dabei war das Gegenteil passiert, nämlich nichts. Mattheusz sah in ihr eine Chefin, der er im Notfall zu Hilfe eilte. Und das war's.

»Aber immerhin hat er alles stehen und liegen lassen, ist zum Aufgang vom Weststrand gefahren …«

»Woher weißt du das?«, hakte Jannike nach. »Ich kann mich nicht erinnern, dass ich dir gesagt habe, wo genau mein Fahrrad gestohlen wurde. Und Mattheusz ist keine Plaudertasche, das wissen wir beide.«

Danni zog die Schultern hoch wie ein ertappter Lümmel von der letzten Bank. Ach so, daher wehte der Wind: Das Vehikel war gar nicht zufällig verschwunden, das Ganze schien vielmehr eine typische Verkupplungsaktion von Danni gewesen zu sein. Er hatte gewusst, wo sie den Tag verbringen wollte, und er kannte ihre Leichtsinnigkeit, das Fahrradschloss betreffend.

Danni räusperte sich schuldbewusst. »Jannike, der Mann ist einfach schüchtern. Hilf ihm doch ein bisschen auf die Sprünge, du bist doch sonst nicht so …«

»Erst einmal muss ich demjenigen auf die Sprünge helfen, der unsere Fracht irgendwo zwischen Festland und Insel verbummelt hat.«

Zum Glück klingelte es in diesem Moment an der Eingangstür. Jannike kannte ihren Geschäftspartner, der hätte noch stundenlang so weitermachen können. Als würde sein albernes Gerede etwas an der Lage verbessern. »Ihr beiden seid doch so ein süßes Paar!« Von wegen, sie waren überhaupt kein Paar. Noch nicht einmal ein Pärchen. Sie waren zwei Menschen, die vor lauter Verlegenheit nicht wussten, wohin.

Die letzte Woche war eine Nervenprobe gewesen. Denn während Danni im Garten gewühlt hatte, war sie mit

Bogdana, Lucyna und Oma Maria in der Küche gewesen, wo sie gemeinsam gekocht und probiert hatten, was auch eigentlich ganz nett und lustig gewesen war.

Anfangs hatte Oma Maria sogar noch darauf bestanden, dass es zu jedem Gang einen Wodka geben müsse, so wie zu Hause. Wein? Bier? Amerikanische Cola womöglich? Darüber konnte zumindest die ältere Pajak-Generation nur die Nase rümpfen. Wasser und Wodka waren nach Ansicht von Oma Maria und Bogdana die einzigen Getränke, die auf die Restaurantkarte gehörten. Erst dachte Jannike, das sollte ein Scherz sein, ein Spiel mit den Klischees. Falsch gedacht. Sie meinten es ernst. Und schenkten munter ein. Nach dem dritten oder vierten Glas war Jannike dann bereit gewesen, zumindest nach jedem Essen den Gästen einen Gratiswodka auszuschenken, wie der Ouzo beim Griechen, nur eben polnisch. »Wodka ist kein Klischee, sondern Kultur!«, hatte Mattheusz erklärt.

Ach, Mattheusz!

Immer, wenn ein Gericht fertig auf dem Teller lag – die mit Kraut gefüllten Teigtaschen, das feine Pilzragout mit sauren Gürkchen –, wurde Mattheusz hereingerufen, um zu kosten. Dieser Moment, wenn er von seiner Oma den Löffel in den Mund geschoben bekam und danach sein Urteil abgeben sollte, war für Jannike die reinste Folter gewesen. Denn blöderweise stellte sie sich dann abends, sobald sie allein im Bett lag und nicht einschlafen konnte, immer wieder vor, wie es wäre, diesen Mund zu küssen. Und am nächsten Tag hatte sie Angst, dass man ihr irgendetwas davon ansah, also wurde sie schon rot, wenn Oma Maria nur nach ihrem Enkel und Hilfskoch rief.

Neulich hatte sich Jannike sogar eine Viertelstunde in einem Schrank in Zimmer 3 versteckt, bloß weil Mattheusz plötzlich dort aufgetaucht war, um seine Malerutensilien aus dem Bad zu holen, während sie gerade dabei gewesen war, die Regalböden auszuwischen. Aber sie hatte sich im Dunkeln zwischen den Kleiderbügeln deutlich wohler gefühlt als allein mit diesem Mann in einem Raum, der von einem romantischen Doppelbett dominiert wurde. Man musste es realistisch sehen: Bei diesen Gegebenheiten standen die Chancen, dass aus ihnen je ein süßes Paar werden würde, erdenklich schlecht.

Es klingelte erneut an der Eingangstür. Jannike lief durch den Flur und kontrollierte im Ganzkörperspiegel neben der provisorischen Rezeption noch einmal ihr Erscheinungsbild. Normalerweise zog sie sich nicht um, wenn neue Gäste begrüßt wurden. Dieses Hotel war kein Ort, an dem man immer wie aus dem Ei gepellt herumlaufen musste, zum Glück nicht. Doch heute erwartete sie diese Schriftstellerin und ihr Gefolge, die allesamt aus Berlin angereist kamen, um die Trennung zu feiern. Und bei Menschen, denen Jannike in ihrem früheren Leben schon mal persönlich begegnet war, achtete sie stets darauf, dass sie einigermaßen aussah. Damit der Unterschied zu damals nicht so auffiel. Trotzdem meinte sie ab und zu etwas in den Gesichtern der alten Bekannten aufflackern zu sehen. Ja, sie hatte sich verändert, war etwas weniger durchtrainiert in den Problemzonen und stellte nichts Raffiniertes mit den Haaren an, die früher einmal honigfarben gelockt und heute nur noch glatt und naturblond waren. Vielleicht war sie nicht mehr ganz so makellos wie früher. Aber dafür war sie mehr sie selbst. Basta!

Als Jannike die Tür öffnete, begriff sie im selben Moment, dass es mit den neuen Gästen anstrengend werden würde.

»Hi!«, sagte die Schriftstellerin und grinste mit schräg gehaltenem Kopf. Es war diese Art Grinsen, das sich Frauen nach ein paar Prosecco aufs Gesicht legte. Ein Grinsen, hinter dem schon ein lautes, gackerndes, aufgedrehtes, kreischendes Lachen lauerte. Dem aber doch anzusehen war, dass es ohne die aufmunternde Wirkung des Prickelwassers nicht mal halb so fröhlich wäre. »Lange nicht gesehen, trotzdem wiedererkannt!«

Da hätte Jannike einer Schriftstellerin aber auch eine originellere Begrüßung zugetraut. »Herzlich willkommen auf der Insel!«

Gabriella Brunotte war eine echte Erscheinung. Sie war groß für eine Frau, ziemlich breit noch dazu, an ihre Schultern könnte man sich prima anlehnen, wenn gerade kein Mann zur Stelle war. Ihre dunkelbraunen Haare waren schwungvoll nach hinten geföhnt und hatten einen roten Schimmer, der an Chianti erinnerte. Wahrscheinlich hieß die Haartönung sogar so: *Chianti intensiv gegen das erste Grau in den Haaren ab vierzig.* Die Frauen, die hinter ihrem Rücken standen, waren zwar im selben Alter, aber etwas kleiner, schmaler, dazu weniger beschwipst. »Darf ich vorstellen: meine beiden besten Freundinnen Hannah und Felicitas, die mitgekommen sind, um das große Ereignis zu feiern.«

Jannike wusste nicht, ob sie gratulieren sollte. Wozu? Zum Ende einer Ehe? Zum Neustart ins Ungewisse? Sie beließ es bei einem unverbindlichen Händedruck und führte die Neuankömmlinge in ihre Gemächer. Wohlweislich war das Damentrio in den Zimmern 6, 7 und 8 untergebracht, die lagen etwas abseits im ersten Stock, weiter hinten im Flur zur Leuchtturmseite hin. Da konnten sie kreischen, so viel sie wollten, nur Danni würde davon etwas mitbekommen, denn sein Zimmer lag darüber. Die anderen Gäste blieben hoffentlich unbelästigt.

Die Frauen waren begeistert, fanden die Einrichtung *herzallerliebst* oder *total knuffig*, besonders die Räumlichkeiten der großen Gabriella Brunotte wurden bestaunt, weil man von ihrem Bett aus direkt auf den Leuchtturm schaute und es das einzige Zimmer mit Sitzecke und Wannenbad war. Und doch bemerkte Jannike unterschwellig, was die drei Großstadtfrauen insgeheim dachten: Alles eher bescheiden. Kein Luxus. Weniger als dreißig Quadratmeter. Kein Licht im Kleiderschrank. Keine Klimaanlage. Noch nicht einmal ein Safe mit integrierter Steckdose. Trotz Mattheusz' Streichaktion im Bad und Dannis geschmackvollen Deko-Ideen konnte man dieses Hotel kaum mit dem *Adlon Kempinski* am Brandenburger Tor vergleichen. Na ja, zumindest rümpften sie nicht die gepuderten Nasen.

»Und, was hat mein Agent als Programm für mich vorgesehen?«, fragte die Schriftstellerin, nachdem sie einmal prüfend mit dem Finger über die Sofalehne gefahren war – und dabei dank Bogdana natürlich kein noch so kleines Staubkörnchen aufgescheucht hatte. Irgendwie vermittelte Gabriella Brunotte nicht den Eindruck, glücklich getrennt und voller Optimismus zu sein. Eher, als bespreche sie gerade mit ihrem Zahnarzt die nächste umfangreiche Wurzelbehandlung.

»Wir haben uns auf ein paar wirklich schöne Unternehmungen geeinigt«, verriet Jannike und verschwieg dabei geflissentlich, dass die Organisation der Brunotteschen Trennungstage sie in den vergangenen Tagen einige Nerven gekostet hatte, da der feine Herr Literaturagent ein ziemlicher Besserwisser zu sein schien. Nein, kein Picknick am Strand, das wirke zu mädchenhaft und hinterlasse womöglich den Eindruck, dass auf der Decke doch noch Platz für einen männlichen Begleiter wäre. Und die Fahrradtour rund um die Insel könne man sich auch schenken, denn erstens bezweifle er, dass die Damen überhaupt Fahrrad fahren könnten, und zweitens sei diese Szene unter Umständen nicht fotogen genug. Denn – das hatte er an dieser Stelle nur vage angedeutet – man erwarte eventuell auch noch ein kleines PR-Team, das den Nordseeurlaub von Gabriella Brunotte medial aufbereiten werde. Nach langem Hin und Her hatten sie sich auf eine Wattwanderung, einen exklusiven Kinobesuch und eine Leuchtturmbesteigung geeinigt. Bei jedem dieser Anlässe habe stets eine Flasche Champagner dabei zu sein und die Möglichkeit, dass Gabriella Brunotte sich umziehen und schminken könne.

Wirklich, in diesem Moment war Jannike sicher gewesen, mit dieser Frau niemals tauschen zu wollen. Wie gut, dass sie selbst all diesem Rampenlicht-Mist vor einem Jahr abgeschworen hatte. Nur selten dachte sie an die Paparazzi vor ihrem Haus, damals, als sie von der Produktionsfirma gefeuert worden war. Sensationshungrige Reporter auf der Suche nach Tränen, Kummerspeck und vernachlässigtem Haar. Ach, schau an, dem erfolgsverwöhnten Schlagersternchen Janni geht es an den Kragen, endlich der Beweis, dass es auch die Reichen und Schönen knallhart erwischen kann! Wie musste es sich erst anfühlen, wenn eine vormals glückliche

Ehe in Scherben lag und man quasi verpflichtet wurde, dieses private Unglück in die Öffentlichkeit zu tragen und es so aussehen zu lassen, als gäbe es dabei nur Positives zu vermelden. Gabriella Brunotte jedenfalls wirkte angespannt, hoffnungslos und fast ein wenig ängstlich. Darüber konnten auch ihre aufgedrehten Begleiterinnen und der vorab genossene Prosecco nicht hinwegtäuschen.

»Ab 22 Uhr wird die Haustür verschlossen, und Frühstück gibt es von acht bis halb elf«, sagte Jannike ihren obligatorischen Spruch auf, als sie mit der Besichtigungstour fertig waren und jede Frau den passenden Schlüssel in die Hand gedrückt bekommen hatte. »Ach ja, und heute Abend eröffnet unser neues Hotelrestaurant. Wenn Sie Lust haben, würden wir Sie gern einladen.« Damit überhaupt jemand an den Tischen Platz nimmt, fügte Jannike in Gedanken hinzu. Sie hatten wohlweislich auf eine offizielle Einweihungsparty verzichtet. Dazu fehlte es noch an allen Ecken und Enden. Nicht nur die Tischdecken und Speisekarten, nein, auch das Besteck und die neuen Weingläser hätten schon längst da sein müssen. Und wie peinlich wäre es, auf ein neues Restaurant anzustoßen und dabei aus ausgespülten Senfgläsern, Ikea-Bechern und matt angelaufenen Sektflöten aus grauer Vorzeit zu trinken? Doch für die Hausgäste bekamen sie genügend gutes Geschirr zusammen, und die Küche konnte zudem noch ein bisschen üben, bevor es richtig ernst wurde.

»Was gibt es denn in diesem Hotelrestaurant?«, wollte Hannah, die Freundin mit der quietschgrünen Brille und den kurzen Haaren, wissen. »Ich lebe nämlich streng vegan.«

Das fing ja gut an. Vegan! Und das auch noch streng! Jannike ratterte im Stillen das gastronomische Angebot durch, welches sie in den letzten Tagen hin- und hergeschoben, verändert, gestrichen, ergänzt und verfeinert hatten. »Kein Problem«, stellte sie erleichtert fest. »Unsere Piroggen sind ganz frisch.«

»Piroggen? Klingt nach Fisch!« Die Bebrillte verzog angeekelt die schmalen Lippen.

»Das sind Teigtaschen, mit Pilzen und Weißkohl gefüllt. Alternativ gäbe es auch die Sellerieschnitzel mit polnischer Sauce.«

Nun wurde das Gesicht freundlicher. »Endlich mal was anderes als das, was man an der Küste sonst so serviert bekommt.«

»Unsere Köchin Maria ist Polin. Als Hauptgang für die Nichtveganer bieten wir heute *Kurczak dla zakochanych*«, informierte Jannike und war sehr froh, dass sie die Aussprache dieser Spezialität gemeinsam mit Oma Maria in mühevoller Kleinarbeit und unter Einfluss des obligatorischen Wodkas einstudiert hatte.

»Was, bitte, ist das?« Die zweite Freundin, Felicitas, die ihr schwarzes Kraushaar kaum bändigen konnte und aussah, als würde sie Jazzmusik machen, zog die sorgsam gezupften Augenbrauen weit nach oben.

»Ein Geflügelgericht mit Aprikosenmarmelade und Bananen. Übersetzt heißt das *Hähnchen für Verliebte*!« Jannike biss sich auf die Lippen. Wie blöd war sie nur? Ein unpassenderes Gericht hätte man zum Auftakt der Trennungsparty kaum wählen können.

Die Freundinnen schwiegen und warteten ab, wie Gabriella reagieren würde. Die schaute etwas perplex aus der Wäsche, räusperte sich schließlich und sagte dann tapfer: »Zumindest etwas anderes als Pizza. Davon habe ich nämlich die Nase gestrichen voll.«

Hannah und Felicitas kicherten.

Doch Jannike wurde irgendwie das Gefühl nicht los, dass Gabriella Brunotte ihnen da eben ganz großen Unsinn aufgetischt hatte.

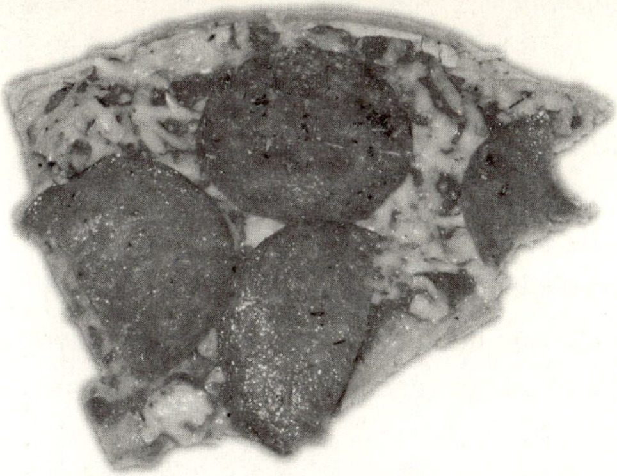

Nato ai bordi di periferia
Dove non ci torno quasi più
Resta il vento che ho lasciato
Come un treno già passato

Mamma sagte immer wieder, er solle sich zusammenreißen und dass sie es sich schon lange gedacht habe: Eine Frau, die sich Gabriella nennt und die Haare färbt, damit alles besser zum Nachnamen passt, den sie sich durch diese falsche Hochzeit ergaunert hat, nur um nicht als Gabi Bockenherd ihre Schundromane schreiben zu müssen, eine solche Frau, sagte Mamma, solle man ziehen lassen und noch in die Spuren spucken, die sie hinterlässt.

Aber Darios Mamma war über achtzig, hatte zeit ihres Lebens in einem Städtchen in Norditalien gewohnt und hielt Berlusconi für einen anständigen Kerl mit schneidigem Aussehen. Dem Urteil einer solchen Frau durfte man nicht trauen und ihrem Rat erst recht nicht. Also heulte Dario sich die Augen aus, seit Gabriella heute Morgen die Koffer gepackt hatte und verschwunden war.

Berlin war niemals eine bunte Stadt gewesen, aber jetzt,

wo er auf der Terrasse saß, dem Sommerregen beim Fallen zuschaute und Eros Ramazzotti zuhörte, der von der Hoffnungslosigkeit sang, die nur durch die Liebe gemindert werden konnte, da war diese deutsche Hauptstadt, in der Dario schon seit Jahren lebte, nur noch grau. Ihm war sogar der Appetit vergangen, die Pizza lag angebissen auf dem Gartentisch.

Gabriella hatte ihn verlassen. Sie wolle sich scheiden lassen, hatte sie ihm eröffnet. Sobald ein Jahr vorbei sei, werde sie vor Gericht ziehen. Das sagte sie, als er heute mit zwei Tassen Cappuccino ans Bett kam, so wie jeden Morgen, seit sie zusammenlebten. Wie aus dem Nichts war das gekommen, sie hatte sich vor ihm aufgebaut, wie es so ihre Art war, die er auch an ihr mochte, weil sie eben eine Frau war, die wusste, was sie wollte, und die das Rückgrat hatte, das auch durchzusetzen. Eine Woche wolle sie verschwinden, und wenn sie zurück sei, solle er dann, bitte schön, verschwunden sein.

»Wohin?«, hatte er gefragt.

Das war ihr egal. »Geh doch zu deiner Mamma. Oder zieh in eine Pension, in der sie alle europäischen Fußballspiele im Fernsehen übertragen, die kannst du dir dann vom Bett aus anschauen, wie praktisch, dann brauchst du erst gar nicht mehr aufzustehen.«

Das war gemein. Und leider auch die Wahrheit. Er hatte sich schon oft gewünscht, im Bett Fußball zu gucken, es sich aber verkniffen, weil er wusste, wie sehr Gabriella das hassen würde. Aber wenn sie nun tatsächlich die ganze Zeit ahnte, dass ihm eigentlich der Sinn danach stand, er es aber ihr zuliebe nicht machte, und sie verließ ihn trotzdem ... Mann, dann war das Leben wirklich ungerecht. Dario musste die nächste Packung Taschentücher aufreißen. Wie sollte er das überleben? Alles, was ihm wichtig gewesen war, was sein Dasein glücklich gemacht hatte, schien für immer verloren. Seine Arbeit, die er so liebte ... der mehlige Teig, den er zum Fliegen brachte, bevor er auf dem Ofenstein landete und mit duftender Tomatensauce bestrichen wurde ... Die Ärzte hatten es ihm strengstens verboten. Kein langes Stehen mehr, die Knochen seiner Wirbelsäule seien mürbe wie Amarettini, er wolle doch nicht im Rollstuhl enden. Aber wer backte Pizza im Sitzen?

Also war er mit Ende vierzig in den Vorruhestand gegangen. Aber es hatte ja Gabriella gegeben, die so fleißig war und talentiert, deren Tastatur von acht Uhr morgens bis sechs Uhr abends immer Geräusche von sich gegeben hatte, jedes Klackern ein Buchstabe, und ihre Bücher bestanden aus sehr vielen Buchstaben. Er hatte es geliebt, in ihrer Nähe zu sein, der Tastatur zu lauschen. Einmal hatte Gabriella geschimpft, das mache sie nervös, sie habe das Gefühl, dass er kontrolliere, wie fleißig sie sei, und da hatte er sich immer die Kopfhörer aufgesetzt und behauptet, er würde Eros Ramazzotti hören, doch in Wahrheit hatte er ihr weiter beim Schreiben zugehört und war so stolz gewesen auf seine Frau.

Klar, manchmal konnte er sie auch beim Telefonieren belauschen, unfreiwillig natürlich. Mit ihrem Agenten, dem arroganten Mistkerl, der immer so tat, als wäre ihm das Wohlergehen seiner Autorin wichtig, doch in Wahrheit scheuchte er sie von einem Buch zum nächsten, bis Gabriella völlig ausgelaugt war und schlechte Laune bekam. Dario wusste, dass die beiden auch manchmal über ihn gelästert und ihre Ehe in Frage gestellt hatten, doch das hatte er nicht ernst genommen. Gabriella würde sich von diesem Gigolo keine Tipps aufschwatzen lassen, der war doch schon zum dritten Mal verheiratet und hatte trotzdem noch zusätzlich eine Affäre mit der Pressefrau eines Verlags. Er hatte sie gelassen, weil er dachte, wenn Gabriella wirklich Probleme habe, dann werde sie damit zu ihm kommen, er war ja schließlich ihr Mann, und die Schwierigkeiten, die sie seit seiner Arbeitsunfähigkeit hatten, gingen nur sie beide etwas an. Auch keinen Paartherapeuten, den Vorschlag hatte er abgelehnt, weil er ahnte, so ein Psychotyp will doch immer wissen, wie es in der Kindheit war und so weiter, aber seine Mamma wollte Dario nicht mit reinziehen in die ganze Sache.

Jetzt, wo es zu spät war, bereute er das ein bisschen, zugegeben.

Er stellte mit der Fernbedienung die Stereoanlage lauter. Ramazzottis Gesang erfüllte das Wohnzimmer und schallte satt und traurig auf die Terrasse.

E ci si trova sempre più soli
A questa età non sai ... non sai
Ma quante corse ma quanti voli
Andare avanti senz'arrivare mai ...

Bestimmt beschwerte sich gleich einer von den Nachbarn. Berlin war so eng, man hockte sich quasi gegenseitig auf dem Schoß, und wenn einer mal ein bisschen mehr wollte als stillsitzen und nicht stören, dann gab es Ärger. Es wäre tatsächlich gut, von hier zu verschwinden, so wie Gabriella es von ihm verlangte. Einfach weg von alledem. Doch wie sang Eros gerade?

»Man fühlt sich immer etwas einsamer
in diesem Alter, ...
Doch wie viele Wettrennen, wie viele Flüge sind nötig
vorwärts zu gehen, ohne jemals anzukommen ...«

Er hatte ja so recht. Es gab keine Fluchtmöglichkeiten für Dario. Er wäre heimatlos, egal, wohin er reiste. Denn seine Heimat war Gabriella, nur sie. Was für ein trauriger Satz. Könnte fast ein Songtext für Eros sein. Dario musste wieder weinen.

»Mahn, hör uff mit dit Jeseiere!«, rief der Nachbar von links über den Gartenzaun, und es war wie immer bei diesen Berlinern nicht klar, ob das aufmunternd klingen sollte oder genervt. Der Nachbar war ja eigentlich noch einer von denen, die wenig meckerten. Schlimmer war die Frau, die im Townhouse rechts neben ihnen wohnte und sich immer über seine Zigarren aufregte. Denn obwohl Gabriella viel Geld verdiente und sie seit zwei Jahren in der besten Gegend in Friedrichshain wohnten, viel Platz zum Leben blieb ihnen trotzdem nicht.

Also packte Dario die Pizzareste, das Glas Weißwein, das Wasser, den Aschenbecher, die Fernbedienung, das Telefon und die Taschentücher zusammen und ging hinein. War ein bisschen viel auf einmal, doch seine Hände waren geschickt, wer Pizza backte, musste fingerfertig sein. Er legte alles auf den Couchtisch, morgen kam die Putzfrau, die wusste, wohin man den ganzen Kram räumen musste.

Das Telefon blinkte, weil der Akku gleich leer war, kein Wunder, er hatte fünf Stunden mit Mamma telefoniert und dann alle zehn Minuten nachgeschaut, ob er nicht in der

Zwischenzeit einen Anruf von Gabriella überhört hatte, bei dem sie ihm mitteilen wollte, dass alles nur ein blödes Missverständnis war. Die Ladestation befand sich im Arbeitszimmer, da ging er nur selten hinein, das war Gabriellas Reich, doch jetzt war eh alles egal, also nutzte er die Gelegenheit und schaute sich gleich mal ein bisschen um. Er verstand ja nicht viel von der Schriftstellerei. Und die Romane seiner Frau waren ihm, ehrlich gesagt, ein bisschen zu schlüpfrig. Was die da trieben zwischen den Buchdeckeln, war ziemlich bizarr, und er hoffte nur, dass die Werke nicht irgendwann ins Italienische übersetzt würden und Mamma dadurch die Möglichkeit bekäme, zu lesen, was die ungeliebte Schwiegertochter sich so einfallen ließ.

Der große Bürotisch war aufgeräumt. Nicht, dass Gabriella einen Ordnungsfimmel hätte, im Gegenteil, auch hier war die Haushaltshilfe im Einsatz, deswegen waren die Akten ordentlich im Regal verstaut, und kein Staubkorn lag herum. Mit den Notizzetteln an der Pinnwand konnte er nicht viel anfangen, die dienten Gabriella als Gedächtnisstütze, wenn sie an einer Romanidee feilte. Dario setzte sich auf den Stuhl, auf dem seine Frau sonst so viele Stunden des Tages verbrachte, und betrachtete den Rechner, nahm die Computermaus in die Hand, fuhr damit herum und erschrak furchtbar, als der Bildschirm plötzlich aufflackerte. Gabriella hatte das Gerät in der Hektik wohl nicht richtig heruntergefahren. Ein Passwort wurde verlangt.

Die lähmende Traurigkeit war schlagartig vorbei. Er tippte Gabriellas Geburtstag ein – Fehlanzeige. Hoffnungsvoll versuchte er es mit ihrem Hochzeitsdatum, doch auch das klappte in keiner Variante. Und dann, mehr instinktiv und durch die Endlosschleife seiner Lieblings-CD animiert, gab er *Adesso Tu* ein. Das würde nicht klappen, Gabriella hasste das Lied angeblich, hatte sich im Laufe der Jahre daran überhört, wie sie behauptete. *Jetzt du* – so ein schöner Titel. Dario seufzte. Und kippte fast vom Stuhl, als sich das Bild veränderte, die kleinen Symbole für die verschiedenen Programme erschienen, die Dateien, an denen Gabriella in letzter Zeit gearbeitet hatte, das Hintergrundbild, auf dem der Strand von Noli zu sehen war, der Ort, an dem sie vor vier Jahren geheiratet hatten. Das haute selbst einen ganzen Kerl wie Dario um.

Warum verließ Gabriella ihn, wenn sie sich doch dieses Bild auf den Monitor geladen hatte, wenn sie ihren gemeinsamen Song als Passwort nutzte, wenn er ihr ständig Cappuccino kochte, wie sie es liebte, und abends im Sitzen Pizza- oder Pastateig knetete, ihr immer wieder sagte, dass sie die wunderbarste Frau der Welt sei, das auch genau so meinte, selbst wenn Mamma etwas anderes behauptete. Warum wollte Gabriella, dass alles zu Ende war?

Er kannte die Antwort: Weil sie sich irrte!

Ein weiteres Fenster öffnete sich auf dem Bildschirm. Ein Schiff war darauf zu sehen, ähnlich den Fähren nach Korsika, nur wesentlich kleiner. Darunter eine Liste, wann man zur Insel gelangen konnte, jeden Tag nur eine Verbindung hin und eine zurück, zu wechselnden Uhrzeiten. Wo gab es denn so etwas noch? Das musste am Ende der Welt sein. Egal, entschied Dario und schnäuzte sich ein letztes Mal in sein Taschentuch. Na und, dann war es eben am Ende der Welt. Er würde dort hinfahren.

Und Gabriella beweisen, dass sie zusammengehörten.

Oggi che mi sei accanto
Oggi che si sei soltanto
Oggi che ci sei ...
Adesso tu

Roter Hering – [ˈʀoːtɐˈheːʀɪŋ] – Redewendung, aus dem Englischen (Red Herring) stammend, Synonym für Ablenkungsmanöver. Wörtlich handelt es sich um einen gepökelten oder geräucherten Fisch. Die Redewendung geht darauf zurück, dass flüchtige Kriminelle im 17. Jahrhundert den Geruch des Herings nutzten, um Spürhunde abzulenken. In Filmen und Kriminalromanen steht «Roter Hering» für die falsche Fährte, die der Autor gelegt hat, um die Zuschauer / Leser zu verwirren.

Sie standen im Halbkreis um den großen Arbeitstisch herum und schauten Danni, der sich auf einen Stuhl gestellt hatte, erwartungsfroh an. Über seiner Schulter zeigte die Küchenuhr, dass in einer halben Stunde die ersten Gäste eintreffen würden.

Allen war die Anspannung anzusehen. Besonders Danni, der schon mehrfach Luft geholt hatte, weil er eine wichtige Ansage machen wollte, weswegen er die komplette Besatzung des kleinen Inselhotels zusammengetrommelt hatte. Doch irgendwie schien er nicht die richtigen Worte zu finden, was bei ihm – soweit Jannike sich erinnern konnte – selten oder noch nie vorgekommen war.

»Ihr Lieben alle!«, fing er dieses Mal an, nachdem er mit »Herzlich willkommen in der neuen Restaurantküche« und »Leute, Leute, ihr habt ja keine Ahnung, wie schwitzig meine Handflächen sind« gescheitert war.

Siebelt Freese grinste, dass einem warm ums Herz werden konnte. Es war so schön, dass Danni und der Bürgermeister sich gefunden hatten. Beide mochten sich, wie sie waren, freuten sich, dass es den jeweils anderen gab – und machten noch nicht einmal viel Tamtam um ihre glückliche Liebe.

»So, Danni, wir haben es inzwischen mitgekriegt«, sagte Freese und übernahm den nächsten Satz: »Du bist froh, dass wir diesen Moment erwischt haben, um deinen wohlgewählten Worten zu lauschen!«

Alle lachten. Danni zwinkerte seinem Schatz dankbar zu. »Woher weißt du nur immer, was ich sagen will?«

»Weil du es mir vorhin schon ungefähr zehnmal vorgesprochen hast. Ich könnte die Rede, im Grunde genommen, für dich halten, weil ich sie inzwischen auswendig gelernt habe – im Gegensatz zu dir.«

Wieder lachten alle. Auch Oma Maria, obwohl sie angeblich nur polnisch sprach. Doch Jannike hatte sie schon über ihrem Kochbuch murmeln hören: »He-ring« und »Li-ter«. Auch »Marsch, marsch, ejnkaufen« konnte sie schon rufen und brachte damit alle zum Lachen. Beim Kochen war Oma Maria in ihrem Element, das konnte sie, das hatte sie in den letzten Tagen bewiesen. Jannike hatte unzählige Gerichte probiert, eines köstlicher als das andere, ständig hatte es in der Küche nach Koriander gerochen, nach Majoran, Knoblauch und Wacholder. Oma Maria benutzte Meerrettich und Senf, Honig und Nelken, manchmal auch Trockenobst, man wollte meinen, sie hätte das Kochen am Hofe irgendeines Sultans gelernt. Doch alle Rezepte stammten aus diesem alten polnischen Buch der Familie Pajak, und die Auswahl, welche Speisen es letzten Endes neben dem Wodka auf die Menükarte schaffen würden, war Jannike und Danni sehr schwergefallen. Schließlich hatten diese verflixten Lieferprobleme die Entscheidung mitgeprägt, denn sie hatten die Zutaten für heute Abend sämtlich auf der Insel besorgen müssen. Zum Glück hatte die Nachbarin Mira einen Vorrat an eingelegten Heringen im Keller, und im leider ziemlich kleinen und natürlich immens teuren *Inselkauf* hatte Jannike heute Nachmittag noch einiges zusammengesucht, frisches Geflügel, Gemüse und Obst, direkt nachdem der Frachter den Supermarkt beliefert hatte. Großen Gewinn würde das Restaurant heute also nicht abwerfen, doch darum ging es nicht. Sie hatten sich diesen Termin für die Eröffnung gesetzt, und am Anfang lief immer einiges schief, damit rechnete Jannike ohnehin. Also: Augen zu und durch!

Doch war es wirklich eine gute Idee, hier auf der Insel osteuropäische Küche anzubieten? Würden Gerichte mit viel Kohl und Zwiebeln die Neugierde verwöhnter Gaumen schüren? Im *Bischoff* gab es heute Fasanenbrüstchen an Sanddornschaum mit Graupenrisotto oder Deichlamm mit Spargelsoufflé und Kartoffeltörtchen, das hatte Jannike am Nachmittag auf den riesigen Tafeln neben der ultraschicken Hotelterrasse gelesen, als sie von ihrem Last-Minute-Einkauf im Inseldorf nach Hause geradelt war. Da konnten sie nicht mithalten. Ihre Spezialität war Oma Marias polnischer Heringssalat, der einfach wahnsinnig cremig und mit der perfekten Mischung aus fruchtig-süß und herzhaft-sauer abgeschmeckt war. Dazu warmes, selbst gebackenes Roggenbrot. Ein Traum. Aber eben doch eher Hausmannskost, oder?

Ihr wurde flau im Magen.

»Also, heute ist der große Tag, an dem wir unser Restaurant eröffnen«, machte Danni weiter. »Ich wette, ihr seid genauso aufgeregt wie ich. Und es war ja auch nicht gerade einfach. In nur zwei Wochen den Laden zum Laufen zu bringen wäre schwierig genug, aber wir haben nebenbei noch im Garten gebuddelt, und zu allem Unglück ist die bestellte

Ware nicht gekommen.« Er atmete tief durch, als wäre er gerade ohne Sauerstoffmaske vom Festland zur Insel getaucht. »Aber wir haben es trotzdem geschafft!«

Bogdana fing an, in ihre großen, starken Hände zu klatschen. Sie war stolz, das sah man ihr an. Jannike und die anderen fielen ein, nach dem ganzen Putzen und Möbelrücken und Umräumen im Gastraum und in der Küche war ein kräftiger Applaus durchaus angebracht. Lucyna wischte sich sogar ein paar Tränen aus dem Gesicht. Das tat sie neuerdings ständig, Jannike hatte das durchaus bemerkt. Warum die junge Frau, die in der letzten Saison noch die Stimmungskanone im Hotel gewesen war, die mit jedem Gast geflirtet und die Herzen aller Besucher im Sturm erobert hatte, mit einem Mal so nah am Wasser gebaut hatte, war Jannike ein Rätsel. Doch Lucyna wollte sich nicht helfen lassen, schüttelte vehement den Kopf, wenn man ihr anbot, eine Pause einzulegen. Stattdessen arbeitete sie wie besessen, um die Hochzeit von Frachtschiff-Ingo zu organisieren. Vielleicht wollte sie beweisen, was sie draufhatte. Dabei wussten Jannike und Danni das doch schon längst.

Heute trug Lucyna ein klassisches schwarzes Kleid und eine lange Kellnerschürze, genäht aus einer der alten Tischdecken, die es in diesem Haus im Überfluss gab, obwohl im letzten Jahr schon einige davon zu Gardinen umgearbeitet worden waren. Ihre schwarzen Haare waren zu einem strengen Dutt zusammengenommen, und der kleine Glitzerstein an ihrem Nasenflügel funkelte. Sie sah so hübsch aus. Und so traurig.

Und Mattheusz? Was empfand er in diesem Moment? War er stolz auf seine Arbeit? Oder auf seine Oma Maria, die der eigentliche Star des Abends war? Jannike traute sich nicht, ihn länger anzuschauen. Und trotzdem war sie froh, ihn in ihrer Nähe zu wissen. Ach, warum war das mit ihnen bloß so verdammt schwierig?

»Gleich wird es ernst, immerhin haben sich zwölf Leute zum Essen angemeldet. Sieben Hotelgäste und die Familie Wittkamp von nebenan.« Danni hob mahnend den Zeigefinger. »Das Einzige, was uns noch fehlt – außer anständigem Geschirr …«

»Und Stoffservietten!«, ergänzte Lucyna.

»Und vernünftigen Speisekarten!«, warf Jannike ein.

»Ja, ihr habt recht, es fehlt noch eine ganze Menge. Aber das Allerwichtigste: Wir haben noch immer keinen Namen.« Da hatte Danni recht. Anfangs hatten sie alle permanent gegrübelt und sogar eine Liste mit Vorschlägen angefertigt, doch dann war die Frage nach dem Restaurantnamen in all der Hektik untergegangen. Danni nickte Freese zu, und der ging durch die Hintertür hinaus. Was kam denn jetzt? »Siebelt und ich hatten irgendwann den genialen Einfall, den perfekten Namen, und da haben wir nicht mehr weiter mit euch diskutiert, sondern Tatsachen geschaffen.« Danni erhob seine Stimme. »Siebelt, kommst du rein?«

Die Tür schob sich wieder auf, und der kleine, bärtige Bürgermeister hatte Mühe, ein ziemlich langes Irgendwas in die Küche zu manövrieren, eine Platte, verdeckt von einem roten Samttuch – klar, das hatte Danni so drapiert, der mochte es eben dramatisch. Nur ein Tusch hätte jetzt noch gefehlt.

»Also!«, sagte Danni. »Mattheusz hat in der letzten Woche schon ein paar Dübel in den Backsteinen am Hoteleingang befestigt, da habt ihr euch vielleicht gewundert, warum er das tut …« Nein, hatte Jannike nicht. Es war so viel zu tun gewesen, und wenn sie Mattheusz irgendwo arbeiten sah, hatten ganz andere Fragen sie beschäftigt. »Aber ich möchte dir, liebe Jannike, und euch anderen natürlich auch jetzt in aller Feierlichkeit etwas überreichen …« Er zögerte und nickte Freese auffordernd zu. Als dieser nicht wusste, was gemeint war, flüsterte Danni, für jedermann verständlich: »Du darfst es jetzt enthüllen!«

Der Samt fiel. Ein Raunen ging durch die Küche. Das war schick, sehr schick! Kein Wunder, schließlich hatte Danni die Sache in die Hand genommen: ein Schild, oval, mattsilber mit weißen Buchstaben, hinterlegt mit glänzend silberner Lautschrift und einem wie mit leichtem Federstrich stilisierten roten Fisch. »Und hiermit taufe ich unser Restaurant auf den Namen *Roter Hering*!«

Was für eine Idee! Während Dannis etwas ausschweifender Erklärung, was der Name im übertragenen Sinn bedeutete und dass man damit ausdrücken wolle, es anders zu machen als all die anderen – ein Ablenkungsmanöver sozusagen von den eingefahrenen kulinarischen Wegen –, da hörte kaum noch jemand zu. Bogdana klatschte wieder enthusiastisch und übersetzte gleich für Oma Maria, die natürlich auch begeistert war. Es war eine Stimmung, als hätten sie alle gerade irgendeinen wichtigen Abschluss bestanden, Abitur oder Diplom, vielleicht auch nur das Seepferdchen, egal, jedenfalls lagen sich plötzlich alle in den Armen, klopften sich auf die Schultern, drückten sich Schmatzer auf die Wangen – alle, sogar Mattheusz und Jannike, aber das war mehr aus Versehen, und Jannike trat gleich wieder einen Schritt zurück und straffte sich.

»Das Schild ist ein Meisterwerk!«, lobte sie schließlich.

Danni grinste. »Kennst du noch Meike, die Designerin aus Köln? Die hat sich nicht lange bitten lassen und das Logo entworfen, außerdem konnte sie das Schild auch gleich bei einem Geschäftspartner anfertigen lassen, auf so was wartest du normalerweise mindestens einen Monat.«

»Toll!«

»Ach ja, und die verschiedenen Entwürfe hat sie koloriert und mir ebenfalls geschickt, können wir nächste Woche rahmen lassen und an die Wände hängen, das sieht bestimmt edler aus als die Kunstdrucke, die waren ja eh nur als Übergangslösung gedacht.«

»War das in unserem Budget überhaupt drin?«, musste Jannike leider die Spaßbremse geben, denn sie wusste, wenn hier alles fertig eingerichtet war, blieb wahrscheinlich kein Cent mehr übrig.

Danni winkte ab. »Meike ist totaler Nordseefan. Eine Woche Übernachtung mit Halbpension im Herbst für sie und ihre Freundin reichen als Gegenleistung.«

»Und warum ist ausgerechnet das Schild auf der Insel angekommen?«, wollte Jannike wissen. »Das Einzige von ungefähr hundert Paketen, das es zu uns geschafft hat, und zwar problemlos und pünktlich.«

»Wir haben es an meine Adresse geschickt«, verriet Freese. »Es sollte ja eine Überraschung sein.«

»Okay, dann machen wir das in Zukunft immer so: Wichtige Sachen bitte zu Händen des Inselbürgermeisters. Am besten direkt ins Rathaus. Dann haben wir vielleicht mehr Glück!« Es war als Scherz gemeint, doch etwas in ihr horchte auf: Was, wenn wirklich nur sie von diesem plötzlichen Logistikproblem betroffen waren? Jannikes Freundin Mira Wittkamp hatte nämlich keinerlei Probleme gehabt, und sollte es wirklich ein allgemeines Ärgernis sein, selbst wenn es nur jeden zehnten Einheimischen beträfe, hätte die Empörung auf der Insel schon längst hohe Wellen geschlagen. Jannike erinnerte sich, dass im letzten Jahr ein Fernsehteam unerlaubterweise mit drei kleinen Lkws angereist war, die Neuigkeit hatte schneller die Runde gemacht, als die motorisierten Wagen fahren konnten.

Sie wurde den Verdacht nicht los, dass nur ihnen ein solches Pech beim Frachtverkehr wiederfuhr. Aber warum? Frachtschiff-Ingo, der als Einziger in der Lage war, sie gezielt zu boykottieren, hatte keinen Grund dazu, im Gegenteil: Ihm musste doch auch daran gelegen sein, dass es rund um das Hotel halbwegs manierlich aussah, schließlich waren es nur noch zehn Tage bis zu seiner Hochzeit.

Inzwischen hatten Danni und Mattheusz zwei Leitern vor den Eingang geschleppt und waren dabei, mit Lucynas und Freeses Hilfe das Schild anzubringen. Jannike trat durch die Tür und begutachtete das Ergebnis. Es passte wunderbar unter den Schriftzug des Hotels. Und nun sah es wirklich so aus, als gäbe es in ihrem Hotel ein richtig echtes Restaurant. Wenn ihr das jemand vor vier Wochen erzählt hätte, sie hätte sich kaputtgelacht. Jetzt nicht mehr. Jetzt wurde es ernst.

Genau in diesem Moment hörte man von weit weg die Glocke der Inselkirche sechs Uhr schlagen, und prompt kamen die ersten Hausgäste die Treppe herunter: das ältere Ehepaar aus Zimmer 4 und die drei Freundinnen aus Berlin. Sie hatten sich sogar alle in Schale geschmissen, Gabriella Brunotte trug ein dunkelgrünes Wallekleid aus seidigem

Stoff, so etwas Edles war in diesem Speisesaal wahrscheinlich noch nie getragen worden. Danni eilte sofort herbei und geleitete alle an ihren Tisch, schob den Damen sogar – ganz Kavalier – den Stuhl zurecht, was Jannike zwar ein bisschen übertrieben fand, doch die Frauen schienen es zu genießen, sogar die streng Vegane lächelte. Jannike blieb in der Tür stehen und beobachtete die Szenerie. Lucyna brachte die improvisierten Speisekarten – Danni war auf die Idee gekommen, das Menü auf Pergamentpapier zu drucken und das Ganze dann wie maritime Post in den Hals einer Flasche zu stecken. Das verspielte Arrangement kam anscheinend gut an bei den Leuten, das ältere Ehepaar entrollte das Blatt mit ehrfurchtsvoller Behutsamkeit. Viel stand leider nicht drauf. Die Gäste hatten die Wahl zwischen Heringssalat, Piroggen mit Gemüsefüllung und dem polnischen Geflügelgericht aus dem Ofen, zum Dessert hatten sie schon gestern ein paar Schälchen Mohnpudding mit Erdbeerkompott vorbereitet. Doch keiner der Restaurantbesucher schien sich an der Übersichtlichkeit zu stören.

Jetzt nahm Jannike auch die leise Musik wahr, die Danni inzwischen angeschaltet hatte. Auch da hatte es längere Diskussionen gegeben, ob überhaupt und, wenn ja, welche Musik gespielt werden sollte. Bogdana hatte eine hübsche Anekdote erzählt, wonach früher im Speisesaal des *Bischoff* einfach aus Bequemlichkeit das Radio lief, bis sich nach einem festlichen Galadiner mehrere Gäste darüber beschwert hatten, beim Essen ausgerechnet einer einstündigen Sondersendung über Inkontinenzprobleme nach Prostataoperationen lauschen zu müssen. Seitdem erklangen dort Shantys. Dem hatte Danni etwas entgegensetzen wollen und war das erste

Mal seit langer Zeit wieder in sein digitales Tonstudio gegangen, das er sich in einer Abstellkammer eingerichtet hatte. Herausgekommen waren erstaunlicherweise auch Shantys, jedoch mit Blues- und Jazzsequenzen aufgepeppt. Der Sound passte schon mal wunderbar.

»Moin, Frau Hoteldirektorin!«, rief jemand von der anderen Seite her. Jannike drehte sich um und freute sich, Mira Wittkamp mit ihrer Familie zu sehen. Obwohl deren *Pension am Dünenpfad* nur wenige Kurven entfernt lag, kam man irgendwie viel zu selten dazu, sich zu treffen. Dabei war Mira eine gute Freundin geworden, immer zur Stelle, immer optimistisch, und mit ihrer jahrelangen Erfahrung als Gastgeberin hatte sie Jannike schon oft weitergeholfen. Natürlich hatte sie deshalb als dickes Dankeschön für ihre Nachbarn den allerschönsten Tisch direkt am Eckfenster reserviert.

Die beiden Frauen umarmten sich, bei den Männern beließ es Jannike lieber bei einem unverbindlichen Handschlag. Miras Mann Okko war ein fast klischeehaft distanzierter Friese und ihr Vater, der erst vor kurzem auf die Insel gezogen war, der Typ hanseatischer Geschäftsmann, den man auch nicht unbedingt innig herzte. Die beiden Kinder Theelke und Tjark waren eh schon halb um die Ecke. Sie wollten in den Garten, wo die Katze Holly und das Kaninchen in wilder Ehe lebten.

»Sag mal, Jannike, beißt das kleine Häschen eigentlich noch?«

»Nein, es ist total friedlich und ziemlich scheu – wie ein Kaninchen zu sein hat!« Jannike lachte. Das war schon ein ganz besonderer Ort, ihr kleines Hotel.

»Und? Aufgeregt?«, fragte Mira und drückte Jannike, von

der sie anscheinend keine Antwort erwartete, weil eh klar war, wie es um ihre Gefühlslage bestellt war, ein Geschenk in die Hand. »Selbst genäht: eine Flagge, die ihr hissen könnt, wenn der Laden geöffnet hat. Dann sehen die Leute schon von weitem, ob sich der Weg in den Inselwesten lohnt.« Sie entrollte die grüne Stofffahne, auf der *All Up Stee*! stand. »Das ist Plattdeutsch und heißt: Alles in Ordnung«, erklärte Mira. »Und im Winter, wenn ich etwas mehr Zeit habe, nähe ich noch eine rote Flagge, auf der *Noftein maken!* steht, das bedeutet, ihr macht gerade Pause.«

»Tolle Idee!«, sagte Jannike. Doch als sie sich umschaute, wo im Vorgarten Platz für einen anständigen Fahnenmast wäre, bekam sie einen Schreck: Da waren noch mehr Menschen im Anmarsch. Das konnte nicht sein, sie hatten niemandem von der Eröffnung erzählt, und heute war eigentlich auch nur eine Art Probelauf für ausgewählte Gäste. Doch kein Zweifel: Auf dem Weg kamen vier, nein, fünf, oh, Quatsch, sechs Personen angeradelt. Die Vorderste winkte. Es war Hanne Hahn. Ausgerechnet!

»Moin!«, rief diese so laut, dass tatsächlich die dicke Möwe angeflogen kam, neugierig, ob hier wieder etwas los war, bei dem man mit Brötchen gefüttert wurde. »Wir haben Schmacht! Gibt es ordentlich was zu essen?«

Gute Frage, nächste Frage. Sechs Leute zusätzlich hatten sie nicht einkalkuliert. Da müsste Oma Maria schon zaubern, um alle satt und zufrieden zu kriegen. Doch nach Hause schicken konnte man die Spontanbesucher auch nicht. Hanne Hahn schloss bereits ihr Fahrrad ab, Gatte Rüdiger strich sich erwartungsfroh über den gut genährten Bauch. Außerdem waren noch die zukünftigen Brautleute plus Frachtschiff-Ingos Schwiegereltern in spe mit von der Partie. Alle bestaunten sie das Schild und traten dann in den Gastraum, als wäre es das Selbstverständlichste von der Welt. Und das war es ja im Grunde auch: Ein Restaurant war nun mal dazu da, Gäste zu bewirten.

Jannike lief hinterher. Es war klar, das hier musste in einer Katastrophe enden. Selbst wenn sie alles gaben und die letzten Krümel aus den Küchenschränken verwerteten, hatten sie zu wenig Essen im Haus. Eventuell noch die Frühstückssachen, doch aus Ei, Marmelade und gemischtem Aufschnitt könnte man kaum etwas Beeindruckendes zubereiten, zudem würden sie dann morgen früh vor demselben Problem stehen. Und Hanne Hahn würde jedem auf der Insel berichten, dass die Portionen im *Roten Hering* so mickrig ausfielen, dass damit noch nicht einmal der Kalorienverbrauch für die lange Anfahrt ausgeglichen werden konnte. Schöner Mist!

Woher wussten die überhaupt von der Eröffnung?

Hanne Hahn wählte zielsicher den zweitschönsten Tisch neben den Wittkamps, nickte majestätisch rüber und steckte sich gleich die Papierserviette in den Blusenkragen. »Das macht man ja auch normalerweise so vor einer Hochzeit, oder? Probeessen heißt das. Wir sind gespannt, was ihr uns auftischt!« Außer Rüdiger Hahn, der seiner Frau gegenüber schmerzfrei zu sein schien, war den anderen das resolute Auftreten sichtlich unangenehm. Die eher konservativen Brauteltern schauten sich unsicher um, soweit Jannike wusste, war Herr Tiedjen Mitglied im Kirchenvorstand. Ihre etwas pummelige Tochter Elka war recht hübsch und freundlich, jedoch im Vergleich zu Hanne Hahn auch eher zurückhaltend. Vorsichtig tastete sie nach der Hand ihres Verlobten.

Der jedoch war deutlich unentspannt und nicht empfänglich für solche Zärtlichkeiten, stattdessen blickte er gehetzt um sich, als läge hier im Hotel irgendwo ein Scharfschütze auf der Lauer.

Jannike trat an den Tisch und fühlte sich das erste Mal wie eine richtige Restaurantbesitzerin. Nur mit der Einschränkung, dass sie ihren Gästen nichts würde servieren können. »Wir haben leider noch nicht genügend Speisekarten. Ingo weiß, warum. Es hapert ein bisschen mit dem Versand.«

Ingo wurde rot. Komisch, als sei ihm die Sache persönlich unangenehm.

»Kein Problem, wir nehmen die vom Nachbartisch, sobald die Wittkamps gewählt haben. Erst einmal bestelle ich eine Flasche Prosecco und fünf Gläser, meine zukünftige Schwiegertochter bekommt ein Wasser.« Dabei legte Hanne Hahn etwas indiskret ihre Hand auf Elkas noch nicht wirklich runden Bauch.

»Kommt sofort«, sagte Jannike und besorgte erst einmal die Getränke, um etwas Zeit zu gewinnen, sich zu wappnen für das, was gleich passieren würde.

Der Prosecco lief sprudelnd in die Gläser, die Gleichstellungsbeauftragte sprach einen Toast auf das Hotel und die freundlichen Gastgeber aus. »Aber eins musst du mir verraten, liebe Jannike!« Hanne Hahn beugte sich vor. »Warum machst du so ein Geheimnis um dein neues Restaurant? Hier ist doch alles schon ganz feudal, brauchst dich nicht hinter den hiesigen Gastronomen zu verstecken!« Jetzt entdeckte Hanne Hahn das Berliner Weibertrio am Tisch neben dem Buffet und winkte ihnen zu. »Wenn ich die drei da heute Nachmittag nicht zufällig am Kurplatz getroffen hätte, wäre das mit der Eröffnung völlig an mir vorbeigegangen. Aber ich sehe diese Frau, also, diese Große mit den dunklen Haaren und dem grünen Kleid, und denke: Mensch, Hanne, die kennst du doch, die hast du schon mal irgendwo gesehen. Und weil es sein kann, dass es sich vielleicht um einen alten Stammgast handelt, geht man da ja besser hin und sagt anständig guten Tag. Aber stell dir vor, sie war noch nie auf der Insel, hat sich herausgestellt, sondern ist eine berühmte Schriftstellerin: Gabriella Brunotte. Keine Ahnung, was genau sie schreibt, ich bin mir aber sicher, schon mal was von ihr gelesen zu haben, denn ich kenne sie vom Umschlagfoto, und der Name ist mir auch schon mal untergekommen, hundertprozentig.« Nun schaute sie Elka auffordernd an. »Hast du eine Ahnung, was die für Sachen schreibt?«

Die Angesprochene blickte pikiert zu Boden, aha, die junge Braut wusste bestimmt, worum es in den Büchern von Gabriella Brunotte in erster Linie ging. Sogar die spießige Frau Tiedjen senior schluckte trocken. Interessant!

Hanne Hahn plapperte weiter. »Ich lese ja so viel, also, nur gute Literatur, ganz bestimmt ist diese Dame eine berühmte Lyrikerin oder so.«

»Ganz bestimmt«, bestätigte Jannike.

»Auf jeden Fall hat Frau Brunotte mir dann am Kurplatz berichtet, dass sie heute Abend mit ihren Freundinnen bei euch im Hotel isst, und da habe ich mich spontan entschlossen, auch zu kommen, mit der ganzen Sippe. Stell dir vor, mein Ingo hat sich sogar extra frei genommen, der hat ja in letzter Zeit so viel zu tun, immer diese Überstunden ...«

Und dann kam Lucyna herein, ein Tablett mit Getränken für die Hausgäste balancierend, das sie im selben Moment, in dem sie die Neuankömmlinge erblickte, fast fallen ließ. In letzter Sekunde rettete sie sich, indem sie das Buffet als Abstellfläche nutzte. Dann machte sie auf dem Absatz kehrt und verschwand wieder in der Küche. Frachtschiff-Ingo wurde puterrot.

Schlagartig war Jannike die Sachlage klar. Sie hätte sich ohrfeigen können, weil sie nicht vorher schon darauf gekommen war. Lucynas Nervosität, als die Hochzeit zum ersten Mal besprochen wurde, das zerdepperte Marmeladenschälchen, danach die heimlichen Tränen in der Kammer unterm Dach: Klar, ihre beste Mitarbeiterin war verknallt, und zwar unglücklich und ausgerechnet in Frachtschiff-Ingo! Dessen Hochzeitsfeier mit einer anderen sie nun auch noch aufs Auge gedrückt bekommen hatte. Die Ärmste!

Hanne Hahn, die ja generell nur das mitbekam, was sie eigentlich nichts anging, hatte in diesem Fall natürlich nicht bemerkt, dass etwas nicht in Ordnung war. Sie hatte sich die Speisekarte vom Nachbartisch geschnappt, Mira Wittkamp lächelte bloß milde, und kurzerhand entschieden: »Wir nehmen alle den Heringssalat – nicht wahr, Rüdiger, du liebst doch Heringssalat! Und anschließend dieses exotische Hühnchen für Verliebte, das lacht mich geradezu an!«

Jannike tat so, als wäre das alles im Geiste notiert. Doch in Wirklichkeit rechnete sie hin und her. Nein, das würde nicht gutgehen. Sie nickte unverfänglich und lief schnellstmöglich in die Küche. Dort war die Hölle los. Lucyna saß auf dem Küchenstuhl und weinte. Bogdana strich mit der einen Hand über Lucynas Scheitel, mit der anderen lud sie Heringssalat auf die vorbereiteten Teller und dekorierte den pinkroten Miniberg mit einer hauchdünnen Scheibe Zitrone und einem Ästchen Dill. Dabei redete sie in polnischem Singsang beruhigend auf ihre Tochter ein.

»Kann ich helfen?«, fragte Jannike.

»Du musst den Service übernehmen«, sagte Danni, der gerade das Roggenbrot aus dem Ofen holte und sich dabei fast die Finger verbrannte, weil er ihr gleichzeitig die Kellnerschürze zuwarf. »Wir haben keine Ahnung, was auf einmal mit unserer Lucyna passiert ist. Sie kam rein und hat geheult wie ein kleiner Seehund.«

»Ich tippe auf Herzschmerz«, diagnostizierte Freese, der sich selbst als untalentiert in der Küche bezeichnete und deswegen eingeteilt war, das Geschirr bereitzustellen. »Kann also etwas länger dauern.«

Mattheusz kümmerte sich um die Kartoffeln, die gerade gar waren und abgegossen werden mussten. Da er der Einzige zu sein schien, der hier noch die Übersicht hatte – bis auf Oma Maria, aber mit der konnte Jannike sich leider nicht verständigen –, musste sie sich an ihn wenden. »Wie viel Portionen Heringssalat bekommen wir allerhöchstens zusammen?«

Er schaute in die große Cromaganschüssel vor Bogdanas Bauch, dachte kurz nach. »Wenn die Portionen so bleiben wie gehabt ... je eine Portion für die nicht fleischlosen Hotelgäste plus sechs.«

»Das ... kommt ... hin ...«, schluchzte Lucyna. »Die Wittkamps haben den bestellt, und die sind ... zu fünft ...«

Sie schnäuzte sich in ein Taschentuch.

»Aber wir haben ja blöderweise noch sechs Esser mehr. Und die wollen auch alle etwas davon haben. Und anschließend das Hühnchen.«

Mattheusz schüttelte den Kopf. »Keine Chance. Piroggen sind auch schon knapp, weil das Damentrio sich dafür entschieden hat ... Wir hätten echt mehr einkaufen müssen.«

»Hätte, hätte ... «, entfuhr es Jannike, und sie wusste, das war bescheuert von ihr, denn er hatte ja vollkommen recht, und sie war unnötig zickig, also riss sie sich am Riemen. »Sorry! Aber ich dachte, wir hätten so viel gekauft, dass jeder im Grunde alles bestellen kann, und es reicht trotzdem!«

»Haben wir auch. Und die Gäste haben alle alles bestellt. Woher sollten wir wissen, dass noch sechs Personen dazukommen?«

Jannike seufzte. »Wenn wir jetzt alle bisherigen Bestellungen rausgeben, was haben wir dann noch übrig?«

»Zwei Portionen Piroggen. Und vielleicht eine Handvoll Kartoffeln.« Mattheusz zuckte bedauernd mit den Schultern. »Kann sein, dass wir im Kühlschrank noch drei Knollen Rote Bete haben, Oma Maria könnte eine ziemlich dünne Suppe daraus kochen. Aber der Knaller wird die nicht, normalerweise braucht man doppelt so viel Gemüse.«

»Okay, macht das!«, entschied Jannike. »Besser als nichts.«

Dann nahm sie ein Brotkörbchen, aus dem es schon verlockend duftete, sowie einen Teller Heringssalat.

Bogdana schaute sie skeptisch an. »Wenn du nimmst nur so wenig mit, wir werden nie fertig mit Servieren. Komm, zeige ich dir, wie man zwei Teller auf einmal nimmt.«

Dann schob Bogdana am Porzellan, klemmte einen Rand unter den anderen, sodass das ganze Gewicht auf Jannikes Handballen ruhte. »Und morgen zeige ich dir, wie es geht mit drei Teller!«

Jannike traute sich kaum, einen Schritt zu machen, doch

schließlich merkte sie: Die Sache war stabil, damit würde sie es bis zum Tisch der Hotelgäste aus Zimmer 4 schaffen. Vielleicht. Freese hielt die Tür auf. Sie drückte den Rücken durch und setzte ein Lächeln auf. Fühlte sich alles ganz richtig an. Zuerst stellte sie das Brot, dann einem nach dem anderen den Heringssalat hin, brachte auch noch die Getränke, die Lucyna auf dem Buffet zurückgelassen hatte – und schließlich war das Paar versorgt und begann mit dem Essen.

»Köstlich«, lobte der Mann, und die Frau nickte.

»Wann kommt unser Essen?«, erkundigte sich die Vegane, als Jannike das Frauentrio mit Wasser und Weißwein versorgte. Die tat wirklich so, als müsste sie schon seit Ewigkeiten warten, dabei ... Jannike schaute auf die Uhr: Mist, die warteten wirklich schon länger als zwanzig Minuten auf ihren ersten Gang. Nichts wie weiter!

Sie hatte das Gefühl, zwischen Speisesaal und Küche zu flattern wie ein aufgeregter Seevogel hinter einem Krabbenkutter. Trotzdem ging es nicht wirklich voran. Und das Hauptproblem war noch immer nicht gelöst. Als dann die letzten sechs Heringssalate auf der Arbeitsplatte zum Servieren bereitstanden, war es an der Zeit, eine Entscheidung zu fällen. Leicht fiel es Jannike nicht, doch beim permanenten Hin-und-her-Gerenne war ihr nur diese eine, etwas alberne und zudem ziemlich unfaire Lösung eingefallen. Sie riss ein Blatt aus ihrem Notizblock, setzte sich kurz an den Tisch und schrieb kleine, möglichst leserliche Buchstaben aufs Papier.

»Was machst du da?«, fragte der Bürgermeister und versuchte, etwas zu entziffern.

»Ich lege einen roten Hering aus.« Ein wenig war sie von Dannis Namensgebung inspiriert: Roter Hering, ein Ablenkungsmanöver, eine falsche Fährte musste sie legen. Auf eine bessere Idee war ohnehin nicht zu hoffen. »Den Rest erkläre ich euch später.« Sie stand auf, steckte den Zettel ein und atmete tief durch. »Ist die Rote-Bete-Suppe fertig?«

Mattheusz nickte. »Sie schmeckt allerdings ... wie soll ich es sagen?«

»Nach nichts?«

»Ja. Nach nichts mit einem Hauch von irgendwas. Aber das liegt nicht an meiner Oma!«

»Ist klar.« Jannike holte fünf Suppentassen aus dem Schrank. »Füllt sie da rein. Macht ein bisschen Naturjoghurt drauf, den haben wir noch vom Frühstück. Und Lucyna, wenn du es schaffst, kannst du Petersilie aus dem Garten holen?«

Es dauerte höchstens eine Minute, dann machten fünf weinrote Suppen mit weißem Tupfen und frischen Kräutern einen appetitlichen Eindruck.

»Was hast du vor?«, fragte Mattheusz.

»Ich glaube, ich werde gleich eine meiner besten Freundinnen auf der Insel vergraulen.« Jannike stellte die »Suppen« auf ein Tablett und trug alles zum Tisch der Wittkamps, die auch schon länger als normal ausharrten, aber zum Glück keine schlechte Laune bekamen. Hoffentlich blieb es dabei. »So, wie von euch bestellt: klarer Borschtsch mit Crème-fraîche-Haube.«

Miras Gesicht war ein Fragezeichen. Doch Jannike legte den kleinen Zettel auf den Tisch:

Bitte, ihr müsst mir helfen. Unsere Vorräte sind aus, und ich will Hanne Hahn keine Gelegenheit bieten, über unser Restau-

rant zu lästern. Tut so, als würde es euch gut schmecken, egal, was ich euch serviere. Es tut mir sehr leid, dass ihr darunter leiden müsst, aber ich werde mich mit einem Galadiner der Extraklasse bei euch bedanken, versprochen! Tausend Dank, Jannike

Nun blieb nur zu hoffen, dass die Wittkamps den Ernst der Lage erkannten, mitspielten und nicht sauer waren, weil sie wortwörtlich die Suppe auslöffeln mussten, die Jannikes Fehlplanung ihnen eingebrockt hatte. Doch Mira las, kapierte augenscheinlich sofort und musste sogar grinsen.

»Wow, das riecht ja ganz phantastisch!«, sagte sie so laut, dass Hanne Hahn am Nachbartisch direkt rüberlugte, was es denn da zu essen gab.

Jannikes Erleichterung war grenzenlos, fast schwebte sie zurück in die Küche, nahm die letzten Portionen Heringssalat und das Brot mit und servierte es dem Sechsertisch. Dann wies sie die Küchencrew an, acht Piroggen mit den sechseinhalb Kartoffeln und einem Rest Tomaten und Salatgurken vom Frühstücksbuffet so zu drapieren, dass es sich auf fünf Teller verteilen ließ und trotzdem nach etwas halbwegs Ordentlichem aussah.

Danni stellte sich an ihre Seite, zupfte hier und verschob da. »Kein Problem. Ich hab doch früher Schaufenster dekoriert, da muss man es auch immer besser aussehen lassen, als es in Wahrheit ist.« Das war ja schon fast wie in der Bibel, wo viertausend Menschen erfolgreich mit sieben Broten und ein paar Fischen versorgt worden waren. »Nehmt die kleineren Teller, dann macht es mehr her!« Trotz aller Kreativität sah der Hauptgang der Wittkamps dann leider immer noch erbärmlich aus, als Jannike ihn in den Gastraum trug. Und obwohl die dürftige Installation aus Resten mit großem Hallo entgegengenommen wurde – ach, Mira und ihre Leute waren einfach wunderbar –, entging Hanne Hahns Argusaugen nichts.

»Sind aber recht klein, eure Portionen«, bemerkte sie ungeniert. »Werdet ihr von so einem bisschen überhaupt satt?«

»Ach, ich weiß gar nicht, ob ich überhaupt noch einen Haps schaffe«, schauspielerte Miras Vater und griff sich sogar an den Gürtel. »Meine Hose spannt schon!«

»Ja, die Suppe war köstlich, aber doch sehr sättigend!«, behauptete Miras Mann. »Obwohl, das sieht ja wieder so was von lecker aus, ich glaub, ich schlage heute mal über die Stränge. Notfalls muss ich später noch einen Küstennebel trinken.«

Sogar die Kinder machten das Theater mit. »Mama, hier gehen wir jetzt immer hin. Ist viel besser als Pommes rotweiß.« Es war rührend.

In diesem Moment wusste Jannike, es würde gutgehen. Zwar war sie schon jetzt am Ende, ihre Füße brannten, ihre Arme waren wie Gummi. Aber sie war auch heilfroh. Weil es solche Menschen gab. Die Wittkamps. Die Pajaks. Danni und den Bürgermeister. Und irgendwie auch so dreiste Menschen wie Hanne Hahn. Die sich einfach setzten und bestellten und aßen, als wäre es überhaupt ganz normal, dass Jannike Loog auf einmal nicht nur Hotelbesitzerin war, sondern auch ein Restaurant leitete. Sie selbst hätte das nämlich eigentlich nie für möglich gehalten.

Gabriella Brunotte stand am Fuße des Deiches, hatte ihre hellbraune Leinenhose bis über die Knie hochgekrempelt, den neuen Wanderrucksack geschultert, die Sonnenbrille im Haar, und wartete auf ihre Freundinnen, die sich noch schnell ein Paar Gummistiefel aus dem Fundus des Wattführers ausleihen wollten, weil ihnen das schwarze schleimige Watt an den nackten Füßen zuwider war. Kurz nur hatte Felicitas ihren großen Zeh in den Schlick gesteckt und den modrigen Duft wahrgenommen, der aus dem Untergrund aufstieg, dann war die Entscheidung gefallen: »Hier latsche ich definitiv keine zwei Stunden durch, da hole ich mir ja sonst was!«

Dem Wattführer war ein solch divenhaftes Verhalten anscheinend schon öfter begegnet, er grinste nur, erzählte, dass in den Wellnesspackungen der noblen Hotels im Grunde auch nichts anderes stecke, man dafür aber einen Haufen Geld bezahle, und hier im Watt sei die Hautkur umsonst. Aber Hannah und Felicitas blieben bei ihrer Meinung, bestanden darauf, zurück zur kleinen Wattführerhütte am Hafen zu laufen, um entsprechendes Schuhwerk zu bekommen. Hoffentlich waren sie nicht zu enttäuscht, wenn die Stiefel kein rosarotes Blümchenmuster und wahrscheinlich auch keine passgenaue, die schlanken Waden betonende Form hatten. Sie wollten heute unbedingt gut aussehen, weil gleich der Fotoreporter der *Close Up* dazustoßen würde.

Im Gegensatz zu Gabriella hatten Hannah und Felicitas noch nie mit der Presse zu tun gehabt, entsprechend aufgedreht waren sie. Heute Morgen hatten sie eine Ewigkeit überlegt, was sie anziehen sollten. Auch übers Frisieren und Schminken wurde länger debattiert. Darum hatten sie den armen Wattführer schon eine halbe Stunde warten lassen. Und jetzt würde sich der Beginn der Wanderung wegen der Schuhfrage um weitere zwanzig Minuten verzögern. Gabriella war seltsamerweise kein bisschen verärgert darüber, im Gegenteil: Sie genoss diese kleine Auszeit von ihren Mädels. Und sie stand freiwillig und voller Genuss im Matsch, spürte die Spitzen kleiner Muschelschalen an ihrer Fußsohle, den feinkörnigen Brei zwischen ihren Zehen, das lauwarme Salzwasser am Knöchel. Endlich Ruhe, endlich mal keine Sprüche über Männer und deren Unzulänglichkeiten. Insbesondere keine spitzen Bemerkungen über Dario und seinen Bauch, sein schütteres Haar, sein überschaubares kulturelles Interesse. Natürlich stimmte das alles, Gabriellas Ex war weder ein Adonis noch ein Superhirn, aber irgendwann nutzten sich die Witze darüber ab. Da waren ihr die heiseren Rufe der Wasservögel über dem trockengefallenen Wattenmeer hundertmal lieber. Und das Summen der Insekten, die den Deich umschwirrten, weil dieser mehr gelb als grün war vor lauter Löwenzahnblüten.

Jannike Loog und ihr Team hatten sich einiges einfallen lassen. Morgen bestiegen sie den Leuchtturm und schlürften Austern in 50 Metern Höhe, übermorgen Abend würde es exklusiv für Hannah, Felicitas und sie im kleinen Inselkino ein Special zum Thema *Selbst ist die Frau* geben. Gleich drei Filmklassiker hintereinander, in denen es darum ging, dass

Frauen ohne Männer im Grunde viel besser dran waren. Und heute nun diese Wattwanderung. Alles in allem war der Aufenthalt im kleinen Inselhotel eine angenehme Sache, Gabriella war den Umständen entsprechend entspannt, und jeden Tag gab es eine Besonderheit, auf die man sich freuen konnte.

Plötzlich vibrierte es in Gabriellas Rucksack. Seit sie auf der Insel war, hatte sie ihr Handy auf lautlos gestellt. Sie wusste nicht so recht, warum. Weil sie so einen eventuellen Anruf von Dario besser verpassen könnte? Oder weil sie auf diese Weise gar nicht richtig mitbekam, dass er sich noch kein einziges Mal bei ihr gemeldet hatte? Auf der Insel gab es ohnehin nur miesen Empfang, hatten ihre Freundinnen geschimpft. Und Gabriella hatte sich zurechtgesponnen, dass das Funkloch schuld daran war, wenn ihr Mann nichts von sich hören ließ. Mit nervösen Fingern nestelte sie am Rucksack herum, fand das Mobiltelefon in der Seitentasche, klappte die Schutzhülle auf ... ach, nur der Agent.

»Gabriella, Menschenskind, warum gehst du nie ans Telefon?«

»Rund um das Hotel gibt es kein Netz.«

»Ich mach mir schon Sorgen!«

»Brauchst du nicht. Hier ist alles in Ordnung, mir geht es prima.«

»Deswegen zerbreche ich mir nicht den Kopf. Es geht vielmehr um die *Close Up*.«

»Close Up?«

»Der Redakteur ist eben mit der Fähre angekommen und will sich jetzt mit dir treffen.«

Manchmal vergaß sie, dass ein Agent kein Freund, sondern nur ein wohlmeinender Geschäftspartner war. Und dass er diese Reise nicht gebucht hatte, um ihr nach der Trennung etwas Gutes zu tun, sondern damit sie gut dabei wegkam.

»Wo steckst du denn?«, fragte er.

»Sag ihm, er soll zum grünen Schuppen direkt am Deich kommen, da müsste er auf meine Freundinnen treffen.«

»Warte, ich schreib dem Redakteur flink eine Nachricht aufs Handy ...« Man hörte ihn im Hintergrund tippen. »Du kennst ihn übrigens, Theo Thobald, er war auch damals in Italien bei eurer Hochzeit dabei. So ein Dicker. Schreibt aber 'nen flotten Stil. Und ist auch geschickt mit der Kamera.«

»Alles klar.«

Er räusperte sich. »Übrigens, was hast du angezogen? Ein Sommerkleid?«

»Nein, das wäre total unpraktisch, wir machen gleich eine Wattwanderung.«

Er sagte nichts. Was war denn jetzt schon wieder verkehrt?

»Ich trage eine beige Sommerhose, eine hellgraue Bluse ...«

»Dann zieh dich besser noch mal um.«

»Wie bitte?«

»Du sollst auf den Bildern optimistisch und fröhlich wirken. Wenn du dich als graue Maus im grauen Watt präsentierst, geht der Schuss nach hinten los. Am Ende denken die Leser noch, *du* bist von Dario verlassen worden.«

»Ich kann mich jetzt nicht mehr groß umziehen. Das Hotel liegt nicht gerade um die Ecke, es gibt keine Autos, und es ist ziemlich warm an der Nordsee, ich müsste anschließend duschen ...« Immer musste sie sich vor ihm für ihr Aussehen rechtfertigen. Er war sehr empfindlich, was das äußere

Erscheinungsbild anging. Seiner Meinung nach musste eine Bestsellerautorin ständig und in allen Lebenslagen an ihrem Image feilen. Wenn er sich in den Kopf gesetzt hatte, dass sie heute etwas Farbig-Luftiges trug, dann war es schwer, die bequeme und robuste Freizeitkleidung durchzusetzen.

»Aber den Strohhut hast du doch mitgenommen, oder?«

»Für den ist es viel zu windig.«

»Egal. Ein Strohhut sagt: Ich bin bei mir angekommen, ich weiß mir zu helfen, ich halte meine Energie zusammen und gehe den richtigen Weg.«

So? Das alles sollte ein alter Strohhut sagen? Manchmal übertrieb er es schon. Und heute ging er ihr damit sogar ziemlich auf die Nerven. Prompt begann er einen langen Vortrag über den Buchmarkt und die Marke Autor und die wahnsinnig vielen Fehler, die man aus Unachtsamkeit oder Bequemlichkeit begehen konnte und die einem schließlich die Leserschaft vergraulen würden und und und … Ein nerviges Piepen mischte sich unter den Monolog, war der Akku bald leer? Gabriella hörte sowieso nicht mehr richtig hin. Sie war froh, gestern das erste Mal wieder Lust zum Schreiben verspürt zu haben. Auf der Sonnenterrasse des Hotels hatte sie bei einer Kanne Ostfriesentee zehn Seiten geschafft, zwar ohne Sexszene, dafür aber mit knackigen Dialogen. Und war das Wichtigste an ihrem Job nicht, was sie schlussendlich zu Papier brachte? Mit oder ohne Kopfbedeckung, Sommerkleid und optimistische Aura?

Gabriella drehte sich um und erkannte den Wattführer auf dem Deichweg, ihre Freundinnen waren dabei, ebenso der korpulente Redakteur, an den sie sich tatsächlich noch dunkel erinnern konnte. Der musste sich aber mächtig beeilt haben, wahrscheinlich gab er alles für eine aufregende Story, dem war sogar zuzutrauen, auf einer autofreien Insel einen Sportwagen zu ergattern, um als Erster am Ort des Geschehens zu sein. Damals hätte er sich womöglich am liebsten mit dem Notizzettel im Anschlag zwischen sie und Dario in die Besucherritze gequetscht, so neugierig war er auf ihre Hochzeitsnacht.

»Du, die kommen gerade, ich muss jetzt Schluss machen«, unterbrach Gabriella ihren immer weiter über Mode und Medien schwadronierenden Agenten und drückte das Gespräch weg. Doch kurz bevor sie das Handy zurück in den Rucksack legte, bemerkte sie ein Blinken. Jemand musste versucht haben, sie während des letzten Telefonats zu erreichen, deshalb auch das Piepen in der Leitung. Ein Bild tauchte auf. Zwei Cappuccini auf dem Tablett. *Dario hat versucht, Sie zu erreichen.* Gabriella erschrak regelrecht, weil ihr Herz auf einmal doppelt so groß zu sein schien und die dreifache Menge Blut durch ihre Adern pumpte. Was hatte er gewollt? War er verzweifelt? Stinksauer? Oder vielleicht sogar erleichtert, sie endlich los zu sein? Gabriella war verwirrt darüber, dass diese Nachricht eine so heftige Reaktion bei ihr auslöste. Wie gern würde sie ihren Mann jetzt zurückrufen, um sein etwas knurriges *Pronto!* zu hören. Außerdem wollte sie ihn unbedingt fragen, ob Post gekommen war. Oder wie es den Fischen im Gartenteich ging. War der Rasen inzwischen gemäht? Das wäre wichtig, sonst wucherte nächstes Jahr das Unkraut umso schlimmer. Nächstes Jahr? Würde es das überhaupt für sie beide geben? Sie schluckte.

Der dicke Redakteur, der weder Hals noch Taille zu haben schien, war erstaunlich schnell den Deich heruntergelaufen und hielt ihr die Hand zur Begrüßung hin. »So sieht man sich wieder!«

»Hallo, Herr Thobald!«

»Und? Glücklich solo, habe ich gehört?«

»Kann man wohl sagen«, mischte Felicitas sich ein. »Gabriella ist wirklich gut drauf, seitdem sie wieder sie selbst sein darf.«

Hannah meldete sich nun auch zu Wort: »Das war die beste Entscheidung, die sie treffen konnte. Ein Mann, der nur auf dem Sofa sitzt und Zigarre raucht, passt einfach nicht zu einer Powerfrau wie ihr.«

»Und bei diesem Inselurlaub lassen Sie es jetzt richtig krachen?«, fragte Thobald nach. »Sind Sie in Flirtlaune?«

»Nein!« Angeblich liefen hier alle paar Meter kernige Insulaner herum, mit Muskeln, blauen Augen und strohblondem Haar – zumindest behaupteten Hannah und Felicitas das, aber Gabriella war es schnurzegal.

Doch ihre beiden Freundinnen grinsten breit und machten vielsagende Gesichter. Das schien dem Reporter als Antwort zu genügen, und prompt hatte er sein Smartphone gezückt. »Macht Ihnen doch nichts aus, wenn ich unsere Gespräche direkt aufzeichne? Geht schneller als mit Bleistift und Papier.«

»Und Sie können hinterher nicht so viel dazudichten.« Den Spruch konnte Gabriella sich nicht verkneifen. War es nicht die *Close Up* gewesen, die unter ihrem Hochzeitskleid ein zart gerundetes Babybäuchlein gesehen haben wollte? Dabei hatte sie nur beim Tiramisu ein bisschen zu üppig zugelangt. »Inzwischen müsste ich ja im achtundvierzigsten Monat sein.«

»Ich soll behauptet haben, Sie seien schwanger?« Er zog die Augenbrauen zusammen. Dabei entstand auf der Stirn ein speckiger Wulst, der in Form und Farbe einer Weißwurst glich. »Na ja, aber Hand aufs Herz, Frau Brunotte, ist doch ganz gut, dass aus der Vater-Mutter-Kind-Kiste nichts geworden ist. Eigentlich haben Sie und Ihr italienischer Göttergatte doch von Anfang an nicht richtig zusammengepasst, oder?«

»Ja, der Obermacho hätte Gabriella bestimmt allein gelassen mit dem Kind«, orakelte Felicitas, und Hannah nickte etwas zu eifrig. Was war nur los mit den beiden?

Gabriella stemmte die Hände in die Hüften: »Lautete Ihre Schlagzeile damals nicht: *Traumhochzeit in Italien: Bestsellerautorin heiratet ihre große Liebe?*«

»Wenn, dann habe ich wohl etwas ausgeschmückt. Unsere Leser stehen nun mal auf Geschichten, die prall gefüllt sind mit Leben, Glück und Sinnlichkeit.« Jetzt stupste er sie mit seiner Schulter an. »Genau wie in Ihren Büchern, oder? Da lassen Sie es doch auch zur Sache gehen.« Das anfangs wenig konkrete Unwohlsein, das sich in den letzten Minuten in Gabriella ausgebreitet hatte, wurde zu einer handfesten Abneigung. Zum Glück gesellte sich der Wattführer zu ihnen, ein braungebrannter Mittvierziger, der so drahtig war, dass er im Vergleich zu diesem Schmierenjournalisten wirkte wie ein Hochspannungsmast neben einer Hüpfburg.

»Moin, dann wollen wir mal los!«

»Gehen Sie noch in die Maske, Frau Brunotte?« Das Missfallen des Klatschreporters war nicht zu übersehen.

»Meinen Sie?« Nein, Gabriella wollte bestimmt nicht in ihrem grünen Kleid durchs Watt, erst recht nicht mit einem

Strohhut auf dem Kopf. Und sich jetzt bei diesem Wetter, bei dieser frischen Luft ein halbes Kilo Schminke ins Gesicht zu klatschen schien ein wirklich abwegiger Gedanke zu sein. Was war das hier bloß für ein Theater?

Zum Glück nahm ihr der Wattführer die Entscheidung ab. »Für so 'n Schnickschnack haben wir jetzt echt keine Zeit mehr. Ich will ja keine Hektik verbreiten, aber wir wollen zum *Oosteroog*, und die Flut wartet nicht, in zwei Stunden sind die Priele gefüllt. Bis dahin sollten wir wieder hier sein, sonst wird es gefährlich.«

»Aber ...«, setzte Thobald zu einer Erwiderung an, doch der kernige Insulaner tippte sich an seine marineblaue Wattführerkappe, nahm in die eine Hand einen Stock, in die andere eine Art Mistgabel und marschierte zügig auf das noch nicht vorhandene Meer zu. Gabriella folgte als Erste. Anscheinend war sie die Einzige, die Lust auf diesen Naturspaziergang hatte. Hannah und Felicitas schauten unglücklich auf ihre quietschgelben Gummistiefel hinunter, und Theo Thobald, seine weißen Sneakers an den Schnürsenkeln um den Hals gebunden, die Hosen hochgekrempelt, hatte Mühe, die Fotoausrüstung sicher zu transportieren. Zudem war er anscheinend kein Typ, dessen Wünsche oft ignoriert wurden.

Ihre Füße schmatzten bei jedem Schritt, sackten zentimetertief in den Grund, der Schlick quoll in dunkelgrauen Wülsten zwischen Gabriellas Zehen hervor. Kurz hatte sie das Gefühl, das Gleichgewicht zu verlieren oder wegzurutschen, doch dann spürte sie den festen Boden, der Halt bot, und fing sich wieder.

Der Wattführer erklärte ausschweifend das hiesige Ökosystem, verglich die außergewöhnliche Landschaft, die weder Meer noch Land zu sein schien, mit einem Körper, der nur gesund war, wenn jedes einzelne Organ funktionierte. Die seltsam fleischigen Stängel, die in der unwirtlichen Umgebung wuchsen, waren so etwas wie die Lunge, die Gezeiten dagegen das Herz, die verästelten Gräben die Adern.

Ein wunderschönes Bild. Alles hing zusammen. Jedes Muster machte Sinn, jede Rille im Sand, jede Pfütze, jede unscheinbare Pflanze. Das erste Mal seit Wochen gelang es Gabriella, sich und ihre Probleme in den Hintergrund zu schieben. Wer war sie schon? Eine Frau, die ihres Mannes überdrüssig war. Davon gab es Tausende. Und verglichen mit der Größe des Meeres, der Natur, der Welt, des Universums kam es wirklich nicht drauf an, dass Gabriella Brunottes Ehe gescheitert war.

Als die Füße allmählich schwer wurden, blieben sie auf einem höher gelegenen Sandhaufen stehen und bildeten einen kleinen Kreis, Thobald machte Bilder.

»Die Organismen leben und sterben, ihre Rückstände bieten den Nährboden für die Nachkommen. Nur eine einzige Komponente, die im Watt aus dem empfindlichen Gleichgewicht gebracht wird, kann das seit Jahrtausenden funktionierende System zum Kollabieren bringen. Und wir Menschen tun momentan alles dafür …«

»Jetzt reden Sie uns bitte kein schlechtes Gewissen ein«, unterbrach ihn Thobald, der schon seit einigen Minuten hinter seiner Kamera einen deutlich genervten Gesichtsausdruck zur Schau stellte. »Wir sind nicht hier, um uns humorlose Ökopredigten anzuhören.«

Damit konnte er den Wattführer jedoch nicht aus der Ruhe bringen. »Warum sind Sie dann mitgekommen?«

»Holen Sie einfach irgendein Getier aus dem Schlamm, halten es bitte recht freundlich in die Kamera, und gut ist.« Klar, mit mehr als hundert Kilo auf den Rippen war diese Wanderung natürlich anstrengend, Thobald war fast bis zur halben Wade versunken und sah aus wie eine Boje auf zwei abgebrochenen Streichhölzern.

»So funktioniert das aber leider nicht«, sagte der Naturkundler unbeeindruckt. »Eine Muschel will behutsam gesucht und gefunden werden.« Er steckte die seltsame Mistgabel tief in den Boden und hob einen großen Haufen Schlick heraus, dann kniete er sich auf den feuchten Grund und buddelte geduldig mit den Händen weiter, bis er schließlich einen dunklen Klumpen herauszog, an dessen unterem Ende etwas Langes baumelte. Stolz stand er auf und hielt das Fundstück in die Sonne: »Darf ich vorstellen: die Sandklaffmuschel.«

Niemand war begeistert. Das Ding in seiner Hand sah aber auch ziemlich merkwürdig aus.

»Die Muscheln sind gewissermaßen die Nieren. Sie filtern Schwermetalle und andere Gifte aus dem Meer. Der Schwanz da unten ist eine Art Rüssel. Und wenn man gegen die Schale klopft, dann ...« Der Wattführer gebärdete sich, als stünde er in einer Zirkusmanege und führte etwas Lebensgefährliches vor. Gabriella, Hannah und Felicitas hielten die Luft an.

Sogar Thobald ließ die Kamera sinken und schaute jetzt genau hin. »Ja, was dann?«

»Probieren Sie es aus!«, schlug der Wattführer vor und ging auf den Zweizentnermann zu.

»Beißt das Teil etwa?«

»Ja, sie schnappt mit ihren Schalen. Da sitzt ganz schön

Kraft dahinter, schauen Sie sich mal meinen kleinen Finger an.« Alle schauten, aber der kleine Finger sah eigentlich ganz normal aus. »Keine Angst, das macht die Sandklaffmuschel nur, wenn man sie aus dem Boden zieht, jetzt ist ihr Hunger nach Menschenfleisch gestillt. Also?«

Inzwischen war die Muschel nur noch wenige Zentimeter von den Stirnwülsten des Reporters entfernt.

»Soll ich klopfen?«, fragte dieser so eingeschüchtert, als wäre er in Las Vegas versehentlich mitten in eine gefährliche Nummer mit weißen Tigern geraten. Der Wattführer nickte ernst. Und da nahm Theo Thobald all seinen kümmerlichen Mut zusammen und berührte mit dem Fingerknöchel die Schale. Ganz kurz nur. Sehr vorsichtig. Und trotzdem spritzte ihm der kleine, unscheinbare Wattbewohner sogleich eine ordentliche Ladung Wasser ins Gesicht. Volltreffer! »Was ist ... Was hat dieses Monster ...«

Der Wattführer trat wieder zurück und setzte ein hochwissenschaftliches Gesicht auf. »Ich vergaß zu erwähnen, dass man diese Art auch Pissmuschel nennt.«

Gabriella lachte, meine Güte, wann hatte sie das letzte Mal so gelacht? Klar, sie waren albern gewesen die letzten Tage, mit ihren Freundinnen hatte sie ziemlich viel gekichert, seit sie aus Berlin abgereist waren. Über die Haare auf Darios Rücken, über seine Angewohnheit, auf dem stillen Örtchen zu singen, sogar über seine Vorliebe für Eros Ramazzotti hatten sie sich lustig gemacht. Aber das letzte Mal laut, aus vollem Herzen und ohne Hemmungen gelacht hatte Gabriella ... hm ... mit Dario.

Dem im wahrsten Sinne des Wortes angepissten Thobald wurde ein Papiertaschentuch gereicht, und er wischte sich wortlos die Tropfen aus dem Gesicht und von der Kamera. Anscheinend traute er sich nicht zu meckern. Humorlosigkeit wollte er sich nicht nachsagen lassen. Trotzig starrte er den Wattführer an, der die lustige Muschel wieder in ihren Lebensraum entlassen hatte und auf das Panorama ringsherum zu sprechen kam. Erst jetzt schauten sie sich um, genossen den unverstellten 360-Grad-Blick über nassen Grund bis zu den Inseln und zum Festland.

»Wir befinden uns übrigens auf dem sogenannten *Oosteroog*, das ist eine Untiefe im Watt, ungefähr einen Kilometer von der Insel entfernt. Bei Hochwasser treffen an dieser Stelle die Strömungen aufeinander, und man muss schon ein guter Schwimmer sein, um von hier aus zum sicheren Ufer zu gelangen.«

»Kaum vorstellbar«, sagte Gabriella. »Es wirkt so harmlos.«

»Das Wattenmeer hat seine Tücken«, bestätigte der Wattführer. »Ich vergleiche es ganz gern mit der Liebe.«

»Na, jetzt kommen wir endlich zum Thema!«, sagte Thobald und hielt sein Smartphone parat. »Dann schießen Sie mal los!«

»Die Liebe ist wie das Wattenmeer«, begann der Wattführer, und man konnte in seinem Gesicht keine Spur von Ironie erkennen, was Gabriella außerordentlich gut gefiel.

Thobald grinste erwartungsfroh und hielt den Augenblick für passend, auf den Auslöser zur drücken. Hannah und Felicitas schienen sich Sorgen zu machen, dass gleich etwas Unerfreuliches gesagt werden könnte. Überhaupt passten ihre Freundinnen seit Tagen schon höllisch auf, dass bloß nichts passierte, was Gabriella traurig stimmen könnte – als wäre Trauer ein verkehrtes Gefühl, wenn eine Ehe zu Ende ging. Und jetzt beäugten sie den Wattführer, als wollten sie ihm das Gesicht zerkratzen, falls er Gabriellas fragiles Gleichgewicht gefährdete, das System Gabriella zum Kippen brachte ...

Liebe ist wie das Wattenmeer ...

»Erst wenn die Strömungen des Alltags sie bedecken, wird deutlich, wo die eigentlichen Gefahrenstellen lauern.« Inzwischen hatte der philosophierende Wattführer die Ärmel seines Seemannpullovers wieder nach unten gerollt und hob die Mistgabel aus dem Schlick. »Stimmt's?«

Ja, dachte Gabriella, das stimmte. Thobalds Kamera ließ ein Klicken hören. Ob man den Kloß, der in Gabriellas Hals steckte, auf dem Foto wohl erkennen würde?

Die Sache mit dem Ring!!!

Ein paar Tage habe ich überlegt.

Liebe geht durch den Magen, also schmuggeln Sie Ihrer/m Liebsten einfach den Verlobungsring ins Dessert, welches der Abschluss eines feudalen Liebesmenüs ist.

So steht es in diesem Frauenmagazin. Daneben ist ein Foto von einem herzförmigen Schokoladentörtchen mit Bilderbuch-Sahneklecks, in dem ein opulenter Brillant schimmert. Außerdem gibt es noch Rezeptvorschläge, welche Leckereien in den Gängen davor kredenzt werden könnten. Lauter Aphrodisiaka:

Als Vorspeise soll man Spargel (wegen der Form), Austern (ebenfalls aus optischen Gründen) und Ingwerschaum (bringt den Kreislauf auf Touren und macht angeblich Frauen wild und Männer empfindsam) servieren. Anschließend wird die Stimmung kulinarisch angeheizt mit Langusten (Zink steigert den Testosteronspiegel), Chili (Vorsicht, nicht zu viel des Guten) und Artischockenherzen (weil das Gemüse eine Art Striptease hinlegen muss, bevor man es vernaschen darf). Und zum Schluss eben das Dessert mit viel Schokolade (ist ja klar), Feigen (liegt auch auf der Hand) und Sahne (optischer Grund?).

Und eben der Ring.

Vorsicht, er muss gut sichtbar sein, nicht dass Ihr Herzblatt sich daran verschluckt.

Diese Zeitschrift denkt aber auch wirklich an fast alle Eventualitäten. Nur über mein Problem steht da nichts geschrieben: Ich kann nicht kochen. Alles, was ich in der Küche fabrizieren würde, wäre wahrscheinlich eher abschreckend für dich. Also müsste ich das Essen in ein Restaurant verlegen. Das habe ich mir auch schon ausgemalt: Wir beide sitzen am Tisch, und du hast keine Ahnung, was gleich passieren wird. Vielleicht funktioniert das mit den erotisierenden Lebensmitteln wirklich, und du schaust mich schon mit diesem Blick an, der mir verrät, dass da was knistert zwischen uns, und zwar gewaltig. Aber dann kommt der Kellner. Der weiß natürlich Bescheid, ist im Vorfeld von mir eingeweiht worden, damit alles zum richtigen Zeitpunkt auf den Tisch kommt. Dieser Kellner wird überdurchschnittlich oft bei uns vorbeimarschieren, die Ohren auf Empfang, die Augen auf unser Essen und wahrscheinlich auch auf unsere Körperhaltung gerichtet. Er wird genau beobachten, ob man schon etwas von den Auswirkungen bemerken kann. Ob wir schon unruhig auf den Stühlen herumwackeln und uns ständig die Lippen lecken. Dann wird er regelmäßig in die Küche rennen, um Rapport zu erstatten, denn natürlich ist die Crew dort auch involviert, die haben das lüsterne Menü ja für uns gekocht, eventuell im Vorfeld sogar übertrieben und zusätzlich verrufene Substanzen hinzugefügt. Das Sekret aus den Drüsensäcken eines Nagetiers zum Beispiel, *Bibergeil* heißt das Zeug, soll scharf schmecken, ließe sich also prima unter den Hauptgang mischen.

»Und? Geht da was?«, werden die Köche den Kellner neugierig löchern. Und der wird die Details schildern: schwitzige Hände unter der Tischdecke, das Oberteil zwei Knöpfe weiter geöffnet, beide kriegen keinen Bissen runter vor Aufregung, oh ja, sieht gut aus!

Irgendwann ist es dann so weit. Der Koch steckt den Ring, in dem unsere Namen eingraviert sind, in die Schlagsahne. Das Restaurant hat sich noch was Nettes ausgedacht und eine Zweiercombo bestellt. Gitarre und Gesang und ein schmalziges Lied über Liebe. Die Musiker sind auch nervös, als sie durch den Speisesaal marschieren, weil die Situation seltsam ist. Da sitzen ja noch mehr Leute ringsherum, die gucken ganz komisch, die sind erleichtert oder enttäuscht, wenn die Musiker an ihrem Tisch vorbeilaufen. Direkt danach sind sie natürlich gespannt, wo denn jetzt gleich die Musik spielt.

Bei uns! Der Kellner kommt mit dem Dessert. Er hat Wunderkerzen in die Schokolade gesteckt und zündet sie kurz vor unserem Tisch an. Einsatz Gitarre, das schmalzige Lied erklingt. Die Köche schleichen sich heimlich von ihrem Arbeitsplatz weg und gehen hinter den Säulen in Deckung, spähen herüber wie ein GSG-9-Einsatzkommando. Die anderen Gäste recken die Hälse. Was ist denn da los? Der Kellner stellt das Dessert zwischen uns auf den Tisch. Die Wunderkerzen brennen herunter.

Du siehst den Ring.

Mal ehrlich, du hättest keine Chance, jetzt nein zu sagen. Dann würdest du dir im selben Augenblick eine Menge Feinde machen. Alle wären sauer, wenn das ganze Theater umsonst gewesen sein soll. Einen Menschen, der sich so etwas Phantasievolles überlegt, kann man nicht abweisen, es sei denn, man hat kein Herz. Also sagst du lieber ja. Aber ein solches Ja will ich nicht. Das wäre nichts wert. Obwohl der Spaß eine Menge kosten würde.

Die Sache mit dem Ring.

Doch nicht mein Ding.

Tisch 12 Brunotte

Prosecco III
Bier I
Mineralwasser groß I
Zupa ogórkowa I
Zrazy I
Zupa jagodowa III (ohne Fleisch!!)
Bigos vegetarisch III

Mattheusz wischte sich mit dem Taschentuch über die Stirn, machte den Rücken gerade und schaute durch die Durchreiche zwischen Küche und Speisesaal. Er konnte es nicht fassen: Auch heute rannten die Leute ihnen die Bude ein. Einfach unglaublich! Dies war der dritte Abend des *Roten Herings*, und Mattheusz wurde den Eindruck nicht los, dass sich noch mehr Gäste eingefunden hatten als gestern, und schon da hatte sich die Anzahl im Vergleich zum Eröffnungstag fast verdoppelt. Heute waren viele Tische besetzt. Dreißig Leute! Gerade waren schon wieder zwei Familien gekommen.

Der *Rote Hering* war zum Inselgespräch der Saison geworden.

Normalerweise vermied Mattheusz es, im Mittelpunkt zu stehen, derjenige zu sein, über den gesprochen wurde. Schon, dass in der *Schaluppe* über seine Rückkehr zur Insel getuschelt wurde, missfiel ihm. Die einen mutmaßten, dass es ihm nur ums Geld gehe. Die anderen überlegten, ob er ein Muttersöhnchen ist, das nicht ohne Mama Bogdana auskommen kann. Und bestimmt spekulierten auch ein paar Insulaner, Mattheusz könnte es auf Jannike Loog abgesehen haben. Eine Hotelbesitzerin, hübsch dazu, da würde ein Pole wie er natürlich nicht widerstehen können. Solche Argumente nervten ihn am allermeisten. Und es gab leider nicht wenige Einheimische, die aus ihren Vorurteilen gegenüber Osteuropäern kein Geheimnis machten. Gerd Bischoff zum Beispiel, der hatte schon damals Bogdana und Lucyna behandelt, als hätte er sie aus dem Ramschkatalog für billige Putzkräfte. Jannike war anders, natürlich war sie das, sie begegnete ihnen auf Augenhöhe, mit ihr waren sie ein Team. Besonders heute, wenn alles laufen musste wie geschmiert. Dadurch wurde man eben auch irgendwie zum Mittelpunkt des Geschehens. Ob man wollte oder nicht, die Küche war nun mal das Herz eines Restaurants. Mattheusz spürte regelrecht das Pulsieren. Es fühlte sich großartig an.

Die Insel war klein, Neuigkeiten machten hier schnell die Runde, gute wie schlechte. Und in diesem Fall war es ja durchaus als positiv zu werten, dass es den Gästen geschmeckt und gefallen hatte, auch wenn der Ablauf in Küche und Service natürlich noch lange nicht problemlos verlief, manche Tische sich ziemlich gedulden mussten oder aus Versehen das falsche Essen serviert bekamen. Am Ende waren sie doch alle irgendwie zufriedengestellt. Mattheusz' Schwester Lucyna konnte sich über das satte Trinkgeld freuen. Er selbst als Teil der Küchencrew über Lobeshymnen.

Da der Bürgermeister heute Abend im Rathaus zu tun hatte, war Danni das erste Mal allein für die Getränke zuständig. Überraschenderweise machte er seine Sache sogar ganz gut, selten hatte Mattheusz diesen Kerl, der sonst herumflatterte wie eine Fledermaus auf Speed, so konzentriert arbeiten sehen. Gerade polierte er mit Hingabe die neuen Gläser, die am Nachmittag endlich per Expresslieferung angekommen waren. Und Jannike strahlte noch mehr als ohnehin immer. Wahnsinn, schwärmte Mattheusz, diese Frau bekam einfach alles in den Griff. Sogar die Sache mit der Fracht hatte sie auf ihre Art geregelt. Es war Mattheusz eine Freude, sie jeden Abend, wenn sich die Gelegenheit zwischen Schnippeln und Rühren ergab, zu beobachten. Wie sie, mit den Gästen flirtend, durch den Speisesaal zu schweben schien, Wein und Bier servierte, sich zwischendurch mit dem Team absprach, bei Problemen ruhig und fröhlich blieb, fast als stünde sie noch immer auf der Bühne und spielte eine Rolle, die ihr auf den Leib geschrieben worden war. Kurz trafen sich ihre Blicke. Jannike lächelte ihn an. Er lächelte zurück. Die Arbeit machte es ihnen um einiges leichter, sich nahezukommen.

Auch am Nachmittag, wenn sie im Garten mit der Sauna zu tun hatten, ergaben sich immer wieder Chancen für einen Augen- oder sogar kurzen Körperkontakt. Den konnte man ja notfalls als Zufall tarnen. Wenn man Kieselsteine rund um das Tauchbecken zu verteilen hatte, passierte es schon mal, dass man aufschaute und dann das Gesicht des anderen keine zehn Zentimeter vor sich fand. Jannike hatte kleine Falten neben den Augen. Jede einzelne wunderschön! Dann schuftete man weiter, als wenn nichts geschehen wäre. Doch das Glück dieses Moments machte die grauen Steine zu glitzerndem Flitter.

Plötzlich stieß ihm jemand mit einem Kochlöffel recht unsanft in die Seite. »Bez pracy nie ma kołaczy!«, zitierte Oma Maria ein polnisches Sprichwort. Pah, er war bestimmt nicht faul. Er goss Mineralwasser in eines der Gläser, die er gerade poliert hatte, und hielt es ihr hin. »Nicht nur arbeiten, Oma, auch mal Pause machen und vor allem: viel trinken«, sagte er auf Deutsch, und sie nahm das Glas, als hätte sie verstanden.

Dennoch, die Sorge, ob die alte Frau den Stress aushalten würde, war völlig unbegründet gewesen. Obwohl sie fast siebzig war und der Dorfarzt zu Hause in Polen skeptisch auf ihre gemeinsamen Pläne reagiert hatte. »Kochen, ja, kein Problem. Und Stehen geht auch mit ihrem schlimmen Bein. Ist sogar ganz gut, wenn sie nicht den ganzen Tag auf dem Sofa sitzt, aber jemand muss ihr die Dinge bringen, denn mit dem Gehen könnte es schwierig werden.«

Also war Mattheusz der Laufbursche seiner Großmutter geworden. Und das war kein leichter Job. Heute gab es *Zupa ogórkowa*, mehr als eine halbe Stunde hatte er gebraucht, um den Berg Gemüse für die Gurkensuppe zu schneiden, und ab und zu hatte Oma Maria ihm zugerufen, er solle sich sputen, es werde bald dunkel. Da war er sicher gewesen, die alte Dame brauchte keine Pause, im Gegenteil: Erst wenn sie vor ihrem Kochtopf stand, der Dampf der Schmorrippchen, der Kartoffeln und Möhren in ihre kleine, runzlige Nase stieg, dann war sie fröhlich und fit, als wäre sie zwanzig und kein Jahr älter.

Der Küchenwecker klingelte. Es war Zeit, die *Zrazy* aus dem Sud zu nehmen, damit Oma die braune Sauce andicken konnte. Dazu gab es Klöße und ein Ragout aus Lauch, Petersilienwurzel und frischen Gartenkräutern.

Danni schaute durch die Durchreiche zu ihnen herein und schnüffelte begeistert. »Was ist das? Es riecht phantastisch!«, lobte er in seinem typischen Singsang. »Am liebsten würde ich jetzt Feierabend machen, mich an einen der Tische setzen und selbst etwas bestellen!«

Als hätte Oma ihn verstanden, hob sie einen Probierlöffel in die Durchreiche und freute sich, als Danni nach der Kostprobe die Augen genussvoll verdrehte.

Lucyna kam herein, in der Hand einen vollgeschriebenen Zettel: »Also, Gabriella Brunotte und ihre Freundinnen möchten als Vorspeise die *Zupa jagodowa.* Ist doch ohne Fleisch und so?«

»Das ist Blaubeersuppe. Normalerweise verzichtet Oma da auf Schweineschwarte ...«, erlaubte sich Mattheusz einen Scherz. Doch Lucyna lachte nicht darüber. Ihr ging es noch immer nicht gut. Seit einigen Tagen war seine Schwester so lustig wie ein *przedsiębiorca pogrzebowy*, wie sagte man das auf Deutsch? Sargmacher?

»Und sie haben heute einen Mann mit am Tisch. Der sieht aus, als ob er bei allem die doppelte Portion braucht.«

Mattheusz schaute um die Ecke. Bei der Schriftstellerin und ihren Freundinnen saß ein ziemlich dicker, ziemlich unsympathischer Kerl, der gerade Bier in sich hineinschüttete, so als habe er nicht vor, zwischendurch zu schlucken. »Wer ist das?«

Lucyna zuckte mit den Schultern. »Keine Ahnung. Aber er will zum Hauptgang die Rouladen. *Jedna porcja Zrazy*!«

Jetzt fing das Schwergewicht an zu lachen, laut und krachend wie eine Massenkarambolage. Nicht wenige Leute schauten verwundert hinüber, doch daran schien der Kerl sich kaum zu stören. Wahrscheinlich dachte er, dass sich die ganze Welt für das interessierte, was er zu erzählen hatte. Seine weiblichen Tischnachbarn reagierten unterschiedlich auf das schlechte Benehmen. Während Gabriella Brunotte wenig glücklich wirkte, gackerten die beiden anderen um die

Wette. Hoffentlich kriegten die sich gleich wieder ein, einige Gäste schüttelten bereits genervt die Köpfe.

Doch dann forderte Oma Maria wieder seine ungeteilte Aufmerksamkeit, und Mattheusz beschäftigte sich die nächsten Minuten mit zehn verschiedenen Töpfen. Manchmal hatte er das Gefühl, Musik zu machen, ein Klirren und Klappern und Klopfen erfüllte die Küche, dazu summte Oma Maria zufrieden vor sich hin, und seine Mutter klapperte mit dem Besteck, das aus der ersten Spülmaschinenladung in die Fächer sortiert werden musste. Doch immer wieder mischte sich der Lärm, den der neue Gast draußen im Speisesaal verursachte, darunter. Das ging wirklich gar nicht. Gerade erzählte er lautstark einen Witz, einen uralten Gag, den sogar Mattheusz schon tausendmal gehört hatte, obwohl es sich um einen Ostfriesenwitz handelte.

»Ein Ostfriese trägt in der Hochzeitsnacht seine Braut über die Schwelle ...«

»Oh ja, den kenne ich«, kreischte die Frau mit der grünen Brille, die immer so komplizierte Essenswünsche hatte. »Der ist gut!«

»Und die Braut fragt ...«, machte der Dicke weiter.

»... was hast du denn jetzt vor mit mir, Schatzi?«, ergänzte die Brille gackernd.

In diesem Moment, genau vor der Pointe, kam Jannike rein. Das Strahlen war aus ihrem Gesicht verschwunden, stattdessen schien sie vor Wut zu dampfen. »Wir müssen etwas unternehmen. Der Typ an Tisch 12 geht allen auf den Geist, das Ehepaar aus Zimmer 4 hat sich schon bei mir beschwert, und wenn der jetzt noch anfängt, irgendwelche Kalauer herumzubrüllen, haben wir ein echtes Problem.«

»Wer ist das überhaupt?«, fragte Danni, der zur spontanen Notstandssitzung ebenfalls in die Küche gekommen war.

»Keine Ahnung. Er kommt mir bekannt vor, aber ich komme nicht drauf, woher. Und Frau Brunotte hat bloß angekündigt, dass sie heute Abend eine Person mehr am Tisch sein werden.«

»Ob sie hat einen neuen Freund?«, überlegte Lucyna.

Alle schauten durch das Guckloch. Nein, das konnte nicht sein. Gabriella machte ein Gesicht, als sei ihr bereits der Appetit vergangen, während der Fremde gerade so begeistert auf die Tischplatte schlug, dass die Blaubeersuppe der Frauen über den Tellerrand schwappte.

»Vielleicht hat sich eine ihrer Freundinnen den Kerl angelacht?«, schlug Danni vor.

»Kann ich mir nicht vorstellen«, entgegnete Jannike. »Das wäre schon ganz schön fies, bei der Trennungsparty ihrer besten Freundin einen Macker anzuschleppen. Seltsam, der passt gar nicht zu dem Grüppchen.«

Nun meldete sich auch Bogdana zu Wort: »Was wir machen, wenn der bleibt über Nacht? Rausschmeißen? Oder Preis für Doppelzimmer verlangen?« Mattheusz wusste, wie konservativ seine Mutter solchen Dingen gegenüber eingestellt war, ihr langsames, sehr ernstes Kopfschütteln sprach Bände. »Morgen, wenn ich mache Betten, ich gucke genau, ob da einer mehr drin war. Bei diese Gewicht, ich erkenne genau, ob Delle in Matratze!« Jetzt grinste Bogdana und wirkte wie eine Spezialagentin, die auf ihren Einsatz wartete, um die Welt vor dem Verderben zu retten.

Es wurde wieder laut im Speisesaal. »Und kennt ihr den? Kennt ihr den?«, rief der Problemfall. »Zwei alte Leute, ein

Mann und eine Frau, gehen in ein Restaurant … Sagt der Kellner: Tut mir leid, runzeliges Trockenobst haben wir …« Er verschluckte sich schon jetzt fast vor Lachen.

»Wenn ich ehrlich bin, will ich den sofort loswerden«, sagte Jannike. »Auf der Stelle! Und ich glaube, wir tun auch unserer Schriftstellerin damit einen großen Gefallen, oder nicht?« Alle nickten. »Frau Brunotte hat schließlich die Zimmer gebucht, sie ist unser Gast, und niemand soll in unserem Hotel mit einem solchen Gesicht am Tisch sitzen müssen!«

Alle schauten sich an. Wie ein eingeschworenes Team. Doch – und das wurde ziemlich schnell klar – niemand hatte den Mut, die Initiative zu ergreifen. Natürlich nicht. Danni war viel zu hysterisch für solche Einsätze, Jannike hatte ihren Ruf als Gastgeberin zu verlieren, Lucyna war schon seit Tagen nur noch ein Schluck Wasser in der Kurve, Bogdana würde eventuell mit der Bratpfanne zuschlagen, und Oma Maria konnte kein Deutsch. Blieb nur noch … »Ich mach's!«, sagte Mattheusz.

»Echt?« Die Sonne schien in Jannikes Gesicht aufzugehen. Und dann – ja, wirklich, er wusste gar nicht, wie ihm geschah – kam sie auf ihn zu, nahm sein Gesicht zwischen ihre Hände und küsste ihn auf den Mund. Nur kurz. Und so plötzlich, dass ihm schwindelig wurde. Alle klatschten, aber leise, bis auf Oma Maria, die wohl nicht mitgekriegt hatte, dass Lautstärke heute ein sensibles Thema war. Mattheusz spürte, wie rot er wurde, das ging farblich wahrscheinlich schon in Richtung *barszcz*.

Jetzt musste er natürlich auf seine Worte Taten folgen lassen. Klar, das erwarteten alle von ihm. Hatte er den Mund zu voll genommen? Egal, es gab kein Zurück. Nicht nach diesem kurzen Kuss! Aber wie sollte er es anstellen? Er wollte nicht zu viel Aufsehen erregen, erst recht durfte er sich auf kein Wortgefecht einlassen, denn sein Deutsch war zwar gut, jedoch nicht gut genug, um sich gegen einen Laberkönig dieser Güteklasse durchzusetzen. Nein, er musste es mit einem Trick versuchen. Der Kerl durfte gar nicht erst merken, dass er gerade rausgeschmissen wurde.

Inzwischen war der Teller mit den Rindsrouladen fertig angerichtet. Zwei von ihm persönlich handgerollte Kartoffelklöße, etwas Gemüse, das Fleisch und jede Menge dunkelbraune sämige Soße. Sollte er ... wirklich ...?

Er klemmte sich ein paar widerspenstige Locken unter die Kochmütze, kontrollierte seine Schürze auf Flecken – nein, der gestreifte Stoff war noch immer ansehnlich –, dann nahm er den Teller in die Hand und versuchte, einen entschlossenen Eindruck zu machen. »Also, wird Zeit, dass ich mich im Kellnern versuche.« Er ging Richtung Speisesaal, doch bevor er diesen betrat, schaute er noch einmal zurück. »Jannike, ich gebe dir hiermit die offizielle Erlaubnis, mich vor allen Gästen zu beschimpfen.«

»Warum sollte ich so etwas tun?« Jannike reagierte mit einem verständnislosen Kopfschütteln, doch da war er auch schon durch die Tür und somit dabei, seine Mission zu erfüllen. Gleich würde ihr einleuchten, was er damit meinte.

Sein Auftauchen im Gastraum wurde natürlich sofort bemerkt. Die Insulaner an den Tischen schienen sich über die Verwandlung des ehemaligen Inselpostboten zum Koch zu freuen. Und wer ihn nicht kannte, fühlte sich geehrt, weil der Meister am Herd sich blicken ließ. Einige nickten ihm freundlich zu. Andere deuteten per Geste an, dass sie mit dem Essen zufrieden waren. Vielleicht sollte er das öfter mal machen? Nein, Unsinn, er war kein Mann für große Auftritte. Auf seinem Weg an den Tischen vorbei, hin zu dem Ort, an dem er tun würde, was getan werden musste, wurden ihm die Beine schwach, und er schwitzte noch mehr als vorhin beim Bewältigen des Gemüsebergs.

»Guten Abend«, brachte er dennoch hervor. »Mein Name ist Mattheusz Pajak, und wie man an meiner Mütze erkennen kann, bin ich hier der Koch.« Gedämpfter Applaus setzte ein. Mattheusz prüfte vorsichtig mit dem Finger, welche Temperatur das Essen auf dem Teller inzwischen hatte. Normalerweise setzten sie alles daran, die Bestellungen heiß und dampfend zu servieren. Jetzt wäre es besser, die Soße ein bisschen abkühlen zu lassen. Er hatte mal davon gehört, dass eine Frau in den USA eine Fastfoodkette auf mehrere Millionen verklagt hatte, weil der Kaffee zu heiß gewesen war. Nun, sie waren hier nicht in Amerika, aber Mattheusz wollte dennoch nichts riskieren. Also musste er seinen Plan eine weitere Minute hinauszögern, vorsichtshalber. Er holte tief Luft: »Wir wollen Sie sehr herzlich in unserem Restaurant begrüßen und hoffen, dass es Ihnen schmeckt.«

Die Gäste nickten. Und schienen bereits ein bisschen verwundert, warum der Koch so lange Reden hielt, statt in der Küche mit Salz und Pfeffer zu jonglieren.

»Wir servieren Ihnen original polnische Küche«, erklärte Mattheusz.

»Sind die Zutaten alle geklaut, oder was?«, rief eine Stimme. Klar, das war das Ekelpaket an Tisch 12. Der hatte also auch Polenwitze auf Lager. Gut, das machte die Aktion hier deutlich einfacher für Mattheusz. Der Typ bekam, was er verdiente. Aber noch nicht jetzt.

»Die polnische Küche hat Gemeinsamkeiten mit der deutschen. Zrazy, unser heutiger Hauptgang, hat zum Beispiel Ähnlichkeit mit deutschen Rindsrouladen, jedoch füllen wir das Fleisch mit Pilzen, Reis und Trockenobst. Für die Vegetarier bieten wir zudem eine fleischlose Variante unseres Gemüseeintopfs an. Ich wünsche Ihnen allen einen guten Appetit.« Wieder Applaus. Mattheusz machte eine höfliche Verbeugung und schaffte sogar ein Lächeln. Dann war es so weit, er näherte sich dem Tisch, und praktischerweise gelang es ihm, währenddessen das Lächeln einzufrieren. »So, dann freue ich mich, Ihnen die erste Portion *Zrazy* servieren zu dürfen. Es ist für mich Premiere, noch nie habe ich Kellner sein dürfen. Und wenn ich ehrlich bin: Meine Chefin hat es mir eigentlich auch strengstens verboten!«

»Warum?«, wollte der Dicke wissen. »Hat sie Angst, dass Sie den Gästen unterwegs das Besteck klauen?« Wieder dieses dreckige Lachen. Was für ein A...

»Nein, sie weiß eben, dass ich manchmal etwas ungeschickt bin!« Und das war das Stichwort, welches Mattheusz sich selbst gesetzt hatte. Ganz aus Versehen geschah es natürlich nicht, dass er den Teller leicht schief hielt, und zwar ausgerechnet über Hemd und Hose des Gastes. Zum Glück war dieser breit und dick genug, die nun hinuntertropfende Soße konnte ihn gar nicht verfehlen.

»Passen Sie doch auf, Sie Idiot!«, schrie er noch lauter, als er vorhin seine dämlichen Witze vom Stapel gelassen hatte. Dann sprang er für seinen Leibesumfang ziemlich schnell auf und schaute entsetzt an sich herunter. Ein sehr großer, sehr brauner und zum Glück wohl nicht mehr allzu heißer Fleck Rouladensoße breitete sich vom obersten Hemdknopf bis zum Hosenstall aus. Der Gast kochte, fast sah es aus, als würden ihm vor Wut die Augen aus dem Kopf springen. Die anderen Gäste hatten sich demonstrativ abgewandt und aßen in aller Seelenruhe oder prosteten sich sogar zu. Der Mann hatte sich allem Anschein nach bereits alle Sympathien verscherzt. Die beiden Begleiterinnen von Frau Brunotte jedoch waren sofort zur Stelle, tupften mit ihren Servietten und sicherten dem Geschädigten zu, dass er allen Grund hatte, den Laden zusammenzubrüllen. Was er auch tat: »Ich will Ihre Chefin sprechen. Jetzt! Sofort!«

Jannike stürmte bereits herein. »Was ist passiert?« Dann schaute sie Mattheusz an, als hätte er eben das Hotel in die Luft gejagt. »Herr Pajak, Sie haben doch nicht etwa versucht, den Kellner zu spielen?« Dass sie hinter ihrer zur Schau gestellten Empörung ein schadenfrohes Lachen versteckte, konnte nur erkennen, wer schon tausend Male und mehr in dieses schöne Gesicht geschaut hatte. Alles klar, sie hatte verstanden und spielte mit.

Mattheusz nickte schuldbewusst.

»Ich habe Ihnen schon mehrfach gesagt, dass Ihr Arbeitsbereich in der Küche ist. Dort sind Sie ein Meister, hier aber eine Gefahr für die Allgemeinheit!«

»Allerdings!«, beschwerte sich der Bekleckerte.

»Entschuldigen Sie vielmals, Herr ... Herr ...«

»Thobald, Theo Thobald!«, stellte er sich mürrisch vor.

Jannike zuckte kurz zusammen, als könnte sie mit dem Namen etwas anfangen. Dann fragte sie besorgt: »Haben Sie Schmerzen?«

»Nein, das Essen schien ja zum Glück schon kalt gewesen zu sein. Kein Wunder, bei einem solchen Obertrottel als Koch.«

»Glauben Sie mir, Herr Pajak ist ...«

»Es interessiert mich nicht, was er ist. Ich will aus diesen Klamotten raus. Und dann sehen Sie mich in diesem Schuppen nie wieder, versprochen!«

Na also, dachte Mattheusz, es ist nicht schade drum – und sicher war er nicht der Einzige im Saal, der einen Jubelschrei unterdrücken musste.

Theo Thobald schob die immer noch an ihm herumwischenden Frauenarme grob zur Seite, knallte seine Serviette auf den Tisch und schnaufte wie ein Stier, bevor er sich dann doch noch mal für einen kurzen Moment zusammenriss. »Frau Brunotte, Sie entschuldigen mich? Wir sehen uns morgen bei Ihrem nächsten Termin. Leuchtturmbesteigung, wenn ich nicht irre. Und tragen Sie bitte diesen Strohhut, wirkt besser auf den Fotos ...«

Dann war es so weit: Mission erfüllt! Kotzbrocken entfernt! Jannike war dankbar und wieder auf dem Weg in die Küche, seine Ehre gerettet!

Dachte Mattheusz jedenfalls.

Bis er in der Küche Jannikes bleiches Gesicht bemerkte. Die anderen klatschten diskret, klopften ihm auf die Schulter, doch ausgerechnet Jannike ließ sich erschöpft auf einen Stuhl sinken und schien seltsam verstört zu sein. Nahm sie ihm diese Aktion übel? Ja, bestimmt, immerhin hatten alle mitbekommen, dass ein Tolpatsch in der Küche arbeitete. Mann, er hätte es anders anstellen sollen, irgendwie seriöser, jetzt war seine Traumfrau sauer, und das nur wenige Minuten nachdem sie ihn tatsächlich und wirklich geküsst hatte. Wie dumm von ihm!

Jannike schaute zu ihm auf. »Danke!«, sagte sie. Nein, das klang nicht böse.

Auch Danni war der Stimmungswandel anscheinend nicht entgangen. »Was ist los, Janni?«

»Theo Thobald!«

»Was ist mit ihm?«

»Mir kam der Typ vorhin schon seltsam bekannt vor.« Sie stützte ihre Ellenbogen auf der Tischplatte ab und vergrub ihren Kopf in den Händen. »Die Aktion wird ganz bestimmt noch ein Nachspiel haben. Der Kerl arbeitet für die *Close Up*!«

»Wer ist das, *Klohsap*?«, fragte Bogdana.

»Ein furchtbares Klatschmagazin«, sagte Jannike.

Und weil Mattheusz ahnte, dass seine Mutter mit diesem Wort nicht viel anfangen konnte, fügte er – auf Deutsch, um Oma Maria nicht zu verwirren – erklärend hinzu: »Erinnerst du dich noch an letztes Jahr? Als diese Lügen über Jannike in der Zeitung standen? Dass sie die Menschen belogen und unerlaubt Geld kassiert hätte?«

Bogdana nickte.

»Die schlimmsten Sachen hat die *Close Up* geschrieben.«

»Und zwar genau dieser Theo Thobald«, ergänzte Jannike. »Persönlich bin ich ihm nie begegnet, aber sein Bild kennt man, und ich habe seinen Namen unter den Schmutzartikeln mehrfach verflucht, und wenn das nicht für noch mehr Aufsehen gesorgt hätte, wäre damals eine Anzeige wegen Verleumdung angebracht gewesen.«

Bogdana nickte wieder. Zeitgleich zerdrückte sie ein Geschirrtuch in der Hand auf die Größe einer Walnuss. »Das hast du sehr gut gemacht, mein Sohn!«, sagte sie schließlich. »Aber schade wegen guter Soße. Viel zu lecker für Hemd von diesem, diesem … *gnojek*!«

Plötzlich ließ Oma Maria den Kochlöffel sinken und horchte auf. Wenn jemand Scheißkerl genannt wurde, machte sie das natürlich neugierig. Da steckte meistens eine gute Geschichte dahinter. Trennung, Verrat, Liebe. Lucyna musste lachen. Endlich mal wieder. Es war schön, denn das Lachen seiner Schwester hatte Mattheusz richtig vermisst.

Was aber noch besser war: Jannike schaute ihn an. Und zwar ganz lieb.

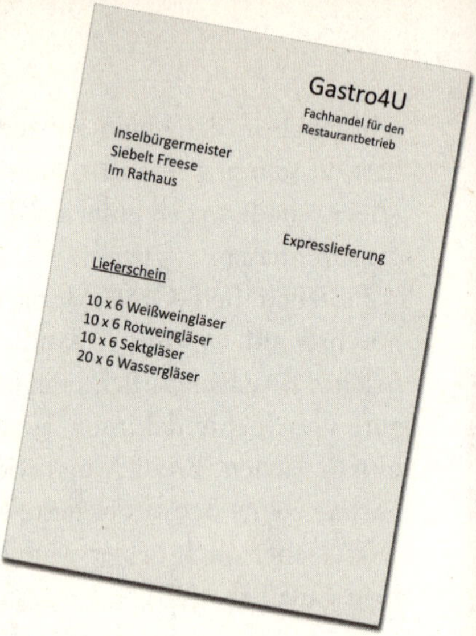

Gastro4U

Fachhandel für den
Restaurantbetrieb

Inselbürgermeister
Siebelt Freese
Im Rathaus

Expresslieferung

Lieferschein

10 x 6 Weißweingläser
10 x 6 Rotweingläser
10 x 6 Sektgläser
20 x 6 Wassergläser

Die Tagesordnung war ärgerlich und viel zu lang. Typisch, die Nichtskönner im Rathaus packten in der stressigen Vor- und Hauptsaison mit Vorliebe sperrige Themen in die Sitzungen. Kein Wunder, waren ja auch alles Schreibtischhengste, die von richtiger Arbeit keine Ahnung und jedes Wochenende frei hatten.

Bischoff war hundemüde, es fiel ihm schwer, den Worten des kleinen Bürgermeisters zu lauschen. Im vorletzten Punkt ging es um die Festsetzung der Kurbeiträge, diese Entscheidung verlief jedes Jahr zäh, stets gab es Palaver und Gezanke.

Siebelt Freese sprach sich vehement gegen eine Erhöhung um zehn Cent pro Nacht und Gast aus, die von den Freien Wählern waren auch dagegen, die Ökos stellten Bedingungen – irgendwas mit Naturlehrpfaden –, und die Sozis hatten die Begründung für ihre Ablehnung sogar als Powerpoint-Präsentation vorbereitet, ganz modern. Und Hanne

Hahn hatte irgendetwas von Familienrabatt gefaselt, Vater – Mutter – Kind war eben immer ihr Thema.

Bischoff musste ein herzhaftes Gähnen unterdrücken. Letzte Nacht war er abermals mit dem Schneidewerkzeug in den Dünen unterwegs gewesen. So langsam spürte er die späten Ausflüge in den Knochen. Doch leider hatte er keinen Sohn, an den er die alte Familientradition hätte weiterreichen können. Noch nicht einmal eine Tochter. Und seine Frau war ihm vor Jahren davongerannt, ausgerechnet mit dem Masseur. Er trauerte ihr nicht hinterher, doch dass er im Hotel und drum herum für alles allein die Verantwortung zu tragen hatte, nervte ihn zunehmend. Vielleicht sollte er mal seinen Hausmeister Uwe in die hohe Kunst des Dünengrasschneidens einweihen? Der Knabe ahnte doch eh schon, wofür er seit Jahren regelmäßig die Klingen der Heckenschere schärfen musste. Der würde das ordentlich machen – gegen eine kleine Bonuszahlung natürlich. Doch das war es Bischoff wert, er brauchte seinen Schlaf.

»... können wir zur Abstimmung kommen. Hallo? Gerd?« Jemand klopfte vor ihm auf den ovalen Holztisch. Bischoff zuckte zusammen, und die Hand, auf die er sein Kinn abgestützt hatte, rutschte weg. Mist, nun hatte er völlig den Faden verloren.

»Ja?«

Alle, die am runden Tisch saßen, starrten ihn an. Hatte er etwa gesabbert?

»Deine Partei hat den Antrag gestellt!«, sagte Freese und zog seine Klopfhand zurück. »Und du bist der Vorsitzende, Gerd. Also wäre es gut, wenn du den genauen Wortlaut noch mal für das Protokoll wiederholst.«

Das tat Bischoff, wenn auch stockend. Sein Mund war trocken, wurde Zeit, in die *Schaluppe* abzuwandern. Nur noch diese Abstimmung. Wer ist dafür, wer dagegen? Die Finger zeigten auf. Sieben zu sechs, Mist, knapp verloren. Hanne Hahn grinste hässlich. Obwohl sie als Gleichstellungsbeauftragte gar kein Stimmrecht hatte, tat sie jedes Mal so, als wären die wichtigsten Entscheidungen von ihr getroffen worden. Seine Parteifreunde schauten ihn vorwurfsvoll an, als trage er die Schuld an der Niederlage. Bischoff schaffte ein lasches Schulterzucken.

Zum Abschluss hakten sie noch schnell die lästige Pflicht der Bürgerfragestunde ab. Es waren jedoch nur drei Leute anwesend. Der junge Kerl in der ersten Reihe schrieb für den Inselboten und war auch froh, wenn das hier überstanden und endlich Feierabend war. Die beiden anderen schienen Kurgäste zu sein, die im Urlaub nichts Besseres zu tun hatten, als Ratssitzungen zu besuchen. Wahrscheinlich pensionierte Verwaltungsbeamte, die kontrollieren wollten, ob die Kollegen auf der Insel auch alles richtig machten und sich an die vielen Paragraphen der *Kommunalen Verwaltungsordnung Friesland und Nordseeküste* hielten.

Dann wurde die Sitzung geschlossen. Gerd erhob sich und steckte sein Hemd in die Hose, weil der junge Reporter ein Gruppenbild vor dem Modell des heute genehmigten Deichschartensicherungskonzeptes machen wollte.

»Und jetzt sagen wir alle Ameisenscheiße«, rief Hanne Hahn, den Witz riss sie jedes Mal, war aber immer die Einzige, die dem Aufruf folgte. Entsprechend besch...en sah die Gleichstellungsbeauftragte auch auf jedem Pressefoto aus.

Endlich war es geschafft. Schnell die Papierberge in die

Aktentasche stecken und dann ab in die kleine Kellerkneipe, wo der Wirt bestimmt schon ungeduldig auf die Uhr schaute, wann die Ratsmitglieder endlich antanzten. Selten schmeckte ein Frischgezapftes besser als nach drei Stunden Kommunalpolitik.

Wie immer war Bischoff der Erste, der den Sitzungsraum verließ. Auf der kleinen Treppe neben den Fahrradständern stupste ihn Hanne Hahn von der Seite an. »Na? Wie lebt es sich mit der neuen Konkurrenz?«, fragte sie und grinste. Gerd kannte diese Frau schon seit Ewigkeiten, sie waren sogar zusammen zur Schule gegangen, sie ein Jahrgang unter ihm, aber auf der Insel wurden ja mangels Schüler die Klassen gemeinsam unterrichtet. Hanne hatte in der Mittelstufe vor ihm gesessen und ihn schon damals genervt mit ihrer Neugierde.

»Wen oder was meinst du?«, fragte er, obwohl er die Anspielung sehr genau verstand. Natürlich hatte es sich bis zu ihm herumgesprochen, dass es seit vorgestern ein neues Restaurant auf der Insel gab. *Roter Hering.* Polnische Küche. Angeblich durchaus schmackhaft, hatte ihm ausgerechnet Hausmeister Uwe heute Morgen berichtet. Woher der das überhaupt schon wieder wusste? Na ja, jedenfalls wäre Bischoff fast explodiert. Was bildete sich diese Jannike Loog überhaupt ein? Einfach so, ohne irgendwelche Gastronomieerfahrung ... Das war, als würde einer mit Klumpfuß von heute auf morgen beschließen, einen Marathon zu laufen. Wie lange musste es noch dauern, bis das Schicksal dieser Frau endlich ein Bein stellte?

Sein Deal mit Ingo funktionierte, da war Bischoff sicher. Der nervöse Kerl hatte am Telefon mehrfach versichert, seit ihrem Gespräch vor zwei Wochen kein einziges Paket an die Adresse *Hotel am Leuchtturm* geliefert zu haben. Woher Jannike Loog inzwischen ihre Ware bezog, war ihm schleierhaft. Hanne Hahn redete weiter auf ihn ein, dass sie am Eröffnungsabend da gewesen sei, dass es phantastisch geschmeckt habe, dass ihr Rüdiger noch nie so einen köstlichen Heringssalat gegessen habe – und der habe in seinem Leben schon einige Heringssalate probiert –, dass ... er hörte nur mit halbem Ohr zu und lief schon über die Straße Richtung Kneipe. Fast wäre er von einem Fahrradfahrer überrollt worden, was waren die hier mitten im Inseldorf auch so schnell unterwegs?

Irgendwie schienen einige Leute zu glauben, dass er ein Problem mit Jannike Loog habe. Was natürlich vollkommener Unfug war, denn dazu müsste sie ja eine ernst zu nehmende Konkurrenz sein und kein dahergelaufenes Möchtegernhotelfräulein. Doch immer wieder sprach ihn jemand darauf an: »Schon gehört? Die buddeln da jetzt im Garten rum. Angeblich wollen sie eine Sauna bauen.« War ihm doch egal. »Ach, Gerd, bevor ich es vergesse: Im kleinen Inselhotel arbeiten jetzt schon fünf Leute für Jannike. Muss ja brummen, der Laden.« Ging ihm am Allerwertesten vorbei. »Neulich hab ich mal eine Besprechung im Internet gelesen, von der Familie Schonebeck aus dem Münsterland, die waren hellauf begeistert von ihrem Aufenthalt im Inselwesten. Sag, waren das nicht früher mal deine Stammgäste?« Und wenn schon. Auch dass angeblich eine berühmte Schriftstellerin im *Hotel am Leuchtturm* abgestiegen war, kratzte ihn so was von überhaupt nicht.

Endlich war er an der *Schaluppe* angekommen, mit einem

Ruck stieß er die schwere Holztür auf und inhalierte gierig den vertrauten Kneipendunst: Bier, Schweiß, Deo und Zigarettenqualm. Ja, die paffften hier noch immer ungestört die Bude voll. Auf der Insel sah man das nicht so eng. Der Mann vom Ordnungsamt, der dafür Bußgelder hätte kassieren müssen, war selbst Kettenraucher.

»Moin«, sagte der Wirt und zeigte auf den runden Tisch neben dem Eingang, wo bereits einige Biere parat standen. Irgendwie musste der einen Riecher haben, wann seine Gäste bei ihm eintreffen würden, denn der Gerstensaft wirkte frisch gezapft, und auf jedem der Gläser lockte eine weiße Schaumkrone. Sogar der Prosecco für Hanne Hahn war nicht vergessen worden und prickelte an ihrem Stammplatz fröhlich vor sich hin. Das liebte Gerd Bischoff an seiner Insel. Dass man nicht viel erklären musste. Dass jeder automatisch wusste, was der andere gern haben wollte. Dann brauchte man sich nämlich selbst keine unnötigen Gedanken darüber zu machen.

Wenn Bischoff ganz ehrlich war, musste er zugeben: Genau dieser Punkt irritierte ihn tatsächlich an Jannike Loog und gab eventuell Anlass, sie etwas genauer im Auge zu behalten als die anderen Hotelbesitzer auf der Insel. Jemand hatte nämlich mal gesagt: »Die Jannike Loog ist eine Frau, die weiß, was sie will.« Und das hatte ihn verwundert. Vielleicht sogar verunsichert. Warum muss man wissen, was man will, wenn man ein Hotel hat? Da ist doch eigentlich vorgegeben, was Sache ist: Gäste ins Haus locken, Gäste anständig behandeln, Gäste abkassieren, fertig. Wenn diese Jannike nun damit anfing, auf der Insel das allgemeine Kopfzerbrechen einzuführen, würde es ungemütlich werden.

»Stößchen!«, sagte Hanne Hahn und zwinkerte ihm zu. »Nimm's nicht zu schwer, altes Haus!«

»Was?«

»Konkurrenz belebt das Geschäft!«

Beknackte Weisheit. Statt eines Kommentars trank er sein Bier fast in einem Zug leer und wischte sich mit dem Ärmel über die Lippen. Inzwischen trudelten auch die anderen Ratsmitglieder ein, setzten sich dazu, stießen ihre Gläser gegeneinander, lachten und beglückwünschten sich, dass bei der heutigen Sitzung weder Mord noch gefährliche Körperverletzung vorgekommen waren. Und dann war es wie jeden Abend: Man quatschte drauflos, trank das Bier schnell aus, weil das nächste schon gebracht wurde, hoffte, beim Toilettenbesuch nicht aus Versehen von einem Dartpfeil getroffen zu werden. Später sang man die Lieder mit, die ab Mitternacht in der immergleichen Reihenfolge gespielt wurden – Nena, Peter Maffay, Udo Jürgens, Hans Albers und auch *Meeresleuchten*, der Superhit, der Jannike Loog und ihrem Musikpartner Danni vor einigen Jahren die Taschen randvoll gefüllt haben musste, sonst könnten die hier nicht den dicken Max markieren. Die Stimmung war jedenfalls prächtig.

Und plötzlich kam die kleine, hübsche Lucyna herein. Es schien, als sei das Mädchen noch dünner geworden, wahrscheinlich knauserte Jannike Loog mit dem Personalessen. Die kajalumrandeten Augen scannten die Kneipenbesucher, blieben an keinem hängen, auch Bischoff wurde geflissentlich übersehen, doch schließlich hatten sie ihn gefunden: Ingo Hahn saß mit seinen Kumpels ganz hinten beim Haifischgebiss und spielte Karten. Doch er war anscheinend nicht ganz bei der Sache, denn er blickte sich um, entdeckte seine kleine, süße Polin am Eingang, und man konnte noch aus der Entfernung den Adamsapfel an Ingos rotem Hals auf und ab hüpfen sehen.

Jetzt wurde es spannend! Bischoff stellte das erste Mal an diesem Abend sein Glas ab.

Die Geste, mit der Lucyna ihren Lover darum bat, mit vor die Tür zu kommen, war nur minimal, aber Ingo kapierte sofort, legte seine Spielkarten zusammen mit einem großen Schein auf den Tisch, klopfte aufs Holz und ließ seine völlig perplexen Kollegen zu dritt weiterspielen. Mann, die Aussicht auf ein Stelldichein in den Dünen schien ihn ganz wuschig zu machen, wahrscheinlich ließ ihn seine schwangere Elka nicht mehr ran, und er hatte es dringend nötig, mal wieder ein bisschen zu kuscheln.

Keine zehn Sekunden nachdem Ingo Lucyna gefolgt war, erhob sich auch Bischoff von seinem Platz. Das durfte er sich nicht entgehen lassen!

»Gerd, was ist los?«, fragte einer von den Ökofuzzis, der gerade eine neue Runde spendiert hatte. »Du bist doch nicht etwa krank?«

Bischoff legte seine Hand auf den Bauch und verzog sein Gesicht.

»Ist dir der *Rote Hering* auf den Magen geschlagen?«, mutmaßte ein Sozi und erntete ein paar unverschämte Lacher.

»Nee, eure Powerpoint-Präsentation hat meine Verdauung angeregt«, konterte er, winkte kurz, drückte dem Wirt ein paar Euro in die Hand und verließ die *Schaluppe.* So früh war er an einem Sitzungsabend wahrscheinlich noch nie nach Hause gegangen.

Die *Schaluppe* befand sich an einer Kreuzung, die in einer

Stadt wahrscheinlich als Hauptverkehrsknotenpunkt bezeichnet worden wäre. Auf der Insel gab es im Grunde nur zwei stark genutzte Straßen, die eine führte vom Hafen zum Strand, die andere vom Flugplatz zum Leuchtturm. Trotzdem war um diese Uhrzeit kaum jemand unterwegs, deswegen hatte Bischoff die Schatten der beiden Turteltauben bald ausgemacht, sie waren in Richtung Rathaus unterwegs. Nun, von da aus war es auch nicht mehr weit bis zu ihrem sandigen Liebesnest. Er folgte ihnen, lief eng an den unbeleuchteten Schaufenstern entlang und schlüpfte ab und zu in eine Nische, um nicht entdeckt zu werden.

Man hörte das Meer rauschen, die reinste Energieverschwendung, dass die Wellen auch nachts unaufhörlich heranrollten, selbst wenn keiner mehr dabei zuschaute. Ansonsten war es so still, dass man Lucynas hohe Absätze über die Pflastersteine klackern hörte. Ihre Schritte wurden langsamer, Ingo hatte sie jetzt eingeholt, die beiden trafen direkt vor dem Rathaus aufeinander, und so wie es aussah, suchten sie sich ein Versteck beim Container für Altpapier, um nicht ganz so auf dem Präsentierteller zu sein. Wie romantisch.

Der Sichtschutz, mit dem die hässlichen Mülltonnen vor empfindsamen Touristenaugen abgeschirmt wurden, bot natürlich eine ausgezeichnete Lauschposition für Bischoff. Und wenn ihn jetzt jemand ertappen sollte, könnte er einfach behaupten, zu seinem Fahrrad zu wollen, das stand nämlich keine fünf Schritte weiter am Hinterausgang des Rathauses. Wie gut, dass er ein Profi im nächtlichen Herumschleichen war.

Ach nein, die Kleine schluchzte schon wieder. »… halte das nicht aus!«

»Es ist auch für mich schwer, Lucyna, selbst wenn du dir das nicht vorstellen kannst!«

Das hörte sich ja eher nach einer Beziehungskrise an als nach erotischem Geplänkel. Schade!

»Muss ich jetzt organisieren deine Hochzeit mit Elka, wie romantisch! Hast du eine Ahnung, wie es mir dabei geht?«

»Lucyna, ich ...«

»Wenn du da mit ihr sitzt bei uns im Restaurant, so wie vorgestern, die ganze Familie so lustig und fröhlich zusammen, kannst du dir vorstellen, wie sich das anfühlt für mich?«

»Wahrscheinlich nicht ...«

»Wieso du hast ihr gemacht ein Kind? Mir hast du erzählt, dass du und Elka gar nicht mehr ...«

»Haben wir auch nicht!«

»Und dann ist sie schwanger wie Jungfrau Maria, oder was? Glaubst du, ich bin blöd?«

»Nein, Lucyna, du bist die klügste Frau, mit der ich je ...«

Mannomann, was für ein Schleimer, dieser Frachtschiff-Ingo. Doch sein Kompliment ging nach hinten los, denn das Heulen wurde lauter.

»Okay, da war mal so ein Abend ...« Ingos Stimme verebbte.

»Wann?«

»Keine Ahnung. Im Winter. Februar, glaube ich. Du warst noch in Polen bei deiner Familie.«

»Und weil ich weg bin, musst du zu einer Frau gehen, auch ohne Liebe, oder was?« Jetzt wurde Lucyna gefährlich laut. Streitereien im nächtlichen Inseldorf waren heikel, die leeren Straßen und die vielen Fenster und Mauern übertrugen jedes Wort bis in den letzten Winkel, da könnte man seine Privatprobleme auch genauso gut durch ein Megaphon herausposaunen.

»Psst!«, machte Ingo. »Ich weiß es nicht mehr genau. Es war am Wochenende, ich hatte schon nachmittags beim Fußballgucken mit meinen Kumpels ziemlich viel gebechert, danach noch in der *Schaluppe*, na ja, du kennst das ja ...«

»Und dann?«

»Mir war auf einmal schlecht, ich hatte genug. Also bin ich nach Hause, deutlich früher als sonst. Und da war Elka noch wach ... und trug so Dessous.«

»Was für Dessous?«

»Rote. Mit Spitze. Kannte ich noch nicht.«

»Und dann du warst ohne eigenen Willen und bist mit ihr ins Bett?«

»Nein, dann wurde mir schlecht, und ich habe gekotzt.«

»Die arme Elka!«, sagte Lucyna, und ihre Stimme klang fast, als ob sie sich amüsierte. Aber nur ein bisschen. Denn im nächsten Satz schwang schon wieder ein unheilvolles Zittern mit. »Und danach?«

»Filmriss!«

»Quatsch!«

»Wenn ich es dir doch sage.« Ingo seufzte. »Echt, ich bin morgens mit 'nem dicken Schädel aufgewacht und habe schon geglaubt, dass ich das alles nur geträumt habe mit Elka und der Reizwäsche. Aber der Fummel lag auf dem Boden und Elka neben mir im Bett.«

»Nackt?«

Bischoff konnte keine Antwort hören, aber er wollte wetten, dass Ingo gerade schuldbewusst nickte, denn kurz darauf klatschte es, ein altbekanntes Geräusch, so hatte es auch geklungen, als seine Frau ihm damals eine geknallt hatte, weil er dem Zimmermädchen ein bisschen zu nah gekommen war. Er wusste auch noch, wie sich das anfühlte. Frauenohrfeigen erzeugen keinen richtigen Schmerz, eher ein lauwarmes Kribbeln auf der Wange. Doch die Peinlichkeit, so behandelt zu werden, war schlimmer als tausend Tritte in die Magengrube.

»Du Arsch!«, sagte Lucyna. Da hatte sie ja nicht ganz unrecht.

Plötzlich rumpelte es hinter der Absperrung, und zwar so laut, dass auf der gegenüberliegenden Straßenseite das Licht anging und eine Frau im Nachthemd ans Fenster trat, um sich über den Lärm da draußen zu beschweren: »Ruhe! Wir sind hier nicht am Ballermann!«

Zum Glück war es Bischoff gelungen, sich vorher wegzuducken, der Lichtstreifen, der auf die Straße fiel, verfehlte ihn um wenige Zentimeter. Was war denn da bei den Mülltonnen los? Kämpften die jetzt miteinander? Oder machten sie das Gegenteil? Manche Paare wurden ja beim Streiten ganz feurig und versöhnten sich quasi mitten im schlimmsten Zoff. Aber dies hier schien etwas anderes zu sein. Kein Kampf, kein Sex – da war bloß ein Papiercontainer umgekippt, jedoch mit mächtigem Getöse. Der laue Nachtwind wehte ein paar Blätter über die Straße.

»Gibt es denn keine Chance für uns?«, fragte Ingo.

»Die hast du zerstört. Wegen scheiß rote Schlüpfer. Und zwar für immer!« Dann trat Lucyna aus dem Versteck, ihre Haltung ließ keinen Zweifel, dass sie wild entschlossen war, einen Schlussstrich zu ziehen: Die Hände zu Fäusten geballt, das Kinn nach oben gereckt, schritt sie fast breitbeinig auf die Straße, dann zog sie ihre Stöckelschuhe aus und lief barfuß davon. Was für ein Abgang! Bei Lucyna gab es für den armen Ingo in Zukunft wohl keine Streicheleinheiten mehr zu holen. Wie ein begossener Pudel, nein, eher wie ein Seehund auf dem Trockenen wirkte er, während er zurück zur *Schaluppe* wankte.

Eigentlich hätte Bischoff jetzt auch noch Lust auf ein weiteres Bier, ihm stand der Sinn danach, mit den anderen auf das Leben und die Liebe anzustoßen, doch die würden ihn fragen, wo er gewesen sei, erst gehen, dann kommen, nein, das könnte auffallen. Also beschloss er, es für heute gut sein zu lassen, und suchte in den Tiefen seiner Hosentaschen schon mal den Fahrradschlüssel. War doch keine schlechte Idee, sich mal eine Mütze Schlaf zu gönnen, vorhin in der Sitzung waren ihm ja schon ständig die Augen zugefallen.

Ein paar der herumfliegenden Blätter hatten sich in den Speichen seines Drahtesels verfangen, Bischoff bückte sich, spürte sein Lebensalter in den Lendenwirbeln, ächzte und griff nach dem Papier. Kurz bevor das Licht im Haus gegenüber erlosch und es wieder nachtschwarz auf der Straße wurde, entdeckte er auf einem Blatt ein ihm bekanntes Logo: *Gastro4U*, der Großhandel für Gastronomiebedarf. Ein Lieferschein wahrscheinlich.

Aber was sollte diese Firma denn ans Rathaus schicken? Jede Bestellung, die der Bürgermeister aufgab, musste vom Finanzausschuss abgesegnet werden – und in dem wirkte Bischoff selbstverständlich mit, stimmberechtigt und äußerst kritisch. Er konnte sich nicht erinnern, dass er die Anschaffung von Geschirr oder Besteck bewilligt hätte.

Nun war er doch neugierig und kramte sein Handy heraus, drückte irgendeine Taste, damit das Display zu leuchten begann und als Leselicht taugte. Tatsächlich, der Bürgermeister hatte eine beachtliche Menge Gläser ins Rathaus schicken lassen. Das musste ein gewaltiger Karton gewesen sein. Und dann auch noch im Expressversand ... Wie viel kostete der Spaß überhaupt? Das Display erlosch, Bischoff drückte noch mal und versuchte, den letzten Absatz am Ende des Lieferscheins zu entziffern.

Und dann blieb ihm fast die Luft weg. Wie dreist war das denn?

Siebelt Freese bestellte kostspielige Ware, sein Büro diente jedoch nur als Lieferadresse. Die Rechnung hingegen wurde von niemand anderem beglichen als von Jannike Loog! Die Kundennummer gehörte zum *Hotel am Leuchtturm.* Und die nächste Lieferung, so stand es im Brief, würde in den nächsten Tagen erfolgen.

Schweinerei! Die hatten ihn ausgetrickst! Hatten das von ihm so geschickt eingefädelte Embargo umgangen.

Bischoff wusste von der Neigung des Bürgermeisters, hatte ihn schon zusammen mit seinem sogenannten Lebensgefährten Danni gesehen, nicht Hand in Hand, aber so ähnlich. Er hatte nichts gesagt, jeder soll nach seiner Fasson glücklich werden, und solange sie ihn mit der ganzen Schwulerei in Ruhe ließen, würde er seine Toleranzgrenze großzügig nach oben ausrichten, auch wenn er das Ganze schon irgendwie anormal fand. Aber jetzt? Ging das nicht zu weit? Tanzten die ihm da nicht ganz gehörig auf der Nase herum?

Na warte, Bürgermeisterchen, dachte Bischoff. Ich kann auch anders! Du wirst mich kennenlernen, Siebelt Freese, du und dein schnuckeliger Danni. Und Jannike Loog sowieso!

Einladung

Was lange währt, wird endlich gut!

Hurra,
unsere Kinder Elka & Ingo heiraten!

Es freuen sich
Birgit und Horst Tiedjen, Am Strandaufgang 5
Hanne und Rüdiger Hahn, Möwenweg 12

Ingo stand im Flur der *Pension am Dünenpfad* vor dem großen Spiegel und fühlte sich wie im falschen Film. Dieses Hemd. Diese Krawatte. Dieses cremefarbene Einstecktuch an der Stelle, wo das Herz saß.

Früher, als kleiner Junge, hatte Ingo nie auch nur einen Gedanken an seinen Hochzeitstag verschwendet. Da waren ihm andere Dinge deutlich wichtiger gewesen. Sein Fußballverein beispielsweise, der auf einem von Kaninchenlöchern durchsetzten Bolzplatz in den Dünen trainierte und nur einmal im Jahr ein ernst zu nehmendes Spiel bestritt, und zwar in der Hochsaison gegen eine Auswahl Gästejungs, die blöderweise immer gewann. Sogar der Posaunenchor der Kirchengemeinde, in dem er halbwegs ordentlich das Tenorhorn blies, hatte ihm stets mehr bedeutet als Mädchen und das, was er mit ihnen in Zukunft eventuell anstellen könnte. Seine Beziehung mit Elka hatte dann nahezu zeitgleich mit dem Interesse am anderen Geschlecht begonnen. Als sie im Konfirmandenunterricht die Zehn

Gebote durchgenommen hatten, waren ihm zum ersten Mal ihre Brüste aufgefallen. Am selben Abend noch hatten sie in den Dünen hinter ihrem Haus geknutscht, nach ein paar Wochen sogar mit Zunge. Der Rest war Geschichte. Elka und Ingo, Ingo und Elka. Die Namen nannte man auf der Insel immer in einem Atemzug. Keine Krisen, keine Skandale, was für hiesige Verhältnisse ein Phänomen war, aber eben auch keine riesengroße Leidenschaft. Die Hochzeit hatte irgendwie immer in der Luft gelegen. Was das aber konkret bedeutete, hatte Ingo stets verdrängt. Bis heute. Bis er hier im Anzug vor einem Spiegel stand und ihm klar war: Jetzt wurde es definitiv ernst.

Das ist in Ordnung so, redete er sich ein, während Mira Wittkamp vor ihm auf die Knie ging und vorsichtig die Naht herausließ. Sie konnte gut nähen, das wusste jeder auf der Insel, also hatte Ingos Mutter Mira gebeten, den guten Anzug, den er seit seiner Beförderung zum Frachtschiff-Verantwortlichen im Schrank hängen hatte, an seine aktuellen Körpermaße anzupassen. Entweder war er seitdem noch gewachsen, oder der Stoff eingelaufen, jedenfalls hatten die Hosenbeine Hochwasser, und er sah darin aus wie ein Vollidiot.

»Mehr als einen Zentimeter kriegen wir da aber nicht raus«, sagte Mira. Man verstand sie schlecht, denn sie hatte sich Stecknadeln zwischen die Lippen geklemmt. »Willst du nicht doch lieber einen Neuen kaufen? Ist immerhin dein Hochzeitstag.«

»Keine Zeit, aufs Festland zu fahren«, sagte er.

»Aber die Reederei gibt dir bestimmt Sonderurlaub. Die sind doch auch froh, wenn einer ihrer Mitarbeiter eine Einheimische heiratet und beide gemeinsam das Haus auf der Insel übernehmen. Damit haben sie dich doch für immer und ewig auf dem Posten gesichert.«

»Stimmt«, sagte er und schluckte. Immer und ewig. Zwei Worte, die ihm den Hals schwellen ließen. Vielleicht müsste Mira da am Kragen doch noch den Knopf versetzen, denn nächsten Freitag würde der Bürgermeister oben im Leuchtturm auch solche Sachen sagen mit *ewiger Treue* und *ein Leben lang* und so. Nicht dass es Ingo in der entscheidenden Sekunde die Luft abschnürte.

»Hast du denn schon einen Blick auf das Brautkleid riskiert?«, fragte Mira, die auch da als Änderungsschneiderin aktiv geworden war, weil sich Elkas Bäuchlein zu wölben begann.

»Natürlich nicht«, log er, denn in Wahrheit hatte er das Teil bei Elka im Schrank hängen sehen. Nicht weil es ihn brennend interessierte, welchen Fummel seine zukünftige Ehefrau am Wochenende tragen würde. Sondern weil sich der ganze Tüll am Kleiderbügel dermaßen breitmachte, dass die Tür immer halb offen stand.

Ingo mochte ja keine romantischen Liebesfilme, aber manchmal war er Elka zuliebe mit ins Inselkino gegangen, und er erinnerte sich, dass den Hollywood-Bräutigamen beim Anblick der ganz in Weiß gekleideten Liebsten grundsätzlich Tränen der Rührung in den Augen standen. Seitdem hatte er ernsthaft die Befürchtung, dass er das nicht passgenau hinkriegen würde, weil ihn dieser Moment schlimmstenfalls kaltließ: Elka, die gute alte Elka mit ihren lieben blauen Augen und den seit der Schwangerschaft noch üppigeren Brüsten, in einer Wolke aus spitzenverziertem Stoff, mit Blumen in der Hand oder so – und alle achteten auf ihn, wie er reagierte, wenn sie auf ihn zuschritt, aber er brachte überhaupt nichts Besonderes zustande und guckte in etwa genauso, wie wenn der Frachter am Hafen mal wieder etwas überladen war.

Er probierte vor dem Spiegel ein bisschen herum. Zog die Augenbrauen zusammen, aber was er zu sehen bekam, wirkte eher zornig. Heraufgezogene Mundwinkel mit leichtem Zittern? Nein, das ging gar nicht. Er war absolut kein Schauspieler. Gab es Tricks, wie man möglichst schnell zum Heulen kam? Eine klein geschnittene Zwiebel in Nasennähe, vielleicht im Anzug, hinter dem Einstecktuch verborgen? Das war natürlich Unsinn. Vielleicht klappte es, wenn er an Lucyna dachte, an ihren Streit vor ein paar Tagen, an die Ohrfeige und den endgültigen Schlussstrich, den sie gezogen hatte ... Nein, bei dem Gedanken daran sah er eher verzweifelt aus als überglücklich.

»Alles in Ordnung?«, fragte Mira, pflückte sich die Nadeln aus dem Mund und stand auf. »Oder ist dir schlecht?«

Er versicherte, dass alles wunderbar sei, auch der Anzug, es ihm prima gehe, er sich tierisch freue auf den großen Tag – wurde aber den Eindruck nicht los, dass Mira Wittkamp ihm kein Wort glaubte. Sie war eine freundliche Person, zudem diskreter als die meisten auf der Insel, insbesondere als seine Mutter. Trotzdem wollte er sich ganz bestimmt niemandem anvertrauen. Nie im Leben. Es war schlimm genug, dass Gerd Bischoff hinter die ganze Sache gekommen war und ihn seitdem erpresste, dieses Schwein. Die Ware für das *Hotel am Leuchtturm* stapelte sich in einem leer stehenden Kellerraum im Hafengebäude, und Jannike Loog, die ihn erst alle naselang angerufen hatte, meldete sich schon gar nicht mehr, weil sie wohl die Hoffnung aufgegeben hatte, jemals an ihre Ware zu kommen. Neulich, als Ingos Mutter auf die Schnapsidee gekommen war, die Restauranteröffnung zu besuchen, hätte er sein Essen am liebsten unter dem Tisch serviert bekommen, so furchtbar peinlich war die Situation gewesen. Aber irgendwann musste der Spuk ja vorbei sein. Spätestens wenn die Hochzeit gelaufen war, würde er all die Pakete zum Leuchtturm ausliefern lassen. Er konnte nur hoffen, dass niemand hinter die Intrige kam, an der er so unmittelbar beteiligt war. Sonst war er nicht nur unglücklich verheiratet, sondern auch arbeitslos.

Nur noch vier Tage!

»So, länger wird's beim besten Willen nicht«, sagte Mira und betrachtete seine Beine. »Kannst dich ja notfalls für die Fotos immer hinter dem ausladenden Rock deiner Elka verstecken.« Mira holte einen zweiten Spiegel und hielt ihn hinter Ingo, sodass er sein Erscheinungsbild von allen Seiten betrachten konnte, was seinen Eindruck nur noch verstärkte: Er war kein Bräutigam. Er war kein Mann, der bereit war, Verantwortung für Frau, Kind und Haus zu übernehmen, bis dass der Tod ihn davon befreite. Er war nur Frachtschiff-Ingo, immer noch irgendwie ein Junge, der bloß älter geworden war und aus Bequemlichkeit Fußball – am liebsten den HSV – nur noch im Fernsehen schaute und abends lieber mit den Kumpels Karten in der Kneipe spielte, als zum Posaunenchor zu gehen. Der sich in Jeans und Muskelshirt wohler fühlte als mit Anzug, Hemd und Krawatte. Eigentlich war er doch ganz in Ordnung. Warum fühlte er sich dann trotzdem so mies?

»Was kriegst du?«, fragte er Mira und zückte sein Portemonnaie.

Die winkte ab. »Lass stecken, das ist mein Beitrag zur Hochzeit.« Sie hielt ihm die Tür auf. »Ach ja, und unsere Tochter Theelke singt bei eurer Trauung, das soll auch ein Geschenk sein. Wir freuen uns so für euch!«

Die Worte klangen in ihm nach, bis er bei seinem Fahrrad angekommen war. Nicht nur die Familie Wittkamp freute sich. Die ganze Insel war aus dem Häuschen. Nur eine einzige Absage hatten sie bekommen, seit die Einladungen rausgegangen waren. Uwe, der als Hausmeister im *Hotel Bischoff* arbeitete und vor ein paar Jahren mal in der Skatrunde dabei gewesen war, hatte als Einziger sein Kommen abgesagt, aus Zeitgründen. Aber ansonsten wurde Ingo mehrfach täglich auf der Straße darauf angesprochen, wie toll es sei, dass bald die große Party steige. Vor zwei Tagen war er wegen eines Frachtbriefes im einzigen Haushaltswarenfachgeschäft der Insel gewesen, und die Verkäuferin hatte stolz berichtet, dass der Hochzeitstisch, den Elka und Ingos Mutter hatten aufbauen lassen, fast leer gekauft war. Sogar der schwarz-blau-weiße Toaster, der das HSV-Abzeichen auf die Brotscheiben brannte und den Elka wirklich nur ihm zuliebe ausgesucht hatte, war über den Ladentisch gegangen. Selbst wenn er wollte – und eigentlich wollte er, es war sogar sein dringendster Wunsch, wenn er ehrlich war –, er konnte dieses Fest unmöglich absagen. Die Insel würde kentern!

Es war zu spät! Hätte er damals in dieser alkoholschwangeren Nacht mit den roten Dessous doch bloß nicht den Kopf verloren ...

Ungefähr auf der Hälfte der Strecke zum Dorf begegnete

ihm Heiner mit seiner schwer beladenen Frachtkutsche. »Moin, Ingo«, grüßte der und schaute ihn schräg an. »Was siehst du heute aber etepetete aus! Kann man mit solchen Klamotten überhaupt Fahrrad fahren?«

Die kräftigen Kaltblüter zogen einige Zentner Kartons gen Westen, und Ingo erkannte die Fracht natürlich wieder, vor allem der Karton in Form, Größe und Gewicht einer Waschmaschine war ihm noch bestens in Erinnerung. Das Zeug war gestern zum Rathaus geliefert worden. Er wendete das Rad, fuhr gleichauf mit dem Kutschbock, hielt sich an der Ladeklappe fest und ließ sich ein Stück weit mitziehen.

»Warum fährst du denn den ganzen Kram in der Gegend rum?«, fragte er.

Heiner schnalzte, und die Pferde wurden etwas schneller, das Geschirr klimperte im Rhythmus der Hufe. »Das muss alles zum Leuchtturm.«

Das konnte doch eigentlich nicht sein, dachte Ingo. »Und woher hast du die Lieferung?«

»Vom Bürgermeister.«

»Machst du das öfter?«

»Ja.« Der Weg durch die Dünen ging leicht bergauf, und Heiner klopfte mit den Zügeln einen leichten Impuls auf die Pferderücken, sodass die Tiere zu traben begannen. »Seit ein paar Tagen regelmäßig. Du weißt doch, zwischen Danni und dem großen Inselboss geht was …«

Ja, klar, das wusste Ingo. Und wenn er sich recht entsann, waren in den letzten Tagen auffällig viele Pakete ans Rathaus geliefert worden. Jedoch wäre er nie auf die Idee gekommen, dass Jannike Loog diesen Umweg nehmen könnte, um endlich an ihre Ware zu gelangen. Was sollte er davon halten? Natürlich war er einerseits froh, dass das kleine Inselhotel durch diesen Trick doch noch zu seiner dringend benötigten Fracht kam. Würde Bischoff dahinterkommen, wäre das zwar ungünstig, doch natürlich konnte man ihm – Ingo – keinen Vorwurf daraus machen. Er hatte sich an die Abmachung gehalten und keinen einzigen Karton mehr geliefert. Andererseits: War Bischoff ein Mensch, der das einsehen würde? Die Vorstellung, dass der Hotelier seine Drohung wahrmachte und die Sache mit Lucyna auf der Insel herumerzählte, ließ Ingos Beine weich werden. Zum Glück wurde er von der Kutsche gezogen, mit den Gummiknien hätte er nicht mehr radeln können.

»Hast du eigentlich nichts zu tun?«, fragte Heiner. Inzwischen waren sie schon um die letzte Düne gebogen, und das Hotel war nur noch hundert Meter entfernt. Seit der Restauranteröffnung hatte sich wieder einiges getan. Dort, wo hinter der Sonnenterrasse noch ein schmutziges Areal im Sand gewesen war, stand inzwischen eine halb aufgebaute Holzhütte. Miras Mann Okko hatte den Akkuschrauber im Anschlag und werkelte an den Brettern herum. Mattheusz und Danni beschäftigten sich mit etwas, das wie eine Duschabtrennung aussah. Und Lucyna pflanzte mit ihrer Mutter ausladende Büsche in große Kübel. Heiner zeigte Richtung Garten. »Falls du nämlich Langeweile hast, könntest du gerade mit anpacken.«

»Was machen die da?«

»Soweit ich weiß, bauen die mal eben so kurz vor den Sommerferien noch einen Saunapark. Sieht doch schon ganz gut aus, oder?«

Ja, das sah gut aus. Besonders Lucyna, die eine grüne Schürze und grobe Handschuhe trug und sich eine schwarze Ponysträhne aus dem Gesicht wischte, bevor sie aufsah und erkannte, wer da zu ihr unterwegs war.

»Im Riesenkarton da hinten auf der Ladefläche steckt der Saunaofen«, erzählte der Kutscher. »Da warten die schon sehnsüchtig drauf. Beim Abladen von dem Monsterteil könnten wir jede Hilfe gebrauchen. Ist zwar etwas ungünstig in deinem feinen Zwirn, aber wenn es dir nichts ausmacht …«

»Okay«, sagte Ingo möglichst lässig, auch wenn sein Herz bis zum Hals und gegen den verdammten Krawattenknoten schlug. Lucyna starrte ihn an, ihre Augen waren Schlitze, ihr Mund halb geöffnet, als würde bereits eine wüste Beschimpfung darauf warten, ausgespuckt zu werden. In diesem Moment trugen Jannike Loog und der Bürgermeister eine Sonnenliege aus dem Haus. Der giftige Blick der Hotelbesitzerin sagte alles: Sie hatte längst kapiert, was Sache war. Vielleicht hatte Lucyna auch von ihrem Liebeskummer erzählt, immerhin hatten die beiden Frauen einen Draht zueinander, der sich deutlich von einem normalen Chefin-Angestellten-Verhältnis abhob. Alles Weitere könnte sich Jannike zusammenreimen, die Frau war ja nicht blöd. Dafür sprach auch, dass sie ihre Ware neuerdings über den Bürgermeister bezog. Am liebsten hätte Ingo sich jetzt in Luft aufgelöst, so peinlich war ihm, was diese Leute hier wohl von ihm denken mochten.

»Hallo«, sagte er lahm. »Ich dachte, ich könnte …« Eine Naht unter dem Arm scheuerte in den Achseln, wahrscheinlich lag das am Angstschweiß, der sich darunter ausbreitete.

»Ach, egal!« Er öffnete die Manschettenknöpfe, krempelte die Ärmel hoch und schwang sich mit einem halbwegs gelungenen Satz auf die Ladefläche der Kutsche. Der Tragegurt, den er sich über die Schultern warf, schnitt in den schimmernden Stoff seines Sakkos. Plötzlich hatte er das Gefühl, die ganze Wut und Furcht und Traurigkeit verliehen ihm übernatürliche Kräfte, und er wäre in der Lage, den Saunaofen ganz allein bis zu seinem Bestimmungsort zu schleppen, wenn nicht sogar weiter, einmal um die Insel, dreimal um die Welt. Ein Trugschluss natürlich, er bewegte den Koloss keinen Millimeter.

Jannike Loog grinste bloß, dann wandte sie sich um und rief: »Kommt mal alle her, wir haben hier einen besonders schweren Fall, der sich nicht bewegen lässt.« Meinte sie den Karton oder ihn? Ingo wurde rot.

Doch selbst als sie mit sechs Männern und vier Frauen an allen erdenklichen Ecken und Enden anpackten, ächzten und stöhnten, stemmten und schoben, dauerte es über eine Stunde, bis der Ofen – ein elender Klotz aus Stein und Beton – in der Mulde stand, die in der halb fertigen Sauna dafür vorbereitet worden war. Danach sah niemand mehr so aus wie vorher. Alle waren verschwitzt, die Haare wirr, die Schuhe voller Sand.

Doch Ingo hatte es am schlimmsten erwischt. Wahrscheinlich, weil er alles, wirklich alles gegeben hatte. Lucynas Blick fuhr an ihm herunter, als sähe sie ihn zum ersten Mal seit ihrem Streit beim Altpapiercontainer richtig an. Und dann sprach sie sogar mit ihm: »Du hast dir deinen Hochzeitsanzug versaut, du Trottel!«

Er blickte an sich herunter. Es war furchtbar. Zwei Knöpfe

waren abgerissen, der dritte und letzte hing nur noch an einem jämmerlichen Faden. Das helle Hemd darunter zeigte ein schmieriges Streifenmuster. Die scharfkantige Rückseite des Ofens musste ihm zudem diesen feinen, jedoch sehr langen Riss in der Hose zugefügt haben, am Knie klaffte ein Loch.

»Wer ist schon so blöd und schleppt mit solchen Klamotten schwere Ofen durch den Garten«, höhnte Lucyna weiter.

»Ich!«, antwortete Ingo. »Ich bin so blöd! Aber das ist ja keine Neuigkeit für dich.«

Doch weil sie jetzt lächelte, ganz fein nur, gleich danach verbot sie es sich schon wieder und biss sich auf die Lippen, dass die Haut drum herum weiß wurde; aber weil sie kurz dieses ganz hauchdünne Lächeln gezeigt hatte, wusste er plötzlich: Sie liebt mich noch. Und ich sie auch. Und vielleicht bin ich tatsächlich nicht in der Lage, einen Saunaofen zu bewegen, aber ich kann mein Leben wieder in den Griff kriegen. Wie ich das anstellen soll, weiß ich echt nicht. Aber eins ist klar: Das will ich. Das schaffe ich auch. Forsch steckte Ingo einen Finger in das Loch im Knie und riss den Rest der bescheuerten Hose so weit auf, dass er nun einseitig Bermudashorts trug. Sah albern aus. Alle lachten. Trotzdem wusste er: Ab sofort würde ihn keiner mehr für einen Trottel halten! Ab sofort war er ein Mann.

Doch immer, wenn man glaubte, dem Unglück ein Schnippchen geschlagen zu haben, erwischte es einen besonders schlimm, sollte Ingo nur ein paar Minuten später herausfinden. Jannike hatte als Dankeschön eine Runde spendiert. Ingo gönnte sich ein erfrischendes Bierchen und genoss es, mit den anderen im fröhlichen Kreis auf der Sonnenterrasse zu sitzen und stolz das gemeinsame Werk zu betrachten. Lucyna wurde immer freundlicher, und einmal war es Ingo sogar gelungen, beim Öffnen einer Flasche für eine Millisekunde ihre Hand zu berühren. Also hatte alles fast perfekt gepasst: Der Saunaofen war an Ort und Stelle, funktionierte zwar noch nicht, und die Gebrauchsanweisung schien irgendwie zu fehlen, doch ins kieselsteinumrandete Tauchbecken floss bereits das Wasser, und die von Kübelpflanzen abgeschottete Saunawiese sah mit den neuen Liegestühlen, den bunten Sonnenschirmen und dem rustikalen Feuerkorb in der Mitte ziemlich schick aus.

Übermorgen, so hatte Ingo inzwischen erfahren, kamen die Hoteltester, und auch wenn Jannike und ihr Team bis dahin nicht alles auf Hochglanz polieren konnten, so würde doch die gute Absicht deutlich erkennbar sein und vielleicht für Milde bei der Kommission sorgen. Spätestens da hätte Ingo schon klar sein müssen, ein solches Hochgefühl gab es immer nur dann, wenn anschließend was Schlimmes passierte. Wie vor vier Wochen, als er sich durchgerungen hatte, die Beziehung zu Elka zu beenden und endlich zu Lucyna zu stehen, da hatte er sich wunderbar gefühlt, frei und unbeschwert – bis dieser Schwangerschaftstest den blauen Streifen gezeigt hatte. Glück gab es eben nur mit Unglück im Gepäck. Blödes Gesetz des Schicksals.

Und in dem Moment, als plötzlich Gerd Bischoff in Begleitung zweier Ratsmitglieder und Parteifreunde auftauchte, alle drei mit Schlips und Kragen, alle drei verschwitzt von der Fahrt, und missmutig in die Runde schaute, war klar: Das gab Ärger.

»Wir würden gern mal das Bürgermeisterchen sprechen, dringend, in einer vertraulichen Angelegenheit.«

Der Angesprochene erhob sich. Siebelt Freese war kein besonders großer Mann, was er jedoch durch sein sicheres Auftreten wieder ausglich. Die meisten Insulaner wussten ihren Oberhäuptling zu schätzen und rechneten auf seine knapp eins siebzig Körpergröße noch mal mindestens zehn gefühlte Zentimeter obendrauf. Doch als Freese nun vor dieser muffigen Delegation stand, wirkte er irgendwie noch etwas kleiner, als er wirklich war. »Was verschafft mir die Ehre, dass ihr euch auf den langen Weg in den äußersten Inselwesten gemacht habt?«

Bischoff räusperte sich. »Ich bin hier in meiner Funktion als stellvertretender Bürgermeister. Und ich habe ein Schreiben von der *Kommunalaufsicht Friesland und Nordseeküste* dabei. Aber sollten wir das nicht besser unter uns klären?«

Freese schaute sich um, dann schüttelte er entschieden den Kopf. »Das hier ist meine Familie. Schieß los, Gerd. Wird schon nicht so schlimm sein.«

»Wie man's nimmt.« Bischoff entfaltete einen offiziell aussehenden Brief und reichte ihn mit selbstgefälligem Grinsen an den Bürgermeister weiter. »Es gab eine Beschwerde gegen dich. Wegen Vorteilsnahme im Amt.«

Freese verzog keine Miene. »Ich kann mir denken, aus welcher Ecke diese Beschwerde stammt ...«

»Ja, du vermutest richtig. Wir von der Konservativen konnten und wollten uns diese Missstände nicht länger mit ansehen. Das sind wir unseren Wählern und Wählerinnen, die ihr Vertrauen in uns gesetzt haben, schuldig.«

»Und was soll ich eurer Meinung nach konkret verbockt haben?«

»Wir wissen, dass du als Beamter im gehobenen Dienst in deiner Freizeit hier im Hotel arbeitest. In der Küche, im Garten, wahrscheinlich auch noch anderswo.«

Nicht nur Ingo, auch alle anderen beobachteten mit fassungslosen Mienen, was sich hier auf der Terrasse gerade abspielte. Freese schaffte es trotzdem zu lachen. »Was ich in meiner Freizeit treibe, geht niemanden etwas an, solange ich dafür kein Geld bekomme. Mein Einsatz hier im *Hotel am Leuchtturm* entspricht einem privaten Freundschaftsdienst, das ist nicht verboten.«

»Irrtum. Du bist immerhin auch Leiter der Tourismuszentrale und somit verpflichtet, allen Anbietern von Ferienunterkünften gleichermaßen viel Aufmerksamkeit zukommen zu lassen.«

»Als ob ich das nicht täte!«, entrüstete sich Freese.

»Ein Bürgermeister hat die Pflicht, sich mit vollem Einsatz den Belangen der Gemeinde zu widmen. Wenn du allerdings stundenlang im Garten deines Liebhabers Löcher in den Boden gräbst, so zehrt das an deinen Kräften. Wir haben den Eindruck, dass die Dienstgeschäfte im Rathaus unter dieser Erschöpfung leiden.«

»So ein Unsinn!« Freeses Lachen wurde lauter, er musste sich seiner Sache ziemlich sicher sein.

Aber der nächste Satz seines Widersachers ließ ihn schließlich doch verstummen: »Und dass du die Fracht für das Hotel deines Liebhabers an die Rathausadresse schicken lässt, hat nach unserer Auffassung das Fass zum Überlaufen gebracht.«

»Wie bitte?«

»Einem verantwortungsvollen Beamten muss daran gelegen sein, sich keinem Vorwurf der Vorteilsnahme, der eventuellen Bestechlichkeit oder mangelnden Neutralität auszusetzen.«

Ingo verstand den Wortlaut dieser Sätze nicht so richtig, komisches Bürokratengeschwafel eben, doch den Sinn kapierte er: Bischoff holte gerade zum Tiefschlag aus.

Was auch immer diesen Mann dazu bewog, sich andauernd gegen das kleine Inselhotel zu stellen, er tat es ohne Rücksicht auf Verluste. Die Erpressung mit der zurückgehaltenen Fracht war ja schon ein dickes Ding, und Ingo schämte sich dermaßen, dass er überhaupt dabei mitgemacht hatte, und hoffte inständig, dass die Sache unter keinen Umständen herauskam, sonst hätte er bei diesen netten Menschen – allen voran Lucyna – endgültig verspielt. Doch hier und jetzt sägte Bischoff am Stuhl des Bürgermeisters, bloß weil dieser mit Danni und Jannike befreundet war statt mit ihm. Eine Riesensauerei. Damit kam er doch niemals durch, oder?

Ingo irrte sich. Denn während Freese den Brief von dieser komischen Aufsichtsbehörde las, wich dem Bürgermeister alle Farbe aus dem Gesicht, und er musste sich auf einen Mauervorsprung setzen.

»Ich bin vorübergehend suspendiert?«

Bischoff nickte. »Bis zur endgültigen Klärung der Vorwürfe durch die Kommunalaufsicht und zu dem daraus resultierenden Amtsaufhebungsverfahren hast du im Rathaus nichts mehr zu suchen. Die Regelung gilt mit sofortiger Wirkung.« Niemals zuvor hatte man den Hotelier so fies lächeln sehen. Langsam, fast genussvoll, und in Begleitung seines wortlosen Gefolges, schritt Bischoff zu seinem Fahrrad, setzte sich darauf und winkte zum Abschied, als wäre sein Auftritt ein Freundschaftsbesuch gewesen. »Ach ja, und in der Zwischenzeit werde ich deinen Job übernehmen, wie es als stellvertretender Bürgermeister meine Pflicht ist.«

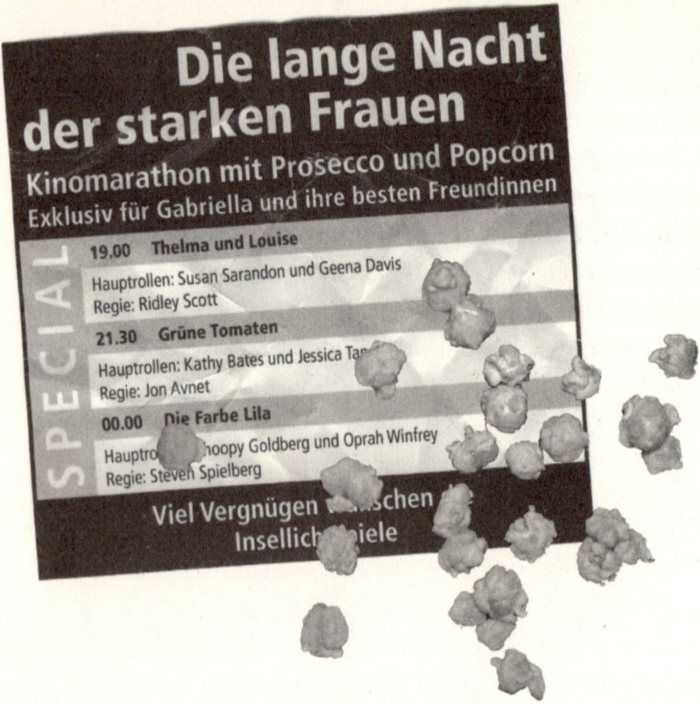

Der Deich war hoch und sicher, die Dünen waren festgewachsen, und eine Sturmflutwarnung gab es für die Nordseeküste derzeit auch nicht. Trotzdem lief das kleine Inselhotel Gefahr, davongeschwemmt zu werden – und zwar von Tränen. Jannike wusste gar nicht, wo sie zuerst mit ihrer Großpackung Taschentücher hineilen sollte.

Lucyna unterm Dach war untröstlich, weil in nur drei Tagen die Hochzeit ihres Schwarms stattfand und Frachtschiff-Ingo anscheinend nichts unternahm, um die Eheschließung mit Elka Tiedjen zu verhindern, obwohl es bei seinem gestrigen Einsatz im Saunagarten eigentlich so gewirkt hatte, als habe er nur Augen für Lucyna. Nun gut, seine Verlobte erwartete ein Kind, man konnte seine Skrupel durchaus verstehen. Doch Lucyna litt so schlimm unter Liebeskummer, dass es für Jannike kaum mit anzusehen war. Natürlich hatte Jannike ihr sofort nach dem Eröffnungsabend in einem unverfänglichen Nebensatz angeboten, sie von den Hochzeitsvorbereitungen zu entbinden, falls es zu viel für sie würde, aber Lucyna war stur wie ein Esel. Und zudem immer noch nicht bereit, über ihr Herzeleid zu reden.

Danni im zweiten Stock war am Boden zerstört, weil sein Liebster seinetwegen einen solchen Ärger am Hals hatte, dass er sogar um sein Bürgermeisteramt bangen musste. Seit Bischoffs Auftauchen hatte Siebelt sich nicht mehr gemeldet, und Danni vermutete das Schlimmste, wobei das abwechselnd das Ende der Beziehung oder das Ende der beruflichen Laufbahn seines Lieblingsbeamten bedeutete – oder beides zusammen, dann schluchzte er noch herzzerreißender und wollte sich gar nicht mehr beruhigen lassen.

Und auch Gabriella Brunotte im ersten Stock nahm die Rolle der glücklich Getrennten schon lange keiner mehr ab, obwohl sie sich öffentliche Tränen bislang verkniff. Doch niemandem im Hotel entging, dass die drei Freundinnen sich inzwischen nicht mehr grün waren. Die gestrige Leuchtturmbesteigung mit Austernschlürfen hatte im Streit geendet, jedenfalls waren die Berliner Damen nach einigem Gezeter in luftiger Höhe im deutlichen Abstand die 172 Stufen hinuntergestiegen, und jede war danach mit Leichenbittermiene auf ihrem eigenen Zimmer verschwunden und dort bis zu einem schweigsamen Abendessen verblieben.

Ob sie wollte oder nicht, Jannike bekam alles mit, was unter ihrem Dach passierte, und wusste entsprechend bestens Bescheid über die Befindlichkeiten sämtlicher Hotelbewohner und Mitarbeiter. Klar, sie tröstete und half auch, wo sie konnte. Doch mittlerweile war Jannike selbst am Ende ihrer Kraft, ihr Akku war leer, noch nicht mal zum morgendlichen Joggen am Strand konnte sie sich mehr aufraffen, das alles kostete so viel Energie, dabei hatte die stressige Hauptsaison noch gar nicht begonnen. Wie gern wäre sie auch mal von irgendwem getröstet worden. Am liebsten von Mattheusz. Aber na ja.

Nachdem sie den ganzen Nachmittag wieder im Saunagarten gewerkelt hatte und um zehn die letzten Restaurantgäste gegangen und die Tische für das Frühstück vorbereitet worden waren, hatte Jannike sich gerade auf ihr Sofa gesetzt, um mit hochgelegten Beinen ein Glas Wein zu trinken, da klingelte prompt das Telefon.

»Insellichtspiele!«, meldete sich der Filmvorführer des kleinen Kinos. »Jannike, kannst du bitte kommen? Ich kriege die Sache hier nicht in den Griff.«

»Was ist los?«

»Du hast mir drei Schreckschrauben ins Kino gesetzt. Ich habe Angst um meine Einrichtung!« Vielleicht war die Idee mit dem Starke-Frauen-Filmmarathon doch nicht so gut gewesen. »Außerdem steht ein Kerl vor der Tür, der mir fünfzig Euro bietet, damit er durch die Glasscheibe in meinem Vorführraum Fotos machen darf. Er will die Tränen der Damen im Großformat …«

Klar, das war dieser Theo Thobald. »Lass dich bloß nicht bestechen!« Mann, Mann, Mann, was hatte diese Gabriella Brunotte ihnen da nur eingebrockt. Konnte die Frau Schriftstellerin sich nicht einfach sang- und klanglos von ihrem italienischen Gatten trennen, ohne gleich ein solches Chaos zu verbreiten? Nie wieder Trennungspartys, schwor Jannike sich, da war sie bereits aufgestanden und zog den Fahrradschlüssel vom Haken. »In zwanzig Minuten bin ich da!«

Die Strecke vom Hotel zum Inseldorf war lang, bei Nacht noch viel länger, und mit der Anstrengung der letzten Tage in den Knochen quasi endlos. Über ihr schoben sich die Strahlen des Leuchtturms den Himmel entlang, doch die Helligkeit kam kaum bei ihr unten an. Nur das Licht am Vorderrad warf seinen kümmerlichen Schein auf die schlecht gepflasterte Straße, ab und zu hoppelte ein verwundertes Kaninchen zur Seite, das wohl nicht damit gerechnet hatte, um diese Uhrzeit und an diesem Ort noch auf die Spezies Mensch zu treffen. Angst hatte Jannike nicht, auch wenn es hier einsam war und dunkel und die Sanddornbüsche links und rechts alle Voraussetzungen erfüllten, jemanden gegen seinen Willen dort hineinzuzerren. Doch zum Glück gab es solche Horrorszenarien nur in den Inselkrimis, die in der Buchhandlung stapelweise verkauft wurden. In der Realität blieb es in ihrer neuen Heimat zum Glück doch nur bei Fahrraddiebstählen und nächtlicher Ruhestörung.

Oder …?

Jannike horchte auf. Da war jemand. Ein anderes Fahrrad kam ihr scheppernd entgegen, ebenfalls nur mit einer kläglichen Funzel ausgestattet. Wer darauf saß, war kaum zu erkennen. Eine dunkle Gestalt, ja, ein Mann, bestimmt, das war …

»Jannike?«

»Mattheusz!« Ihr blieb die Luft weg. »Wo kommst du denn her?« Beide hielten gleichzeitig an, ihre Vorderräder kamen, nur wenige Zentimeter voneinander entfernt, quietschend zum Stehen.

»Ich habe mir noch ein Bierchen in der *Schaluppe* gegönnt. Nach dem Stress in der Küche …« Er stand breitbeinig über dem Fahrradrahmen. Schemenhaft konnte sie seine Locken sehen, die vom leichten Wind durcheinandergeweht wurden. »Und was machst du noch so spät?«, fragte er.

»Bin unterwegs zu einem Notfalleinsatz.« Weil er nichts erwiderte, schilderte sie kurz, warum sie knapp vor Mitternacht noch auf dem Weg zum Kino war. »Dort werde ich wohl auch auf unseren gemeinsamen Freund Theo Thobald treffen. Ich kann es kaum erwarten!«

»Soll ich mitkommen?«

Sollte er? Ja, sagte etwas in ihr, klar soll er mitkommen. Mattheusz hatte mehrfach bewiesen, dass er Mut und Grips genug besaß, um bescheuerte Situationen zu entschärfen, und dies hier war wahrscheinlich eine besonders bescheuerte Situation. Mit ihm an ihrer Seite würde es deutlich einfacher werden, zickige Gästefrauen und aufdringliche Journalisten in den Griff zu bekommen. Doch andererseits war Jannike auch skeptisch. Vorgestern war es mit ihr durchgegangen. Dieser blöde Kuss vor versammelter Mannschaft. Weil sie sich doch den ganzen Abend schon immer mal wieder angeschaut hatten und sie so froh über Mattheusz' Bereitschaft gewesen war, die Sache mit dem Rausschmiss zu übernehmen, und … nein, das alles war keine Entschuldigung für ihr völlig übereiltes, indiskretes, peinliches Vorgehen. Was dachte er jetzt nur von ihr?

»Also, Jannike, was ist?« Er wendete sein Rad.

»Okay«, brachte sie heraus. Dann fuhren sie los. Zwei kleine, schummrige Lampen leuchteten immerhin heller als eine. Der letzte Kilometer bis zu den nächsten Häusern würde leichter zu finden sein. Die richtigen Worte hingegen nicht.

»Mattheusz?«

»Hm?« Sie fuhren drei Meter, vier Meter, zehn Meter weiter. Die Deichscharte kam in Sicht. Gleich wären sie wieder unter Menschen, dann war es zu spät.

»Der Kuss ...«

»Hm?« Ein breiter Streifen Leuchtturmlicht lag über ihnen, Jannike schaute zu Mattheusz hinüber, er blickte zurück, dann war der Streifen weitergewandert, und seine Gesichtszüge lagen im Dunkeln.

»Wie fandest du den? Ganz ehrlich!«

»Den Kuss?«

»Ja. Nein. Dass ich dir überhaupt einen gegeben hab. Du weißt genau, wovon ich spreche.«

Er sagte nichts.

»Vielleicht war es total blöd von mir ...« Warum drückte sie sich so unglücklich aus? Den letzten Satz konnte man doch jetzt schon wieder auf mindestens zehn verschiedene Weisen interpretieren. Was Mattheusz und sie jetzt aber eigentlich brauchten, war ein klärendes Gespräch. Das musste doch hinzubekommen sein.

»Blöd«, wiederholte er nur. Das konnte auch alles oder nichts bedeuten.

»Vielleicht sollten wir ...« Sie waren am Deich angekommen. Bis zum kleinen Kino, das im Untergeschoss einer recht hübschen Villa in der Nähe des Kurparks untergebracht war, brauchten sie jetzt höchstens noch eine Minute. Viel zu wenig Zeit.»... sollten wir noch mal ...«

Mattheusz wurde langsamer, als hätte ihm jemand die Luft aus den Reifen gelassen. Oh nein, sie hatte es wieder vermasselt. Sie war ihm abermals zu dicht auf die Pelle gerückt, hatte eine unsichtbare Grenze überschritten. Hinterher galt sie noch als die Art Chefin, die keine professionelle Distanz zu ihren Angestellten wahren konnte.»... sollten wir noch mal in Ruhe darüber reden?«

»Über den Kuss?«

Sie waren da. Gerade knipste jemand die Beleuchtung aus, die pinkfarbenen Lettern der *Insellichtspiele* erloschen nach kurzem Aufflackern. Die Türen, die ins Foyer führten, standen offen, drinnen waren die Lampen gedimmt, und Popcorngeruch stieg süß in Jannikes Nase. Ansonsten war alles still. Bis auf Jannikes Herzklopfen. Sie hielten an, stiegen von ihren Rädern ab, und ihre Arme berührten sich kurz. Dabei lud sich etwas in Jannike auf, damit hätte man – ins Stromnetz eingespeist – die Energieversorgung der ganzen Insel für mindestens zwei Stunden sichern können.

»Du willst mit mir über den Kuss reden?«, vergewisserte sich Mattheusz.

Sie stand ganz dicht vor ihm. Blickte ihn an. Er war kein Riese, ihre Augen begegneten sich beinahe auf gleicher Höhe. Seine blickten fragend.

»Ich weiß nicht. Was sollen wir denn sonst machen?«

Was tat er denn da? Seine rechte Hand hob sich in Zeitlupe, immer höher, bis er ihr Gesicht berühren konnte, ganz vorsichtig nur, in etwa so, als hätte sich irgendein Insekt in ihrem Haar verfangen, das er entfernen wollte, ohne es zu verletzen. »Wir könnten ...«

»Da bist du ja endlich, Jannike!«, rief eine Stimme. Der

Kinomann, die Hände in die Hüften gestemmt, stand sichtlich genervt im Eingang. »Komm rein und schau dir die Bescherung an!«

Die Hand fiel herunter, als wäre bei einer Marionette das Seil gekappt worden.

Jannike und Mattheusz folgten dem Kinomann. Der schimpfte, während er mit großen, wütenden Schritten das Foyer betrat. »Ich meine, der Spaß war ja nicht billig für euch. Einen ganzen Abend das Kino mieten, so was kann sich nicht jeder leisten. Aber das bedeutet nicht, dass diese Weiber einen solchen Saustall hinterlassen dürfen.« Er schob die Doppelflügeltür auf, dahinter flackerte die Leinwand, es lief gerade der Abspann von *Grüne Tomaten.* Die rotsamtenen Sitzreihen waren leer, und auf den ersten Blick war nichts zu entdecken, was seine Aufregung rechtfertigte.

»Sind die Frauen schon gegangen?«, fragte Jannike.

»Die Erste, die mit der Brille, hat sich schon nach zwei Stunden aus dem Staub gemacht. Gerade als Thelma und Louise sich nach der Verfolgungsjagd mit dem Auto in den Abgrund stürzen, weil alles besser ist, als sich Männern zu unterwerfen.« Er machte ein grunzendes Geräusch. »So eine Hammerszene, und die Tussi macht den Abgang. Vorher haben die drei sich allerdings furchtbar gestritten. Es ging darum, dass die mit der Brille unbedingt den dicken Mann dabeizuhaben wünschte.«

»Den, der dich bestechen wollte?«

»Genau den. Ein echter Idiot. Aber die Frau Brunotte hatte darauf keine Lust. Die wollte verständlicherweise ihre Ruhe. Da ging es die ganze Zeit hin und her. Und irgendwann sind alle völlig ausgeflippt!« Er zeigte auf den Fußboden. Im Umkreis von zehn Metern um die besten Plätze lag Popcorn auf dem Teppich, zertreten und verkrümelt wie nach einer Fütterung im Elefantengehege. »Die haben sich gegenseitig angeschrien und mit Knabberzeug beworfen wie die Bekloppten! Das kenne ich sonst nur von Teenagern, aber die fliegen sofort hochkant raus.«

Jannike musste ein Kichern unterdrücken. Klar, der Kinomann tat ihr leid, der musste den Dreck später wegräumen, aber die Vorstellung von der Popcornschlacht mit hysterischen Protagonistinnen im mittleren Alter war einfach zu komisch. »Und wann sind die anderen beiden weg?«

»Die mit der wilden Frisur ist dermaßen ausgeflippt, dass sie eine halbe Flasche Prosecco über meinen Polstern ausgeschüttet hat. Angeblich hat sie irgendwie, irgendwo, irgendwann den Exmann der anderen beleidigt, also kam es zu Rangeleien und ... tja.« Er zeigte auf einen roten Sitz, auf dem sich ein nasser, dunkler Fleck breitmachte. »Das krieg ich bis morgen nicht trocken, und dann stinkt das Teil noch wochenlang nach Schampus!«

»Wir werden den Schaden wiedergutmachen, soweit das möglich ist.«

»Das will ich hoffen!«

»Tut mir leid, ehrlich!«, entschuldigte sich Jannike hilflos und ärgerte sich, weil sie mit dem Herrn Literaturagenten nicht über das Thema Haftpflichtversicherung gesprochen hatte. Nicht dass sie jetzt auf dem Schaden sitzen blieb. Den Zorn des Filmvorführers bekam Jannike ja bereits ungefiltert zu spüren. »Wohin ist die Schadensverursacherin denn verschwunden?«

Der Kinomann zuckte mit den Schultern. »Die ist zehn Minuten nach der genialen Parkplatzszene raus. *Grüne Tomaten* –

kennst du? Da, wo die sonst so brave Hausfrau den arroganten Cabriofahrerinnen mit Absicht das Auto demoliert, weil sie die bessere Versicherung hat.«

Klar, Jannike hatte den Streifen mindestens schon fünfmal gesehen, den Dialog auf dem Parkplatz konnte sie sogar auswendig. Sie hatte sich bei der Filmauswahl des Abends ja etwas gedacht, sich vorgestellt, wie drei Freundinnen zusammenrückten, gemeinsam lachten und weinten und anschließend sicher waren, dass es keinen Grund gab, einem Mann je hinterherzutrauern. So war es geplant gewesen. Der Abend hatte aber allem Anschein nach eine andere Richtung genommen. »Und Gabriella Brunotte?«

Er nickte in Richtung letzte Bankreihe, wo sich die Frischverliebten sonst gern zum Knutschen platzierten. »Da drüben.«

»Sie ist noch da?« Zögerlich schob Jannike sich durch die letzte Reihe. Je näher sie kam, desto deutlicher vernahm sie ein Schluchzen. Und dann entdeckte sie die Frau, die sich auf eine der Pärchenbänke gelegt hatte, seitlich zusammengekauert, das Gesicht in der Armbeuge verborgen. Die Ärmste!

»Deswegen habe ich dich ja angerufen«, sagte der Kinomann und blickte gemeinsam mit Mattheusz, der neben ihm stand, auf das Häufchen Elend. »Nachdem die zweite Freundin abgedampft war, dachte ich, gut, dann ist jetzt Schluss mit lustig, ich mache Feierabend und komme morgen etwas eher, um den Mist hier aufzuräumen. Aber die Frau Brunotte hat sich strikt geweigert zu gehen.«

Jannike setzte sich auf den Sesselrand und kam sich vor wie eine Krankenschwester, die bei einer bettlägerigen Patientin nach dem Rechten schaute. Sie musste sich regelrecht beherrschen, nicht auch noch eine Hand auf Gabrielle Brunottes Stirn zu legen. »Kann ich Ihnen helfen?«

»Hmpf«, machte die Bestsellerautorin.

»Wir könnten eine Kutsche bestellen, die Sie ins Hotel bringt.«

Wieder ein »Hmpf«.

»Soll ich Ihren Agenten anrufen?«

Langsam hob Gabriella Brunotte den Kopf. Sie sah ziemlich derangiert aus. Zerzaust, die Wimperntusche verlaufen, die Augen rot, ein bisschen Rotz unter der Nase. »Bloß nicht!«

»Aber Sie wollen doch nicht wirklich bis morgen früh hier liegen bleiben und weinen.«

Gabriella Brunotte rappelte sich hoch und wischte mit dem Ärmel die Feuchtigkeit aus ihrem Gesicht. »Mir geht es prima!«

So ein Quatsch, dachte Jannike. Wie kann ein Mensch, dem das Unglück aus jeder Pore dringt, noch immer behaupten, alles sei okay? Doch dann erinnerte sie sich an die Zeit vor einem Jahr, als bei ihr alles den Bach runtergegangen war, Karriere, Ansehen und Beziehung plötzlich im Eimer waren. Da hatte Jannike sich und anderen lange vorgemacht, dass alles schon irgendwie wieder in Ordnung kommen würde. Obwohl sie ein Häufchen Elend gewesen war.

»Und warum wollen Sie dann das Kino nicht verlassen?« Keine Antwort.

Der Kinomann mischte sich ein. »Okay, Sie können sich auch noch den letzten Film anschauen, bezahlt ist bezahlt.

Aber ich bin mir nicht sicher, ob *Die Farbe Lila* das Richtige für Ihre derzeitige Verfassung ist. Lieber *Stirb langsam*?«

Gabriella Brunotte schüttelte den Kopf. »Bestimmt nicht.«

»Aber das hier ist ein Kino und kein Hotel!«

»Weiß ich doch.« Sie schaute sich vorsichtig um. »Ist dieser Thobald noch da?«

»Sicher«, sagte der Kinomann. »Den konnte ich beim besten Willen nicht abwimmeln, der Nervsack schleicht höchstwahrscheinlich noch ums Haus.«

»Eben, und deswegen gehe ich auf keinen Fall hier raus!« Trotzig verschränkte Gabriella Brunotte ihre Arme und presste sich geradezu in den Sitz, als bestünde die Möglichkeit, für immer damit zu verwachsen. »Der wird mich fotografieren und sich Sachen ausdenken und so weiter. Der wird all diesen privaten Kram in seinem Blatt ausbreiten!«

Jetzt war es Jannike zu viel. Der Kummer war verständlich, aber dieses selbst gebackene Problem überstieg ihre Toleranzgrenze. »Das Ende einer Liebe ist ein Privatproblem, Frau Brunotte. Die meisten Menschen, denen so etwas passiert, liegen in ihrem Bett und heulen ins Kissen oder plündern den Kühlschrank oder chatten auf Internetflirtseiten, um schnellstmöglich Ersatz zu finden. Die Mehrzahl aller Liebeskummerkranken zieht sich zurück in die eigenen vier Wände und leckt die Wunden, bis es besser wird. Niemand käme auf die Idee, seinen Agenten zu beauftragen, in aller Öffentlichkeit eine schweineteure Trennungsparty zu feiern, zu der dann ausgerechnet der schmierigste aller Schmierenjournalisten eingeladen wird und bei der man sich begleiten lässt von zwei Pseudofreundinnen, die eigentlich nur daran interessiert sind, ein möglichst großes Eckchen im Scheinwerferlicht zu ergattern.« Jannike erhob sich. Diese Frau hatte sich ihr Mitleid verscherzt. »Auch wenn Sie mein Gast sind und ich das so bestimmt besser nicht sagen sollte: Sie sind doch selbst schuld an der ganzen Misere!«

Die Frau schluckte. »Sie haben ja recht!«

Das schnelle Einlenken überrasche Jannike dann doch, und sie setzte sich wieder.

Prompt floss es aus Gabriella Brunotte heraus, als wäre ein Damm gebrochen. »Ich war mir doch auch gar nicht sicher, ob ich mich überhaupt trennen soll ... Wir hatten eine schwere Zeit nach seiner Operation, mein Mann hat mich genervt, weil er so faul war und ... als ich es Dario gesagt habe, war er so geschockt ... ich hatte die Koffer schon gepackt, aber ...« Jannike reichte ihr ein Taschentuch, nach einem ausführlichen Schnäuzen ging es dann genauso atemlos weiter. »... aber Dario meldet sich nicht, ich mache mir solche Sorgen, wie es ihm geht und was er jetzt denkt und ... dann steht da dieser Theo Thobald mit seiner verflixten Kamera und will meine Seele ablichten ...«

Wenn traurige Frauen anfingen, von der Seele zu sprechen, wurde es gefährlich, ahnte Jannike und traute sich endlich, ihre Hand auf die im Takt der Heulattacken zuckenden Schulter zu legen. »Wird schon! Wir finden eine Lösung!«

Hoffnungsvoll blickte Gabriella Brunotte auf. »Echt?«

»Ja«, sagte Jannike. »Wir legen einen roten Hering aus.«

»Was?«

Das konnte der Kinomann natürlich erklären: »*Roter Hering* steht für falsche Fährte. Ein Stilmittel im Film.«

»Okay!«, kam es schwach von Gabriella Brunotte. »Ich dachte, Sie meinen Ihr Restaurant.«

»Am besten, Sie schlafen heute Nacht woanders«, entschied Jannike und schaute den Kinomann auffordernd an.

»Hier?« Dann, nachdem Jannike ihm einen 50-Euro-Schein zugesteckt hatte, lenkte er ein. »Ja, okay, meinetwegen, aber nur, wenn sie mir morgen beim Aufräumen hilft!« Gabriella Brunotte nickte eifrig.

»Und nun geben Sie mir Ihren Mantel und den komischen Sonnenhut«, schlug Jannike vor. »Das werde ich beides auf dem Weg zurück ins Hotel tragen, dann verfolgt Theo Thobald die Falsche und lässt Sie fürs Erste in Ruhe.«

»Das würden Sie für mich tun?«

Jannike zuckte mit den Schultern und grinste. »Ihr Agent hat das Rundum-sorglos-Paket gebucht, da muss man zu allem bereit sein.«

Natürlich war der Strohhut vollkommen unpraktisch und der Mantel viel zu mächtig, der Größenunterschied zwischen Jannike und der Schriftstellerin betrug mindestens zehn Zentimeter, und ein paar Kilo lagen auch dazwischen. Doch es war dunkel draußen, und die Tatsache, dass Mattheusz, der jetzt neben Jannike das Kino verließ und zum Fahrrad ging, fast gleich groß war, erwies sich als günstig, so konnte man die Relationen schlechter einschätzen. Dann saßen sie beide auf den Drahteseln, und es war kaum mehr zu erkennen, ob hier die große, erfolgreiche Gabriella Brunotte oder die eher kleine, eher erfolglose Jannike Loog in die Nacht hinausfuhr. Falls Theo Thobald irgendwo auf der Lauer lag, würde er mit Sicherheit die Verfolgung aufnehmen, so viel stand schon mal fest. Bis zum Deich schaute Jannike sich noch mehrfach um, konnte aber niemanden entdecken. Dann entspannte sie sich, atmete auf und musste plötzlich lachen.

»Was ist so witzig?«, fragte Mattheusz.

»Schau mich doch an: Dieser blöde Mantel, der bescheuerte Hut – das ganze Leben ist doch manchmal einfach saukomisch, findest du nicht?«

»Stimmt«, sagte er.

Dann radelten sie eine Weile wortlos nebeneinander her. Nachts machte die Insel andere Geräusche als am Tag. Es war so still, dass man die Halme des Strandhafers im sanften Wind aneinanderreiben hörte, das Meer rauschte wie immer, klar, doch statt der Möwen schrien andere Vögel, deren Namen Jannike nicht kannte.

»Aber du bist nicht komisch«, sagte Mattheusz irgendwann, als sie schon längst die *Pension am Dünenpfad* passiert hatten. »Du bist stark. Und klug. Und hast immer so gute Ideen.«

»Hör auf«, sagte Jannike. Ihr war auf einmal so warm.

»Nein, ich höre nicht auf. Sonst traue ich mich nämlich beim nächsten Mal wieder nicht, dir zu sagen, dass du die tollste Frau bist, der ich je begegnet bin.«

»Was redest du da?«

»Wie du eben Gabriella Brunotte aus dieser schlimmen, total peinlichen Situation gerettet hast. Mit den richtigen Worten. Und mit etwas Mut und Kreativität. Das bewundere ich an dir.«

»Echt?«

»Ja, echt!« Jannike musste einhändig fahren, weil ihr der Hut sonst vom Kopf wehte. Doch das war nicht der einzige Grund, weswegen sie fast vom Fahrrad gefallen wäre. »Und nun zum Thema Kuss«, machte Mattheusz unbeirrt weiter. »Dass wir darüber in Ruhe reden sollten, ist ausnahmsweise mal eine ziemlich dumme Idee von dir.«

»Dann mach einen besseren Vorschlag!«

»Okay!«, sagte er. »Ich finde, wir sollten es wiederholen.«

»Was?«

»Mensch, Jannike, bitte!« Er bremste. Sie aber fuhr weiter. Warum auch immer. Hatte er gesagt, sie sei mutig? Was für ein Irrtum. Doch Mattheusz gab nicht auf, sondern rief ihr hinterher: »Du weißt genau, ich bin kein Mann der großen Worte. Es ist gemein, wenn du es mir so schwer machst. Also dreh jetzt bitte um, komm zu mir zurück, bleib stehen und küss mich!«

Das wirkte! Wie ferngesteuert gehorchte Jannike, machte kehrt, hätte beinahe den Mantel in die Speichen bekommen, doch das bemerkte sie kaum. Dann stieg sie ab, mit zitternden Knien, aber sie fiel trotzdem nicht um.

Wollte sie das? Mattheusz küssen? Den Mann, der ihr im letzten Jahr keine Minute lang aus dem Kopf gegangen war? Ihr war ganz schwindelig. Ja, vermutlich wollte sie das.

Aber jeder, der schon mal zum ersten Mal geküsst hat, kennt diese Prozedur der letzten Zentimeter. Ein Flug zum Mars scheint manchmal leichter zu bewerkstelligen als diese letzte Distanz zwischen zwei Menschen, die sich näherkommen wollen, sich aber nicht so recht trauen. Da stört immer irgendetwas. Ein Fahrradpedal, das ungünstig im Weg steht und einen stolpern lässt. Eine Haarsträhne, die im entscheidenden Moment über die Lippen weht und kitzelt. Ein hinderlicher Gedanke, ob der andere sich wohl so anfühlen wird, so schmecken und riechen, wie man sich das unendlich oft zurechtphantasiert hat. Der erste Kuss ist der Scheidepunkt zwischen Sehnsucht und Erfüllung, der erste Kuss ist … ach … Jetzt ist aber auch mal gut, dachte Jannike, schloss die Augen, fühlte die Hände auf ihrem Gesicht, fühlte unter ihrer einen Hand sein Haar, diese Locken, die sie schon immer mal hatte anfassen wollen, mit der anderen Hand hielt sie den verdammten Hut fest, und dann, ja, meine Güte, dann küsste sie Mattheusz eben.

Und was sollte sie sagen – es war richtig gut!

So gut, dass beide, weder Mattheusz noch Jannike, auch nur im entferntesten mitbekamen, dass Theo Thobald keine zehn Meter entfernt das Spezialobjektiv mit Restlichtverstärkung auf die Kamera schraubte.

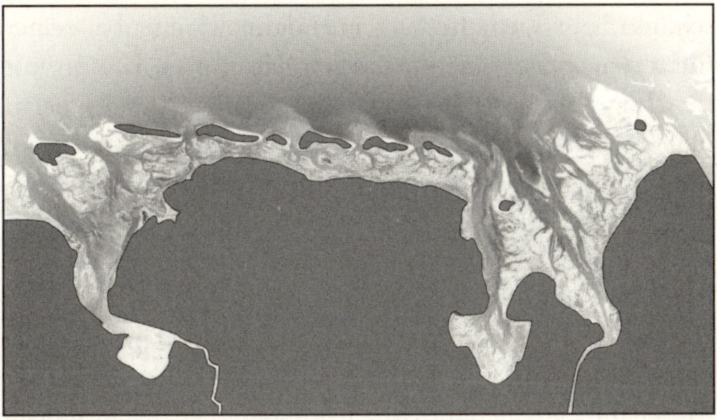

Die Langsamkeit des Schiffes machte Dario wahnsinnig. Er saß im oberen Salon der weißen Fähre, schaute aus einem der großen, vom Seewasser fast blinden Fenster und hatte seit einigen Minuten das Gefühl, im Kreis zu fahren. An diesem kleinen Bäumchen, das wie ein Wunder im salzigen Meer wuchs, waren sie doch eben schon vorbeigekommen. Und die kleine Landebahn des Flugplatzes hatten sie ganz sicher bereits mehrfach passiert, aber jetzt tauchte der mickrige Tower erneut auf, rechts von ihnen, Backbord oder Steuerbord, wer wusste das schon so genau. Hoffentlich der Kapitän, dachte Dario, aber es sah nicht danach aus.

Eigentlich lag die Insel doch in Rufweite. Als er vorhin am Festlandhafen das Auto in der Garage abgestellt und dann mit dem Koffer über den Deich gestiegen war, hatte er sogar kurz überlegt, ob es nicht schneller ging, wenn er einfach zu Fuß losmarschierte, denn die Silhouette der Insel zeichnete sich klar am Horizont ab. Man konnte im Morgenlicht sogar das Backsteinrot der kleinen Häuser sehen, den Leuchtturm sowieso. Ein Katzensprung nur, dann wäre er bei seiner Gabriella und könnte ihr endlich den ganzen Unsinn mit der Trennung ausreden. Wie Eros schon gesungen hatte: *Sarà sarà l'aurora, per me sara così, sarà sarà die più ancora tutto il chiaro che farà* … Die Morgenröte wird Klarheit bringen! War das nicht ein unmissverständliches Zeichen, dass die Insel gerade jetzt in rosafarbenes Licht getaucht wurde? Bestimmt! Er konnte es kaum erwarten. Doch am Fahrtkartenschalter hatte die Verkäuferin ihn aufgeklärt, dass die Fähre anderthalb Stunden unterwegs sein würde, er seinen Koffer für die Überfahrt in einen Container stellen müsste und zudem das Rauchen an Bord strengstens untersagt war.

»Ich habe keinen Transatlantikflug gebucht, sondern eine Seefahrt auf eine Nordseeinsel.«

Da hatte die freundliche Reedereimitarbeiterin auf eine Infotafel gezeigt, die an der Wand hing und diese seltsame Landschaft von oben zeigte: schmale Inselchen, die sich an der zerfransten Küste entlangreihten und eingebettet waren in ein Gewirr aus flachem, sandigem Meeresboden. Aus dieser Perspektive sah der *Nationalpark Wattenmeer* – so war das Foto überschrieben – fast aus wie *Stracciatella in brodo*, Darios Lieblingssuppe, aber auch nur, wenn Mamma sie kochte. Es gab also keinen schnurgeraden Weg zur Insel, auf der Gabriella sich nun seit einigen Tagen befand. Sie mussten tausend Kurven machen. Seine Geduld wurde auf eine harte Probe gestellt.

Die erste Stunde war inzwischen rum. Dario hatte eine Portion Kartoffelsalat mit Würstchen verdrückt, ohne wirklich Hunger zu haben. Er hatte eine Limonade getrunken, ein Eis aus der Truhe gegessen, eine Tüte Gummibärchen geleert. Ja, er war nervös! Und das schlug bei ihm immer auf den Magen.

Als würde sein Körper ihn zwingen, sich für das Bevorstehende zu stärken. Gabriella hatte darüber gemeckert. »Du musst dich am Riemen reißen, schau dir doch mal deinen Bauch an, mit den Reserven kannst du ohne eine einzige Kalorie die Kalahari durchwandern, wenn es drauf ankommt.«

Ach, Gabriella! Er vermisste sie so. Es hatte ihm sehr viel Disziplin abverlangt, sie nicht anzurufen. Einmal, vor sechs Tagen, war er schwach geworden, hatte es lange klingeln lassen, aber sie war nicht drangegangen. Da war ihm klar geworden: Er musste ihr gegenüberstehen, ihr in die Augen schauen, sie in den Arm nehmen, dann würde seine schöne, stolze Frau verstehen, dass sie zusammengehörten. Am Telefon war das hoffnungslos. Also hatte er die einsame Zeit genutzt, um sich auf diese Reise vorzubereiten. Schließlich lag sein Ziel nicht gerade um die Ecke. Er musste die Nacht über mit seinem Alfa Romeo quer durch Deutschland fahren. Eine schier endlose Autobahn über Braunschweig, Hannover, Bremen – die Ostsee wäre wirklich praktischer zu erreichen gewesen, die Inseln dort waren zudem meist über eine Autobrücke mit dem Festland verbunden, das war ihm auch weit sympathischer als dieser Umstand mit den Mietgaragen. Ob Gabriella die größtmögliche Distanz zwischen ihnen hatte herstellen wollen? Um ihm eine eventuelle Verfolgung besonders schwer zu machen? Darüber hatte Dario in den letzten Tagen lange gegrübelt. Und die Idee, sich auf den Weg zu machen, fast verworfen. Bis dann gestern der Anruf von Gabriellas Agenten gekommen war.

»Pronto!«

»Literaturagentur Bestseller. Wir rufen wegen des Umzugs an.«

»Wie bitte?«

»Dario, Sie wissen, wovon wir sprechen. Gabriella ist verreist, um ihre neue Freiheit zu genießen. Und wenn sie wiederkommt, sollen Sie verschwunden sein. Haben Sie schon gepackt?«

»Aber ... meine Frau und ich haben ja noch nicht einmal vernünftig miteinander gesprochen.«

»Das haben wir bereits erledigt. Gabriella trägt sich schon länger mit dem Gedanken, sich von Ihnen scheiden zu lassen.«

»Echt?«

»Glauben Sie mir: Uns passt das auch nicht. Das Image Ihrer Frau wird durch die Trennung Schaden nehmen. So etwas kommt nicht gut an bei den Lesern. Wir haben alles versucht, Dario, aber Gabriella ist bei ihrer Meinung geblieben: Sie leidet an einer Schreibkrise, und schuld daran ist Ihre unglückliche Ehe. Die endgültige Trennung ist also eine logische Konsequenz, wenn man der Karriere Ihrer Frau nicht schaden will.«

»Aha.«

»Und das wollen Sie doch nicht, Dario, oder?«

»Nein.«

»Dachten wir uns. Und selbstverständlich sind wir Ihnen beim Umzug behilflich.«

»Welcher Umzug? Ich habe doch gar keine Wohnung!«

»Doch, haben Sie. In Wilmersdorf. Sanierter Altbau. Zwei Zimmer, Küche, Bad, Balkon. Wir übernehmen bis zum Scheidungstermin die Miete und alle anfallenden Kosten.«

»Was?« Der Agent, dieser Mistkerl, hatte einfach weitergeplaudert, als würde es um eine Grillparty am nächsten Wochenende gehen, für die man noch abklären musste, wer welchen Salat mitbringt und ob sich jemand um die Getränke kümmert. Dario hatte gar nicht mehr hingehört. Das war einfach nur der Rest, den er gebraucht hatte, um zu kapieren: Die Sache stank zum Himmel! So kannte er seine Gabriella nicht, dass sie sich aus der Affäre zog und jemand anderen vorschob, um ihn zu entsorgen wie einen alten Pizzakarton. Nein, Gabriella war immer direkt gewesen und hatte selbst in die Hand genommen, was ihr wichtig war. Das war es doch, was ihn an dieser Frau fasziniert hatte, seit er sie kannte. Nicht der Erfolg, nicht das Geld, noch nicht einmal diese tolle, große, starke Gestalt, obwohl die natürlich auch umwerfend war. Nein, er liebte vor allem ihr selbstbewusstes Naturell. Doch das schien ihr irgendwie abhandengekommen zu sein. Noch während der Agent ihm lang und breit erklärte, wann der Umzugswagen vorfahren und welche Gegenstände er in die zwanzig vorbestellten Kartons packen dürfe, war Dario aufgestanden, hatte seinen Pyjama, die Zahnbürste und was er sonst noch brauchte, in den Koffer geworfen und war keine Stunde nach dem Telefonat in Richtung Nordsee unterwegs gewesen. Nicht mit ihm! Nicht so! Und überhaupt: Das durfte doch alles nicht wahr sein!

Die Stewardess brachte ihm den bestellten Kaffee. »Sie sehen müde aus.«

»Kein Wunder, bin die ganze Nacht durchgefahren.«

»Dann erholen Sie sich gut auf der Insel.« Er musste schief geguckt haben, denn die junge Frau hakte nach: »Oder sind Sie beruflich da?«

Er schüttelte den Kopf, zahlte das Koffein und gab ein sattes Trinkgeld für die Anteilnahme. Dann blickte er sich das erste Mal um. Was waren das für Menschen, die auf eine so abgelegene Insel fuhren, ohne dass die Grausamkeit des Schicksals sie dazu zwang? Ihm gegenüber saßen eine Frau und ein Mann, die anscheinend geschäftlich unterwegs waren, denn sie sortierten Papiere auf dem schmalen Tisch. Dario schaute genauer hin, das Logo kannte er: *GaHoVe Deutschland.* Die Restaurant- und Hoteltester, ja, die waren damals auch mehrfach in seiner Pizzeria gewesen. Strenge Richter mit ellenlangen Listen. Sie unterhielten sich über ein Hotel, das sie heute zum ersten Mal begutachten wollten.

»Gestern hat Gerd Bischoff noch einmal per Mail bei mir nachgehakt«, erzählte die Frau und schob sich ihre strenge Lesebrille runter auf die Nasenspitze, um ihren Kollegen über den Rand hinweg zu mustern. »Dieses kleine Inselhotel scheint ihm besonders am Herzen zu liegen. Er bittet uns, großzügig zu sein, auch wenn das Haus etwas altmodisch und improvisiert wirke.«

Der Kollege notierte sich etwas. »Ist ja nett von ihm, dass er sich so um die Konkurrenz sorgt. So kennt man den Kerl gar nicht.«

Die Hoteltesterin seufzte. »Ich mag solche Einmischungen in unsere Arbeit ja überhaupt nicht, und Vorschusslorbeeren veranlassen mich eher, ganz besonders kritisch hinzuschauen.«

»Tun Sie das. Wir haben genügend Zeit, schließlich bleiben wir bis übermorgen.«

»Ja, wunderbar, nicht? Und dass Bischoff uns so kurz vor der Hauptsaison noch zwei seiner besten Zimmer bereitgestellt hat ...«

»Vielleicht glaubt er, so unser Urteil über das neue Hotel positiv zu beeinflussen«, vermutete der Mann und zog die Augenbrauen hoch.

»Da kennt er uns aber schlecht.«

Nach einem kurzen, nicht besonders fröhlichen Lachen wandten sich die beiden wieder ihren Tabellen zu, und Dario hatte jetzt schon Mitleid mit dem Hotelbesitzer, der heute unter die Lupe genommen werden würde. Neben Dario, am äußeren Ende der langen, kunstledernen Sitzbank, blätterte eine Seniorin in einem Klatschmagazin. Gerade begann sie, ein Sudoku zu lösen, doch der Bleistift war stumpf, und sie holte einen Anspitzer aus der Handtasche. Während sie ihr Schreibwerkzeug einsatzbereit machte, legte sie die Illustrierte zur Seite, damit keine Späne auf die bunten Blätter fielen. Dario wollte gerade wegschauen, aus dem Fenster sehen, die Morgenröte bewundern, vielleicht waren sie ja dem Ziel endlich ein Stück näher, da blieb sein Blick an einer Schlagzeile auf dem Titelblatt hängen. Ein Foto. Ein Paar. Einige sehr große Buchstaben: *So schön muss Liebe sein.*

Und dann brauchte er keinen Kaffee mehr. Sein Kreislauf beschleunigte dermaßen, dass Darios Herz kaum noch mitkam.

Nein, dachte er. Sie hatte recht, meine geliebte Gabriella, ich bin ein verdammter Faulpelz, zu bequem, zu langsam, zu dämlich. Ich hab es versaut.

Ich bin zu spät gekommen!

Close Up

SO SCHÖN MUSS LIEBE SEIN!

Bestsellerautorin Gabriella Brunotte angelt sich auf der Insel einen Koch

Berlin / Nordsee: Ob Göttergatte Dario zu Hause in Berlin ahnt, was seine Noch-Ehefrau und Erotikliteratur-Autorin (Gesamtauflage international mehr als 3 Mio. Bücher!) Gabriella auf der fernen Nordseeinsel so treibt? Close Up ist exklusiv beim ersten Urlaub nach dem offiziellen Liebes-Aus dabei, hat bereits wunderbare Fotos von der Schriftstellerin geschossen, die ihre neue Freiheit gemeinsam mit ihren Freundinnen Hannah G. und Felicitas W. genießt – naturkundliche Führungen, Leuchtturmbesteigungen und Restaurantbesuche, dazu immer ein Schlückchen Prosecco im Glas, um den Start in eine Zukunft als Singlefrau zu feiern. Doch – hoppla! – schon am vierten Abend kann vom Singledasein keine Rede mehr sein. Denn als die treuen Freundinnen sich nach dem gemeinsamen Kinoabend diskret zurückziehen, lässt sich Gabriella Brunotte von männlicher Begleitung ins Hotel bringen. Der nächtliche Spaziergang endet äußerst romantisch: Als die beiden sich unbeobachtet fühlen, schließen sie sich innig in die Arme und küssen sich heimlich. Ihrem Beuteschema ist die Bestsellerautorin schon mal treu geblieben: Nach dem Pizzabäcker Dario, der laut Gabriellas Agentur derzeit in der gemeinsamen Wohnung die Koffer packt, schmust sie jetzt mit dem Koch des neuen Inselrestaurants *Roter Hering*, wie gut informierte Kreise auf der Insel berichten. Oh là là, Liebe geht ja bekanntlich durch den Magen. Und wir sind gespannt auf den nächsten Roman (erscheint Ende des Jahres): Recherchiert sie mit dem neuen Liebhaber schon mal die heißesten Szenen?

»Ich glaube, wir beide müssen uns mal unter vier Augen unterhalten«, flüsterte Jannike Loog, die zu ihnen an den Frühstückstisch getreten war und die aktuelle Ausgabe der *Close Up* zwischen Eierbecher und Marmeladenschälchen gelegt hatte. Die Hoteldirektorin war aufgewühlt, vielleicht sogar wütend, ihre sonst so hellen Augen funkelten finster, und diese tiefe Falte auf ihrer Stirn war Gabriella auch noch nie aufgefallen. Man konnte glatt Angst bekommen. Auch Hannah und Felicitas zuckten zurück. Doch die beiden waren nach dem schlimmen Streit vorgestern im Kino ohnehin ziemlich dünnhäutig und schweigsam. Gabriella tupfte sich den Mund mit der Serviette ab, dann griff sie nach dem Magazin. Auf den ersten Blick konnte sie nicht erkennen, was daran so aufregend sein sollte. Es ging um den Nachwuchs im englischen Königshaus, um die zwangsversteigerte Villa einer alternden US-Soap-Diva, um zehn Tricks für volleres Haar und ... jetzt stockte Gabriella doch.

Jannike Loog beugte sich zu ihr herunter. »Meine Freundin Mira hat das heute Morgen beim Zeitungsladen entdeckt und mir das Schmierblatt vorbeigebracht. Ich konnte nicht glauben, was ich da lesen musste!«

Inzwischen hatte Gabriella die Teetasse abgestellt und den Text überflogen. »Aber das bin doch gar nicht ich!«

»Eben!«

Die Tragweite dieser Erkenntnis löste eine Art Dominoeffekt in Gabriellas Hirn aus: Theo Thobald war auf das Täuschungsmanöver hereingefallen – Theo Thobald war Jannike und ihrem Koch gefolgt – Theo Thobald hatte deren Kuss heimlich fotografiert – Theo Thobald hatte spontan entschieden, dass ein Bericht über eine Liebesaffäre deutlich spannender war als eine Fotostory über eine nicht wirklich glückliche Demnächst-Geschiedene – Theo Thobald hatte mit dem Frühschiff die Insel verlassen, den bescheuerten Artikel mit heißer Nadel zusammengestrickt und gleich zur Veröffentlichung freigegeben, um der Erste zu sein – und alle würden es lesen – ALLE! Ihre Leser, ihr Agent ... und Dario! Nein! Das durfte nicht sein! Ihr Mann durfte diesen Schund auf keinen Fall zu Gesicht bekommen! Jede einzelne Zeile würde ihn tief in sein sensibles italienisches Herz treffen, ihm seinen Stolz rauben, seinen unerschütterlichen Glauben zerstören, dass alles immer irgendwie gut ausging. Dario würde daran zerbrechen. Und er würde sie dafür hassen. Wie furchtbar! Instinktiv griff Gabriella nach ihrem Handy, weil klar war, dass seit Erscheinen des Magazins wahrscheinlich schon tausend Leute versucht hatten, sie zu erreichen. Dann erinnerte sie sich an das Funkloch und war heilfroh, sich genau mittendrin zu befinden. Sonst wäre sie wahrscheinlich durchgedreht.

Jannike Loog entging die Geste jedoch nicht. »Ihr Agent bombadiert uns schon seit dem frühen Morgen mit Telefonanrufen. Bislang konnten wir ihn abwimmeln.«

»Ach, der kann mir in diesem Moment gestohlen bleiben!«

»Mir aber nicht, Frau Brunotte.« Nun setzte Jannike sich auf den freien Stuhl.

Inzwischen hatten auch Hannah und Felicitas die *Close Up* studiert. »Hut ab, Gabriella! Da hast du also vorletzte Nacht gesteckt statt in deinem Hotelzimmer«, kommentierte die eine, und die andere staunte: »Alle Achtung! Ist das nicht der süße Koch, der Theo die Rouladensoße ...«

Gabriella riss ihnen die Zeitschrift aus den Händen. »Gar nichts ist das.«

Jetzt sahen die beiden mal wieder ziemlich beleidigt aus. Ein Gesichtsausdruck, der ihnen in den letzten Tagen ins Gesicht gefräst zu sein schien. Prompt standen Hannah und Felicitas auf und verließen den Speisesaal.

Was waren das nur für zwei nervige Puten! Wie hatte sie sich freiwillig dazu entschließen können, mit denen eine ganze Woche auf einer Insel zu verbringen? Obwohl – freiwillig? Es war doch vielmehr eine Idee ihres Agenten gewesen, zwei Freundinnen mitzunehmen. Und da hatte Gabriella an Hannah und Felicitas gedacht, die kannte sie zwar noch nicht allzu lange, genau genommen erst, seit die Sache mit den Romanen so erfolgreich lief und man sich ab und zu beim Promi-Italiener im Prenzlauer Berg traf, aber die Frauen waren meistens gut drauf gewesen und abenteuerlustig. Gabriella hatte gedacht, mit denen könnte sie eine gute Zeit haben. Nun, nach sechs Tagen gingen sie ihr jedoch nur noch auf den Geist. Gabriella wünschte sich Dario an ihre Seite, der morgens in aller Ruhe die Zeitung las, der oben auf dem Leuchtturm die herrliche Aussicht genossen und eine Schnulze gesummt hätte, der ihr bei ergreifenden Kinofilmen immer ein Taschentuch reichte, ohne dass sie ihn darum bitten musste. Ach, Dario! Alles aus!

»Das Problem ist: Ihr Agent verlangt eine Gegendarstellung!«, fuhr Jannike Loog fort. »Er meint, dieser Bericht schade Ihrem Image, deswegen müsse klargestellt werden, dass es sich um eine Verwechslung handelt.«

»Gut, soll er machen!«, sagte Gabriella. Im Grunde wäre das wunderbar, die Rettung aus höchster Not, ja, dachte sie erleichtert, bestimmt würde ihr Agent es wieder richten.

»Kommt nicht in Frage«, widersprach Jannike Loog jedoch.

»Warum nicht?«

Und jetzt sah man es deutlich: Die Falte, das Funkeln, das unterdrückte Zittern – die Hoteldirektorin war stinksauer. Trotzdem bemühte sie sich, die Fassung zu wahren: »Weil dann über mich berichtet würde, Frau Brunotte. Und Sie können sich nicht vorstellen, wie glücklich ich darüber bin, dass die Yellow Press mich im letzten Jahr anscheinend vergessen hat. Endlich bin ich privat und unbeobachtet. So soll es auf jeden Fall bleiben!«

Gabriella schüttelte den Kopf. »Das ist nicht mein Problem.« Natürlich konnte sie die Frau verstehen. Wer ließ sich schon gern beim Knutschen fotografieren? Und der Umgang mit den neugierigen Journalisten war manchmal wirklich kompliziert. Doch eine Berichtigung der *Close Up*-Story war unumgänglich. »Das sind schließlich Sie auf dem Foto. Also haben Sie auch die Verantwortung zu tragen. Ich kann solchen Ärger nicht gebrauchen!«

»Aber Sie haben doch erst für genau diesen Ärger gesorgt, indem Sie Ihre Trennungsgeschichte dermaßen öffentlich ausleben und uns einen berüchtigten Paparazzi und Klatschreporter ins Haus holen!« Nun wurde der Tonfall deutlich schärfer, auch wenn Jannike Loog die Lautstärke weiterhin drosselte. Es waren nicht mehr viele Gäste im Speisesaal, aber die wenigen sollten besser nichts mitbekommen. Das wäre schließlich für alle ziemlich unangenehm.

»Dafür haben Sie aber auch ordentlich kassiert, Frau Loog. Mein Agent sprach von zehntausend?«

»Die können Sie wiederhaben. Sofort! So viel ist mir meine Privatsphäre wert!«, zischte Jannike Loog. »Lassen Sie uns in mein Büro gehen, wo wir ungestört …«

»Ich wüsste nicht, was es noch zu besprechen gäbe!«

»Frau Brunotte, vorgestern im Kino habe ich Ihnen den Kopf gerettet. Nur deswegen sind wir überhaupt in diese missliche Lage gekommen! Ist das jetzt der Dank dafür, oder was?«

Da hatte sie natürlich nicht ganz unrecht. Jannike Loog war stets fair gewesen, engagiert und sehr loyal. Unter normalen Umständen wäre Gabriella ihr da jetzt auch entgegengekommen. Doch das hier waren keine normalen Umstände! Es ging nicht bloß darum, was die Welt oder die Leserschaft der *Close Up* von ihr dachte. Nein, das war überhaupt nicht wichtig, stellte Gabriella fest. Ihr war einzig und allein daran gelegen, dass Dario baldmöglichst erfuhr, dass diese Meldung nicht stimmte, das Foto ein Versehen war und sie – seine Gabriella – null Komma null Interesse daran hatte, andere Männer zu küssen. Also stellte sie auf stur, und Jannike Loogs Worte perlten an ihr ab.

Nach und nach verließen die anderen Gäste den Speisesaal. Doch Jannike Loog blieb sitzen. »Frau Brunotte …«

»Lassen Sie mich in Ruhe!« Sie erhob sich von ihrem Platz.

»Dann verlassen Sie mein Hotel.«

»Wie bitte?«

Jannike Loog stand nun ebenfalls auf, und obwohl sie einen halben Kopf kleiner war, schaffte es diese Frau tatsächlich irgendwie, auf Augenhöhe zu bleiben. »Sie haben richtig gehört: Wenn es Ihnen so schnurzegal ist, was aus anderen wird, wenn Sie nur das machen, was Ihr werter Herr Agent Ihnen eintrichtert, dann bestehe ich darauf, dass Sie Ihre Koffer packen und das Zimmer räumen. Dasselbe gilt für Ihre Freundinnen. Zeit genug haben Sie, am späten Nachmittag geht noch eine Fähre.«

»Aber …«

»Ich werde keine Rechnung schreiben, und wenn Sie es auf einen Prozess wegen entgangener Urlaubsfreuden ankommen lassen möchten, bitte schön! Ist mir egal, ich kann eine Person wie Sie hier nicht länger ertragen!«

Es fühlte sich an wie eine Ohrfeige. So hatte lange niemand mehr mit ihr gesprochen. Was bildete diese Jannike Loog sich eigentlich ein … Gabriella schluckte trocken, während sie der Hoteldirektorin hinterherblickte. Deren entschlossener Gang Richtung Küche ließ keinen Zweifel, dass der Rauswurf ernst gemeint und wahrscheinlich endgültig war.

Das war ganz schön unverschämt. Aber vielleicht hatte es auch sein Gutes. Ohnehin war ihr die Lust auf Freundinnenurlaub restlos vergangen. Die Aussicht, am Nachmittag auf der Fähre zu sitzen und nach Hause zu fahren, war durchaus erträglich. Also ging Gabriella nach oben in ihr Zimmer, brauchte nur wenige Minuten zum Kofferpacken, denn darin hatte sie aufgrund ihrer häufigen Lesereisen Übung. Danach klopfte sie bei Hannah und Felicitas, teilte ihnen die unschöne Neuigkeit mit, ignorierte deren Maulen und bat lediglich, dass sie sich um ihren Koffer kümmern mögen, weil sie vor der Abfahrt des Schiffes noch einen Spaziergang machen wolle. Warum, wohin, wie lange – all diese Fragen ließ Gabriella unbeantwortet. Nicht dass die beiden noch auf die Idee kamen, sie zu begleiten. Denn sie wollte allein sein. Ihren Gedanken nachhängen. Ihren Gefühlen nachspüren. Auch wenn es so pathetisch klang, dass sie es in einem Roman niemals schreiben würde: Sie wollte in den letzten Stunden auf der Insel zu sich selbst finden. Dass dies am besten im Wattenmeer gelingen würde, dort, wo sie bei der geführten Wanderung die schönsten Stunden ihrer kleinen Auszeit verbracht hatte, lag für Gabriella auf der Hand. Sie sehnte sich geradezu nach dem würzigen Aroma der Salzwiesen, die weder Meer noch Land, sondern irgendetwas dazwischen waren. Also schnappte sie sich das Leihfahrrad, das sie ja ohnehin noch im Inseldorf abgeben musste, und folgte dem geschlängelten Weg durch die Dünen, der ihr in den vergangenen Tagen richtig vertraut geworden war.

Endlich allein. Endlich niemand an ihrer Seite, an ihrem Telefon oder sonst wo, der die Richtung vorgab, der bestimmen wollte, was sie am Leib trug und wann sie anzukommen hatte. Sie lenkte, trat in die Pedale, langsam oder schnell, ganz wie es ihr gefiel. Einmal blieb sie sogar stehen, einfach weil ein Fasanenweibchen mit drei Küken den Weg kreuzte. Das tat erstaunlicherweise richtig gut. Obwohl oder gerade weil Gabriella vorhin eine Lektion erteilt worden war, die gesessen hatte. Und die, nebenbei bemerkt, nur in Bezug darauf gerechtfertigt war, dass es schlauer gewesen wäre, in aller Stille zu trauern. Alles andere war völliger Blödsinn. War wohl überlastet, die Hotelmutti. Wenn es sich wirklich so verhielte, wie Jannike Loog behauptete, dann hätten sich ihre Mitmenschen doch schon längst bei ihr beschwert, oder? Aber vielleicht war es ja so, dass ihr bislang niemand die unangenehme Wahrheit ins Gesicht sagen wollte, weil sie so berühmt war, so erfolgreich, so produktiv, so reich. Plötzlich meldete sich eine vage Unsicherheit. Was, wenn der Vorwurf stimmte? Wenn sie wirklich eine unerträgliche Person war, der es egal zu sein schien, wie es den anderen ging, und die aus Gedankenlosigkeit alle wichtigen Entscheidungen ihrem Agenten überließ?

Ach Quatsch, dachte Gabriella, scheuchte dieses Ungetüm aus Zweifeln fort und freute sich lieber über die Sonnenstrahlen, die gerade zwischen den hellgrauen bauschigen Wolken hervorbrachen und ihr Gesicht wärmten. Am liebsten hätte sie die Augen geschlossen. Gab es solche Momente in Berlin eigentlich auch? Wahrscheinlich schon. Sobald sie zurück war, würde sie sich für Entdeckungen Zeit nehmen und zum Beispiel mal im Volkspark spazieren gehen, statt immer nur am Schreibtisch zu sitzen, den Abgabetermin für das Manuskript im Nacken. Der Gedanke gefiel ihr: Ja, sie würde einiges ändern, vielleicht sogar selbst mal den Rasen mähen, statt entnervt auf den Gärtner zu warten. Sie könnte auch Unkraut zupfen, Blumen pflanzen, die Goldfische füttern – und dazu eine Tasse Cappuccino ... ach nein. Sie seufzte. Der Morgenkaffee würde nur halb so gut schmecken, wenn er nicht von Dario serviert wurde.

Gabriella war am Deich angekommen, lehnte das Fahrrad gegen eine Bank, zog die Schuhe aus und verstaute sie auf dem Gepäckträger. Dann spreizte sie genussvoll die nackten Zehen, hob ihr Kleid bis über die Knie und reckte und streckte sich anschließend, dass es von weitem aussehen musste, als machte sie Yoga oder etwas ähnlich Meditatives. So ganz abwegig war das ja auch nicht, für Gabriella war es tatsächlich unglaublich entspannend, barfuß auf das Meer zuzugehen. Das kurze Gras kitzelte unter ihren Sohlen, bis die Deichwiese immer feuchter und glatter wurde und schließlich ins Watt überging. Sie hatte ein Ziel: diese Untiefe in der Nähe des Flugplatzes, wo sich einem der phänomenale Rundumblick präsentierte. Angst hatte Gabriella nicht, auch wenn der Wattführer sie mehrfach auf die Risiken dieses unsteten Gewässers hingewiesen hatte. Doch ihre inzwischen erworbene Kenntnis über die Abläufe an der Küste verriet ihr: Wenn erst am späten Nachmittag wieder eine Fähre ging, dann müssten sie jetzt Ebbe haben. Ihr blieb reichlich Zeit für die Wanderung zum *Oosteroog*. Keine Gefahr also.

Ihr kam dieser Spruch in den Sinn. *Die Liebe ist wie das Wattenmeer* ... Bestimmt stand der in jedem friesischen Poesiealbum mindestens dreimal. Wie ging er noch weiter? *Wenn die Strömungen des Alltags sie bedecken, erkennt man erst die Gefahrenstellen* ... oder so ähnlich.

Da war schon was Wahres dran.

Damals, als sie Dario kennengelernt und nach knapp zehn Monaten geheiratet hatte, da waren sie so weit entfernt gewesen von den Strömungen des Alltags. Kurz davor hatte ihr erstes Buch die Bestsellerlisten gestürmt, sie hatte ihren ungeliebten Job im Schuhladen geschmissen und trotzdem genügend Geld gehabt – dazu dieser Mann mit den schwarzen Augen, der mit Samtstimme die schönsten Komplimente machte. Dario und sie waren in der Gegend herumgereist, hatten den besten Wein getrunken, wunderbar gegessen, tolle Hotels besucht ... und geheiratet. Irgendwie hatte Gabriella damals geglaubt, es würde immer so weitergehen und entsprechend ewig wunderbar bleiben. Doch dann war die Sache mit Darios Rücken passiert. Ein spektakuläres Leben wurde ausgebremst durch eine so unspektakuläre Diagnose: subligamentärer Bandscheibenvorfall mit temporärer Reithosenanästhesie. Da klang doch der triste Alltag in jeder Silbe mit. Statt Reisen wurde Ruhe verordnet, statt im romantischen Hotel auf den Malediven residierten sie vier Wochen in einer Reha-Klinik im Emsland, statt wunderbarem Essen gab es Diätvorschläge der behandelnden Ärzte. Das war frustrierend gewesen. Wahrscheinlich mehr für sie als für Dario, der sein Schicksal eher gelassen hingenommen hatte. Aber Gabriella hatte es furchtbar genervt, dass sie jetzt eigentlich die Welt erobern könnte und stattdessen in Berlin festsaß, schreiben musste wie eine Besessene, immer mit dem Blick auf den Mann im Liegestuhl, der die agilen Jahre bereits hinter sich gelassen hatte.

Jetzt blickte sie nach vorn. Ein Wald aus Windrädern wuchs am Horizont. Darüber der Himmel, der noch immer bedeckt war, aber ab und zu ein bisschen Sonne durchließ, als wolle er die Vorfreude auf den nun hoffentlich bald beginnenden Hochsommer schüren.

Sie wusste noch, dass sie jenseits der Fahrrinne links abbiegen musste, vorbei am kleinen Steinwall, die Leuchttonne der Hafeneinfahrt genau im Rücken. Mal war der Boden trocken und fest wie Beton, dann wieder stieg sie durch Wasserrinnen, kleine Strudel bildeten sich an ihren Knöcheln, grüne Algen blieben an der Wade hängen, kurz nur, dann zog die Strömung sie weiter mit sich fort.

Seltsam, Gabriella verspürte eine deutliche Sehnsucht nach Dario, ihrem Mann. Nein, sie wollte nicht zu ihm zurückkehren, auf keinen Fall, doch es war wirklich höchste Zeit, mit Dario zu reden, nur sie beide, als das Paar, das vor vier Jahren geheiratet hatte und inzwischen nicht mehr glücklich miteinander war. Was würde er sagen? Hatte er womöglich auch etwas an ihr auszusetzen? Bestimmt! Einem Mann wie Dario gefiel es sicher nicht, wenn seine Frau sich von ihrem Agenten fremdbestimmen ließ. Das hatte er eventuell ab und zu mal zu verstehen gegeben. Sie erinnerte sich schwach. Wahrscheinlich hatte ihr Frust damals einfach so sehr im Vordergrund gestanden, dass Darios Argumente gar nicht zu ihr durchdringen konnten. War das so eine Gefahrenstelle in ihrer Ehe gewesen? Eine, die sich erst in den Strömungen des Alltags bemerkbar gemacht hatte? Statt sich dessen bewusst zu werden und nach Lösungen zu suchen, hatte Gabriella lieber die Flucht ergriffen. War es so?

Sie ging jetzt schneller, auch wenn es anstrengend war und ihre Kondition durch den Schreibtischjob zu wünschen übrig ließ, war es ihr ein Bedürfnis, zu rennen. Die Sohlen klatschten, wenn sie auf den feuchten Sand trafen, und sie schmatzten, wenn sie sich daraus erhoben. Dazu Gabriellas Keuchen, ihr Stöhnen und irgendwann auch ihr Schluchzen. Immer weiter Richtung *Oosteroog*. Da hinten war er bereits zu erkennen, der sanfte Hügel erhob sich aus der graubraunen Landschaft, gleich war sie da. Dort würde sie stehen bleiben, durchatmen und eine Entscheidung treffen, wie ihr Leben in Zukunft verlaufen sollte ...

Doch ein Stück Metall, ein alter, vergessener Anker, der einige Zentimeter tief im Schlick verborgen lag, bremste sie aus. Sie blieb mit dem linken Fuß daran hängen, eine scharfe Ecke bohrte sich zwischen zwei Zehen, riss die Haut auf.

Doch die blutende Wunde spürte sie kaum, da der abrupte Stopp Gabriella zu Fall brachte, ohne dass sie sich mit den Armen hätte abfangen können. Ein fieses Knacken war zu hören. Hätte auch ein morsches Stück Holz sein können, zersplitterndes Treibgut in der Nordsee. Es war jedoch ihr Knöchel. Gabriella schrie. Einige Seevögel flogen erschrocken auf. Der Schmerz kroch schnell und heiß vom Fuß das Schienbein hinauf, erklomm die Knie und Oberschenkel, dann wurde er vom Rückenmark direkt ins Gehirn geschickt wie auf einer Umgehungsstraße. Und sobald er ihr mit voller Wucht ins Bewusstsein stieß, verstummte sie. Eine freundliche, gefährliche Ohnmacht bot sich Gabriella in diesem Moment an. Schließ die Augen, lass dich sinken, schalte dich aus, dann tut nichts mehr weh. Alles war friedlich. Die Seevögel schwammen schon wieder im Priel. Es interessierte sie nicht im geringsten, dass wenige Meter neben ihnen eine große Frau bewegungslos am Boden lag, deren Kleid sich mit salzigem Wasser vollzusaugen begann.

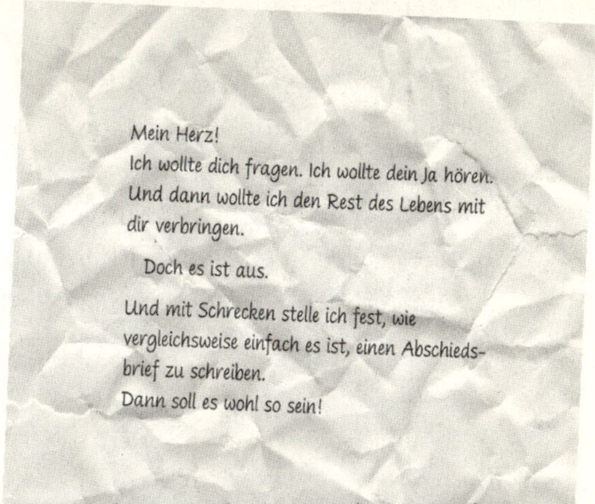

Mein Herz!
Ich wollte dich fragen. Ich wollte dein Ja hören.
Und dann wollte ich den Rest des Lebens mit dir verbringen.

Doch es ist aus.

Und mit Schrecken stelle ich fest, wie vergleichsweise einfach es ist, einen Abschiedsbrief zu schreiben.
Dann soll es wohl so sein!

Ich zerreiße diesen letzten Brief. Auch ihn wirst du niemals lesen. Genau wie die anderen zuvor. Es soll mein Geheimnis bleiben, wie ich geplant und gefühlt und gezweifelt habe. Ich habe versagt. Warum kann ich nicht einfach sagen, was ich möchte? Und es dann durchziehen? Doch das gelingt mir nie, nicht nur in Liebesdingen bin ich da unfähig, sondern auch überall sonst. Ich bin der traurigste Mensch der Welt und könnte mich gleichzeitig ohrfeigen für so viel Schwäche und Sentimentalität. Du hast Besseres verdient, mein Herz. Der Mülleimer unter meinem Schreibtisch ist voll. Übermorgen wird die Papiertonne geleert. Ein guter Zeitpunkt, die vielen gescheiterten Versuche zu entsorgen. Als hätte es ihn nie gegeben.

Diesen Wunsch.

Für immer dein zu sein.

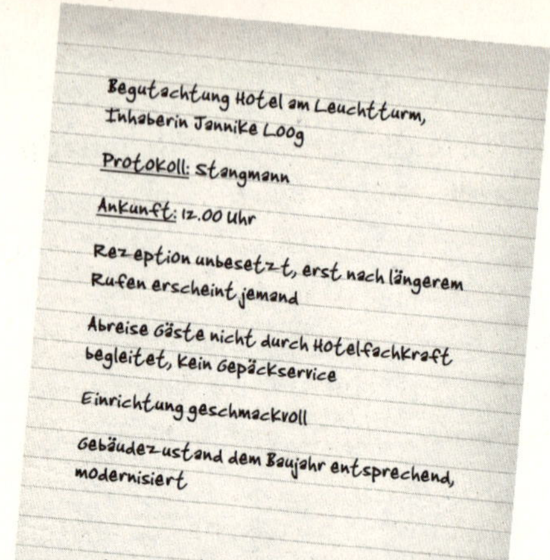

Begutachtung Hotel am Leuchtturm,
Inhaberin Jannike Loog

Protokoll: Stangmann

Ankunft: 12.00 Uhr

Rezeption unbesetzt, erst nach längerem
Rufen erscheint jemand

Abreise Gäste nicht durch Hotelfachkraft
begleitet, kein Gepäckservice

Einrichtung geschmackvoll

Gebäudezustand dem Baujahr entsprechend,
modernisiert

Jannikes Puls wummerte immer noch wie eine Technoband in den Neunzigern: 160 beats per minute, dum dum dum dum, Hyper Hyper! Selten war sie so schreiend wütend gewesen. Der Bericht in der *Close Up* war der Super-GAU, in jeder Hinsicht. Nicht nur, weil sich die Medien womöglich wieder daran erinnerten, dass auf der Insel in der Nordsee diese ehemals so berühmte Sängerin und Moderatorin lebte und liebte. Sondern auch und vor allem wegen Mattheusz.

Der wurde jetzt nämlich permanent belagert. Abgesehen vom eher schüchternen Redakteur des *Inselboten*, interessierten sich auch diverse Promi-Shows des Privatfernsehens (»Ist es nicht herausfordernd, mit einer Frau zusammen zu sein, die sich auf knallharte Sexszenen spezialisiert hat?«) für die angebliche Affäre. Hysterische Radiosender aus Berlin, Hamburg und sogar Danzig wollten seine Lovestory in den *besten Mix* der *besten Hits* quetschen. Der dicke Thobald von der *Close Up* entblödete sich nicht, nachzufragen, ob das tatsächlich die Brunotte sei auf seinem Foto, er hätte da was läuten ..., aber Danni legte auf, noch bevor er den Satz zu Ende bringen konnte. Das *Silberne Blatt* hatte natürlich bereits mehrfach angerufen, um den Vorsprung der Konkurrenz aufzuholen. Und nachdem die hartnäckige Reporterin endlich kapiert hatte, dass niemand in diesem Hotel den knutschenden Koch an den Apparat rufen würde, damit sie dem Ärmsten ein Loch in den Bauch fragen konnte, war sie irgendwie an Mattheusz' Handynummer gekommen, um auf direktem Weg das Neueste aus seinem Liebesleben zu erfahren. Gott sei Dank bewahrte ihn das Funkloch vor der Dauerbelagerung.

Das war der denkbar schlimmste Start in eine Romanze. Kein Wunder, dass seit dem Kuss vorgestern Abend nichts mehr passiert war zwischen Jannike und Mattheusz, beide waren in eine Art Schockstarre gefallen. Bloß nicht zu nah kommen. Auf keinen Fall küssen. Am besten nie wieder. Viel zu gefährlich. Eigentlich war es zu harmlos, Gabriella Brunotte und ihr Gefolge lediglich aus dem Hotel zu schmeißen. Da wäre noch mehr drin gewesen. Augen auskratzen zum Beispiel. Allen dreien. Oder Hälse umdrehen.

Doch dazu blieb keine Zeit. Es war schon Mittag, heute war der Leuchtturm geöffnet, und Jannike musste noch ein paar Kuchen für die Touristen backen, die nach der Besteigung des Seezeichens eine kleine süße Stärkung gebrauchen konnten. Keine Zeit für Rachegelüste also. War wahrscheinlich ganz gut so.

Und so ein Hefeteig war vorzüglich dazu geeignet, seine Wut daran auszulassen. Je besser er geknetet, gewalzt und geknautscht wurde, desto vollkommener würde er später im Ofen über sich hinauswachsen. Die bereits im Abtropfsieb wartenden Brombeeren hatten alle Chancen, auf dem fluffigsten Kuchenboden der Welt zu landen. Mehl, Hefe, Milch, Zucker – und dann stellte Jannike sich vor, Gabriella

Brunotte und ihren Agenten mal zwischen die Finger zu kriegen ...

»Hallo? Jemand da?«, hörte sie eine ungeduldige Frauenstimme im Flur krakeelen.

Sie spülte eilig die fettigen Hände ab, rieb sie am Geschirrtuch trocken und ging zur Tür. Eigentlich hatte Danni Dienst und hätte vorne im neuerdings zur Rezeption umgewandelten Büro sitzen müssen. Doch er hatte sich für heute kurzfristig freigenommen und war wahrscheinlich auf dem Weg zu Siebelt. Zumindest hatte er vorgehabt, heute ganz bestimmt endlich seinen Bürgermeister zu fragen, wie es so lief mit der Kommunalaufsicht und warum er sich überhaupt nicht mehr meldete, seitdem Bischoff die Bombe hatte platzen lassen. Danni ging es richtig mies, er war dermaßen mit seinen eigenen Problemen beschäftigt, dass Jannike sich noch nicht einmal getraut hatte, ihm die aktuelle Tratschlektüre auszuhändigen. Eine große Hilfe würde er wahrscheinlich sowieso nicht sein, sondern eher für noch mehr Aufregung sorgen.

Bevor sie die Klinke drückte, musste Jannike noch einmal tief durchatmen. Sie hätte einiges dafür geboten, heute nicht in die Rolle der immer freundlichen Hoteldirektorin schlüpfen zu müssen. Vielleicht war genau diese kurze Atempause die Sekunde zu viel gewesen, denn als sie endlich die Tür öffnete, hatten eine ihr völlig unbekannte Frau und ihr ebenso fremder Begleiter bereits anderweitig Kontakt aufgenommen – ausgerechnet zu dem zum Duo zusammengeschrumpften Berliner Weibertrupp, der mit gepackten Koffern vor dem Hotel auf die Kutsche wartete. Jannike eilte durch die Diele, doch es war zu spät, das Gespräch war im Gange, und es nahm keinen erfreulichen Verlauf.

»Wir verlassen dieses sogenannte Hotel einen Tag eher. Aus gutem Grund, um ehrlich zu sein«, lamentierte gerade die Vegane. Und ihre Freundin mäkelte: »Unfreundliches Personal, Improvisation statt Professionalität, und diese hässliche Baustelle im Garten ...« Dann legten beide los, wollten sich gar nicht mehr einkriegen, es klang fast, als wären sie besser für eine Woche in einer Leberwurstfabrik abgestiegen als im *Hotel am Leuchtturm*.

»... heutzutage noch ein solches Funkloch ...«

»... außer uns nur alte Leute ...«

»... viel zu weit ab vom Schuss ...«

Die unbekannte Frau schob ihre Brille auf die Nasenspitze, schaute konzentriert über den Brillenrand und hörte interessiert zu, ihr Begleiter holte derweil eine Schreibkladde aus seiner Aktentasche und begann sich Notizen zu machen. Warum tat er das?

Ach ... jetzt fiel es Jannike siedend heiß ein, und obwohl sie vorhin noch sicher gewesen war, der Tag könne schlimmer nicht werden, musste die Skala des Grauens für heute nach oben hin korrigiert werden: Das waren die Hoteltester! Die hatten vorgestern ihr Kommen noch einmal bestätigt, was Jannike in all der Aufregung total vergessen hatte. Zudem waren Danni und sie bislang davon ausgegangen, dass die GaHoVe-Delegation eher mit dem späten Schiff anreisen und erst zum Abendessen auftauchen würde. Aber dem war leider nicht so: Hier standen sie, live und in Farbe, das Notizbuch im Anschlag, und erhielten gerade eine detaillierte Beschreibung, dass hinter den roten Hotelmauern der nackte Wahnsinn tobte.

Sagte man nicht, der erste Eindruck zählt? Na, dann gute Nacht!

Plötzlich schauten alle in ihre Richtung, die beiden Brunotte-Busenfreundinnen mit gehässigen Gesichtern, die Hoteltester eher neugierig. Wahrscheinlich waren die jetzt mordsmäßig gespannt auf die »total arrogante, unfähige Hoteldirektorin«, die es den Gästen unmöglich machte, »auch nur eine Sekunde länger zu bleiben«.

»Moin«, sagte Jannike, ging die paar Schritte auf die Neuankömmlinge zu und reichte beiden die Hand. Sie hoffte, der Händedruck würde souverän wirken, vorsichtshalber fasste sie ein bisschen beherzter zu, als sie es normalerweise tat. »Frau van Freeden vom *Gastronomie- und Hotelverband*, nehme ich an?«

»Richtig!«, sagte die Angesprochene. »Mein Assistent, Herr Stangmann, und ich wollen uns ein bisschen bei Ihnen umsehen. Ich hoffe, Sie haben Zeit?«

Es war nicht zu übersehen, dass die Lästerschwestern sich vor Schadenfreude kaum einkriegten, als sie gewahr wurden, wem genau sie soeben ihre Leidenszeit im Inselhotel geschildert hatten. Trotzdem schaffte Jannike es, sich von beiden mit ausgesuchter Höflichkeit zu verabschieden. »Und ich bitte Sie, falls es Anlass zur Kritik gegeben haben sollte, teilen Sie uns das unbedingt mit, per Mail, Brief oder Anruf, ganz wie es Ihnen passt. Wir arbeiten immer daran, unseren Service für die Gäste zu optimieren!« Puh, die letzten Sätze hatten Jannike einiges abverlangt. Beinahe stolz auf sich selbst, führte sie die Hoteltester zur neuen, irgendwie doch behelfsmäßig wirkenden Rezeption.

»Passiert es bei Ihnen öfter, dass Gäste eher abreisen?«, fragte Frau van Freeden geradeheraus.

»Im Gegenteil, viele verlängern ihren Aufenthalt sogar,

weil es ihnen so gut gefallen hat. Und obwohl wir erst im letzten Jahr eröffnet haben, begrüßen wir schon ein paar Stammgäste zum zweiten oder dritten Mal.«

»Aha«, machte die Testerin.

Hatte Jannike etwa zu dick aufgetragen? Aber ihre Behauptung war ja nicht gelogen, noch nicht einmal übertrieben. Die allermeisten Gäste hatten sich bei ihnen sehr wohlgefühlt und waren voll des Lobes gewesen: so ein liebenswertes Haus, so ein grandioses Frühstück, der Blick in die Dünen, diese Ruhe – das hatte sie sich doch nicht eingebildet! Trotzdem fühlte Jannike sich in etwa so unwohl wie damals in der Schule, wenn sie im Französischtest eine Zwei geschrieben hatte, obwohl sie die Vokabeln nicht gewusst, sondern nur geraten hatte.

Zum Glück reagierte der Assistent deutlich gelassener. »Es gibt ja immer solche Motzköpfe, Frau Loog, machen Sie sich mal keine Sorgen, wir sind nicht neu im Hotelgewerbe und kennen das. Am besten zeigen Sie uns mal direkt die Zimmer, aus denen die beiden Damen eben ausgezogen sind, dann können wir uns ja ein eigenes Bild machen, ob die Kritik gerechtfertigt ist oder nicht.«

»Gute Idee!«, fand Jannike. »Möchten Sie denn vorher noch eine Tasse Kaffee oder Tee …«

»Nein«, unterbrach Frau van Freeden kühl. »Bitte erst die Zimmerbesichtigung!«

»Also gut, dann folgen Sie mir …«

Jannike ging zur Treppe und versuchte, sich selbst zu beruhigen. Eigentlich glich das Ganze ja dem Prozedere, wenn neue Gäste begrüßt und das erste Mal durchs Haus geführt wurden. Schon unzählige Male hatte sie diese Sprüche aufgesagt: Hier ist der Speisesaal, dort an der Küchentür dürfen Sie klopfen, wenn niemand da ist, und nun schauen wir uns mal Ihre Zimmer an ... Doch heute war es anders, furchtbar anders. Als hätte ihr jemand einen besonders sensiblen Filter vor den Blick geschraubt, sah sie Dinge, die sie noch nie zuvor bemerkt hatte. Denn wären sie ihr aufgefallen, sie hätte das doch alles längst in Ordnung gebracht: Dieser feine Haarriss im Putz direkt über der Fußleiste – Mensch, den hätte man mit ein bisschen Spachtelmasse noch schnell kaschieren können. Und hing der Spiegel über der Kommode schon immer so schief? Okay, nur einen Hauch linkslastig, aber so etwas entging ihren Augen doch eigentlich nicht, und Danni reagierte geradezu allergisch auf Asymmetrie. Mist, bei der Stehlampe neben dem Lesesessel funktionierte eine Birne nicht. Und außerdem hatten die Treppenstufen ganz sicher noch nie so laut geknarrt wie jetzt.

»Ist doch alles ganz hübsch«, sagte Frau van Freeden, als sie oben angekommen waren.

Meinte die das jetzt ironisch? Jannike fand auf einmal gar nichts mehr hübsch in diesem Haus. Nett vielleicht. Ganz ordentlich eventuell. Man konnte es aushalten. Besser als Geisterbahn immerhin. Die Tür zu Zimmer 8, in dem Gabriella Brunotte gewohnt hatte, war nur angelehnt. Wahrscheinlich war Lucyna schon am Bettenabziehen. Sie hatte darum gebeten, bis zum Wochenende statt zum Frühstücksdienst lieber fürs Putzen eingeteilt zu werden. Bis zu Ingos Hochzeit. Die rot geweinten Augen der vergangenen Nacht waren nichts, was man den Gästen am Morgen gern präsentierte.

Doch damit hatte Jannike wirklich nicht gerechnet: Im Zimmer war noch nichts gerichtet, und Gabriella Brunotte hatte es nach ihrem Rauswurf wohl nicht für nötig gehalten, wenigstens für rudimentärste Ordnung zu sorgen.

»Haben Sie etwa kein tägliches Housekeeping?«, fragte der Assistent, die Schreibkladde fest umklammert.

So, wie es hier aussah, konnte man wirklich kaum glauben, dass die Sauberkeitsexpertinnen Bogdana und Lucyna jemals auch nur einen Fuß in dieses Zimmer gesetzt hätten. Schwarze klebrige Streifen von Teer zogen sich über den flauschigen Bettvorleger, und auf dem Fußboden war so viel Sand, dass man – zusammengefegt und in Förmchen gepresst – einige Kuchen daraus hätte backen können. Auf dem Ganzkörperspiegel gab es nur wenig blanke Stellen, da er übersät war von Fingerabdrücken und einer anderen Schmiere, eventuell Make-up. Zerknüllte Taschentücher waren im Zimmer verteilt worden wie die bunten Eier am Ostersonntag im Garten. Gabriella Brunottes Schlaf musste mehr als nur unruhig gewesen sein, das Laken hatte sich von der Matratze geschoben, die Kissen waren zerdrückt, und die Bettdecke wies einen Fleck auf, der verriet, dass die Schriftstellerin vor dem Schlafen gerne Rotwein trank. Zudem war der rechte Vorhang aus der Schiene gezogen worden und hing halb herunter, was dem Zimmer den Rest gab. Eine Sechs-Mann-Studenten-WG im Bahnhofsviertel von Köln nach einer Freibierparty hätte nicht ungemütlicher sein können.

Und als ob das nicht genug wäre, um die Hoteltester komplett gegen Jannike aufzubringen, saß mitten im Chaos die süße Lucyna heulend auf dem Putzeimer, schnäuzte ihre rote

Nase und stotterte: »Ent-schul-di-gung. Wusste ich nicht, dass jemand kommt.«

Die *GaHoVe*-Delegation war sprachlos. Was jetzt wohl gerade in deren Köpfen vorging? Jannike wollte es lieber gar nicht wissen. »Ich würde vorschlagen, Sie trinken jetzt doch lieber erst einmal etwas«, brachte sie gerade noch hervor und war erleichtert, dass Frau van Freeden und Herr Stangmann sich widerstandslos nach unten zur Sonnenterrasse geleiten und dort von Bogdana umsorgen ließen. Mit Kaffee und Kuchen konnte nichts schiefgehen, da waren sie in Übung ... hoffentlich.

Sobald die beiden versorgt waren, rannte Jannike wieder nach oben und zwang Lucyna, die plötzlich in einen manischen Putztrieb verfallen war, sich wieder hinzusetzen. Dieses Mal auf das kleine Sofa, der unbequeme Eimer war nicht geeignet für unbequeme Gespräche, wie sie mit Lucyna eins führen musste.

»Jetzt feuerst du mich, oder?«, fragte Lucyna.

»Unsinn! Warum sollte ich das machen?«

»Weil hier ist es so schmutzig, und ich mache trotzdem Pause und heule rum vor Gästen.«

Jannike setzte sich seufzend auf die Bettkante. »Also, dass es hier schmutzig ist, ist ja schon mal nicht deine Schuld, das hat diese Brunotte zu verantworten. War es hier jeden Tag so unordentlich?«

Lucyna nickte. »Haben wir immer mindestens Dreiviertelstunde gebraucht.«

»Als Bestsellerautorin hat man ja zu Hause bestimmt eine eigene 24-Stunden-Putzfrau, da kann man's sich leisten, alles stehen und liegen zu lassen«, sagte Jannike.

»Kein Problem, solche Gäste gibt es immer. Kenne ich schon aus *Hotel Bischoff*.«

»Aber dass du jetzt schon fast vier Wochen lang unglücklich bist, das ist ein Problem.«

Lucyna brauchte ein neues Taschentuch. »Ist das nicht wegen Arbeit.«

»Schon klar, Lucyna. Ich habe Augen im Kopf, kann eins und eins zusammenzählen und glaube, dass du in Frachtschiff-Ingo verliebt bist. Stimmt das?«

Lucyna nickte, und zwei Tränen fielen auf den sandigen Boden.

»Du hättest mir gleich sagen sollen, dass du seine Hochzeit nicht organisieren willst.«

»Hab ich doch.«

Stimmt, dachte Jannike, aber da hatte sie entweder nicht richtig hingehört oder war zu sehr mit ihrem eigenen Kram beschäftigt gewesen. »Ich hab dir doch auch angeboten, dass du die Sache abgeben kannst, wenn sie dir zu viel wird.«

Nun meinte die arme Lucyna, sich rechtfertigen zu müssen. »Ist auch alles klar. Blumengestecke werden morgen geliefert, drei Freunde kommen schon früh und helfen mit, Stühle auf den Leuchtturm tragen. Mattheusz und Oma Maria haben halbe Tonne Heringssalat gemacht …«

»Hey, das meine ich doch gar nicht. Ich habe nicht den geringsten Zweifel, dass du das alles wunderbar auf die Reihe gekriegt hast und wir uns morgen keine Sorgen machen müssen, dass etwas schiefläuft.« Sie ließ sich einen Moment Zeit, bevor sie ergänzte: »Abgesehen davon, dass natürlich etwas gewaltig schiefläuft, wenn der Mann, für den du schwärmst, eine andere heiratet, weil diese ein Kind von ihm bekommt.«

Taschentuch Nummer zwei war dran. Der Tränensturm dauerte dieses Mal etwas länger. »Ist nicht Schwärmen, wir sind verliebt«, schluchzte Lucyna und schaffte es auch, ihre Geschichte zu erzählen. Von den letzten zwei Jahren mit Frachtschiff-Ingo, die sich so richtig angefühlt hatten und wohl trotzdem ein Fehler gewesen waren. Das zusätzliche Problem, dass Mutter Bogdana davon besser nichts mitbekommen sollte, weil sie so konservativ war und schrecklich schimpfen würde, war eher nebensächlich, erklärte aber, warum Lucyna ihren Liebeskummer immer nur mit sich allein ausgemacht hatte. Zum Beispiel, während sie versiffte Hotelzimmer wienerte. »Und jetzt eben ich schaue auf die Uhr, und es ist zwölf. Da denke ich: Morgen um diese Zeit ist Ingo schon verheiratet. Da wurde es so schlimm, es tut mir leid, ich konnte nicht mehr putzen!«

»Glaubst du denn, dass er eigentlich dich liebt?«, fragte Jannike.

»Ja. Nein.« Sie zog die Nase hoch. »Doch, eigentlich glaube ich das. Und manchmal ich wache morgens auf und denke, ist alles nur ein böser Traum. Aber dann fällt mir wieder ein diese rote Unterwäsche und dass Ingo nackt neben Elka ist im Bett aufgewacht und dann das Baby und ...«

Das war schon eine harte Nummer, dachte Jannike. Wahrscheinlich auch für Ingo, doch ihr Mitleid für ihn hielt sich in Grenzen. Dass die Probleme mit der Fracht kein Zufall, sondern vielmehr von ihm zielgerichtet verursacht waren, um dem kleinen Inselhotel zu schaden, da war sie sich inzwischen absolut sicher. Er hatte die Ware einfach unterschlagen. Und nicht nur das: Die Lieferungen über den Rathaus-Umweg waren dann von Bischoff aufgedeckt worden, seitdem musste Siebelt Freese um seinen Job bangen. Das alles ging irgendwie auf die Kappe von Ingo Hahn. Wenn Jannike ehrlich war: Sobald morgen diese Inselhochzeit über die Bühne gegangen war, würde sie den Kontakt zu diesem Kerl auf ein Minimum beschränken. Und Lucyna würde bestimmt ganz bald einen Besseren finden, auch wenn sie das jetzt in ihrem Herzeleid unvorstellbar fand. Jannike schaute auf die Uhr. Inzwischen war es eins. Frau van Freeden und Herr Stangmann saßen nun schon eine halbe Stunde da unten in der Sonne und tranken Kaffee, es war höchste Zeit, sich wieder zu ihnen zu gesellen, wenn sie ihre Lage nicht noch weiter verschlimmern wollte.

Lucyna schien ihre Gedanken zu erraten. »Ist schon gut. Ist bisschen besser. War wichtig, mal mit jemandem zu reden.« Sie stand auf, schob sich eine Strähne hinter das Ohr und griff sich den Wischlappen. Richtig tatendurstig sah das zwar nicht aus, aber immerhin besser als vorhin. »Danke, Jannike!«

»Schon okay!«, antwortete sie und dachte im Stillen: Ich hätte dir wirklich gern geholfen. Du bist so eine tolle Frau und hast nicht verdient, dass man dich so behandelt. Aber es führt kein Weg mehr daran vorbei: Morgen Mittag wird Frachtschiff-Ingo mit seiner Elka vor den Traualtar treten, und die ganze Insel wird applaudieren.

Das Leben konnte manchmal hart sein.

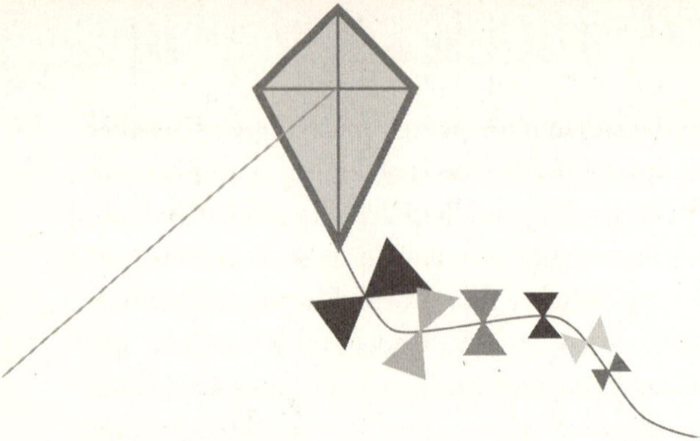

Keine Autos? Wer dachte sich denn so was heutzutage noch aus.

Dario war nun schon seit vier Stunden auf der Insel und hatte noch immer das Gefühl, er müsste nur einmal kräftig mit dem Fuß aufstampfen, und schon löste sich diese kleine Welt in Wohlgefallen auf. Das hier war nicht nur völlig anders, nein, es war das glatte Gegenteil von Berlin: kein Lärm, keine U-Bahn-Schächte, keine gestressten Menschen, keine Dönerbuden, keine Hundehaufen auf dem Bürgersteig. Dafür Pferdeäpfel, der Duft nach Sonnenmilch, Meeresfrüchten und Waffeln, die an einem kleinen Stand am Kurpark frisch gebacken und mit Zimt und Zucker bestreut wurden.

Sosehr er sich auch anstrengte, Gabriella konnte er sich auf diesem Sandhaufen kaum vorstellen. Auch wenn es ein reizvoller Gedanke war: Seine Frau ausgelassen und entspannt, mit nackten Füßen im Wasser ... Nein, er verbot sich diese Schwärmerei. Sie war für ihn gestorben. Seit er seiner völlig überrumpelten Mitpassagierin das Magazin aus den Fingern gerissen und den Artikel über Gabriellas Kuss mit einem Koch gelesen hatte, war ihm endgültig klar, dass es aus war. Eigentlich hätte er sich die Reise sparen können. Wahrscheinlich hupte in diesem Moment gerade der Umzugswagen vor dem Haus in Friedrichshain. Wenn er doch jetzt nur dort stünde, mit gepackten Kartons und einem kleinen bisschen Reststolz. Stattdessen war er hier, in der Fremde, an einem Ort, der eigentlich zum Glücklichsein gemacht war und ihm deshalb umso quälender erschien.

Terra promessa, un mondo diverso ... so besang es Eros. Nur hatte Dario keine Lust, hier auch nur irgendetwas zu entdecken.

Aus gutem Grund war er nicht weit gelaufen, nur die paar Meter vom Hafen in den Ort, wo er sich auf einer Parkbank niedergelassen hatte in der festen Absicht, sich nicht mehr zu rühren, bis es Zeit für die Nachmittagsfähre war. Er hielt den Blick gesenkt, zu groß war die Angst, von irgendjemand als der gehörnte Ehemann von Gabriella Brunotte erkannt zu werden. Oder, schlimmer noch, plötzlich seine Frau mit ihrem Koch Arm in Arm vorbeispazieren zu sehen. Sein Rücken tat weh von der langen Fahrt, doch sein Herz schmerzte tausendmal schlimmer.

»Das gibt's ja nicht, der Dario!«, kreischte plötzlich eine Stimme direkt neben ihm, und bevor er sich's versah, fand er sich in den Armen zweier aufgekratzter Frauen wieder. Erst als sie von ihm abließen, erkannte er ausgerechnet Hannah und Felicitas, zwei von Gabriellas sogenannten Freundinnen, denen er noch nie über den Weg getraut hatte. Küsschen links und Küsschen rechts, leider konnte Dario die Lippenstiftspuren und das Gefühl, verarscht zu werden, nicht gleich wieder abwischen. Er war sicher, sobald er außer Hörweite war, lästerten sie über ihn, weil er alt war, Rücken hatte und aus ihrer Sicht in tausend Jahren nicht zum Traummann taugte. Manchmal hatte er sogar den Verdacht, dass Leute wie diese beiden doppelgesichtigen Schlangen Gabriella dazu gebracht hatten, sich von ihm zu trennen.

»Was machst du denn hier, um Himmels willen?«, fragte Hannah.

Felicitas stupste ihm in die Seite, als wäre er ein großer Plüschteddy, den man bei der Losbude als Hauptpreis gewinnen konnte, der dann aber zu Hause immer nur Platz wegnahm und irgendwann auf dem Sperrmüll landete. »Die Gabriella wird sich freuen, dich zu sehen. Sie hat so viel von dir gesprochen!«

»Wirklich?« Was wollten die bloß von ihm? Die beiden waren als Komplizinnen mit auf die Insel gereist. Bestimmt hatten die von dem süßen Koch geschwärmt und Gabriella zugeraten, sich so bald wie möglich einen neuen Liebhaber zu suchen. Ihr dämliches Gesäusel verursachte ihm Übelkeit.

»Warte, ich schick ihr 'ne Nachricht aufs Handy, damit sie weiß, dass du da bist!« Hannah tippte auf ihrem Smartphone herum.

In der Zwischenzeit bastelte Dario sich eine Geschichte zurecht: dass er bloß hierhergereist sei, um Gabriella zu sagen, wie gut er die Idee mit der Trennung finde. Weil er ja auch schon längst eine andere Frau in sein Herz geschlossen habe – eine Notlüge, damit er nicht ganz so gottverlassen dastand. Da sei die Scheidung in beiderseitigem Interesse und wirklich nur eine logische Konsequenz, man könne ja eng befreundet bleiben. Und um das zu demonstrieren, sei er zur Insel gekommen, es gebe keinen Grund für Vorwürfe, Gabriella brauchte sich nicht sorgen, dass er Ärger machen werde und so weiter und so fort.

»Komisch, die meldet sich gar nicht«, unterbrach Hannah irgendwann seinen Gedankenfluss.

»Vielleicht das Funkloch?«, sagte Felicitas und fügte erklärend hinzu, dass die hier auf der Insel so was von zurückgeblieben seien mit der Technik.

»Die Message wurde aber zugestellt«, sagte Hannah und zeigte auf zwei kleine Häkchen hinter ihrer Textnachricht. Die beiden Frauen blickten sich an, und Dario konnte ihnen ansehen, was beide dachten: *Die ist bestimmt bei ihrem Koch. Da geht man nicht ans Handy. Da hat man Besseres zu tun.*

Er schluckte den Kloß im Hals weg und sammelte seine ganze Energie, um weiterhin gelassen zu wirken. »Ist nicht so dringend. Können wir auch später noch drüber reden.« Dann räusperte er sich und versuchte, das Thema zu wechseln. »Und, hattet ihr denn eine schöne Zeit?«

»Ja, ganz wunderbar!« Sie berichteten kichernd von Leuchttürmen, Kinobesuchen, polnischen Restaurants und jeder Menge Prosecco. »Aber am besten hat Gabriella, glaube ich, die Wattwanderung gefallen.«

Watt? Wanderung? Kaum vorstellbar. Gabriella fuhr ja schon zum Brötchenholen mit dem Auto, nein, stimmte nicht, eigentlich holte immer er die Brötchen. »Aha.«

»Da hinten beim grünen Häuschen über den Deich und dann ab in die Matschepampe. *Oosteroog* hieß die Stelle, wo wir hinmussten. Obwohl es da eigentlich gar nicht viel anders aussah als beim Rest ringsherum«, erzählte Hannah und machte Anstalten, sich neben ihn auf die Bank zu setzen.

Auf solche Gesellschaft hatte er überhaupt keine Lust, also erhob er sich. »Ach, dann gehe ich mir auch mal die Beine vertreten«, sagte er und lief in die Richtung, in die Hannah eben gezeigt hatte.

»Aber jetzt kannst du da nicht mehr hin. Ist schon wieder Flut.«

»Nur mal kurz gucken«, sagte er.

»Da muss man aufpassen, da ist es gefährlich!«

»Ja, ja!« Dann war es da eben gefährlich. Das ganze Leben war schließlich gefährlich. Es gab nichts hinter diesem Grashügel, was ihn schrecken könnte.

***

Das kurze Vibrieren in der Jackentasche war das Erste, was Gabriella Brunotte fühlte, als sie wieder zu sich kam. Eine Textnachricht? Aber wer? Wie? Sie wollte nach dem Gerät tasten, doch ihr Arm war seltsam schwer und klebte am Boden. Und als sie die Augen öffnete, brannten diese furchtbar. Salzwasser. Sand. Sie lag in einer Pfütze.

Erst nach einigem Blinzeln wurde der Blick klar. Direkt vor ihrem Gesicht rannte ein Taschenkrebs mit erhobenen Scheren von links nach rechts und wieder zurück. Was war hier los? Wo war sie? Sie wollte sich erheben, denn das Wasser war kalt und floss an alle möglichen Stellen, alles war nass, ihr Kleid, ihr Slip, ihr Haar. Auch das Handy, das sie jetzt zwischen den Fingern fühlte. Sie zitterte, als sie es hervorzog. Ihr Griff war schwach. Die Tasche eng. Kein Wunder, dass ihr das flache Teil aus der Hand glitt, in die Pfütze platschte und mit einem Gluckern versank, der Krebs bekam einen Schreck und ergriff die Flucht. Langsam fiel es ihr wieder ein: Sie war ins Watt gegangen, zum *Oosteroog*, allein. Sie war gerannt. Sie war gefallen. Im selben Moment war dann auch der Schmerz wieder da, als hätte er nur darauf gelauert, dass Gabriella sich an ihn erinnerte. Heiß und überdimensional, so groß war ihr Fuß doch gar nicht, dass er so ausufernd pochen konnte. Wieder versuchte sie sich aufzurichten und biss dabei die Zähne zusammen. Wie lange hatte sie eigentlich hier gelegen? Zwei Sekunden? Drei Minuten? Vier Stunden? War alles möglich. Doch als sie sich zum ersten Mal mit halbwegs klarem Kopf umschaute, wusste sie: Es musste wesentlich länger gewesen sein. Das Wasser war gestiegen. Dort, wo vorhin dieser verfluchte Anker gelegen hatte, plätscherten schon kleine Wellen auf den Sand.

Endlich, nach einem kurzen Schmerzensschrei, saß sie halbwegs gerade. Der Anblick ihres Knöchels war verheerend: Das Gelenk war unter der Schwellung nicht mehr auszumachen, und ein tiefer Schnitt auf dem Fußrücken, ausgewaschen vom Salzwasser, klaffte blass und wächsern auseinander. An Aufstehen und Gehen war nicht zu denken. Ihr wurde schlecht.

Mit dem unverletzten Fuß fischte sie vorsichtig im trüben Nass und bekam irgendwann das Handy zwischen die Zehen, mühselig zog sie es heran, und als sie es zu fassen kriegte, konnte sie ihr Glück kaum fassen: Das Display leuchtete auf, nachdem sie den Knopf gedrückt hatte. Eine Nachricht von Hannah: *SOS, Göttergatte im Anmarsch* stand da. Drei Ausrufezeichen. Was sollte das? Die Nachricht erlosch. Und als sie den Sperrcode eingegeben hatte, erlosch auch der Rest. Sie drückte auf alle möglichen Knöpfe. Sie schlug mit der flachen Hand auf das Gerät, sie schrie es sogar an: »Verdammtes Scheißding, geh wieder an! Sofort!« Doch so ein

Handy hatte keine Ohren und erst recht kein Mitleid. Es blieb dunkel, still und vollkommen nutzlos. In Gabriella breitete sich Verzweiflung aus. Denn sie hatte kurz vor dem Exitus ihres Mobiltelefons die Uhrzeit gesehen. Und die machte ihr Angst. Die Flut hatte bereits vor drei Stunden eingesetzt.

***

Wie schön es hier war. Wie friedlich. Segelmasten im kleinen Hafen, Kinder, die sich mit Schlamm bewarfen, zwei Reiter am Fuße des Deichs. Selbst wenn die ganze Reise ein furchtbarer Fehler gewesen war, bei dem Dario seine letzte Würde auf der Autobahn von Berlin an die Nordsee gelassen hatte, dieses kleine Fleckchen Erde – oder eher Sand – war doch etwas, das man gesehen haben musste.

Und gefährlich sah es hier ganz und gar nicht aus. So ein Blödsinn!

Er steckte sich einen Zigarillo an, lief auf dem Deich entlang und zwang sich, nicht darüber nachzudenken, was demnächst passieren würde. Auszug, Scheidung und der ganze Horror. Nein, jetzt nicht. Lieber dem Drachen am Himmel zuschauen, der so kunterbunte Papierschleifenschwänze hatte und auf und ab tanzte. Er musste weinen, das Bunte verwischte, wurde grau, und als er sich die Tränen getrocknet hatte, lief er den Deich hinunter, weil er das Schöne im Moment wohl doch nicht ertragen konnte.

Da stand ein Fahrrad gegen die Bank gelehnt. Erst dachte er, er müsse sich irren, doch dann war er sicher: Auf dem Gepäckträger klemmten Gabriellas Schuhe. Die cremefarbenen

Sommersandalen, bei denen sie so froh gewesen war, weil es die auch in ihrer Schuhgröße gegeben hatte, wo doch elegante Fußbekleidung in 41 eher selten zu bekommen war. Ja, solche Schuhe gab es auf dieser Insel bestimmt kein zweites Mal.

Also musste sie hier in der Nähe sein. Etwa mit ihrem Koch? Eine ganz gemeine Neugierde übernahm die Kontrolle über Dario, steuerte ihn wieder auf den Deich und dann Richtung Hafen. Nein, er wollte das überhaupt nicht sehen. War ihm doch egal, was Gabriella trieb. Sie wollte ihn nicht mehr. Trotzdem ging er nun schneller, fragte im Hafen einen der schlammbesudelten Jungen, wo denn wohl dieses *Oosteroog* sei, der zeigte irgendwie weit nach draußen und meinte noch, da dürfe man jetzt aber nicht mehr hin, auf keinen Fall, viel zu riskant wegen der Strömungen, aber Dario blieb nicht stehen.

Ich werde da jetzt drauf zusteuern, dachte er. Gibt ja nicht viele Wege, die mir noch offenstehen. Also setze ich mich jetzt in Bewegung. Egal, was mich erwartet.

Er summte. Den alten Song. Diese alte, verdammte, abgenutzte Schnulze. Ihr Lied. *Adesso Tu.* Klang komisch so im Nirgendwo, wo niemand ihm zuhörte und jeder Ton zu versinken schien in der Traurigkeit, die ihn umgab. Warum, Gabriella, warum willst du mich nicht mehr an deiner Seite haben?

***

»Dario?«, rief Gabriella. Obwohl ja niemand da war, der sie hören konnte. Dario am allerwenigsten. »Dario, hilf mir! Hilfe!«

Ja, sie hatte Angst. Schreckliche Angst.

Man konnte dem Meer beim Steigen zuschauen. Und es kam Gabriella vor, als würde es an Geschwindigkeit zulegen. Immer höher floss das Wasser um sie herum, war schon längst keine Pfütze mehr, sondern reichte ihr bis unter die Brust. Sie wusste, sie durfte nicht hierbleiben. Sie müsste sich zusammenreißen, aufstehen, losrennen. Das hatte sie auch schon einige Male versucht. Doch jedes Mal hatte der Schmerz sie zu Boden gerissen. Und weil die Furcht vor einer erneuten Ohnmacht noch größer war als die Furcht vor der steigenden Flut, beschloss sie, sitzen zu bleiben, abzuwarten, bis es tief genug zum Schwimmen war. Vielleicht würde das ja weniger wehtun als Laufen. Eine dicke Möwe schwebte über ihr, schaute neugierig nach unten, als wundere sie sich, was denn der Mensch da unten machte, dann flog sie einen engen Wendekreis, schlug fest mit den schönen weißen Schwingen und verschwand Richtung Insel.

***

»Gabriella?«, rief Dario. Obwohl da ja niemand war, der ihn hören konnte. Er hatte sich getäuscht, seine Frau war nicht im Watt spazieren gegangen, die Schuhe hatten aus einem anderen Grund dort gestanden. Aus welchem genau, wollte er gar nicht wissen. Das Gras am Deich war an einigen Stellen sehr hoch gewesen. Vielleicht hatte sie darin gelegen. Es sich gutgehen lassen. Allein. Zu zweit. Seine Hose war vollgesogen, obwohl er die Beine bis zur Mitte der Oberschenkel hochgekrempelt hatte. Eine Möwe flog auf ihn zu, kam ein bisschen herunter, ganz deutlich konnte er ihre Krallen sehen, ihre Augen, ihren gelben Schnabel, den sie öffnete, um einen krächzenden Laut von sich zu geben.

Als würde sie seinen Namen schreien. Dario. Dario?

Er blieb stehen. Schaute sich um. Lauschte in alle Richtungen, weil er auf einmal sicher war, dass tatsächlich jemand nach ihm rief. »Gabriella?« Er hob seine Hand über die Augen. Da waren nur ganz viele Wellen und ganz wenig Land. Seit er durch das Watt wanderte, hatte die Landschaft ihr Aussehen radikal verändert, man hätte die Stelle, die der Junge ihm eben noch als *Oosteroog* gezeigt hatte, nicht mehr wiedergefunden.

»Dario!«

Doch, er täuschte sich nicht. Das war sein Name. Und Gabriellas Stimme. Voller Angst.

Er wurde schneller. Vor ihm lag eine Art Fluss mitten im Wasser, ein breiter Streifen sprudelnde, schäumende Strömung. Nur zwei Schritte weiter, und er müsste schwimmen. Die feuchte Kälte ringsherum verschlug ihm den Atem.

Dann sah er etwas Grünes im Grau. Wallende Bahnen von Stoff, darin ein Punkt, zwei Striche, die sich bewegten. Arme, winkende Arme, und ein Kopf.

Das ... das war ein Mensch, der um Hilfe rief. Mein Gott, das war Gabriella!

Dass er inzwischen bis zu den Schultern im Wasser stand, bemerkte Dario erst jetzt. Dann stieß er sich vom Boden ab, legte sich in die Wellen, schaufelte sich vorwärts. Er war kein schlechter Schwimmer. Aber auch kein guter. Eben kein Held. Normalerweise. Doch wenn seine Frau nur wenige Schwimmzüge entfernt zu ertrinken drohte, dann war er

Superman, Indiana Jones und Eros Ramazzotti in Personalunion.

Er schluckte Wasser, das Salz rieb ihm den Hals wund, als er hustete. Aus dieser Perspektive war Gabriella gar nicht mehr zu erkennen. Immer schoben sich Wasserberge dazwischen, versperrten die Sicht, doch er hielt einfach auf die Stelle zu, wo sie sein musste, steuerte mit aller Kraft gegen die Strömung, wahrscheinlich wurde seine Liebste in dieselbe Richtung getrieben, sie mussten sich irgendwann treffen. Langsam ging ihm die Puste aus.

»Dario!«

»Gabriella!« Ganz dicht vor ihm tauchte sie auf. Strähnen ihres dunklen Haars über dem Gesicht verteilt, doch er hatte die Angst in ihrem Blick erkannt. »Ich bin ja da!« Beherzt griff er nach vorn, bekam tatsächlich Stoff zwischen die Finger, krallte sich daran fest und zog sie zu sich heran. Als ihre Schulter gegen seinen Oberkörper stieß, hätte er gern gelacht vor Erleichterung, doch das hätte ihm zu viel abverlangt. Sie schlang ihre Arme um seine Taille. Mist, so konnte er beim besten Willen nicht schwimmen. Sie war zu schwer, zu groß, sie zog ihn nach unten. Also musste er sie von sich losmachen, mit Gewalt, denn ihr Griff war starr und verzweifelt. Doch irgendwann schaffte er es, sie so zu drehen, dass er sich, auf den Rücken gelegt, unter sie schieben und ihren Oberkörper fassen konnte.

»Du musst mithelfen, Gabriella!«, schrie er. »Du musst mit den Füßen strampeln!«

»Kann ich nicht!« Sie war kaum zu verstehen.

»Du musst!«

»Mein Fuß ist gebrochen.«

»Egal, du musst trotzdem. Sonst ertrinken wir beide.«

Sie versuchte es, schrie dabei, zitterte, er konnte sehen, dass ihre Augen vor Schmerz flackerten. »Es tut so weh.«

»Mach weiter!« Sie würden es schaffen, wusste er auf einmal. Und zwar nicht, weil Eros Ramazzotti in seinen Liedern davon sang, dass am Ende doch immer alles irgendwie gut ausging. Nein, er wusste es ganz allein aus sich heraus.

Hier und heute war es mit Dario und Gabriella noch lange nicht zu Ende.

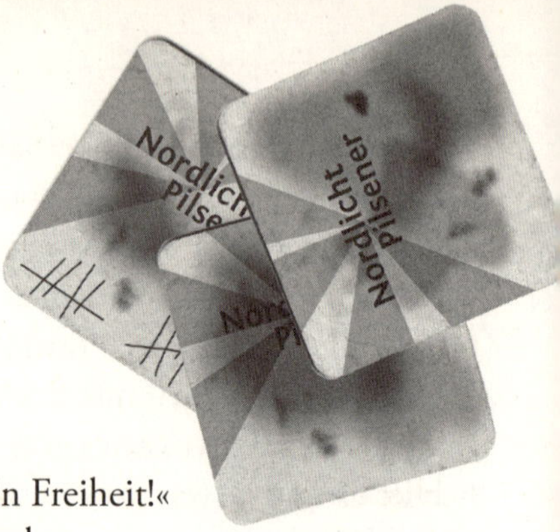

»Auf deinen letzten Abend in Freiheit!«

Gläser klirrten gegeneinander.

»Wisst ihr, warum Ingo auf einmal so plötzlich den Hafen der Ehe ansteuert?«, grölte einer. »Weil Elka seine Fracht schon mit sich herumschleppt!«

Blöder Witz. Trotzdem lachten alle. Auch Ingo. Wie hätte das sonst ausgesehen. Heute war Junggesellenabschied, da wurde kein langes Gesicht gezogen. Und weil man zu diesem Anlass etwas anderes machte als das Alltägliche, trafen er und seine Freunde sich ausnahmsweise nicht in der *Schaluppe*, denn da waren sie ja fast jeden Abend, sondern im *Störtebeker*, obwohl das Bier hier fünfzig Cent teurer war und für Ingos Geschmack zu viele Touristen an den Tischen saßen, außerdem gehörte der Laden ausgerechnet Gerd Bischoff, diesem Widerling. Aber die Kumpels hatten Ingo hierhin geschleppt, da konnte man nichts machen. Auf dem Festland gab es viel mehr Möglichkeiten, da fuhren die zukünftigen Bräutigame mit dem Regionalzug und einem Einkaufswagen voller Dosenbier nach Bremen, Hamburg oder Münster und fanden sich womöglich noch als Superman verkleidet spätnachts in einer Tabledance-Bar wieder. Hier auf der Insel war man da deutlich eingeschränkter. Da galt es schon als exotisch, wenn man sich statt in der Kellerkneipe in einer

Strandbar traf, wo man mal nicht auf blinkende Dartscheiben, sondern auf die dunkle Nordsee schauen konnte.

»Kennt ihr den? Ein Ostfriese trägt seine Braut ...«

»Hör auf! Der ist älter als meine Schwiegermutter!« Zum Bier tranken sie Klaren. Immer schön abwechselnd. Ingo hatte nicht mitgezählt, aber sein Deckel war bereits vollgeschrieben, und das *Störtebeker* begann zu schwanken, als handle es sich dabei tatsächlich um ein Schiff. Mit seinen Kumpels war es immer so: Entweder laberten sie alle durcheinander, oder sie schwiegen sich an. Beides war okay. Besonders, wenn man genug zu trinken hatte. Soeben war die Witzephase ausgeklungen, nun beschäftigten sich alle mit ihrem Bier, schauten auf den Horizont, dachten an irgendetwas – Ingo für seinen Teil dachte an Lucyna – und hielten die Klappe. Draußen auf dem Meer war immer was los. Auch nach Sonnenuntergang konnte man noch die Lichter der großen Frachter erkennen. Was die wohl geladen hatten? Wohin die wohl fuhren? Fernweh machte sich breit. Kein gutes Gefühl an einem Abend wie diesem.

»Die Aussicht hier ist schon gigantisch«, sagte einer, und ein anderer, der im Nationalparkhaus arbeitete und sich ökologisch engagierte, ergänzte: »Verdächtig gigantisch!«

»Du meinst, der Bischoff schnippelt immer noch am Strandhafer rum?«

»Jede Wette. Dieser Arsch.«

Ingo stimmte im Stillen zu. Bischoff! Der würde seine Strafe schon kriegen. Und zwar noch in dieser Nacht! Der Gedanke daran erfüllte Ingo bereits jetzt mit Genugtuung. Er hatte lange gegrübelt, ob es irgendetwas gab, mit dem man diesem Typen eins auswischen könnte, und zwar so richtig! Es durfte einfach nicht wahr sein, dass Bischoff immer nur die anderen mit Dreck bewarf, wo er doch von allen die schmutzigsten Geschäfte machte. Zum Glück war Ingo irgendwann etwas eingefallen, das ihm mal jemand erzählt hatte, vor ein paar Jahren, beim Kartenspielen in der *Schaluppe*, nach einigen Bierchen zu viel. Ein wirklich tolles Geheimnis, das man auf keinen Fall herumposaunen durfte. Was Ingo auch nie getan hatte, weil ihm die Sache bis jetzt wurscht gewesen war. Aber heute war sie auf einmal Gold wert, diese kleine Sache, die Hausmeister Uwe ihm damals hinter vorgehaltener Hand erzählt hatte.

»Wir haben heute übrigens eine Prominente aus dem Watt gezogen«, plauderte ein Kumpel, der als Rettungssanitäter arbeitete, munter seine Dienstgeheimnisse aus, was egal war, weil alle wissend nickten, solche Meldungen machten auf der Insel immer schnell die Runde. »So eine Sexratgeberin, glaube ich. Hat man aber auf den ersten Blick nicht gemerkt. Die sah eigentlich aus wie alle anderen Frauen auch.«

»Jau, hab davon gehört. Seit diese superberühmte Schriftstellerin auf der Insel ist, im *Hotel am Leuchtturm*, hat Monika sich gar nicht mehr eingekriegt. Und mit irgendeinem von denen, sagt Monika, hat die Schriftstellerin wohl was am Laufen.«

»Mit Danni?«, fragte der Rettungssanitäter.

Alle anderen schauten ihn amüsiert an. »Als ob der was von einer Frau will, selbst wenn die in Erotik macht. Nee, der liebt doch unseren Oberhäuptling.« Manche Leute kriegten aber auch gar nichts mit.

Um seine Unwissenheit zu kaschieren, wechselte der Notfallmediziner wieder zu seinem Spezialgebiet: »Die hat sich draußen am *Oosteroog* das Sprunggelenk gebrochen und wäre abgesoffen, wenn ihr Mann sie nicht zufällig gefunden und bis kurz vor den Hafen geschleppt hätte. Wir haben sie dann direkt mit. dem Hubschrauber aufs Festland ins Krankenhaus geschickt.«

»Schwein gehabt! Die sagen, der Hubschrauber hat bloß 20 Minuten gebraucht bis Sanderbusch. Wenn das kein neuer Rekord ist!«

»Hmm«, bestätigten drei von den Jungs gleichzeitig.

»Apropos Oberhäuptling, weiß schon einer was von unserem Bürgermeisterchen?«

Alle schüttelten den Kopf. Auch Ingo. Obwohl er natürlich einiges wusste, schließlich war er ja dabei gewesen, als Siebelt Freese von seiner Suspendierung erfahren hatte.

»Wer wird euch denn morgen überhaupt trauen?«, fragte der Rettungssanitäter.

»Eine Vertretung, die extra von drüben kommen muss«, sagte Ingo.

»Blöd!«, fand einer.

»Jau«, fanden alle anderen.

Und dann waren wieder Schweigen und Trinken angesagt.

Bis irgendwann das Mädel am Tresen die letzte Runde ankündigte.

»Nee«, beschwerte sich einer. »Wir haben gerade erst losgelegt!«

»Da gibt es nichts zu diskutieren, Jungs. Ich hab für euch schon eine Dreiviertelstunde drangehängt, aber jetzt ist die Sonne schon längst untergegangen, falls ihr das mitbekommen habt. Es ist richtig dunkel hier oben. Besser, ihr geht jetzt!«

Obwohl Ingo sonst nicht gerade die treibende Kraft war, wenn es ums Heimwärtstorkeln ging, heute war er mit der Ansage ganz zufrieden. Zwar hatte Elka angekündigt, ebenfalls länger unterwegs zu sein, er hätte also theoretisch das Bett für sich allein und erst einmal seine Ruhe gehabt. Doch er wollte nicht heim, er hatte noch etwas Dringendes zu erledigen.

»Du musst aber erst unseren Ingo knutschen«, fanden die Jungs, und so sackte er an diesem Abend noch einen beiläufigen Kuss der Tresenkraft ein, was ihm ungefähr so viel bedeutete wie dieser berühmte Sack Reis in China. Aber egal, er hatte den Abend hinter sich gebracht, ohne dass seine Freunde misstrauisch geworden waren. Sie hatten nach wie vor keinen blassen Schimmer, dass er überhaupt nicht vorhatte, morgen zu heiraten. Sie dachten alle: Noch einmal schlafen – zumindest ein bisschen –, dann hat der Ingo seinen aufregenden Tag. Und das stimmte sogar, denn natürlich ließ es ihn nicht kalt, dass er mit Elka Schluss machen würde, so kurz vor dem Jawort. Er bereute es, in den letzten Jahren ein so dämlicher Feigling gewesen zu sein. Eingezwängt zwischen einem Bürostuhl im Hafen und den Erwartungen seiner Mutter. Klar, die Sache mit dem Kind verursachte ihm Magenschmerzen, denn es war wahrscheinlich schon das Beste für so einen kleinen Menschen, wenn er bei Mama und Papa groß werden durfte. Aber auch das würden sie irgendwie in den Griff bekommen. Die Insel war klein. Sein Sohn oder seine Tochter hätte keinen langen Weg von einem zum anderen. Noch konnte Ingo sich das nicht wirklich vorstellen, aber er war sicher, irgendwann mal in die Vaterrolle hineinzuwachsen.

Jetzt stand er mit den Kumpels auf der Promenade, ließ sich umarmen, hörte sich noch ein paar alberne Sprüche an, musste sich gegen die Einladung auf einen letzten Absacker in der *Schaluppe* wehren – »Danke, bestimmt nicht, ich muss morgen frisch und ausgeschlafen sein« –, dann war er allein.

Er schob sein Fahrrad hinter das Kühlhaus des *Störtebekers*, so konnte man es nicht so schnell entdecken. Dann wartete er, dass auch die letzten Angestellten Feierabend machten und die Strandbar dunkel, verlassen und still war. Er schaute auf das Handy, schon halb zwei, sehr gut, dann musste er nicht allzu lange warten.

»Zwei Uhr«, hatte Uwe damals in Ingos Ohr genuschelt. »Keine Minute früher und keine Minute später. Mein Boss ist pünktlich wie Ebbe und Flut!«

Was er denn mache, Uwes Boss, so mitten in der Nacht, hatte Ingo gefragt, obwohl es ihn gar nicht so brennend interessiert hatte.

»Gras schneiden. Oben in den Dünen.«

Aha, und woher er das wisse, hatte Ingo nachgehakt.

»Ich schleife ihm seine scheiß Messer. Einmal im Monat. Ich weiß Bescheid, was mein Boss so treibt. Und wenn das rauskommt, dann ist der bei allen unten durch.«

Dann sei es ja auch vorbei mit der Politik, hatte Ingo mehr so nebenbei gesagt.

»Und ob! Aber hey, Ingo, du bist mein Kumpel. Ich kann mich auf dich verlassen, oder?«

»Ja, klar«, hatte Ingo versichert, aber ihm war nicht klar gewesen, warum Uwe ihm das überhaupt erzählt hatte. Festigte das Geheimnis ihre Freundschaft? Eher nicht. Wahrscheinlich hatte er nur ein Bierchen zu viel intus gehabt und den Drang verspürt, sein Gewissen zu erleichtern oder so.

»Kein Wort zu niemandem. Sonst bin ich meinen Job los.«

Ein so belangloses Gespräch, vergraben unter hundert anderen Kneipengesprächen, die Ingo in der Zwischenzeit geführt hatte. Doch auf einmal das Wichtigste, was ihm jemals in der *Schaluppe* erzählt worden war. Er lief über die Promenade, stieg über die Absperrung und schob sich am gläsernen Windfang vorbei. Dann setzte er sich in die Dünen. Strich über den Sand, fast andächtig, denn an diesem Ort war er das letzte Mal mit Lucyna zusammengewesen. Unterm Sternenzeit, nur sie beide, ein bisschen die Gedanken ausknipsen und nur die Gefühle bestimmen lassen, was man tat. Damals, vor vier Wochen, hatte Lucyna schon so eine Ahnung gehabt, dass etwas Ungutes in der Luft lag, deswegen hatten sie auch gar nicht miteinander geschlafen, sondern nur Arm in Arm in der Dünenmulde gelegen und geredet. Über die Liebe natürlich. Beim Abschied hatte er leider einen saublöden Satz von sich gegeben: »Aber Liebe ist eben nicht alles.« So ein Unsinn. Das wusste er jetzt. Und entsprechend würde er sich ab heute benehmen.

Liebe war alles. Und ohne Liebe war alles nichts.

Wieder blickte er auf sein Handydisplay, noch eine Viertelstunde. Hoffentlich klappte es. Hoffentlich hatte Gerd Bischoff in den letzten Jahren seine Gewohnheiten nicht doch geändert. Das Gespräch mit Uwe lag ja schon ewig zurück. Ingo versuchte zu rekapitulieren, wann genau es stattgefunden hatte. Damals war Uwe noch bei der Skatrunde gewesen. Inzwischen kam er ja nicht mehr, hatte sogar sein Kommen für die Hochzeit abgesagt, anscheinend war Uwe nicht mehr so besonders erpicht auf ihre Freundschaft, aber na ja.

Doch damals war er noch regelmäßig dabei gewesen, auch beim Grünkohlessen zu Neujahr vor zweieinhalb Jahren, genau, daran erinnerte sich Ingo noch, denn bei der anschließenden Party hatte er Zoff mit Elka gehabt, weil die dauernd mit Uwe getanzt hatte. Damals war er noch eifersüchtig gewesen, hatte Elka Vorwürfe deswegen gemacht, daraus war dann so etwas wie eine kleine Krise entstanden, von der sie sich beide beziehungstechnisch nie so richtig erholt hatten. Stimmt, jetzt, wo er darüber nachdachte, passte alles zusammen: Nach der Grünkohlparty war Uwe nicht mehr zum Kartenspielen gekommen, Elka hatte angefangen, ihm die kalte Schulter zu zeigen, und im Frühjahr darauf war dann auf einmal Lucyna in Ingos Leben aufgetaucht.

Also lag die Info, dass Bischoff immer in der Nacht von Donnerstag auf Freitag um Punkt zwei in die Dünen schlich und verbotene Sachen machte, schon gut zweieinhalb Jahre zurück. Nun, inzwischen konnte sich viel verändert haben. Allmählich wurde es frisch hier draußen, und die Müdigkeit ließ auch nicht mehr lange auf sich warten. Ingo gähnte.

Noch fünf Minuten. Endlos lang. Eigentlich ging es Ingo gut, seit er beschlossen hatte, kein Trottel mehr zu sein. Zwar war das bislang nur eine Abmachung, die er lediglich mit sich selbst getroffen hatte, doch seitdem konnte er wieder problemlos in den Spiegel schauen, hatte kein Sodbrennen mehr und nahm sogar wahr, wenn tagsüber die Sonne durch die Wolken schien. Es ging aufwärts.

Selbst wenn der schlimmste Brocken noch vor ihm lag: Elka. Sie hatte das nicht verdient. Womöglich war es das

Fieseste, was man einer Frau antun konnte, sie am Morgen der Hochzeit zu verlassen. Ingo hätte es auch gern schon hinter sich gebracht. Aber da hatte sich keine Gelegenheit geboten. Heute Morgen, als er zur Arbeit gegangen war, weil die Schiffe früh fuhren, hatte seine Verlobte noch selig geschlummert, denn seit Elka in anderen Umständen war, brauchte sie jede Menge Schlaf. Mittags war Ingos Mutter da gewesen, die in einem nicht enden wollenden Wortschwall erklärte, wer von den externen Gästen wann anreiste, wo untergebracht und wie mit ihnen verwandt war. Es waren Namen gefallen, die er noch nie zuvor gehört hatte. Wer zum Henker war Tante Gertrud aus Peine? Und warum hatte ihm Elka niemals von ihrem Cousin Friedhelm erzählt, der in Holland lebte und gleich sechs Kinder mitbringen würde? Ingos Mutter hatte ihnen damit die Mittagspause ruiniert. Kein Wort war zwischen ihm und Elka gefallen. Und beim Abendessen, als er schon Luft geholt hatte, um seiner Verlobten die Wahrheit zu sagen, das Herz zu brechen, das Leben zu ruinieren – da waren seine Schwiegereltern aufgetaucht, die zwar deutlich ruhiger waren als seine Mutter, jedoch so feierlich geguckt und Dinge gesagt hatten wie: »Wir wünschen euch, dass ihr in eurer Ehe genauso glücklich werdet wie wir.« Unmöglich, da aufzustehen und zu sagen: »Werden wir nicht. Weil es nämlich gar keine Ehe geben wird. Weil ich nämlich eine andere liebe, und zwar schon seit zwei Jahren …« Nachdem das Geschirr in die Spülmaschine gestellt worden war, hätte es eine letzte Chance auf Aussprache gegeben, doch da war Elka auf einmal eingefallen, dass sie furchtbar eilig zu ihrem Junggesellinnenabend aufbrechen musste.

Okay, zugegeben, wahrscheinlich hätte sich doch die eine oder andere Sekunde angeboten, aber genau dann waren Ingo die Worte im Halse stecken geblieben. Überhaupt hatte er absolut keine Ahnung, wie er es Elka beibringen sollte. Gab es eine Möglichkeit, seine Sandkastenliebe zu verlassen, ohne sie zu verletzen? Wahrscheinlich nicht.

Ihm war kalt. Die Augen fielen ihm beinahe zu. Er sehnte sich nach seinem Bett. Und danach, dass die Dinge endlich geklärt waren.

Plötzlich tauchte die Gestalt auf. Ein schwarzer Schatten vor schwarzem Himmel, also quasi unsichtbar. Bischoff! Pünktlich wie ... Nein. Das war gar nicht Bischoff. Denn wer immer sich da an der Aussichtsterrasse vorbei in die Dünen schlich, war eher groß und schlaksig. Zudem in Begleitung einer zweiten Person, die zwar von der Statur her Bischoff sein könnte, jedoch eindeutig weiblich war. Die beiden sprachen kein Wort, sondern blieben irgendwann stehen, und der Große setzte einen Rucksack ab, wenn Ingo das richtig erkennen konnte. Wer war das? Hatte Ingo ausgerechnet heute das Riesenpech, und zwei Unbekannte kamen seinem Plan, Bischoff beim Dünengrasschneiden zu überführen, in die Quere? Mist, wie gern hätte er diesen Kerl in flagranti erwischt, mit dem Handy fotografiert und dann das Bild gleich per Mail an den *Inselboten* verschickt. Der Skandal wäre vorprogrammiert gewesen, Bischoff geliefert und der Bürgermeister fürs Erste gerettet, denn wenn sein schlimmster Widersacher selbst im Kreuzfeuer der Behörden stand, war es für Siebelt Freese sicher einfacher, die gegen ihn erhobenen Vorwürfe aus der Welt zu schaffen. Das alles hatte Ingo sich so perfekt ausgedacht, wie stolz war er gewesen auf seine Idee. Und wie groß war die Hoffnung, damit den ganzen Mist, den er in letzter Zeit verzapft hatte, in Ordnung zu bringen. Doch dann lief da dieses seltsame Pärchen mitten in der Nacht lang und … Moment, der Große bückte sich, und kurz danach hörte man das leise Reiben scharfer Klingen. Kein Zweifel, der schnippelte. Anscheinend hatte Bischoff einen Nachfolger auserkoren, der in den Dünen die Drecksarbeit für ihn erledigte. Wer das sein konnte, lag auf der Hand: Der Hotelier war nicht dumm, er würde die Zahl der Mitwisser möglichst gering halten. Und da Uwe als regelmäßiger Scherenschleifer ohnehin schon Bescheid wusste, war er wahrscheinlich die Idealbesetzung. Bei genauerer Betrachtung stellte Ingo fest, dass die dunkle Gestalt tatsächlich zu Uwe passte. Bestimmt besserte der sich auf diese Weise sein Hausmeistergehalt ein wenig auf. Nun, das konnte man ihm nicht verübeln, schließlich hatte auch Ingo mit Bischoff so seine Nebenbeigeschäfte getätigt. Doch von welcher Frau ließ Uwe sich so spät nachts noch begleiten? Soweit Ingo auf dem Laufenden war, galt Uwe als eingefleischter Single. Deswegen war Ingo ja auch damals so stinkig gewesen, als der mit Elka getanzt … Moment!

»Wie lange dauert das noch, Schatzi?«, fragte die Frau, deren Stimme Ingo so gut kannte, Jahre schon, ein halbes Leben lang, seit dem Konfirmandenunterricht, um ganz präzise zu sein. »Mir ist kalt, ich bin müde, und wie du weißt, habe ich einen schrecklich anstrengenden Tag vor mir.«

Uwe nahm Elka in den Arm. »Ich will nicht daran denken. Das werden die schlimmsten 24 Stunden meines Lebens!« Sie standen nur zwei Meter entfernt und hielten einander fest umschlungen, als würde gerade die Welt um sie herum einstürzen.

Ingo erhob sich langsam aus seiner sandigen Mulde. Sein Herz hatte in letzter Zeit wirklich viel zu tun gehabt, aber jetzt gerade hämmerte es wild wie nie zuvor.

Das E-Piano klemmte wieder im hintersten Eckchen des Leuchtturmplateaus, wo auch die Elektronik untergebracht war. Danni, der wegen der Enge nur mit einer Pobacke auf dem Klavierhocker saß, probte *Sailing* von Rod Stewart, das hatte sich das Brautpaar als Eingangslied gewünscht. Zumindest hatte Hanne Hahn behauptet, dies sei der absolute Lieblingssong von Elka und Ingo, dabei kam das generationsmäßig kaum hin, denn zu der Zeit, als der schottische Rockstar mit seiner schlimmen Vokuhila-Frisur die Charts gestürmt hatte, waren die beiden gerade mal geboren gewesen. Vielleicht kam der Musikwunsch also eher von den Schwiegereltern. Doch das hatte sie nicht zu interessieren. Sie waren hier die Dienstleister. Und zugegeben, wenn man von hier oben aus die Insel überblickte und auf dem Meer die Boote auf den Wellen tanzen sah, stimmte das Lied durchaus romantisch. Leider blieb nur wenig Zeit, an diesem letzten und wunderbar sonnigen Freitagmorgen im Juni die Aussicht zu genießen. Jannike legte gerade die weiße Decke auf den kleinen Tisch, darauf arrangierte sie ein Herz aus Muscheln und Teelichtern. Ihr entging Dannis kritischer Blick nicht. Er hörte sogar kurz auf, die schwarz-weißen Tasten zu drücken.

»Das krieg ich ganz gut allein hin«, sagte Jannike nicht ohne Groll. Danni hatte Liebeskummer und war unausstehlich. Wenn es ihm nicht gut ging, neigte er zu einer elenden Besserwisserei. Und die konnte sie jetzt wirklich nicht gebrauchen.

»Das Herz muss genau in der Mitte sein«, konnte er sich trotzdem nicht verkneifen.

Jannike verzichtete auf einen giftigen Kommentar, ihr bester Freund und Geschäftspartner war derzeit eben nicht zurechnungsfähig. »Warum gehst du nicht endlich zu Siebelt und redest mit ihm.«

»Hab ich versucht. Mehrmals.«

»Aber?«

»Er will nicht mit mir reden. Ich glaube, er geht schon gar nicht mehr ans Telefon, wenn er die Hotelnummer auf dem Display sieht.«

»Echt?«

»Er igelt sich ein. Fast, als hätte ich ihm etwas angetan, nicht dieser verfluchte Bischoff.«

»Das musst du nicht auf dich beziehen. Manche Männer reagieren so, wenn sie ein Problem haben.«

»Die Seite hat Siebelt mir aber bislang verheimlicht.« Während Danni lamentierte, begann er wieder zu spielen, natürlich in Moll, was wie ein etwas kitschiger Soundtrack zur Wendepunktszene in einem Selbstfindungsdrama wirkte. »Es macht mich fertig, wenn ich nicht mit ihm reden kann. Ich will ihn unterstützen, aber er schickt mich fort. Nie hätte ich gedacht, dass er sich so verhält!«

»Das ist eure erste Krise, Danni. Bislang lief es zwischen dir und Siebelt immer heiter und wolkenlos, da konntest du noch gar nicht feststellen, wie dein Liebster bei Regenwetter aussieht.«

»Ich glaub, er liebt mich nicht mehr!« Danni war den Tränen nah. »Schließlich trage ich an dem ganzen Ärger auch ein bisschen Mitschuld, weil ich ihn gebeten habe, uns zu unterstützen.«

»Völliger Blödsinn!«

Dann kam zum Glück Theelke die letzten der 172 Stufen nach oben geklettert, vom Lampenfieber ganz rot im Gesicht, die Noten für das ostfriesische Liebeslied in der Hand. Danni riss sich am Riemen und klimperte schon mal die ersten Takte. Das Mädchen hatte sogar einen Stuhl mit nach oben geschleppt. Wie lieb von ihr, sie konnten nämlich jede helfende Hand gebrauchen, denn insgesamt benötigten sie fast 30 Sitzgelegenheiten. 18 Gäste plus Brautpaar plus Standesbeamtin plus Eltern plus Trauzeugen plus Theelke plus Fotograf. Danni hatte seinen Klavierhocker, und Jannike würde die ganze Zeit stehen. Das machte ihr nichts aus, im Gegenteil, sie war so nervös, dass eine halbe Stunde Stillsitzen eine Folter gewesen wäre.

Die Standesbeamtin, die extra vom Festland anreisen musste, da Siebelt Freese ja derzeit außer Dienst gestellt war, würde erst auf den letzten Drücker eintrudeln. Das Schiff, auf dem auch ein Teil der Hochzeitsgesellschaft saß, kam gegen viertel vor elf, um halb zwölf war die Trauung. Mattheusz wartete bereits mit Jannikes Rad am Hafen, damit sie möglichst schnell aufbrechen konnten. Die anderen Gäste würden in Kutschen nachfolgen.

Alles war bereit für die große Inselhochzeit. In der Küche bogen sich die Tische, weil das Essen für den Abend vorbereitet wurde. Berge von Russischen Eiern, Krabbencocktail in Chicoréeschiffchen, Spargel-Schinken-Röllchen und natürlich Heringssalat waren für das Vorspeisenbuffet bereits gestern zubereitet worden. Die Speisenauswahl ließ erahnen, dass Hanne Hahn in ihren kulinarischen Jugenderinnerungen geschwelgt haben musste, als sie den Speiseplan per Fax durchgegeben hatte. Überbackene Zwiebelsuppe, Ragout fin, Hühnerfrikassee und Fürst-Pückler-Eisschnitte – in Köln würde man so was zu einer Retro-Party mitbringen. Erstaunlich, dass Oma Maria sich den deutschen Essgewohnheiten gegenüber durchaus aufgeschlossen zeigte und mit demselben Enthusiasmus das Obst für die Birne Helene einkochte, mit dem sie sonst die obligatorische Rote Bete zubereitete. Jannike war optimistisch, dass die Leute schlemmen würden, bis außer den Serviergabeln nichts mehr auf den Platten lag. Und sie war froh, dass sie ab morgen wieder Platz im Vorratsraum haben würde und Zeit für andere Dinge – beispielsweise für die Hoteltester, die noch eine weitere Nacht auf der Insel blieben und sich als ausgesprochen anstrengend und kritisch erwiesen hatten. Frau van Freeden und ihr Assistent liefen mit dem Zollstock durch alle Zimmer, sie notierten jede Steckdose, jedes Möbelstück, jede Zutat auf dem Frühstücksbuffet. Doch das war Jannike im Grunde egal, musste ihr egal sein, die Hochzeit von Ingo und Elka erforderte ihre gesamte Energie und war unterm Strich womöglich wichtiger für den Ruf des Hotels als zwei, drei oder vier Sterne.

Theelke und Danni begannen mit ihrer Probe. Die klare Mädchenstimme erfüllte den Leuchtturm, die plattdeutschen Worte in F-Dur schienen die Stufen nach unten zu hüpfen und stiegen als leises Echo wieder hinauf.

Dat du mien Leevsten büst … du mien … mien Leevsten … Leevsten büst!

Jannike schaute sich um: Alles war so weit fertig. Nun musste sie nur noch den gekühlten Prosecco holen und in eine schattige Ecke auf der Aussichtplattform stellen. Sie stieg die Wendeltreppe hinunter und versuchte, zur Ruhe zu kommen und mal einen Moment lang an nichts zu denken. Doch immer wenn sie sich das vornahm, kam ihr natürlich Mattheusz in den Sinn – und Jannike erst recht nicht zur Ruhe. Sie war so unendlich müde. Wenn sie noch einmal professionell lächeln musste, würde sie Muskelkater im Gesicht bekommen, so sehr strengte es an, die Mundwinkel nach oben zu ziehen. So ging das nicht weiter. Das würde nie etwas werden mit Mattheusz und ihr, sie müsste sich dringend einen Ausgleich schaffen, wieder joggen, vielleicht für den Marathon trainieren, dreimal um die Insel. Oder gleich zur Iron-Woman mutieren und zusätzlich noch bis nach England schwimmen und nach Schottland hochradeln. Sonst würde sie demnächst an verkümmertem Herzen sterben. Sie straffte sich, vertagte diese Gedanken mit aller Macht auf einen der nächsten Tage und machte sich wieder an die Arbeit.

Die Getränke standen im Vorratsraum, und den erreichte man am besten durch die Hintertür. Das war auch gut so, ansonsten bestand nämlich die Gefahr, dass sie einem der Hotelgäste über den Weg lief, und das konnte unter Umständen wieder neue Arbeit mit sich bringen: »Frau Loog, können Sie für uns in Erfahrung bringen, ob die Nordsee schon eine angenehme Badetemperatur hat?« – »Frau Loog, wir wissen, heute ist eigentlich kein Leuchtturmtag, aber wäre es trotzdem möglich, uns einen frischen Streuselkuchen zu servieren?« – »Frau Loog, wenn es keine Umstände macht, würden wir gern ein Erinnerungsfoto zusammen mit Ihnen aufnehmen.« Also schlich Jannike lieber leise ums Haus und nahm dabei direkt die Sackkarre mit, auf der sie gleich die Kisten mit dem Prosecco bis zum Fuß des Leuchtturms transportieren könnte.

Aus der Küche war eine altbekannte Stimme zu hören, laut, fast schrill, aufgebracht und trotzdem eindeutig zu identifizieren als Hanne Hahns. Die war aber früh da. Es war doch erst Viertel vor elf.

»Wo ist Jannike?«

Keine Antwort. Klar, wahrscheinlich war nur Oma Maria in der Küche. Entgegen anfänglicher Sorgen von Mattheusz konnte man die alte Frau durchaus auch mal kurz alleine lassen, wenn nur der Berg Kartoffeln, den es zu schälen galt, hoch genug war. Und wenn nicht, war es auch kein Problem. Letztens, sie hatten schon gedacht, die fröhliche alte Frau wäre ausgebüxt, hatten sie sie auf einem Klappstuhl neben dem Kaninchenbau vorgefunden, weil sie von dem riesigen Nagetier gehört und im Familienrezeptbuch ein schmackhaftes Ragout herausgesucht hatte, das sie die Tage unbedingt auf die Karte setzen wollte. Aber so fit sie offenbar war, antworten würde Oma Maria nicht. Denn erstens verstand sie nach wie vor, abgesehen von »Heringssalat«, »Rote Bete« und »Likör«, kein Deutsch, und zweitens hatte sie die Angewohnheit, ohnehin nur dann zuzuhören, wenn das Thema sie interessierte.

»Ich hab gefragt, wo Jannike ist ... Chefin! ... Verstehen? Dringend!«

Meine Güte, Hanne Hahn hörte sich an, als hätte sie eine Flasche Helium eingeatmet.

Jannike lehnte die Sackkarre gegen die Mauer und trat durch den Hintereingang in die Küche. Dort war aber nicht nur Oma Maria anwesend, auch Lucyna stand an der Spüle, ein Kartoffelmesser in der Hand, dass es fast angriffslustig wirkte.

Die Gleichstellungsbeauftragte, die an den Arbeitstisch gelehnt war, hatte sich offensichtlich schon in Schale geschmissen, sie trug ein türkises Kostümchen, eine bunt geblümte Bluse und einen Hut auf dem Kopf, der ein bisschen an Camilla Parker-Bowles denken ließ. Doch irgendetwas stimmte mit ihrem Gesicht nicht. Jannike schaute genauer hin.

»Da bist du ja endlich!«, kreischte Hanne Hahn.

Jetzt erkannte Jannike: Das Gesicht war nur halb geschminkt. Das eine Auge schimmerte ebenso türkis wie das Jackett, und die Wimpern glichen Fliegenbeinen, das andere Auge hingegen sah nackt, blass und absolut farblos aus. Das war kein gutes Zeichen.

»Was ist passiert?«

Hanne Hahn holte Luft wie für einen Satz, der ausgeschrieben von der Erde zum Mond und wieder zurück reichen würde. Doch statt des für sie ganz normalen Redeschwalls entrann ihrer Kehle nur ein sehr tiefes, sehr verzweifeltes Seufzen, dann knickten ihr die in Seidenstrümpfen steckenden Beine seitlich weg, und sie ließ sich auf einen der Stühle sinken. Das Ganze sah aus, als ob sie mit der Inseltheatertruppe einen Ohnmachtsanfall geprobt hatte, bei dem der Darsteller sich nicht wehtat. »Die Hochzeit ist abgeblasen!«

»Wie?« Okay, jetzt musste auch Jannike sich setzen und wählte dafür ein freies Stückchen Tischkante. »Warum?«

»Elka und Ingo haben sich getrennt!«

»Was?«, fragte Lucyna, und in diesem Wort schwang Erleichterung mit.

Hanne Hahn in ihrer Niedergeschlagenheit bemerkte es glücklicherweise nicht. Dazu schluchzte sie viel zu laut. »Heute Nacht. Auf den letzten Drücker. Angeblich in beiderseitigem Einvernehmen.«

»Ja!«, jubelte Lucyna und schlug sich, nachdem sie den Blick von Jannike gesehen hatte, auf den Mund.

Jannike griff über den Tisch hinweg nach Hanne Hahns Hand, denn die Frau, die man als ein solches Häufchen Elend, mit krummem Rücken und gesenktem Kopf, gar nicht kannte, tat ihr leid. »Das ist wirklich schlimm!«

Das war es, ohne Zweifel. Doch wenn Jannike ganz ehrlich war: Um die nicht zustande kommende Ehe zwischen Elka und Ingo tat es ihr nicht besonders leid, das mit den beiden wäre wahrscheinlich sowieso irgendwann schiefgegangen, spätestens wenn Hanne Hahns Sohn es geschafft hätte, sich von seiner überdimensionierten Mutter zu emanzipieren. Es war um etwas ganz anderes schade: um ungefähr 120 Hühnereier, zehn Kilo Fisch und Nordseekrabben, noch mehr Rindergeschnetzeltes, Gemüse, Butter, Sahne, Wein, Prosecco, Bier, Schnaps, Blumen ... Ach du lieber Himmel!

Doch plötzlich blickte Hanne Hahn auf, und ihr Gesichtsausdruck hatte sich völlig gewandelt. Sie war wütend. Fast hasserfüllt. Und sie blickte Lucyna an, richtete den Zeigefinger auf sie. »Und Sie sind an allem schuld!«

»Ich?« Lucyna wurde noch blasser, als sie ohnehin schon war.

»Glauben Sie nicht, dass ich nicht nach den Gründen gefragt hätte! Als die beiden meinen Rüdiger und mich heute Morgen noch im Badezimmer mit dieser Hiobsbotschaft überfallen haben, da hatten sie wohl vor, keine Details auszuplaudern. Aber nicht mit mir!« Sie stand auf und wiederholte den letzten Satz noch zweimal in sich steigernder Lautstärke, bevor sie fortfuhr: »Sie haben meinem Sohn den Kopf verdreht! Ihm den Verstand geraubt! Bestimmt wollen Sie sich nur gut versorgt wissen hier in Deutschland. Da kam Ihnen mein Ingo gerade recht.«

Jannike erhob sich nun auch. »Jetzt ist aber mal gut, Hanne!«

»Gar nichts ist gut. Er hätte alles haben können: ein schönes Haus in bester Lage, eine brave Ehefrau ohne Nasenring, jede Menge Kinder – stattdessen erzählt er mir, dass er eine Polin mit schwarz gefärbten Haaren liebt, die im Hotel die Toiletten putzt.«

Lucyna konnte das Lächeln, welches sich auf ihrem Gesicht breitmachte, nicht unterdrücken, auch wenn es gerade ziemlich unangebracht war. Hanne Hahn fühlte sich entsprechend provoziert und drohte fast zu explodieren, Jannike musste um den Tisch herum gehen und sich zwischen die beiden stellen.

»Bitte, Lucyna ist ein ganz toller Mensch. Sie hat es überhaupt nicht nötig, sich solch beleidigende Unterstellungen anzuhören.«

Jetzt geriet auch Jannike ins Visier der tobenden Frau. »Du hast doch bestimmt davon gewusst, oder?«

Jannike entschied, dass es besser war, die Frage unbeantwortet zu lassen.

»Ihr esst doch immer alle zusammen, macht einen auf große Familie, deine Polen und du. Dann hast du bestimmt mitbekommen, dass dieses Flittchen ...«

»Ganz ehrlich, Hanne! Jeder, der Augen im Kopf hat, hat mitbekommen, dass dein Sohnemann todunglücklich neben seiner Verlobten saß.«

»Wusste ich es doch!« Ein böses Grinsen breitete sich auf dem asymmetrisch geschminkten Gesicht aus. »Und aus diesem Grund werden Rüdiger und ich auch nicht für die Kosten aufkommen, die durch die geplatzte Hochzeit entstanden sind.«

»Wie bitte?« Jannike konnte es nicht fassen.

»Wenn du gewusst hast, dass da was am Laufen ist, hättest du mich warnen müssen. Unter den Umständen wäre ich doch gar nicht erst auf die Idee gekommen, diese sündhaft teure Inselhochzeit zu buchen!« Hanne Hahn machte auf dem Absatz ihrer ungewohnt hochhackigen Schuhe kehrt und stakste zur Tür. Kurz bevor sie endlich verschwand, drehte sie sich noch einmal um. »Du wolltest nur die Kohle, Jannike, es ging dir nur um deinen Gewinn. Meine Familie und ich waren dir dabei völlig egal. Und diese Unverfrorenheit werde ich öffentlich machen, darauf kannst du dich verlassen.« Rums, die Tür war zu.

Und Jannike war sprachlos. Sie starrte Löcher in die Luft. Schluckte trocken. War unfähig, sich nach diesem Abgang wieder in Bewegung zu setzen. Denn was gab es jetzt noch zu tun? Alles war umsonst gewesen, die ganze Arbeit, die Stühle auf dem Leuchtturm, das Muschelherz exakt in der Mitte des Trautisches, die Akkorde von *Sailing*. Sogar die extra georderte Standesbeamtin, die in diesem Moment wahrscheinlich schon in die Pedale trat, um schnellstmöglich zum Leuchtturm zu kommen, wurde nicht gebraucht. Die große Inselhochzeit war geplatzt, und Jannike stand jetzt hier vor dem ganzen Schlamassel.

Das würde ihnen allen das Genick brechen.

Nicht nur die Unkosten für die Party, auf denen sie ja nun womöglich sitzenblieb, auch der Rausschmiss von Gabriella Brunotte hatte finanzielle Einbußen mit sich gebracht. Und als wäre das nicht schlimm genug, drohte ihr nun der Rufmord durch eine aufgebrachte Klatschtante, die einfach nicht verstehen konnte, dass die Katastrophe im Grunde seit langem vorprogrammiert und beileibe nicht allein durch Lucyna verursacht worden war.

»Es tut mir leid!«, sagte diese und legte von hinten eine Hand auf Jannikes Schulter.

»Muss es nicht.« Jannike drehte sich um. »Ich freue mich für dich! Ganz ehrlich!«

Lucyna zuckte mit den Schultern. »Habe ich keine Ahnung, ob das macht alles wieder gut. Es gibt ja immer noch das Kind, und ich kann nicht vergessen, dass Ingo mich hat angelogen.«

»Aber jetzt versucht er, die Sache wieder geradezubiegen. Das erfordert sehr viel Mut!«

»Vielleicht«, sagte Lucyna. Dann schaute sie sich in der Küche um. »Und was machen wir jetzt mit dem ganzen Essen?«

Jannike hatte keine Ahnung. Überhaupt nicht.

Sie packten die Dinge, die gekühlt werden mussten, erst einmal in den Keller. Irgendwann tauchten die anderen auf –

Mattheusz, die Standesbeamtin, Danni, Theelke – und fragten nach, warum denn noch immer niemand erschienen sei, es sei zwanzig nach elf und keine Menschenseele am Leuchtturm. Die Hiobsbotschaft sorgte für ein ziemliches Durcheinander. Danni zog sich in sein Privatgemach zurück, denn nun war er nicht mehr in der Lage, die Tränen zurückzuhalten. Die Standesbeamtin, deren Doppelnamen man sich unmöglich merken konnte, ohne ihn auswendig zu lernen, verlangte relativ gelassen einen Kaffee und erzählte, dass ihr das in ihrer langjährigen Berufslaufbahn schon dreimal passiert sei. »Für Sie ist das jetzt schon doof«, gab sie wenigstens zu und zupfte gelassen an den grauen Strähnen ihres akkuraten Pagenschnitts herum. »Aber um mich müssen Sie sich keine Gedanken machen. Ich bin ohnehin vom Landkreis in einer anderen Angelegenheit auf die Insel geschickt worden. Wissen Sie, neben meiner Tätigkeit als Ersatz-Standesbeamtin arbeite ich noch für das LAKW. Ich hab also trotzdem was zu tun und werde mich hier nicht langweilen.« Jannike hatte keine Ahnung, wovon die Frau sprach, aber auch keinen Nerv, tiefer in die Materie einzusteigen.

Mattheusz versuchte abwechselnd, seine Großmutter, seine Schwester und Jannike zu beruhigen, die aus den unterschiedlichsten Gründen furchtbar aufgeregt waren. Oma Maria, weil ihr die Arbeit entzogen wurde, Lucyna, weil sie nicht wusste, ob die neuesten Entwicklungen ein Happy End für ihre Liebesgeschichte mit Ingo bedeuteten oder nicht, und Jannike, weil ihr eine geplatzte Hochzeitsfeier, auf deren Kosten sie sitzenbleiben würde, gerade noch gefehlt hatte zu allem, was sie eh schon an den Rand des Wahnsinns trieb. Das Beruhigen gelang Mattheusz mehr schlecht als recht, und irgendwann stellte er eine Flasche Wodka und ein paar Gläser auf den Tisch und fing einfach an, die Küche aufzuräumen, wenn auch gegen den Protest von Oma Maria, die nicht einsah, warum das Gemüse heute ungeschnitten bleiben sollte.

Fast war Jannike erleichtert, als es kurz darauf an der Küchentür klopfte und die Hoteltester eintraten. Sie schienen vom ganzen Chaos nichts mitbekommen zu haben und sahen so geschäftsmäßig aus, dass es beinahe eine Wohltat war. Die Welt würde nicht untergehen, solange die beiden ihre Kriterienlisten auszufüllen hatten.

Frau van Freeden fummelte wieder an ihrer zickigen Lesebrille herum. »Frau Loog? Wir sind dann fast durch mit der Begutachtung. Aber es gibt da noch ein kleines Problem.« Och nö. Da war kein Platz mehr für ein weiteres Problem. Noch nicht mal für ein klitzekleines. »Es geht um die Sauna«, machte van Freeden unbeirrt weiter und trat ans Fenster, von wo aus man die inzwischen aufgeräumte und mit Liegen und Sonnenschirmen ausgestattete Ecke einsehen konnte. »Wir finden Ihr *Leuchtfeuer-SPA* ja schon sehr nett. Natürlich müssen der Rasen und die Büsche noch ein bisschen wachsen, und auch an anderen Ecken kann durchaus noch nachgebessert werden, doch wir verfügen über genügend Phantasie, um uns vorzustellen, dass die Gäste hier schon ganz bald eine wunderbare Relax-Anlage genießen können. Insbesondere in der traumhaften Umgebung, mit Blick auf den Leuchtturm und Meeresrauschen statt Panflötengeträller im Ohr.«

»Und wo steckt dann das kleine Problem?«, traute Jannike sich nun doch zu fragen.

»Die Sauna«, fasste Herr Stangmann sich kurz.

Erleichtert atmete Jannike auf, das war ja wirklich nur ein Klacks. »Die haben wir erst vor ein paar Tagen zusammengebaut, sie braucht noch einen weiteren Schutzanstrich, und außerdem müssen nach einer Woche noch mal alle Schrauben nachgezogen werden.«

»Es geht nicht um die Hütte, sondern um den Ofen«, stellte Frau van Freeden klar. »Der funktioniert nicht.«

»Ach so. Stimmt, den haben wir noch nicht angeschlossen. Dazu fehlte die Zeit. Wir haben ja an diesem Wochenende viel zu tun, wie Sie sehen.«

Frau van Freeden lächelte kurz, dann sackten die Mundwinkel wieder herunter. »Wenn das Ding nicht funktioniert, können wir den ganzen Saunapark nicht mit in die Bewertung einfließen lassen.«

»Was? Warum das denn nicht?«

»Da haben wir ganz schlechte Erfahrungen gemacht, Frau Loog. Sie glauben nicht, wie viele Hotels großspurig behaupten, eine Sauna oder ein Türkisches Dampfbad anzubieten, doch dann erreichen uns immer wieder Beschwerden von den Gästen, weil diese Einrichtungen überhaupt nicht genutzt werden können und ständig außer Betrieb sind.«

»Aber wir kümmern uns nächste Woche darum. Versprochen!«

Die Augen über der Lesebrille schauten ungnädig. »Sie haben bis heute Abend sechs Uhr Zeit, Frau Loog. Denn morgen früh sitzen wir bereits auf der Fähre. Und wenn bis dahin Ihr Saunaofen nicht heizt …« Sie ließ den Satz unausgesprochen. Natürlich tat sie das. Die Vorsitzende des Gastronomie-Verbandes brauchte Drohungen nicht auszusprechen.

»In der Zwischenzeit setzen Herr Stangmann und ich uns auf die Sonnenterrasse und besprechen unsere Ergebnisse.«

»Ach ja«, warf der Assistent ein. »Hätten Sie eventuell noch eine Portion von Ihrem köstlichen Heringssalat mit Brot?«

»Eine? Wenn Sie hungrig sind, hätte ich ungefähr 80 Portionen übrig.« Doch diesen Scherz verstanden die beiden nicht, wie denn auch, sie hatten ja keine Ahnung, in welch desaströser Situation sich das kleine Inselhotel gerade befand. Es wäre besser, wenn sie auch weiterhin nichts davon mitbekämen. Jannike konnte es sich nicht leisten, vor den Augen der Tester abermals als Gastgeberin zu versagen. Jetzt, wo Hanne Hahn keine Werbung für sie machen würde – im Gegenteil –, waren die vier Sterne gewissermaßen lebensnotwendig geworden. Die beiden sollten glauben, sie habe alles im Griff: die unnötigen Essensberge, die wütende Gleichstellungsbeauftragte und, wenn es denn unbedingt sein musste, auch den dämlichen Saunaofen.

Während Lucyna und Oma Maria sich um das leibliche Wohl der beiden kümmerten, begann Jannike mit der fieberhaften Suche nach der Aufbauanleitung. Eigentlich befanden sich alle Unterlagen, die mit der Fracht gekommen waren, in einer Schublade im Büro. Eigentlich ... Danni und sie waren einfach noch nicht zum Sortieren gekommen. Doch selbst als Jannike den gesamten Inhalt ausgepackt und durchgesehen hatte, stand sie noch immer ohne Saunaofen-Info da. Hoffnungsfroh stürzte sie sich in die Ecke mit dem Altpapier, eventuell war die Gebrauchsanweisung ja aus Versehen mit dem Karton dort gelandet. Doch leider: Fehlanzeige. Schließlich bemühte Jannike das Internet, wo es ja angeblich alles zu finden gab, warum also nicht auch die Anleitungen für diesen dämlichen Ofen. Tatsächlich, direkt beim Hersteller konnte man ein PDF herunterladen, jedoch nur auf Finnisch, Schwedisch und Isländisch. Es gab tatsächlich jede Menge Foren zum Thema Saunabau, unter dem passenden Stichwort ließ sich auch allerhand in Erfahrung bringen, zum Beispiel, wie man genau den Ofen, den sie hatten, halbwegs gefahrlos für die Steckdosen in der Schweiz umrüsten konnte, mit welchen Tricks man eine automatische Aufgusskonstruktion zusammengebastelt bekam, und ein Foto zeigte sogar, dass sich auf den stilisierten Steinen bei Bedarf Würstchen grillen ließen – die auf dem Bild waren jedoch kohlrabenschwarz und äußerst unappetitlich.

Jannike musste einsehen, wenn sie hier noch lange weiterforschte, wüsste sie zwar alles über die mannigfaltigen Möglichkeiten im Saunabau, aber leider immer noch nicht, wie der Kasten da hinten im Garten zum Laufen gebracht wurde. Der einzige Hinweis, der halbwegs vielversprechend klang, verbarg sich zwischen Hunderten von Ratschlägen, die unter der Rubrik *Anleitung verloren* von irgendwelchen selbst ernannten Sauna-Experten erteilt wurden. Demnach wurde das mehrseitige Infoheft in der jeweiligen Landessprache dem Frachtbrief beigelegt. Frachtbrief?

Jannike hatte inzwischen rekapituliert, dass der Ofen an dem Tag, als Frachtschiff-Ingo beim Aufbau mitgeholfen hatte, geliefert worden war, und erinnerte sich, dass Heiner die Kutsche gelenkt hatte. Doch auch der Anruf bei der Spedition blieb ohne positives Ergebnis, ein Lieferschein sei nicht dabei gewesen, bestimmt nicht, sonst auch kein Papierkram, aber eventuell lag das ja noch im Rathaus, denn da habe Heiner die Ware ja schließlich wie vereinbart abgeholt.

Vielleicht hätte Siebelt Freese etwas über den Verbleib gewusst, aber er ging leider noch immer nicht ans Telefon. Also wählte Jannike – inzwischen mit stark angeknackstem Optimismus – die Nummer der Verwaltung, und Sektretärin Uda nahm sofort ab. »Inselgemeinde, Büro Bürgermeisteramt und Tourismuszentrale.« Jannike erklärte knapp, worum es ging. »Ein Lieferschein? Anfang der Woche soll das gewesen sein?« Man hörte an der Stimme und den zögerlichen Worten, dass Uda ein Anruf aus dem *Hotel am Leuchtturm* ziemlich unangenehm war. Wahrscheinlich saß der Ersatzbürgermeister Gerd Bischoff in Hörweite.

»Ich vermute, die Anleitung für den Ofen war mit dabei.«

»Also, ich hab den Schreibtisch von meinem Chef – also, von meinem richtigen Chef, von Siebelt Freese – natürlich gründlich aufgeräumt. Damit da nichts herumliegt, was ihm eventuell ...«, inzwischen flüsterte die Sekretärin. »Ist schon klar, was ich meine, oder? Ich hoffe nämlich, der Spuk ist hier bald vorbei, und alles wird so wie gehabt!«

»Das hoffen wir auch!«

»Also, deswegen habe ich alles entsorgt, was nicht direkt mit dem Bürokram zu tun hat. Zettel, Notizen, zerknülltes Papier aus dem Korb unter seinem Schreibtisch, komplett, ungesehen und ungeschreddert rein in einen Karton, den ich dann auch gleich zugeklebt habe. Der steht jetzt ganz unten und ganz hinten im Altpapier. Montag kommt die Müllkutsche, dann ist alles weg, was meinem Chef irgendwie schaden könnte, wenn die Kommunalaufsicht im Anmarsch ist.« Siebelt Freese konnte sich glücklich schätzen, eine solch loyale Vorzimmerdame zu haben. Doch in Jannikes Fall war es eher zum Nachteil.

»Ich brauch diese Anleitung ganz dringend!«

»Heute Abend, wenn es dunkel ist …«

»Das ist zu spät. Bis dahin muss die Sauna funktionieren.«

»Aber wenn da jetzt jemand anfängt, den Rathausmüll zu durchsuchen …«, man hörte ihr sorgenvolles Seufzen. »Ich könnte mir vorstellen, dass Bischoff misstrauisch wird.«

Womit Uda natürlich absolut recht hatte. Dennoch war es jetzt so auf die Schnelle Jannikes einzige Chance. »Wäre es möglich, Bischoff abzulenken?«

Mit deutlichem Missfallen verriet Uda: »Er macht gleich seine Mittagspause, so gegen eins, dann fährt er mit seinem Rad zum Essen ins Hotel und ist ungefähr eine halbe Stunde weg.«

Das war nicht viel Zeit. Allein würde Jannike das niemals schaffen. Doch Danni war im Gegensatz zu sonst deutlich schwieriger zu motivieren. Er hatte sich in seinem kleinen Studio verschanzt und komponierte traurige Melodien. Als Jannike mit in die Hüften gestemmten Armen vor ihm stand, blickte er noch nicht einmal auf.

»Es ist mir egal, wie du dich fühlst, Danni! Die Sauna war deine Idee! Die vier Sterne für unser Hotel sind deine Vision gewesen! Jetzt stehen wir so knapp davor, und alles hängt nur davon ab, ob wir dieses blöde Heftchen finden.« Danni nahm zumindest schon mal die Kopfhörer ab und starrte sie an. Jannike würde alles daransetzen, ihn wieder auf die Beine zu stellen. Es war skurril, sie hatten die Rollen getauscht, wahrscheinlich war Danni jetzt gerade genauso genervt von ihrem Aktionismus wie sie schon tausendmal zuvor von seinem. »Verdammt, raff dich auf! Wenn du nicht mitkommst, bleibe ich auch hier, und alles war umsonst: deine Pläne, der Kredit, das Restaurant, die Arbeit im Garten. Dann können wir zumachen, Danni, so sieht es aus. Also, was ist, kommst du endlich in die Pötte?«

Ja, er kam. Und zwar mit langsamen Schritten aus der Wohnung heraus, etwas zügiger die Treppen runter, einigermaßen schnell zum Fahrrad und dann – endlich – los. Glücklicherweise legte er an Tempo zu, je weiter sie sich mit ihren Rädern dem Inseldorf näherten. »Bewegung ist gut für Körper, Geist und Seele!« Das klang schlimm nach Gouvernante, normalerweise kamen solche Sachen nicht von ihr, ja, normalerweise war Danni für solche Motivationssprüche zuständig. Doch dass es half, sich aus der Untätigkeit zu reißen, wusste Jannike von ihren Strandläufen, und es traf auch auf Danni zu, wie sie sehen konnte. Angekommen am Rathaus, war er schon fast wieder der Alte, stieg vom Sattel, krempelte die Ärmel hoch und grinste entschlossen. »Und? Wo sollen wir wühlen?«

»Noch nicht!« Es war erst kurz vor eins, und Bischoffs Rad parkte im Ständer neben dem Müllverschlag. Doch gerade als Danni und Jannike sich hinter dem Verschlag versteckt und schon mal den dort auf sie wartenden Papierberg in Augenschein genommen hatten, trat der kräftige Ersatzbürgermeister aus dem Hinterausgang, schloss seinen Drahtesel auf und fuhr davon. Jetzt ging es los. Angesichts der Mengen, die es zu durchwühlen galt, waren knapp dreißig Minuten wirklich ein Witz.

Wenn sie wenigstens alles hätten auseinanderreißen, zerfleddern, hinter sich werfen können, wäre es einfacher gewesen. Doch niemand durfte mitbekommen, dass da am helllichten Tag mitten an der Hauptverkehrsstraße einer Insel während der Hauptsaison zwei erwachsene Menschen im Müll herumwühlten, als läge pures Gold darunter verborgen. Ihr Ansehen wäre noch miserabler, als es womöglich ohnehin schon war. *Die Besitzerin des* Hotels am Leuchtturm *kriecht am Freitagmittag im Altpapier der Inselverwaltung herum, weil sie nicht vernünftig auf ihre Sachen aufpassen kann, das geht ja gar nicht ...*

Doch sie blieben nicht lange unbeobachtet. Natürlich nicht. Die dicke, neugierige, verfressene Möwe nahm auf dem Rand des Verschlages Platz und beobachtete mit ihren hellgrauen Augen ziemlich genau, was da unten gerade passierte. Es war unwahrscheinlich, dass es sich tatsächlich immer um ein und denselben Vogel handelte, der es irgendwie auf Jannike abgesehen hatte, es gab schließlich verdammt viele Möwen hier – und schlank und schüchtern waren die wenigsten davon –, trotzdem wurde Jannike das Gefühl nicht los, einer alten Bekannten zu begegnen. »Hier gibt es nichts zu fressen, hau ab!« Die Möwe blieb unbeeindruckt sitzen, krächzte nur kurz und behielt ihren starren Greifvogelblick konzentriert auf den Papierberg gerichtet. Sie spekulierte sicher auf ein altes Fischbrötchen zwischen zerschredderten Sitzungsprotokollen oder eine zerbröselte Softeiswaffel unter der braunen Pappe, in der einmal Werbeprospekte für das Meerwasserschwimmbad gesteckt hatten.

»Hast du dich inzwischen zu diesem Karton durchgewühlt, von dem Uda gesprochen hat?«, fragte Danni. »Ganz unten! Ganz hinten!«

Die Möwe krächzte wieder. Es klang wie ein spöttisches Lachen darüber, wie dämlich die Menschen sich doch manchmal benahmen. Unverschämtes Federvieh, dachte Jannike, dann räumte sie einen Pappaufsteller zur Seite, schob sich quer über drei zusammengezurrte Zeitungsbündel hinweg und erreichte mit den Händen die Öffnung eines mit breitem Band zugeklebten Pakets. »Das könnte es sein!« Sie riss am braunen Streifen, Uda hatte es gut gemeint mit dem Klebeband, Jannike musste mit dem Fingernagel herumknibbeln und immer wieder den Anfang suchen.

»Fünfzehn Minuten sind schon um«, sagte Danni. »Was, wenn Bischoff heute ausnahmsweise seine Mittagspause verkürzt?«

»Der doch nicht!« Sie fummelte unbeirrt weiter, und endlich ließ sich die Pappe – nicht ganz gewaltfrei – aufklappen. »Bingo! Das ist der Richtige!«, jubelte Jannike, denn gleich zuoberst lag ein Lieferschein über die Stoffservietten. Und darunter: »Ja! Ich hab ihn! Ich hab ihn!« Tatsächlich, sie konnte sich weiteres Kramen und Suchen sparen, denn Jannike hielt diese schon tausendmal verfluchte und doch so sehnsüchtig erhoffte Bedienungsanleitung für den Saunaofen in der Hand. Alles würde gutgehen! Nur noch schnell alles wieder einigermaßen zusammenschieben, dann ab, zurück ins Hotel. Ihnen blieben noch vier Stunden Zeit, die Hieroglyphen zu entziffern und den Ofen in Gang zu setzen. Für Mattheusz stellte das bestimmt kein Problem dar, also los …

Auf einmal stieß sich die Möwe von ihrem Ausguck ab und ließ sich fast senkrecht in den Müll fallen. Es sah beinahe aus, als wäre sie einem plötzlichen Herztod erlegen, doch gleich darauf flatterte sie wild, hackte mit dem Schnabel um sich und schlug ihre Krallen ins Papier. Nein, die war keinesfalls tot. Im Gegenteil, die Möwe musste da irgendetwas erspäht haben, vielleicht ein nicht ganz aufgegessenes Pausenbrot von Siebelt Freese, was auch immer, jedenfalls musste es appetitlich genug sein, um mit vollem Körpereinsatz zwischen Papier hindurchzutauchen.

Danni hatte zu kreischen begonnen, als ihm die rechte Flügelspitze ganz dicht am Auge vorbeigeflattert war. Jannike musste ebenfalls gegen aufkommende Panik ankämpfen, denn sollte der Vogel nur wenige Zentimeter weiter nach links hüpfen, wäre sie seiner Hack- und Krallenattacke hilflos ausgeliefert. Sie versuchte, sich aufzurichten und abzuhauen, doch fehlte ihr dazu der Halt, der Kartonberg unter ihr schob sich auseinander, und sie rutschte immer weiter in Richtung Möwe. Hier hätte nur jemand seine Kamera draufhalten müssen und wäre ohne aufwendigen Schnitt und Special Effects zu einem haarsträubenden Remake eines Hitchcock-Horrorklassikers gekommen.

Doch dann setzte die Möwe sich auf, einen traurigen Papierfetzen im Schnabel und mit irgendwie enttäuschtem Gesichtsausdruck, wenn Vögel so etwas überhaupt haben können. Jedenfalls schien die Suche weniger erfolgreich gewesen zu sein als Jannikes, und die Riesenmöwe verschwand so plötzlich, wie sie aufgetaucht war.

Zum Glück! Danni und Jannike waren beide ohne Verletzungen davongekommen. Dafür sah es ringsherum aus, als wäre ein deutlich verfrühter Silvesterknaller explodiert. Ein solches Chaos könnten sie jetzt auf die Schnelle nicht mehr in Ordnung bringen, das war klar.

»Lass uns lieber schnell verschwinden!«, schlug Jannike vor.

Danni konnte schon wieder lachen. Er reichte Jannike die Hand, um ihr in die Senkrechte zu helfen, doch noch bevor er sie mit einem Ruck hochziehen konnte, blieb sein Blick an etwas hängen, und er ließ Jannikes Hand wieder los. »Was ist das?«

Jannike folgte seinem Blick. Hinter ihr lagen ein paar Notizzettel, die meisten davon zerknüllt, zwei waren jedoch vom gierigen Schnabel der Möwe auseinandergefaltet worden, und man erkannte einige wenige handgeschriebene Zeilen. Sah nach Füllfederhalter aus.

»Das ist Siebelts Schrift!«, wusste Danni und war auf einmal schrecklich aufgeregt. »Kommst du dran?«

»Wir sind eigentlich nicht hier, um in Siebelts persönlichen Angelegenheiten zu schnüffeln.« Denn dass die Zettel etwas Persönliches und offensichtlich nicht für fremde Augen bestimmt waren, war naheliegend.

»Die sind aber an mich gerichtet!«

»Na gut!« Nach einigem Schieben und Klettern bekam Jannike die Papiere zu fassen und reichte sie an Danni weiter. Der war vor lauter Gefühl nicht mehr in der Lage, Jannike hochzuhelfen, also rappelte sie sich ziemlich mühselig auf und warf, nachdem sie endlich sicher neben Danni stand, doch mal einen neugierigen Blick auf die Notizen. »Woher weißt du, dass die Briefchen an dich gerichtet sind? Ich kann keinen Namen darauf erkennen.«

»Da!« Danni zeigte auf die erste Zeile. »Mein Herz steht darauf. So nennt er nur mich, da bin ich sicher.«

»Und was schreibt er?« Statt einer Antwort fiel Danni ihr auf einmal um den Hals, schluchzte und lachte gleichzeitig, machte den Ausschnitt ihrer Bluse ganz nass und bot dem plötzlich neben ihnen auftauchenden Mann ein äußerst fragwürdiges Bild.

Es war Bischoff. Natürlich, wer sonst. »Was machen Sie denn hier?«, fragte er zornig.

Doch Danni löste sich leicht wie ein Schmetterling aus der Umarmung, wandte sich nicht nur Jannike und Bischoff, sondern irgendwie der ganzen Welt zu und seufzte entrückt. »Ich werd verrückt! Er liebt mich! Wirklich! Und er will …«

»Was will wer?«, brummte Bischoff.

»Siebelt will mich heiraten!«

Große Momente des Lebens, unvergesslich und alles entscheidend, solche Momente beginnen manchmal ohne besondere Vorankündigung. Deswegen trägt man unter Umständen auch eine ausgeleierte Jogginghose, ist schlecht rasiert und wird gerade aus dem mäßig spannenden Showdown der Nachmittagswiederholung eines TV-Krimis gerissen, den man ohnehin nur geguckt hat, um sich abzulenken, um sich vom Nachdenken abzuhalten. Nachdenken wäre gerade ganz schlimm. Also schaut man diesen Krimi, in dem ein charakterlich gegensätzliches Ermittler-Team gerade herausgefunden hat, dass der ehemalige Deutschlehrer des Fotomodells der Mörder gewesen ist. Und dann klingelt es an der Tür, und man bleibt sitzen, eben wegen der Kleidung und des allgemein nicht tageslichttauglichen Erscheinungsbildes.

Es klingelt wieder. Man macht einen auf stur. Nein, ich werde diese Tür nicht öffnen.

Man will nicht, dass der Mann, der da draußen steht – und es kannst nur du sein, nur du bist so hartnäckig, zehn Sekunden lang auf den Knopf zu drücken, obwohl du weißt, welch nervtötenden Sirenenton meine Hausglocke von sich gibt –, mitbekommt, wie elend man sich fühlt. Vielleicht glaubt er sonst noch, schuld an der ganzen Misere zu sein.

Dabei ist das Unsinn. Das Problem hat tiefere Wurzeln. Ist begründet in meiner Unfähigkeit, Menschen die Stirn zu bieten. Weil ich eben lieber gemocht werde. Der nette, freundliche Inselbürgermeister mit dem Bart und dem Fischerhemd, der immer so lustig und patent ist. Doch irgendwann tanzen die Fieslinge einem auf der Nase herum, und man kann nichts mehr dagegen tun ... Jeder auf der Insel weiß, dass der alte Bischoff Dreck am Stecken hat. Trotzdem traut sich keiner, ihn in die Schranken zu weisen.

Da spuken einem jetzt, wo es zu spät ist, wo es ans Eingemachte geht, viele Sätze im Kopf herum, die alle mit »Hätte ich doch ...« oder »Wäre ich wenigstens ...« beginnen.

Meine Sturheit hat gesiegt. Das Klingeln hört nach einer gefühlten Ewigkeit auf. Ich bin erleichtert.

Doch dann – drei Minuten später, der Deutschlehrer des Fotomodells sitzt bereits hinter Schloss und Riegel – klopft es an mein Wohnzimmerfenster. Du stehst tatsächlich auf meinem Balkon, keine Ahnung, wie du da raufgekommen bist mit deiner Höhenangst, aber du siehst ganz und gar nicht eingeschüchtert aus, sondern hältst freudestrahlend einen Zettel hoch, der so aussieht, als wäre er schon eine ganze Weile in einer Hosentasche herumgetragen worden. Du knallst den Zettel gegen die Scheibe. Jetzt erkenne ich das Papier. Das habe ich im Rathaus benutzt, wenn ich handschriftliche Notizen festhalten wollte. Oder andere wichtige Dinge ...

Ich stehe nun doch auf. Mein Rücken tut weh vom vielen Sitzen. Als ich näher ans Fenster trete, lese ich die Schrift.

Und genau in dieser Sekunde wird der banale, etwas peinliche Moment zu einem ganz großen, makellosen Augenblick, denn ich erkenne meinen eigenen Brief, den ich vor Wochen geschrieben, durchgestrichen, zerknüllt und weggeworfen habe. Jetzt drehst du den Zettel um. Zeigst mir deine Antwort. Und die Zeit bleibt stehen.

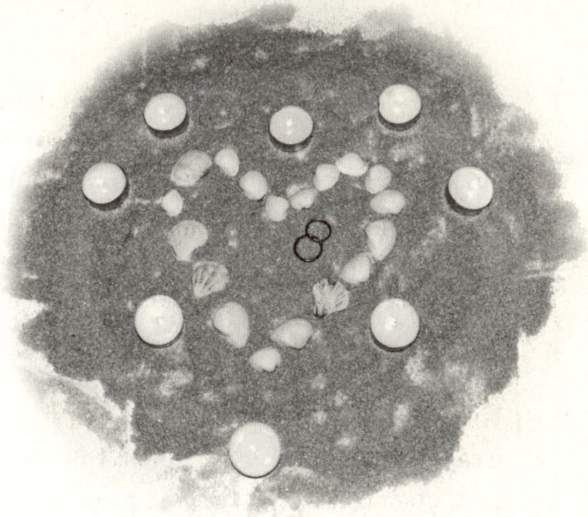

Es war der absolute Rekord: eine nahezu einhundertprozentige Heulquote! Höchstwahrscheinlich, denn da Jannikes Augen selbst in Tränen schwammen, konnte sie nicht so exakt zählen wie sonst. Und sie hatte noch nie überlegt, ob der Standesbeamte in die Quotenwertung eigentlich mit eingerechnet wurde. Denn natürlich blieb die Ersatzfrau vom Festland ungerührt und knochentrocken, während sie in ihrer kurzen Ansprache, die ungefähr genau so viele Silben hatte wie ihr unaussprechlicher Doppelname, etwas von Loyalität, Liebe und Lebenserfahrung erzählte.

Nicht verwunderlich, sie kannte ja keinen der beiden Menschen, die da so erwartungsfroh auf den geschmückten Stühlen saßen und zu ihr aufsahen, als wäre sie eine Erscheinung. Sie wusste nicht, dass die zwei einfach wunderbar waren, das perfekte Paar sozusagen: absolut loyal, wahnsinnig liebevoll und so lebendig, dass sie gerade eben von einer Minute auf die andere beschlossen hatten, die große Inselhochzeit trotz allem durchzuziehen. Die Stühle standen schließlich schon oben im Leuchtturm, das Essen war vorbereitet, der Prosecco kalt gestellt, die meisten Insulaner waren bereits auf dem Weg zur großen Party. Also, alles wie geplant, nur das Brautpaar war ein anderes.

»Und so frage ich, wollen Sie, Siebelt Freese, mit dem hier anwesenden Dankmar Verholz ...«

Es gab ein paar Lacher, denn nicht alle Anwesenden wussten, wie Danni in Wirklichkeit hieß. Seine Mutter, die ihm vor vierzig Jahren diesen Un-Namen verpasst hatte, war ein wenig enttäuscht, nicht bei der Trauung dabei sein zu können, doch die Party würde sie nicht verpassen, da sie sich direkt in den Zug gesetzt hatte und somit das späte Nachmittagsschiff erreichen würde. Dann hatte sie rund neunzig Minuten Zeit, um während der Überfahrt Siebelts Familienmitglieder kennenzulernen, die sich ebenfalls umgehend auf den Weg zur Insel gemacht hatten.

»Ja, ich will!«, sagte Siebelt mit seiner sonoren Bassstimme, die keinen Zweifel daran ließ, dass er es ernst meinte.

Jannike tupfte sich mit dem Taschentuch die Wangen trocken. Sie liebte Hochzeiten. Sie liebte die Liebe. Und sie liebte die beiden Bräutigame in ihren schicken schwarzen Anzügen. Täuschte sie sich, oder konnte sie Danni unter dem edlen Stoff erschaudern sehen? Sie kannte ihren besten Freund schon so lange und wusste: Momente wie diese holten alles aus ihm heraus. Hoffentlich klappte er nicht vor lauter Gefühl zusammen.

Das hatte sie schon vorhin erwartet, als Danni nach erfolglosem Klingeln einfach ums Haus herumgelaufen und an der Regenrinne zum Balkon im ersten Stock geklettert war. Und wenn Siebelt auf dem Dach des *Empire State Building* gewohnt hätte, Danni wäre nicht aufzuhalten gewesen. Dann waren sich die beiden in die Arme gefallen, hatten gelacht und geweint, hatten sich umgezogen, die Papiere herausgesucht und waren kurzerhand zur eigenen Hochzeit unterwegs, von der sie nur wenige Augenblicke vorher noch nicht zu träumen gewagt hatten. Hatte Jannike jemals etwas so Romantisches erlebt? Nein, da konnten Cinderella, Hugh Grant und Linda de Mol einpacken: Schöner hatte niemals ein Paar für immer zusammengefunden.

»Und so frage ich, wollen Sie, Dankmar Verholz, mit dem hier anwesenden Siebelt Freese …«

Jannike schaute sich um. Miras Blick glitzerte verdächtig, neben ihr musste Sekretärin Uda sich schnäuzen, Bogdana, Lucyna und sogar Oma Maria wischten sich Tränen aus den Augenwinkeln. Jannike traute sich jedoch nicht, zur Seite zu schauen. Denn neben ihr saß Mattheusz. Wie er das Ganze hier wohl empfand? Und als hätte er ihre Sorge gespürt, nahm er ihre Hand und drückte sie zärtlich. Es war wunderbar.

»Ja, ich will!« Dannis Stimme klang, als wäre er wieder im Stimmbruch. Und noch während die Standesbeamtin ihre Formel aufsagte, dass sie die beiden kraft ihres Amtes für zusammengehörig erklärte, brachen bei ihm alle Dämme, und Danni heulte los. Bestimmt schmeckte der nun folgende Kuss so salzig wie die Nordsee da draußen.

Alle applaudierten. Doch gleich nachdem sie fertig geklatscht hatten, fasste Mattheusz' Hand wieder nach Jannikes Fingern. Sie hatte nicht den Eindruck, dass daran irgendetwas verkehrt sein könnte.

***

Mattheusz mochte das deutsche Wort für wesele: Hochzeit! Besonders hier oben auf dem Leuchtturm machte es Sinn. Und er wünschte sich, diese Zeit so hoch über der Insel würde für einen Moment stehen bleiben. Denn er hielt Jannikes Hand. Und obwohl sie sich bereits geküsst hatten und das schon phänomenal gewesen war, dieses Verschränken der Finger, das nun schon ein paar Minuten andauerte, war doch noch eine ganz andere Kategorie. Es war eine so intime, leise, fast bewegungslose Geste. Und trotzdem bedeutete sie mehr als ein Kuss. Denn alle konnten es sehen. Es war sozusagen offiziell.

Jannike mochte ihn. Sehr. Vielleicht sogar genauso sehr, wie er sie mochte.

Liebe wollte Mattheusz es noch nicht nennen. Dazu war er zu vorsichtig. Aber sehr viel anders mochte dieses höchste aller Gefühle auch nicht daherkommen. Und einen kurzen Moment lang erlaubte er sich sogar den Gedanken daran, irgendwann einmal mit Jannike die Ringe zu tauschen, so wie die beiden Männer es gerade getan hatten. Doch dann verbot er sich die Phantasien gleich wieder. Das wäre zu schnell gewünscht, wenn man bedachte, wie lange er und Jannike sich nun schon kannten, bis es das erste Mal zum Händchenhalten gekommen war. Ihr bisheriges Tempo erschien ihm genau richtig. Hauptsache, dieser Augenblick ging niemals vorbei.

Tat er aber doch. Bogdana trat heran und bat Jannike, das Ausschenken zu übernehmen, sie wolle in die Küche und Oma Maria mit den gefüllten Eiern zur Hand gehen. Jannike löste also leider ihre zarte Berührung, erhob sich und ging hinaus an die Brüstung. Mattheusz stieg die Treppe hinunter, um sich wieder in die Arbeitskluft zu werfen. Denn es war bereits kurz vor vier. Ihm blieben nur zwei Stunden, den Saunaofen zum Laufen zu bringen. Das würde er schaffen. Und danach ging die Party los. Darauf freute er sich.

Er konnte es kaum erwarten, mit Jannike zu tanzen.

***

Gabriellas Handy klingelte mal wieder. Das tat es in den letzten Stunden unaufhörlich. Aber Gabriella nahm nie ab. »Es ist mein Agent.«

»Kannst du das Ding nicht einfach abschalten?«, schlug Dario vor.

Doch sie ließ es weiterklingeln. »Das Nichtannehmen ist so etwas wie eine Übung, ich gewöhne mir ab, sofort zu tanzen, wenn er pfeift.«

»Tanzen kannst du in nächster Zeit ohnehin nicht mehr«, sagte Dario. Mindestens sechs Wochen müsse der Gips dranbleiben, hatten die Ärzte prognostiziert. Zum Glück hatte man nicht operieren müssen, deshalb durfte seine Frau schon heute, einen Tag nach dem Unfall, die kleine Provinzklinik verlassen. Sobald sie wieder in Berlin wären, würden sie sich einen Physiotherapeuten suchen und Gabriella das Laufen an Krücken trainieren. Bis dahin gab sie sich in seine Hände. Was Gabriella erstaunlicherweise sehr gut zu gefallen schien. Sie war lammfromm und irgendwie dankbar, ein Verhalten, das er von seiner resoluten Frau gar nicht kannte.

»Möchtest du nach oben oder nach unten?«, fragte Dario.

Gabriella schaute in den Himmel. Keine Wolke war zu sehen. Nur ein paar Möwen. Und die bunten Fahnen, die an Deck der Fähre im leichten Sommerwind wehten. »An die frische Luft, wenn du auch einverstanden bist.« Dario war einverstanden und schob den Rollstuhl über die steile Rampe am Heck, über die auch einige Gepäckcontainer verladen wurden. »Geht das mit deinem Rücken?«, fragte Gabriella vorsichtig.

»Kein Problem«, presste Dario hervor, aber dann war er doch erleichtert, als ein junger Matrose herbeigeeilt kam und beim Schieben half. Schließlich waren sie oben angekommen, suchten sich ein sonniges, windstilles Eckchen direkt an der Reling und schauten über das Wattenmeer Richtung Insel.

Er freute sich, dass sie noch einmal dort hinfuhren. Und zwar gemeinsam. Wären sie einfach so nach Berlin zurückgekehrt, in den Alltag, der ihnen in den letzten Jahren zum Verhängnis geworden war, es hätte sich irgendwie falsch angefühlt.

»Es gibt da noch ein paar Sachen zu klären«, hatte Gabriella ihm gesagt. Der Abschied, den sie gestern von diesem sandigen Fleckchen Land genommen hatte, war in jeder Hinsicht überhastet gewesen: Streit, Ärger, Todesangst, Lebensrettung und Helikopterflug. »Und wir beide könnten auf der Insel noch einiges zusammen entdecken.«

Dario hatte nicht eine Sekunde gezögert, sie zu begleiten. »Soll ich uns am Kiosk zwei Tassen Cappuccino holen?«, fragte er, nachdem er Gabriellas Beine vorsichtig in eine Decke gehüllt hatte, damit ihr nicht kalt wurde. »Der schmeckt hier an Bord zwar ziemlich gewöhnungsbedürftig, aber …«

»Das wäre wunderbar«, sagte Gabriella.

Er wusste, es ging nicht um den Geschmack. Es ging um die beiden Tassen in seiner Hand. Um die lieb gewonnene Gewohnheit. Um die Sache mit der Liebe und dem Wattenmeer, von der Gabriella ihm erzählt hatte, während sie gestern auf das Röntgenbild gewartet hatten. Er sah das anders. Denn im Gegensatz zu seiner Frau hatten ihm die Strömungen des Alltags vielmehr gezeigt, wo sie als Paar trotz aller Probleme schon immer im sicheren Fahrwasser unterwegs waren. Gabriella zweifelte, er fühlte sich so sicher wie nie zuvor. Wer von ihnen hatte recht?

Nun reisten sie zur Insel. Vielleicht würden sie dort die Antwort finden.

***

Ingo hatte gezögert, zum Leuchtturm zu fahren. Es war ihm schrecklich peinlich, dass Jannike Loog und ihr Team ganz umsonst die Hochzeitsfeier organisiert hatten. Und er konnte sich ungefähr ausmalen, wie seine Mutter sich heute Vormittag dort aufgeführt haben musste. Wahrscheinlich in etwa so wie am Morgen, als er gemeinsam mit Elka bei seinen Eltern aufgetaucht war, um zu verkünden, dass der große Tag schon zu Ende war, bevor er überhaupt begonnen hatte. Seine Mutter hatte geschimpft, getobt, zwischendurch auch mal geschmeichelt und versucht, die Entscheidung rückgängig zu machen, dann aber – nachdem sie kläglich gescheitert war – umso lauter gewütet. Wer daran schuld sei, wollte sie wissen, warum man sie nicht um Rat gefragt habe, bevor alles den Bach herunterging, wie man ihr das nur antun könne, die ganze Insel werde sich das Maul zerreißen und die Verwandtschaft umsonst anreisen. Doch komischerweise hatte ihm das ganze Theater nichts ausgemacht. Ingo war glücklich wie niemals zuvor. Als wäre er aus einem dieser Träume erwacht, in denen man ganz dringend das nächste Schiff erreichen will, aber mit den Füßen in einer Pfütze Honig steht. Die nächtliche Begegnung in den Dünen hatte alles geändert. Er war frei und endlich in der Lage, sich zu entscheiden, welchen Weg er einschlagen wollte.

Und dieser Weg führte ihn jetzt zum Leuchtturm.

Ingo erwartete einiges: enttäuschte Gesichter, Vorwürfe, vielleicht eine weitere Ohrfeige von Lucyna, wenn er mit ihr über seine Liebe sprechen wollte. Doch mit dem, was er sah, nachdem er die letzte Dünenkurve passiert hatte, war nicht zu rechnen gewesen: Die feierten tatsächlich eine Party! Ein ganzer Pulk gut gelaunter Menschen strömte gerade aus dem Leuchtturm, es wurden Rosenblätter geworfen, der Shantychor stand Spalier und sang ein romantisches Seemannslied. So in etwa hätte es ausgesehen und geklungen, wenn Ingo und Elka nicht in letzter Sekunde die Notbremse gezogen hätten. Dann würden sie sich da jetzt feiern lassen – und eigentlich todunglücklich sein.

Aber wer war dann vor die Standesbeamtin getreten? Ingo konnte beim besten Willen keine Braut erkennen. Er trat in die Pedale. Der Anblick dieser Festgesellschaft stimmte ihn optimistisch, dass Jannike Loog ihm nicht den Kopf abreißen würde. Sie schienen ja tatsächlich Ersatz gefunden zu haben. Was für ein unglaubliches Glück!

Der Erste, der ihm begegnete, war Lucynas Bruder Mattheusz. Zwar grinste der von einem Ohr zum anderen, als wäre das heute seine eigene Hochzeit und er der glücklichste Mann auf der Welt, doch dagegen sprach, dass Mattheusz seine etwas zerbeulte Latzhose und ein farbverschmiertes T-Shirt trug und mit einem Werkzeugkoffer zum Saunagarten lief.

»Glückwunsch!«, rief Mattheusz.

»Wozu?«

»Zur Nichthochzeit!«

Witzbold, dachte Ingo. »Weißt du, wo ich Lucyna finde?«

Mattheusz grinste nun noch breiter. »Heute liegt irgendwas in der Luft, glaube ich.« Und als er merkte, dass Ingo nicht verstand, was er damit andeuten wollte, nickte er in Richtung Hotel. »Sie ist in der Küche. Aber pass auf, es kann sein, dass meine Schwester noch ihre Krallen ausgefahren hat.« Ingo schluckte. Nun, da musste er jetzt durch. Blieb nur zu hoffen, dass es noch nicht zu spät war. Er betrat den Hotelflur und hörte in der Küche bereits Geschirr klappern und einige Frauen durcheinanderreden, es klang polnisch, und Lucynas Stimme war eindeutig herauszuhören. Die Tonlage ließ auf eine Mischung aus Aufgedrehtheit und Stress schließen. Ingo wusste nicht, ob das gute Voraussetzungen waren, aber es sollte ihn nicht davon abhalten, dieser Frau zu sagen, was er sagen musste. Aufs Anklopfen verzichtete er, schließlich war er hier sowieso alles andere als willkommen. Und kaum hatte er die Tür zur Küche aufgestoßen, wurde er auch schon von drei Augenpaaren fixiert. Er war wirklich froh, dass Blicke nicht töten konnten, drei Generationen der Familie Pajak – Oma, Mutter und Tochter – hätten ihm keine Überlebenschance gelassen.

»Hallo«, brachte er hervor.

»Gnojek!«, sagte die Oma und spießte eine Kartoffel auf das lange Messer in ihrer Hand.

»Aferzysta!«, sagte die Mutter und klopfte ein Stück Fleisch, das vor ihr auf der Arbeitsplatte lag, platt wie eine Schuhsohle.

»Ingo!«, sagte die Tochter. Und es klang deutlich liebevoller als die beiden anderen Begriffe, deren Bedeutung er ohnehin nicht verstand – und lieber nicht verstehen wollte. Bestimmt waren das keine Komplimente gewesen. Lucyna polierte gerade Sektflöten. Behutsam wischte sie mit dem Geschirrtuch über das dünne Glas.

»Kann ich dich mal kurz sprechen?«

Lucyna nickte, legte die Sachen zur Seite und zeigte zum Hinterausgang. »Lass uns rausgehen, da stört uns keiner.« Er folgte ihr durch den Gang bis in eine kleine, mit Efeu bewachsene Gartenecke, in der zwei Klappstühle zum Sitzen einluden. Zum Glück blieb Lucyna dennoch lieber stehen, sonst hätte er sich gefühlt wie bei einem Vorstellungsgespräch. Was sollte er jetzt sagen? Dankenswerterweise übernahm Lucyna die Regie. »Ich glaube, du hast mich ein bisschen was zu erzählen.«

»Ja, das stimmt.« Aber wo sollte er anfangen?

»Was ist passiert, dass du nicht heiratest deine Elka?«

Diese Frage war leicht zu beantworten: »Ich habe ihr gesagt, dass ich eine andere liebe. Und zwar dich.«

Lucynas Lippen wanderten wenige Millimeter in Richtung Lächeln. Leider mit einem Hauch von Spott. [xxxxx]»Und sie hat es einfach so akzeptiert? Hat gesagt, okay, ich bekomme unser Baby, aber egal?

»Nein, das hat sie nicht gesagt.«

»Sondern?«

»Sie war froh.«

Lucyna schüttelte den Kopf. Eine Haarsträhne löste sich aus ihrem streng zurückgekämmten Pferdeschwanz. »Glaub ich nicht.«

»Es stimmt aber. Denn Elka liebt mich auch nicht mehr. Schon lange nicht. Sie hat sich aber nicht getraut, es mir zu sagen.«

»Wieso nicht?«

»Aus denselben Gründen wie ich: Sie hatte Angst vor meiner Mutter. Sie wollte ihre Eltern nicht enttäuschen. Und sie wollte mich nicht verletzen.«

Jetzt schien das feine Lächeln fast zu explodieren, und Lucyna prustete los: »Wie verrückt ist das denn?«

Ja, das war verrückt, dachte Ingo. Und als Elka und er sich heute Nacht womöglich das erste Mal wie zwei erwachsene Menschen unterhalten und dabei festgestellt hatten, dass sie beide lediglich freundschaftliche Gefühle füreinander hegten, da war ihnen ebenfalls zum Lachen zumute gewesen. Obwohl es irgendwie auch traurig war, dass sie sich gegenseitig so lange etwas vorgespielt hatten.

»Elka hat schon seit langem einen anderen. Uwe, er arbeitet im *Bischoff*.«

»Kenne ich. Netter Kerl!«

»Finde ich auch. Und was ich nicht wusste, aber hätte wissen können, wenn ich es nicht so hartnäckig verdrängt hätte: Immer wenn ich meinen Skatabend in der *Schaluppe* hatte, haben die beiden sich getroffen.«

»Im Hotel?«

»Nein, natürlich nicht. Du weißt, wie dünn die Wände in

den Angestelltenzimmern sind. Sie waren bei uns zu Hause. Ich hab die mal zusammen tanzen sehen und war eifersüchtig. Zwar ist mir aufgefallen, dass sich Elka seitdem abweisend verhalten hat, aber eins und eins mal zusammenzuzählen, darauf bin ich nicht gekommen.«

Lucyna nickte anerkennend. »Hätte ich deine brave, langweilige Elka gar nicht zugetraut!«

»Ich auch nicht«, musste Ingo zugeben. Und ein bisschen ärgerte es ihn natürlich schon, wenn er sich die Schäferstündchen in ihrem Doppelbett detailliert vorzustellen versuchte, also ließ er es lieber bleiben.

»Warte mal!« Lucyna legte ihre Hand ans Kinn, und man merkte ihr an, dass sie sich gerade den Rest der Geschichte zusammenreimte. »Kann es sein, dass du in die Nacht mit die rote Unterwäsche ... dass du da nicht der einzige Mann im Schlafzimmer gewesen bist?«

Er konnte nur mit den Schultern zucken. »So genau habe ich nicht nachgefragt, aber ich vermute, Uwe war die ganze Zeit im Schrank versteckt.«

»Wie in schlechten Film?«

»Schlimmer.« Jetzt stand Ingo da, fühlte sich irgendwie leer, weil er die ganze Geschichte losgeworden war, zugleich aber auch bis oben hin angefüllt mit Peinlichkeit.

»Dann ist das Kind gar nicht von dir?«

Ingo schüttelte den Kopf. »Elka hat es in ihrer Verzweiflung so aussehen lassen, als wäre in der Nacht etwas gelaufen zwischen uns. Sie hat zu dem Zeitpunkt wohl schon geahnt, dass sie schwanger ist.«

»So böse können Frauen sein!«

»Nein, das war nicht böse, sie war verzweifelt. Mir ging es

ja im Grunde genauso. Die ganze Insel war überzeugt, dass Elka und ich zusammen alt werden. Sie hat einfach nicht gewagt, sich Hunderten von Leuten entgegenzustellen. Ganz abgesehen davon, dass ein Hausmeister ihren Eltern wahrscheinlich nicht gut genug gewesen wäre. Elka hatte Angst vor dem, was auf sie zurollen würde, wenn die Wahrheit rauskäme. Aber ich bin auch ein totaler Waschlappen. Eine absolute Niete. Ein Feigling, der unter dem Pantoffel seiner Mutter steht. Ein Trottel, der es so weit kommen lässt, dass die tollste Frau der Welt ihm zu Recht eine scheuert. Ein Blödmann, der ...«

»Halt endlich den Mund!«, unterbrach ihn Lucyna. »Hilf mir lieber, die Suppe aus die Speisekammer zu holen. Der Topf ist so schwer. Und in eine Stunde geht die Party los, da brauchen wir noch einen Mann, der Bier zapft.«

»Okay«, sagte Ingo. Obwohl er sich sehr schwach fühlte. Die grenzenlose Erleichterung legte sämtliche Muskeln lahm.

***

Die *Schaluppe* war bis auf drei Teenager, die Darts spielten und Cola tranken, menschenleer. Noch nicht einmal der Kneipenwirt war da, statt seiner kauerte eine Aushilfskraft hinterm Tresen, spielte mit ihrem Handy und schien sich fast zu Tode zu erschrecken, als Bischoff sie ansprach: »Gibt es hier heute kein Bier, oder was?«

»Doch, klar!«

Am blubberigen Strahl, der aus dem Zapfhahn kam, konnte man erkennen, dass dies wohl das erste Bier des Tages war. Aber wie konnte das sein? Sieben Uhr an einem Freitagabend, da platzte die Insulanerkneipe für gewöhnlich aus allen Nähten.

»Ist jemand gestorben, oder was?«, fragte er die junge Frau, nachdem das Glas schon zur Hälfte leer und noch immer niemand in der Kneipe erschienen war.

»Irgend so 'ne Party«, sagte sie, dann wandte sie sich wieder ihrem Smartphone zu und tippte darauf herum.

»Aber die Hochzeit von Ingo und Elka ist doch ausgefallen, oder?« Sie blieb ihm die Antwort schuldig. Doch es war heute *das* Inselgespräch schlechthin gewesen: Traumpaar entzweit, beide mit anderen Liebschaften glücklich, Hanne Hahn am Boden zerstört und Jannike Loog ruiniert. Genau das war es auch, worauf Bischoff heute Abend zu gern angestoßen hätte. Wo blieben die denn alle? Bischoff schob seinen Hintern etwas schwerfällig auf einen der Hocker, normalerweise saß er lieber auf Stühlen in bequemer Höhe, aber dann war er auch in Begleitung von mindestens einem halben Dutzend Leuten. Wenn man ein Kneipensolo bestreiten wollte, tat man das besser am Tresen, sonst sah das nach Quartalssäufer aus. Obwohl aus den Boxen gerade ein Evergreen von Nana Mouskouri lief, schien es ringsherum furchtbar still zu sein. Mann, das war ja kaum auszuhalten. Gerade als er sich entschlossen hatte, dann doch lieber wieder ins Hotel zu gehen, statt wie das letzte Mobbingopfer allein in der *Schaluppe* zu hocken, ging die Tür auf, und die beiden Vertreter der *GaHoVe* traten ein. Na also, die wussten als Gastronomietester natürlich, wo es das beste Bier der Insel gab, und die Anwesenheit der beiden war besser als nichts, fand Bischoff und winkte sie zu sich. Natürlich war er erpicht darauf, ein paar Details von der Hotelbesichtigung zu erfahren. Zwar kostete es meist ein paar Bierchen, bis Frau van Freeden und Herr Stangmann indiskret wurden, aber das war es ihm wert. »Machste ’ne Runde?«, rief er der Aushilfskraft zu. Die nickte lustlos.

»Und, wie war es?«

Frau van Freeden setzte gerade ihre Lesebrille ab und verstaute sie in einem schmalen Etui, als wolle sie damit zu verstehen geben, dass sie eigentlich Feierabend hatte. »Formulieren wir es so: Ihr Vorschlag mit den vier Sternen kann auf keinen Fall umgesetzt werden.«

Na also, freute sich Bischoff. Sein Plan, durch eine Empfehlung im Anschreiben genau das Gegenteil zu erreichen, war aufgegangen. Er wusste, sobald man sich nur das kleinste bisschen in die Arbeit der Hoteltester einmischte, wurde ganz besonders kritisch geguckt. »Das tut mir leid für die junge Kollegin am Leuchtturm«, heuchelte er. »Sie kann jede Unterstützung gebrauchen.«

»Das haben wir auch gemerkt«, sagte Herr Stangmann und griff nach dem Bier.

Hörte sich ja gut an. »Diese Woche muss es aber auch besonders hart gewesen sein für Frau Loog. Es gab doch diese Lieferschwierigkeiten, das darf natürlich so knapp vor der Hochsaison nicht passieren.«

»Da haben Sie vollkommen recht.« Frau van Freeden trank einen großen Schluck.

»Und was ist mit der Saunaanlage?«, bohrte Bischoff noch ein bisschen weiter. Er musste aufpassen, nicht zu neugierig zu erscheinen, sonst ging der Schuss nach hinten los.

»Um vier Uhr hat da noch gar nichts funktioniert«, sagte Stangmann.

Schade, dass er auf einem Hocker saß. Bischoff hätte sich jetzt zu gern zufrieden nach hinten gelehnt und kurz die Augen geschlossen. Alles war im Lot. Er würde weiterhin das beste Hotel auf der Insel haben, daran gab es nichts zu rütteln. Sollte er Champagner spendieren?

»Aber dank des tüchtigen Hilfskochs war der Ofen kurz vor sechs einsatzbereit.«

»Ach?« Das klang wiederum gar nicht gut. Doch bevor Bischoff weitere Fragen stellen konnte – beispielsweise nach dem Restaurant, in dem ja wirklich nur polnische Küche serviert wurde, und das konnte beim besten Willen nicht erstklassig sein –, öffnete sich erneut die Kneipentür, und eine ihm völlig unbekannte Frau im schicken Kostüm und mit grauem Pagenschnitt kam geradewegs auf ihn zu, als hätten sie ein Blind Date und er die rote Rose im Knopfloch.

»Sie sind Gerd Bischoff.« Das war eine Feststellung.

»Und wer sind Sie?«

Sie nannte einen irrsinnig langen Doppelnamen und legte einen Ausweis auf den Tresen, demzufolge sie im Auftrag des Landkreises unterwegs war. Bestimmt die Kommunalaufsicht, die endlich aktiv wurde in Sachen Bürgermeisterchen. Bischoff streckte den Rücken durch.

»Da haben Sie ja auf Anhieb den Richtigen gefunden.« Wo sollte er anfangen? Bei den unerlaubten Arbeitsstunden im *Hotel am Leuchtturm?* Oder war es wirkungsvoller, zuerst die kostspieligen Lieferungen ans Rathaus zu erwähnen? Er legte sich die Worte schon mal zurecht. »Also, reden wir über Siebelt Freese!«

Sie schaute ihn verwundert an. »Warum sollten wir das tun?«

»Weil der Mann gegen einige Regeln verstoßen hat.«

»Sind Sie einer von den Stockkonservativen, oder was?«

Zwar fand er den Satz etwas unglücklich formuliert, aber politisch gesehen hatte sie durchaus recht, also nickte er. »Man muss es doch sehen, wie es ist: Wehret den Anfängen! Wenn unser Bürgermeister, der ja ein Vorbild für die Insel sein sollte, sich solche Dinge erlaubt, dann ...«

»Entschuldigen Sie, Sie wissen aber schon, dass gleichgeschlechtliche Lebenspartnerschaften laut BGB Artikel 17b erlaubt sind! Oder haben Sie Ihren Kopf in den letzten Jahren zu tief in den Inselsand gesteckt?«

So langsam hatte Bischoff das Gefühl, dass hier etwas gründlich schieflief. »Warum erzählen Sie mir das?«

»Weil ich als Ersatzstandesbeamtin im Einsatz bin und gerade eben Bürgermeister Siebelt Freese als glücklichen Bräutigam verpartnert habe.« Sie sog scharf die Luft ein, das hörte man trotz Schlagermusik, und es klang gar nicht gut. »Man munkelt ja immer, dass einige Insulaner absolut verstockt sind, aber so schlimm habe ich es mir nicht vorgestellt.«

Bischoff bemerkte, dass die beiden GaHoVe-Vertreter eifrig zuhörten. Es wurde definitiv ungemütlich hier drin. Am besten hielt er erst einmal die Klappe, bis er wusste, was die Frau mit dem Doppelnamen eigentlich wirklich von ihm wollte.

»Und dass ausgerechnet einer wie Sie sich hier als Moralapostel aufspielen will!«

Was meinte die bloß? Er schielte noch einmal zu ihrem Dienstausweis, der im schummrigen Kneipenlicht nicht so gut zu entziffern war. Was stand da? LAKW. Landesamt für ... Mist! ... für Küstenschutz und Wasserwirtschaft.

»Also, kommen wir zu wichtigeren Themen.« Lange war Bischoff nicht mehr so streng angeschaut worden. »Jemand hat uns gemeldet, dass Sie nachts illegal den Strandhafer kürzen ...«

»Mein Hausmeister?« Bischoff spürte, dass er dunkelrot angelaufen sein musste.

»Eventuell. Jedenfalls ist diese Person bereit, eine eidesstattliche Erklärung abzugeben. Und deswegen bin ich hier.« Jetzt lächelte die Frau zum ersten Mal, seit sie in die *Schaluppe* gekommen war. »Es sieht schlecht aus für Sie, Gerd Bischoff. Mit Umweltsündern wie Ihnen gehen wir hart ins Gericht.«

Bischoff wandte sich ab. Blöde Pute. Er trank sein Bier in einem Zug. Es schmeckte schal.

***

Sofort nachdem Dario sie auf die Sonnenterrasse geschoben hatte, musste Gabriella an Noli denken. An den Tag ihrer Hochzeit. Vier Jahre lagen dazwischen. Und jede Menge Fehler. Trotzdem konnte sie sich beim Anblick dieser vielen fröhlichen Menschen, die mit Sektgläsern in der Hand um eine Torte herumstanden, zur Musik tanzten und – diesen Moment lang zumindest – an das immerwährende Glück im Leben zu glauben schienen, direkt zurückversetzen in das kleine italienische Hafenstädtchen. Sie sah sich im weißen Kleid und Dario im Leinenanzug, sie roch den Knoblauch, das Basilikum und die frischen Tomaten, sie schmeckte den

Rotwein, fühlte den neuen Ring an ihrem Finger und hörte das Meer und die Möwen. Waren damals wirklich so viele Reporter dabei gewesen? Hatte der Tag tatsächlich nur vor den Augen der Öffentlichkeit stattgefunden? War es eine reine Inszenierung gewesen? Oder der schönste Tag in ihrem Leben ...

Sie erinnerte sich an diesen Moment, es musste so kurz vor Mitternacht gewesen sein, als sie die Toilette aufgesucht hatte, die in einer schmucklosen Ecke im Hinterhof des Restaurants untergebracht war. Nach dem Händewaschen und Haarerichten hatte sie sich wieder auf den Weg zur Festgesellschaft machen wollen, im selben Augenblick trat Dario aus dem Herrenklo. Sie trafen sich im schmalen Flur mit flackernder Neonbeleuchtung, direkt neben einem Zigarettenautomaten, wahrscheinlich der schmuckloseste Winkel in ganz Ligurien. Sie sahen sich an, sagten nichts, Dario nahm sie in den Arm und drückte sie an sich, und ihr war plötzlich bewusst, dass sie von nun an Mann und Frau waren und ihr Leben miteinander teilten.

Was danach gekommen war, daran konnte sich Gabriella gar nicht mehr so genau erinnern. Wer hatte den Brautstrauß gefangen? Nach welchem Lied hatten sie unter dem Schleier getanzt? Sie hatte nicht den blassesten Schimmer. Das war irrelevant.

Ihre Hochzeit waren die Sekunden vor der Toilette gewesen.

So oder so ähnlich würde es den Menschen, die sich heute hier auf der Insel das Jawort gegeben hatten, auch ergehen. In ein paar Jahren würde der Hochzeitstag nichts weiter sein als eine mehr und mehr verblassende Erinnerung – bis auf irgendeinen kleinen großen Moment. Und doch würden sie hoffentlich noch immer zusammen sein und ihr gemeinsames Leben mit Liebe und Geduld bestreiten.

Aus dem Gewimmel der Feiernden löste sich eine Frau – fast hätte Gabriella gar nicht erkannt, dass es sich um Jannike Loog handelte, denn diese wirkte so gelöst, als wäre sie hier selbst zu Gast. Die Hotelbesitzerin trug ein leichtes hellgelbes Sommerkleid und einen Blumenkranz im Haar, man hätte sie fast für die Braut halten können, doch ein Blick auf die ringlosen Finger verriet Gabriella, dass sie es nicht war.

Erstaunlich, dass Jannike Loog ihr so offen und freundlich begegnete, obwohl der Abschied gestern so furchtbar gewesen war. »Frau Brunotte! Geht es Ihnen wieder gut? Ich habe gehört, was gestern passiert ist, und mir große Sorgen gemacht.«

»Hallo, Frau Loog!« Sie streckte ihr die Hand zur Begrüßung entgegen. »Halb so wild. Wahrscheinlich war so eine Grenzerfahrung genau das Richtige für eine verschrobene Person wie mich.«

Natürlich war Jannike Loog als Gastgeberin diskret genug, nicht weiter nachzufragen. Außerdem war sie eine sehr kluge Frau, die sofort verstanden haben musste, was Gabriella damit meinte. »Ich bin noch einmal auf die Insel zurückgekommen, weil ich mich bei Ihnen entschuldigen muss.«

»Das müssen Sie nicht!«

»Doch. Sie hatten so recht: Ich war egozentrisch, unsensibel und habe zudem in meinem Zimmer einen echten Saustall hinterlassen. Wahrscheinlich darf ich nie wieder in Ihrem wunderbaren Haus einchecken.«

»Sie ist immer so chaotisch«, bestätigte Dario. »Wenn wir zu Hause keine Haushälterin hätten ...«

»Ist schon okay«, sagte Jannike Loog und konnte nicht verbergen, dass sie eigentlich gar keine Lust auf dieses Gespräch hatte, sondern sich lieber wieder unter die deutlich lustigeren Menschen mischen wollte.

»Ich möchte Ihnen außerdem mitteilen, dass wir von Theo Thobald und der *Close Up* keine Gegendarstellung verlangen, wenn Sie es nicht wünschen. Ich weiß, wie es an dem Abend wirklich war, mein Mann vertraut mir zum Glück voll und ganz – und es wäre wirklich nicht in Ordnung, Sie nun gegen Ihren Willen ins Scheinwerferlicht zu zerren.«

»Da bin ich aber erleichtert.«

»Wäre es denn möglich, dass mein Mann und ich das Zimmer 8 noch für eine weitere Nacht behalten können? Ich hatte doch ohnehin bis morgen gebucht.«

»Aber Sie können doch nicht ...«

»Sorry, das hatte ich vergessen: Selbstverständlich begleiche ich sämtliche Kosten, die für meine Begleiterinnen und mich bislang angefallen sind. Der Aufenthalt bei Ihnen war ohnehin das Zehnfache wert.«

»Das meinte ich nicht. Ich frage mich nur, wie Sie die Treppe hinaufkommen wollen. Wir haben keinen Aufzug, wie Sie wissen.«

»Das ist kein Problem«, sagte Dario, und auf einmal spürte Gabriella seine Hände unter ihren Knien und im Nacken, er hob sie in die Höhe und strahlte sie an. »Ich würde dich sehr gern mal wieder über die Schwelle tragen!«

»Aber deine Bandscheiben!«, protestierte Gabriella.

Schließlich halfen zwei Männer aus dem Shantychor, Gabriella nach oben ins Zimmer 8 zu schleppen. Dario hielt dabei jedoch die ganze Zeit ihre Hand, was sich letztendlich dann auch ganz romantisch anfühlte. Als sie endlich allein waren, schloss Dario die Tür und half ihr auf das Sofa, das direkt am Fenster stand. Von hier oben aus hatte man einen wunderbaren Blick auf den Leuchtturm, die Dünen, den Garten und das Hochzeitsfest.

Der Abend brach herein. Der Himmel färbte sich langsam orangerot, und gegenüber der untergehenden Sonne schob sich eine blasse Mondsichel ins Nachtblau. Das Dach der Erde schien hier viel größer zu sein als in Berlin, bot mehr Platz für Farben, Formen und Träume. Schon bald würde der Leuchtturm seinen Dienst aufnehmen und das Licht dort oben kreisen lassen.

Dario setzte sich neben sie und legte den Arm um ihre Schulter.

Sie atmeten im gleichen Rhythmus und schwiegen.

Es gab so viel zu sehen da draußen.

Der Hochzeitstanz ging gerade zu Ende, und die Gäste applaudierten. Dass das Paar rein männlich war, hätte Gabriella auf dieser kleinen Insel zwar nicht unbedingt erwartet, doch für sie als Berlinerin stellte die Tatsache auch keine große Besonderheit mehr dar. Hauptsache, die beiden waren glücklich – und danach sahen sie aus. Jetzt schlenderten sie Hand in Hand zum gewaltigen Buffet, das nahe der Hauswand aufgebaut war. Ob die beiden hungrig waren? Oder waren sie vor Aufregung außerstande, auch nur einen kleinen Happen zu essen? Weiter hinten trug die junge schwarzhaarige Kellnerin tablettweise Biergläser durch die Menge. Und immer, wenn sie Nachschub holen musste, blieb sie besonders lange am Tresen stehen, sprach mit dem Kerl dahinter, flirtete ungeniert, und irgendwann – nach ihrem zehnten Zwischenstopp ungefähr – stellte sie das Tablett zur Seite und küsste ihn auf den Mund. Er wehrte sich nicht.

Am meisten erfreute Gabriella sich jedoch an Jannike Loog, die so leicht und fröhlich durch den Garten lief, ohne dass irgendeine Kamera auf sie gerichtet oder ein Journalist an ihr interessiert wäre. Kein Wunder, denn an ihrer Seite war der Koch. Ein netter Mann. Wie für Jannike Loog geschaffen, fand Gabriella Brunotte.

Später tanzten sie im Mondlicht.

Und dann begann Dario, ihr Adesso Tu ins Ohr zu summen.

Gastronomie-
und Hotelverband
Deutschland

Inselhotel
Roter Hering
Jannike Loog

Sehr geehrte Frau Loog,

vor acht Wochen haben wir Sie in Ihrem Hotel auf der Insel besucht, um eine Klassifizierung durchzuführen. Dabei haben wir uns an der allgemein gültigen Kriterienliste orientiert, die eine objektive Beurteilung aller Gastronomie- und Hotelleriebetriebe gewährleistet.

Wir gratulieren Ihnen, denn laut dieser Liste erfüllt Ihr Betrieb «Hotel am Leuchtturm» 76,53 % aller Anforderungen. Dies entspricht einer Kategorie von 3 Sternen.

Ausschlaggebend waren die wunderbare Aussicht auf die Natur, das ausgezeichnete Hotelrestaurant und die Spa-Anlage im Garten, die zum Zeitpunkt unseres Besuchs zwar noch nicht fertiggestellt war, jedoch schon erahnen lässt, dass sie dem Gast in Ihrem Haus schon bald einen komfortablen Aufenthalt bieten wird.

Abzüge gab es lediglich für den fehlenden Lift, die etwas zu kleinen Zimmer, das nicht vorhandene Mobiltelefonnetz und den weiten Weg zum Ortskern.

- 1-

»Danni wird sich ärgern, wenn er aus den Flitterwochen zurück ist«, sagte Jannike und legte den Brief zur Seite. »Vier Sterne waren sein Ziel. Und die haben wir nicht bekommen.«

»Dafür haben wir das Restaurant«, entgegnete Mattheusz und strich ihr tröstend über den Scheitel. »Ohne Dannis Ehrgeiz wäre es nie dazu gekommen. Das ist doch ein toller Erfolg: acht Wochen lang jeden Abend ausgebucht.«

»Und eine glückliche Großmutter!«, ergänzte Jannike. »Oma Maria hat übrigens ein neues Wort gelernt. ›Durcheinander‹.«

Mattheusz lachte. »Der Hilfskoch ist auch sehr glücklich! Und ein bisschen durcheinander.«

Sie küssten sich.

Dann stand Mattheusz auf. Er hatte recht, es gab so viel zu tun, sie konnten nicht den ganzen Tag im Bett liegen, wenn noch jede Menge zu schrauben und aufzubauen war. Seit Danni zum Bürgermeister gezogen war, fehlten in der Wohnung ein paar Sachen. Zum Glück war gestern der Container aus Polen angekommen – absolut pünktlich, Probleme mit dem Transport gab es natürlich keine mehr. Frachtschiff-Ingo hatte alles zugegeben, sich tausendmal bei Jannike entschuldigt und ihr lebenslanges Rasenmähen als Wiedergutmachung angeboten. Wer konnte dem jungen Kerl, der seine Lucyna in den letzten Wochen auf Händen trug, da lange böse sein?

Mattheusz' Möbel machten sich gut zwischen Jannikes Mobiliar. Sie würden sich zusammen wohlfühlen, das war sicher.

Als Mattheusz nach seiner Hose griff, wurde der Bescheid unter das Bett geweht. Jannike legte sich bäuchlings auf die Matratze und fischte danach. Als sie das Blatt hervorzog, stockte sie: »Moment, das war noch nicht alles.«

»Was?«, fragte Mattheusz, der bereits im Badezimmer war.

»Der Brief hat noch eine Rückseite!«

- 2 -

Jedoch haben wir vom Gastronomie- und Hotel-Verband seit Neuestem eine zusätzliche Möglichkeit, die Bewertung der Betriebe zu ergänzen.

Diese Möglichkeit kommt dann zum Tragen, wenn ein Hotel zwar wegen seiner Bau- und Umgebungssituation nicht die Chance auf eine höhere Bewertung hat, diese jedoch durch andere, nicht in der Liste verankerte Kriterien durchaus verdient hätte. Nur so kann man auch die Dinge, die sich nicht errechnen, ausmessen und begutachten lassen, als Pluspunkt werten.

Und da uns die ganz besondere Harmonie in Ihrem Hause überzeugt hat, die so etwas wie ein Gesamtkonzept bildet und dem Gast die Möglichkeit bietet, sich von der ersten Urlaubsminute an wohlzufühlen, bekommen Sie einen Bonus-Stern für den Wohlfühl-Faktor.

Offiziell sind Sie somit in die Riege der Drei Sterne plus Wohlfühlen extra aufgenommen, dürfen sich also offiziell als Vier-Sterne-Hotel bezeichnen.

Wir gratulieren Ihnen herzlich zu diesem Erfolg, wünschen Ihnen und dem gesamten Team alles Gute für die Zukunft und grüßen vom Festland zur Insel.

Charlotte van Freeden

GaHoVe Deutschland, Bezirk Nordseeküste

MEINEN DANK – und ein damit verbundenes lebenslanges Wohnrecht im kleinen Inselhotel inklusive Vollpension und Nutzung des Leuchtfeuer-SPA – haben sich folgende Menschen verdient:

- Dietmar Patron, Inselbürgermeister auf Juist – nicht verwandt und/oder verschwägert mit Siebelt Freese
- Heino Behring, Wattführer auf Juist und »Pissmuscheldompteur«
- Ditta Friedrich, Susann Rehlein, Katharina Dornhöfer, Marcus Gärtner, Angelika Weinert, Ulrike Theilig und Marion Bluhm vom Rowohlt Verlag
- Caterina Kirsten, Lisa Volpp und Georg Simader von der Literaturagentur Copywrite – nicht verwandt und/oder verschwägert mit der Literaturagentur Bestseller
- Sara Fricke als Testleserin
- Gudrun Todeskino vom textundton-Kulturbüro, die meine Lesereise an der Nordseeküste entlang und ins Landesinnere plant
- Eros Ramazzotti
- Jürgen Kehrer, Julie und Lisanne Lüpkes – verheiratet und/oder verwandt mit mir